凍結捜査

堂場瞬一

集英社文庫

目次

凍結捜査

第一部　函館

0

浦田正次《うらたまさつぐ》は、経営する土産物屋から出た瞬間に目を細めた。明け方近くまで降っていた雪はやみ、空はすっかり晴れ上がっている。朝日が新雪で照り返されて、目に痛いほどだった。この地に生まれ育って六十年経《た》つが、雪が上がった後の青空は未《いま》だに眩《まぶ》しく感じられる。

昨夜からの積雪は三十センチほどだろうか。本来、道南はそれほど雪深い地ではないのだが、今年は本当によく降る。店を開ける前に、道路の雪を片づけねばならない。その前に軽く一回り……大沼国定公園内で親の代から土産物屋を営む浦田は、起き出すとすぐに大沼湖まで散歩するのが長年の日課だった。季節にも天気にも関係なく、体が吹き飛ばされそうなほどの吹雪の日でも、一度は湖を見に行く。もちろん真冬は、凍りついた上に雪が積もって、湖面はまったく見えない。しかしこれは、朝の習慣なのだ。取り敢《あ》えず湖にご挨拶しておかないと、一日が始まらない。

膝まで埋まる雪に苦労しながら、湖の方へ歩いて行く。この状態では道を認識することもできず、見慣れた木の並びを目印にゆっくり進んで行くしかない。しかし、迷うことはなかった。夏と冬ではまったく景色が違うが、浦田の頭の中には、季節に影響されない地図がある。

こういう深い雪の中を歩いて行くのは疲れる。しかしこれも、年々衰える足腰を鍛えるためだと浦田は自分を納得させていた。もう少し時間が経つと、遊歩道は除雪されて歩きやすくなるのだが、それではトレーニングにならない。

ふと、左側に不自然な膨らみを見つけた。知らない人が見ても分からないかもしれないが、毎朝ここを歩く浦田は、ちょっとした違いにも気づく。

雪の下に何かが埋もれている？

嫌な予感がした。膨らみの大きさ、形からして、人間ではないか？　公園は夜も閉鎖されていないから、いつでもこの辺りまで入って来られる。もしかしたら、酔っ払った観光客が夜中にやって来て、寒さと雪で身動きが取れなくなり、凍死してしまったのか？

まずいな……引き返して家族の助けを求めようかとも思ったが、怖がっていると思われるのも情けない。取り敢えず、この膨らみの下に何があるか確認してからでもいいだろう。

浦田は、大股で膨らみの方に近づき、手で雪を掻《か》き分けた。すぐに青い布が見えてくる。防水素材なのか、濡《ぬ》れてはいるが水分が染みこんだ様子はない。服……ああ、嫌な予感が当たった。

必死に雪を掘り続けると、すぐに人の背中が露《あら》わになった。可哀想《かわいそう》に……酔っ払っていたのかもしれないが、身動きが取れなくなってこの寒さの中で死んでいくのは辛《つら》かっただろう。

携帯は……忘れた。店に戻って一一〇番通報しなくては。その前に、遺体を完全に露わにしておくべきか？　いや、遺体とは断言できないのでは？　もしかしたらまだ脈があるかもしれない。

そう思うと、急に気が急《せ》いて鼓動が高鳴る。浦田は、雪を取り除くスピードを上げた。生きているなら、一刻も早くここから助け出さないと……。

焦りは無駄だった。

後頭部が見えてきて、浦田は自分の頑張りが空振りしたと悟った。

血塗《ちまみ》れの後頭部。浦田は必死で吐き気を堪《こら》えた。

1

スマートフォンが鳴った。神谷悟郎《かみやごろう》は奥の部屋でまだ寝ている。いや、目覚めてはいるかもしれないが、ベッドから抜け出す気配はない。

保井凛《やすいりん》は慌ててスマートフォンを摑《つか》み、相手を確認することなく電話に出た。壁の時計をちらりと見ると、朝九時。今日は非番だが……。

「凜先輩？」

「ああ、真由《まゆ》ちゃん……どうかした？」

函館中央署の後輩、浅井《あさい》真由。こんな時間に電話してくるということは——事件だ。夜中の事件か、それとも朝になってからか。

「大沼で殺しです」

「大沼って……」

大沼と言った時に頭に浮かぶ場所はいくつかある。大沼そのもの、あるいは国定公園全域。いずれにせよ「殺し」と同じ文脈で語ってはいけない場所だ。基本的に物騒な事件には縁がなく、凜の記憶では、殺しが起きたことなど一度もない。

「いつ分かったの？」

「当直が交代してすぐ、一一〇番通報がありました」

「詳しい状況、分かる？」

「ごめんなさい、そこまでは」

「ああ、それはいいわ」

彼女にそこまで期待してはいけない。凜は署内に何人かの「スパイ」を飼っているのだが、その役目はあくまで、凜が非番の時に事件の第一報を知らせることだ。

「ありがとう。お昼一回、奢《おご》るわね」

「ラッキー」笑いながら真由が言った。「このところ、ちょっと金欠なんですよ」

電話を切り、署の刑事課にかけようかと思って躊躇《ちゆうちよ》した。本当に殺しだとすれば、今頃はてんてこ舞いだろう。凜が電話しても、ゆっくり情報を教えてくれるわけがない。

こういう時は現場に行ってしまうに限る。

凜は、急いで味噌汁《みそしる》を椀《わん》によそった。じゃがいもとワカメの味噌汁——二人で一緒に食べようと用意したのだが、神谷には一人で食べてもらうしかないだろう。

ドアが開いて、神谷がダイニングルームに入って来た。ジャージの上下。髪には滅茶《めちや》苦茶《くちや》な寝癖がついており、寝癖直し——いや、洗髪しないと外へも出られないだろう。冴《さ》えない中年のオッサン……そういう男を受け入れてしまっている自分は何なのかと不思議に思う。

自分の気持ちは自分でも分からない。

「事件か？」電話でのやりとりを耳聡《みみざと》く聞きつけたのか、神谷が静かな声で訊《たず》ねた。

「現場は？」

「大沼」

神谷が無言で、ダイニングテーブルに置いた自分のスマートフォンを取り上げる。検索して画面を見詰めると、眉をひそめた。

「大沼って、国定公園の大沼か？」

「そうみたいです。場所はまだはっきり分からないけど」

「そんなところで殺しが？」

「過去にはない……ですね」

「ないだろうな」神谷は肩をすくめた。「こういう場所には、観光客と、観光客を相手に商売する人しかいない。そういう場所では、殺しなんか起きないよ」

「普通はそうでしょうね……ちょっと出かけます」

「非番なのに？」

「神谷さん、非番の時に殺しが起きたらどうしますか？」

「状況次第だけど」神谷が人差し指で頬を掻いた。「そもそも、非番でも連絡がくるよ。本部の捜査一課は、出動の順番が来たら必ず現場に行かなくちゃいけないから。君も呼び出されたのか？」

「ああ、呼び出しじゃなくて……」凜は言葉を濁した。

「電話、かかってきたじゃないか」

「単なる情報提供です。署に何人か女性の後輩がいて……私が非番の日に何かキャッチした時には、連絡してもらうように頼んでいるんですよ」

「あー」神谷が両手を広げた。「君は、絶滅寸前のワーカホリックか？」

凜は肩をすくめた。置いてけぼりにされたくない——女性刑事はまだ少数派で立場も弱い。凜の感覚で普通に仕事をするためには、絶対に現場を逃してはいけないのだ。馬鹿にされようが怒られようが、非番の時でも現場には出て行く。

そう説明すると、神谷は苦笑するばかりだった。

「そこまで必死にならなくても、長く仕事をしているうちには、普通に扱われるようになるよ。警視庁ではもうそんな感じだぜ」

「警視庁と道警では、女性警察官の数も違います」凜は反論した。「道警では、まだまだ少数派ですから」

「そうか……この件、長引きそうかな」

「何とも言えないけど……ごめんなさい」凜は頭を下げた。

「まあ、君の立場だったら俺も出て行くけどな。俺は適当にやっておくよ。後で連絡、くれるかな」

「見通しがついたら」

とはいえ、これで今回の予定が滅茶苦茶になってしまうのは間違いない。

凜は去年の十月、道警本部から函館中央署の刑事課に異動になっていた。神谷は、札幌には何回か遊びに来てくれたが、函館は初めてである。今回は遅い正月休みで、三日間の休暇が取れたので飛んで来てくれたのだ。明日の最終便で帰るまで、凜も合わせて非番を取り、函館のあちこちを見て回るつもりでいる——いた。

凜は神谷の分の味噌汁を椀に注《つ》ぎ、飯を用意した。大したものはない……今回は、特別な朝飯を用意するのはやめようと決めていた。格好つけていても、神谷には見透かされてしまいそうだし。

「しかし、すごい雪だな」神谷が窓に目をやった。

「函館でこんなに降るの、何十年ぶりらしいですよ」

「車の運転、大丈夫か？」

「それはもちろん……神谷さんは、外へ出る時は気をつけて下さいね。函館はちゃんと除雪もしていないから、歩きにくいし」

「市電は動いてるんだろうか」

「それは大丈夫だと思います」

「だったら、市電に乗って市内をぶらぶらしてみるよ。どうせなら、大沼の現場を見た方が面白いと思うけど」

「まさか」

凜がつぶやくと、神谷が声を上げて笑った。

「人の事件に首を突っこむような真似《まね》はしないよ」

「ごめんなさい、せっかくの休みなのに」

「君がさっさと犯人を逮捕すれば、明日一日は自由に使えるかもしれない」

「そうですね……」何とも言えない状況だ。

神谷が味噌汁を一口飲んで、ほっと息を漏らす。

「こういう温かい物を飲むと、外へ行きたくなくなるな」

「今日は、気温はそれほど下がってないはずですよ」

「だけど、雪が……市電の停留場へ行くだけで一苦労じゃないか」

凜が住むマンションは、市電の大町《おおまち》停留場の近くにある。この辺りは函館の「歴史地区」で、一回りするだけで半日が潰せるほどだ。特に見所は教会——カトリック元町教会、函館ハリストス正教会などは、建物を見ているだけでも楽しい。もっとも、神谷が教会建築に興味を持っているとは思えなかったし、教会はどれも急坂の上にあるので、雪が深く積もっている時は、歩いていると遭難しかねない。

「ま、俺のことは気にしないでくれ。適当にやっておくよ」

「とにかく、滑って転ばないように気をつけて下さいね」

「ああ……それで、大沼って、電車で行けるのか？」

凛は絶句した。函館本線に乗れば、大沼公園駅までは三十分ほどだ。だけどこの人、本気で現場に来るつもり？　凛は一瞬、神谷の顔を凝視した。神谷はニヤリと笑い、「冗談だよ」と言ったが、その言葉をそのまま信じる気にはなれなかった。

神谷は、自分に関係ない事件にまでよく首を突っこむ。やる気があるのかないのか、凛には未だに分からないのだった。

2

大沼へ急いで行くには、ＪＲ函館本線を使う以外には車しかない。凛は、国道五号線を選んだ。途中まではバイパスになっており、大沼のある七飯町《ななえちょう》のほぼ中心部までノンストップで行ける。

途中には、いかにも北海道らしい光景が広がっている。道南は基本的に起伏に飛んだ地形なのだが、地平線が見えそうなほど開けた平地もある。その只中《ただなか》を車で走っている時、ふと現実感が消失する……東京生まれ東京育ちの凛がこういう光景を見たのは、大学進学で北海道に来てからだった。冬、一面に雪が降り積もっている時の、人工的とも言える白さには驚くばかりだった。

神谷にもこの景色を見せてあげたかった。初めて札幌を見た神谷の感想が、「東京と変わらないじゃないか」だったのを今でも覚えている。大都市・札幌が特別な街なのであり、こういう広大な景色こそ、北海道の醍醐味《だいごみ》なのに。

車はどうしても、慎重に運転せざるを得ない。北海道での暮らしも長くなり、雪道にすっかり慣れたつもりでいても、やはり夏場と同じというわけにはいかないのだ。函館に異動になった時に、少しでも安心して走れるようにと、デミオの4WDモデルを購入したのだが、これでも不十分かもしれないと早くも後悔している。北海道の道路は除雪が行き届かず、あまり車高の高くないデミオで走っていると、時々ボディの底が嫌な感じで擦《こす》れるのだ。もっと背の高い、本格的なSUVを選んでもよかった。

大沼まで一時間。マイカーだからパトランプもサイレンもないし、交通法規に従って走らざるを得ず、どうしても時間がかかって苛《いら》つく。しかし、署に寄る時間さえ惜しかったのだから仕方がない。

道中、ハンズフリーにしておいたスマートフォンで、何度か真由と話した。真由は交通課勤務にもかかわらず、上手《うま》く情報収集をしてくれているようで、次第に事件の実態が明らかになってくる。しかし……「後頭部に銃弾二発」と聞いた時には、思い切りブレーキを踏みこんでしまい、車のコントロールを失うところだった。

銃での殺人自体が珍しいし、それが後頭部へ二発となると……ヤクザだろうか、と凜は想像した。いや、ヤクザでもこういう殺し方はしないはずだ。外国人の仕業——海外のマフィアが、こういう殺し方をすると聞いたことがある。跪《ひざまず》いた相手に命乞いをさせ、たっぷり恐怖を味わわせた後で後頭部に二発。それはマフィアにとっての「印」なのだとも言う。誰がやったかを明確にし、対立する組織に警告を伝える。

どうもおかしい。道内にも中国やロシアのマフィアの構成員がいるとは聞いているが、最近目立った事件は起こしていないはずだ。いったい誰が、と考えると、どんよりと暗い気分になる。この事件の捜査は長引くのではないか……主導権を握るのは、本部の捜査一課ではなく組織犯罪対策課になるかもしれない。その場合、自分たちは捜査の主役から外れて「お手伝い」になるだろう。

函館に異動してから、管内視察で大沼は何度か訪れたことがあった。最後に来たのは去年の十二月。まだ雪が積もっていない時期で、その時とは様相が一変していた。

完全に白い。

パトカーが大挙して押しかけ、制服警官が歩き回っていなければ、景色全体が凍りついたように見えるだろう。鬱陶しいことに、マスコミ関係者の車も何台か——連中の車の車種とナンバーは把握しており、凜も一覧表を手帳に貼りつけている。マスコミに情報を流すのは仕方ないにしても、もう少し調整できないものだろうか。現場の作業が一段落してからでもいいはずだ。昔ほどではないとはいえ、事件になるとすぐに過熱するのがマスコミ関係者の性癖である。

現場はほとんど湖のほとりと言っていい場所で、車を停《と》めてからしばらく歩かねばならないようだ。ろくに除雪もされていないので、そこへ行くまでで一苦労だろう。

凜は車を停めると、リアゲートを開けて長靴を取り出した。膝のすぐ下まであり、分厚い内張りもあるので、雪の中を歩き回っても、しばらくは足がかじかむこともない。全体に装備は完璧――ノースフェイスのダウンジャケットは北極でも使えるという触れこみで、函館の寒さぐらいではびくともしない。難点は、ダウンが大量に入り過ぎているせいで動きが鈍くなることと、赤に黒というカラーなのでどうしても目立ってしまうことだ。もっともこの現場は、野次馬が入らないように完全に封鎖されるだろうから、人目を気にする必要はあるまい。両手には、第一関節だけが出る手袋をはめる。本当は中綿入りの暖かい手袋が欲しいところだが、メモを取るためには、どうしても指先を自由にしておかねばならない。冬の現場では様々な工夫が必要だ。

公園内の通路は、先着していた警察官たちによって踏み固められ、真っ白な雪景色の中に細い道ができていた。仮にそれがなくても、どこが現場かはすぐに分かっただろう。冬用の、濃紺の作業着姿の警官たちが何人も集まっている。

凛は、いつも持ち歩いている「捜査」の腕章を左腕に装着し、ゆっくりと現場に近づいた。現場の捜査には参加したいが、何となく同僚には気づかれたくない……自分でも理解できない、相反する感情だ。そこに、女性刑事であることのぎこちなさを感じる。

「あれ、保井さん」

声をかけられ、凛はふっと顔を上げた。後輩——まだ二十代半ばだ——の刑事、坂本《さかもと》美知男《みちお》がびっくりしたような表情を浮かべて立っている。

「今日、非番じゃないんですか？」

「殺しなのに、家でじっとしてるわけにはいかないでしょう」

「保井さんは真面目だなあ」

坂本が呑気《のんき》な口調で言ったので、凛は苛立った。坂本は交番勤務から函館中央署の刑事課に引き上げられたばかりなのだが、この人事は失敗なのでは、と凛は早くも思っている。どうにも鈍いというか、人の心が読めない男なのだ。相手の心の内を瞬時に察せられないような鈍い人間は、必ず重大な手がかりを読み落とす。手がかりは物証だけではない。言葉が持つ裏の意味、ニュアンス、話す時の表情——それらを読み取れないと、隠された秘密にはアプローチできないのだ。

「ちょっと」

凛は回れ右して二、三歩引き返した。そこで振り返ると、坂本はぼんやりとした表情を浮かべて突っ立っている。

「ちょっといい？」凛は少しだけ言葉を尖《とが》らせた。「状況、聞かせて」

「保井さん、車ですか？」

「そうだけど」

「車の中で話していいですか？　冷えて死にそうですよ」

東京生まれ東京育ちの自分が何ともないのに、これぐらいの寒さで文句を言ってどうする……坂本は確か、北見《きたみ》の出身である。ここよりずっと寒い街で、高校生まで育ったはずなのに。

しかし、坂本の愚痴を聞くのも馬鹿らしいので、凛は自分の車に彼を招き入れた。助手席に神谷のマフラーが置いてあるのに気づき、慌てて自分の膝に載せる。明らかに男性用のマフラーなのだが、坂本は気づく様子もない。ホッとすると同時に、この鈍さは刑事としては致命的ね、と情けなくなった。もう少しまともな人材は回してもらえないのだろうか。それとも、もはや警察内に優秀な若手は一人もいないのか。

「いやあ、寒いっすね」助手席に滑りこんだ坂本が乱暴にドアを閉め、両手を擦り合わせる。手袋をしていては、何の効果もなさそうだが。

「それで、どういう事件なの？　後頭部を二発撃たれてるって聞いたけど」

「あ、情報、早いっすね。その通りです」

「被害者の身元は?」

「たぶんですけど……地元の人間ですね」

「名前は?」凜は、ダウンジャケットの内ポケットから警察手帳を取り出した。

「平田和己《ひらたかずみ》、三十三歳——」

「ちょっと待って」凜は声を張り上げ、坂本の発言を遮った。「間違いないの?」

「いや、本人が持っていた免許証がそうなってるだけで、完全な身元の確認はまだですよ」

凜はドアを押し開けた。その勢いで、細かな雪が舞い上がって車内に吹きこむ。

「保井さん、どうしたんすか?」

「どうしたもこうしたもないでしょう。この男が誰か、知らないの?」

「知りませんよ。知ってないとまずいですか?」坂本の顔に不安の影が射《さ》す。こんなことがマイナスになるのか、と怯《おび》えているのかもしれない。鈍い割に、自分が叱責されることには敏感だ。

「もちろん——違うわね」凜は声を低くした。自分の常識が警察官全員の常識だと思ってしまった。「あなたは知らないと思う」

「保井さんは知ってるんですか?」

「本当に平田なら」凜は足元の雪を思い切り踏みにじった。「私は一週間前に見てるわ」

刑事一課長の古澤仁《ふるさわひとし》は、凜の顔を見るなり、渋い表情を浮かべた。

「お前、非番だろうが」

「ボランティアです」

「お前がそう言ったからって、出てきたら非番扱いにはしておけないんだぞ」

「非番でも出番でも何でもいいです」

古澤が溜息《ためいき》をつく。白い息が顔の周りで渦巻いた。心配性なこの刑事一課長が、今一番気にしているのが、部下の超過勤務である。警察にも働き方改革の波は押し寄せ、余計な残業はしない、休日出勤などとんでもないというお達しが正式に出ている。しかも函館中央署は、働き方改革のモデル署に指定されているのだ。古澤は部下の勤務ダイヤを厳しく管理している——実際、ほとんどそれだけが仕事と言っていい。去年の十月に異動してきてから、凜は勤務時間とダイヤ以外のことで古澤と会話を交わしたことはほぼなかった。もっとも、そもそもシビアな事件もなかったのだが。

「しょうがねえな……どこかで代休、取ってくれよ」

「その話は後でいいです」いい加減にしてくれ、と凜は苛立った。ここに遺体があるのだ。呑気に勤務ダイヤ組み換えの話などをしている場合ではない。「被害者は平田和己と聞きましたが」

「まだ完全には確認していないが」

「知っている人間です」

「何だと？」古澤が一歩前に出た。長靴の下で、雪がきゅっと音を立てる。「何かの容疑者か？」

「暴行事件の——被害者は女性です」

「お前がパクったのか？」

「いえ。ちょっと複雑な事情がありまして」

「それはどういう——」

「すぐに説明しないといけませんか？　まず、被害者を確認させてもらえませんか？」

「確認ねえ……」古澤の表情が歪《ゆが》む。「顔で確認できるかどうかは分からないぞ。後頭部から二発撃たれて、そのまま二発とも顔面を貫通しているんだ。そんなに口径の小さい銃じゃない——顔がどうなってるか、想像がつくだろう？」

「そんなにひどいですか？」

「首から上は、半分なくなっていると言ってもいい」

「それでも確認します」

　被害者の顔をしっかり見ないと捜査は始まらない——駆け出しの頃に、先輩から徹底的に叩《たた》きこまれたものだ。その原則は、どんな事件でも変わらないはずである。

甘かった。

平田は、通路脇の雪溜《ゆきだ》まりの上でうつ伏せになっているのを発見されたのだという。上には、昨夜の雪が降り積もっていた。普段見ない盛り上がりに気づいた近所の人が雪を掘り起こし、遺体を発見したのだという。遺体の初期段階のチェックは終わり、今は通路に置かれた担架に移されている。

凜が想像していたよりも、顔の損傷は激しかった。右目は完全に消えてしまい、左の頬骨も破壊されている。顔の半分とは言わないが、人相だけで平田だと断言するのは不可能なぐらいだった。

「どうだ?」

「確かに顔だけでは何とも言えません。ただ、指紋があります」

「指紋?」

「はい。照合すればすぐに確認可能だと思います」

「詳しく事情を聞かせてもらおうか」

古澤が顎をしゃくった。さっさと現場を離れて歩き出すと、捜査指揮車に入った。現場で指揮が取れるように、小型のバスを改造したもので、凜は現場では初めて見た。函館中央署管内では、捜査指揮車が必要になるほど大きな事件は滅多に起きないのだ。

指揮車に入ると、体が解凍されたようでほっとする。バスのシートは全て取っ払われ、細長い部屋のようになっている。エンジンの微振動さえなければ、仕事に専念するためにはなかなかいい環境だと言えるだろう。中には見知った顔が何人か……刑事一課の人間、それに方面本部の刑事もいた。本部から捜査一課が臨場するには、もう少し時間がかかるだろう。北海道はとにかく広い。東京なら、島嶼《とうしょ》部でもない限り、桜田門にある警視庁の本部からどんな事件現場へも、二時間はかからないだろう。しかし北海道では、移動だけでも一苦労だ。札幌から函館まででも、車で四時間はかかる。

「座ってくれ」

古澤に勧められるまま、長テーブルにつく。ここで打ち合わせなどができるようになっているのだ。

「どういう人間なんだ?」

「去年、札幌で発生した暴行事件の容疑者です」

「婦女暴行事件?」

「はい」

「なるほど……立件しなかったのか?」

「被害届が取り下げられたんです」

「強姦《ごうかん》は、親告罪ではなくなったが」

「そうですが、被害者が『騒がないで欲しい』と言ったら、捜査はしにくいものです」

「それが、専門家のあんたの見解か」

「別に専門家ではないですが」

古澤が首をゆっくりと横に振った。手袋を外し、手帳を取り出してページを広げる。今年用の手帳——表紙の年号が見えた——なのだが、もうすっかりよれよれになっている。

「結局、捜査は尻切れとんぼか」

「そうなりました」

「専門家のあんたとしては、悔しい限りだった？」

専門家、専門家とうるさいことで……こういう皮肉は、警察官になった時からずっと凛にまとわりついている。自身も暴行事件の被害者であり、その犯人と対峙《たいじ》するために、縁の薄い北海道で警察官になった——自分が厄介なタイプと見られていることは、凛も自覚している。私怨がきっかけで公の仕事につくのが、あまり好ましくないことも。凛は、この件をとうに乗り越えたと自分では思っている。自分を暴行した犯人を逮捕し、他の容疑と合わせて刑務所にぶちこんだのだから。出てくるまでにはまだ長い時間がかかる。出てきたら……その時にまた考えよう。いずれにせよ凛にとっては終わった話で、けじめもついていた。その後は淡々と仕事をこなしている。ただし、本部の捜査一課にいた時に、女性が被害者になった事件でよく被害者担当として事情聴取などを任された。

同じ傷を持つあんたなら、上手くやれるだろう——実際は、そんな簡単なことではないのだが。似たような経験をしても、それがその後の人生に与える影響はまったく違う。実際凜も、被害者女性から激しく拒絶されたことがあった。あの時の被害者は、自分の父親と同年齢だというベテランの刑事——凜から見れば小柄な冴えないオッサンに過ぎなかった——に拠《よ》り所を求めた。人畜無害な感じだから、むしろ安心できたのかもしれない。

「被害者についてはチェックしてました」

「チェック？」古澤が太い眉をくっと上げる。

「事件が起きたのは、去年の七月です。すぐに捜査を始めたんですが、結局被害届は取り下げられて、捜査も中途半端に終わって……その直後、平田は札幌から姿を消しました」

「それがどうしてこんなところに？」

「分かりません」凜は首を横に振った。「しばらく姿を消していたのが、今年になって函館に姿を現したんです」

「意味が分からん」

「それは私も同じですが……」どうにも釈然としなかった。

凜は、暴行事件を担当した札幌の所轄の刑事から、平田が函館に来ているという情報を入手していた。この情報に、凜は異常に緊張した……被害届を出した女性、水野珠希《みずのたまき》が、事件後に札幌での仕事を辞めて、函館の実家に戻って来ていたのである。まるで加害者が被害者を追いかけてきたようではないか。直接接触するのは危険だと思ったが、凜は平田の所在を観察し、動向に注意を払い始めた。同時に珠希にも会って、注意を促してきたのだが——平田が函館にいると告げた時の、彼女の表情の変化は忘れられない。人間の顔は、あんなにも速く真っ青になるものか。

「個人データを教えてくれ」

　古澤に促され、凜は一瞬目を閉じた。記憶を引っ張り出してから目を開け、古澤の顔を真《ま》っ直《す》ぐ見たまま話し始める。

「平田和己、三十三歳。札幌に住んでいた時は、小さな商社に勤めていました。仕事は主に、ロシアとの水産物の輸出入です」

「地元の人間かい？」

「いえ、出身は東京でした」

「じゃあ、あんたと同じだ」

　あんな暴行犯と一緒にされても——むっとしたが、凜は無表情を貫いてうなずいた。

「どういう縁で、札幌なんかで仕事をしてたのかね」

「元々は東京で塾の講師をしていたんですが、札幌に流れついたようです。ただ、詳細は分かりません。その後の足取りも不明です」

「事件のほとぼりを冷ますために、札幌を離れたんだろうな。それが何でまた、函館に？」

「少なくとも表面上は、ビジネスのためです」

「ビジネス？　その商社の？」古澤が首を傾《かし》げる。

「いえ、個人で観光関係の会社を立ち上げようとしていたようです。中国人向けの観光ビジネスですね」

「ああ」古澤が皮肉っぽく笑った。「今や、中国人なくして、函館の観光産業は成り立たないからな」

それは事実だ。函館に赴任してきて、管内のあちこちを回って視察したのだが、どこに行っても中国人観光客が多くて圧倒させられてしまう。函館山ロープウェイに乗った時は、百二十五人乗りのゴンドラに自分以外は全員が中国人観光客という状況になり、妙に肩身の狭い思いをしたものである。確かに、中国人専門の旅行会社を立ち上げても、十分商売になるだろう。

「ロシアの専門家ではなかったわけだ」

「少なくとも、こだわりはないようですね」

「函館の会社はもう立ち上がってたのか？」

「まだみたいです。事務所を借りて、これから人を集めて……という感じだったはずです」

「家族は？」

「私が知る限り、独身です。両親は東京在住のはずですが」

「となると、そっちへ連絡しないといけないな」古澤が非常に細かい字で手帳に何か書きつけた。「今、連絡先は分かるか？」

「申し訳ありません。手元にはデータがありません」

　去年の手帳に全て記録してあるが……一瞬、神谷に電話して見てもらおうかと思った。デスクの一番下の引き出しに入っているのは分かっている。

　まさか。

「札幌の所轄で把握しているはずです」

「そいつをちょっと調べてくれ……それで、だ」古澤が手帳を閉じた。「札幌の事件の被害者――名前は？」

「水野珠希さんです」

「今、どこにいる？」

「函館の実家です」

「ふむ……」古澤が顎を撫《な》でた。「所在は確認しているんだな？」

「私がこちらに来てから、何度か会いました。被害者のフォローとして」

「しかし被害者ではない——被害届は取り下げたんだろう？」

「そうですが、犯行事実はあったと私は確信しています」

「被害者を追うように、加害者がこの街にやって来たわけか……あんたはどう思う？」

凜は口を閉ざした。今年五十歳になるこの刑事一課長は、少しもったいぶったところがある。自分では推測や結論を口に出さず、部下に言わせたがるのだ。凜の感覚では、責任回避をしている感じがしてならない。

「私は、特に言うことはありません」

「被害者は、加害者に対してどんな感情を抱いていた？」

「一口では説明できませんね。被害者なのは間違いありませんが、被害届を取り下げていますし」

「そういうのはよくあるのかい？」

「ケースバイケースです。犯行直後には怒りと悲しみで警察に駆けこんでも、後で世間体が気になって取り消す——私は何度か、こういうケースを経験しています」

「なるほどね」古澤がまた顎を撫でた。「しかし、犯行事実があるとすると、恨んでるだろうな」

「何が仰《おつしや》りたいんですか？」

「事件のあった街を離れて、実家に戻って来た——心の傷を癒すためだろう。しかし、数ヶ月後にいきなり犯人が現れたらどうする？　被害者としては、相当嫌な感じだと思うが」

「でしょうね」

「しかし何もなければ、警察は手を出すわけにはいかない。二十四時間、対象を監視し続けることも不可能だ」

「ええ」

「となると、被害者の精神状態が不安定になることも考えられる」

「何が仰りたいんですか？」凜は再び訊ねた。

「そもそもの暴行事件だが、被害者と加害者の間には何か縁でもあったのか？」

「いえ。いわゆる行きずりです」

「なるほど。とはいえ、事件は被害者の心に傷を刻んだだろうな。嫌な相手がすぐ傍《そば》にいる。しかし何を考えているか分からない。何もなければ、対処してくれる人もいない。事件の恨みも当然消えていない——そういう時、被害者は何をすると思う？」

「まさか、彼女が殺したとでも言うんですか？　それはあり得ません」

「この段階で、ないと言い切っていいのか？」

凜は唇を引き結んだ。古澤は飛ばし過ぎだ。しかしそれを、頭から否定することはできない。珠希は内に籠もるタイプで、凜が激しい怒りを受け止めたことはなかったが、あの事件をどう消化していたかは分からない。怒り、恐怖、後悔——様々な感情の複合で、自分でも予想がつかない行動に出てもおかしくはない。

「……彼女が被害者を殺したと？　銃が使われているんですよ」凜は低い声で繰り返した。

「現段階では、あらゆる可能性を否定すべきじゃない。取り敢えず、その彼女の所在を確認しないと」

「分かりました」釈然としなかったが、古澤の指示には一理ある。凜はスマートフォンを取り出し、登録してあった珠希の番号を呼び出した。しばし躊躇《ためら》った後、番号をタップする。スマートフォンを耳に押し当てたが、聞こえてきたのは「おかけになった番号は——」というお馴染《なじ》みのアナウンスだけだった。もう一度試したが、やはりつながらない。

「どうした」凜が怪訝《けげん》そうな表情を浮かべたのを見て、古澤が不審げに訊ねる。

「携帯に出ないので……実家に電話してみます」

連絡先一覧では、珠希の実家の電話番号は彼女の携帯の番号のすぐ下にある。根拠はない——根拠はないが嫌な予感を抱きながら、凜はそちらの番号をタップした。聞き覚えのある声——珠希の母親だ。声の調子がおかしい。どこか不安げな感じである。凜はわざとゆっくり話し、彼女の不安を少しでも和らげようと決めた。しかし名乗るとすぐに、母親は凜が予想もしていなかったことを言い出した。

「あの……どうして電話してくれたんですか？」

「はい？」母親の言葉の意味を摑みかね、凜は思わず聞き返した。「珠希さんと連絡が取りたいんですが、携帯に出ないんです」

「そうですか……」母親が溜息をついた。「私も同じなんです」

「どういう意味ですか？」凜は思わずスマートフォンをきつく握り締めた。「連絡がつかないんですか？」

「家出したようなんです」

まさか……事態は、凜が望まない方に急に動き始めたようだった。

3

凜は函館市内に取って返した。珠希の実家は市の中心部、市電柏木町《かしわぎちょう》停留場の近く……珠希が卒業した中高一貫の名門女子校も、歩いて行ける場所にあった。

ここには二度来ていた。一度は去年十月、凜が転勤で函館に来た直後。珠希も事件後に札幌での仕事を辞めて函館に引っこんだばかりで、凜としては念のための「ご機嫌伺い」のつもりだった。つい先日、年明けにも一回……この時は、平田が函館に現れたことを警告しに行ったのだった。目には怯えが走ったが、同時に彼女は明らかに自分を煙たがっていた。事件の記憶を一刻も早く薄れさせたい――そのためには、警察官とさえ接触を断ちたいと思っていたのだろう。口にこそ出さなかったが、決して凜と目を合わせようとしなかったので、本音は簡単に読めた。

珠希の実家の近くで車を停めた時、神谷から電話がかかってきた。

「大丈夫か？」

「変な状況です……一言では説明しにくいけど」

「厄介な事件になりそうか？」

「たぶん、そうですね。ごめんなさい、せっかく来てもらったのに」

「それは大丈夫だ。事件の話は、夜にでもゆっくり聞かせてもらうよ」

神谷は平然としていた。それが何だか物足りない……少しぐらいヘソを曲げてくれてもいいのに。

神谷とのつき合いも長くなった。神奈川県警の重大な捜査ミスを検証するために、警察庁が組織したプロジェクトチームに選ばれて一緒に仕事をしてから、もう五年……神谷の心遣いで、ずっと凍りついたままだった凜の心は少しずつ解けてきた。しかしこの状態を、つき合っていると言えるのかどうか……北海道と東京で離れて暮らし、しかも互いに忙しい。半年に一度会えれば上出来だった。しかし凜は、こういう状況に特に不満を感じていなかった。距離がある方が、上手くいくこともある。

電話を切り、一つ深呼吸する。せめて今夜は一緒に食事ぐらいしたいが、たぶん無理だろう。この件は間違いなく捜査本部事件になる。発生当日故、今夜は遅くまで拘束されるはずだ。

珠希の実家は、函館市内でも高級な住宅街の一角にあった。大きな家が建ち並ぶ中では、控えめなサイズ。それでも東京にある凜の実家よりはずっと大きい。暗い青色の壁が、洒落《しゃれ》た雰囲気を醸し出している。北海道では、戸建ての家はドアが二重になっているのが一般的なのだが、この家は普通の一枚ドアだった。一階部分は駐車場で、玄関までは階段を八段上がる造りになっている……雪でドアが開かなくなる心配はないわけだ。車はあった――母親が普段の足に使っているマーチが停まっている。珠希が実家に戻って来る前、この家には母親しか住んでいなかった。父親はもう亡くなり、妹は結婚して道外へ出てしまったのだ。

凜は階段を駆け上がり、インターフォンを鳴らした。返事を待たず、ダウンジャケットの前を開ける。珠希の母親、彩子《あやこ》は、インターフォンには反応せずすぐにドアを開けた。不安げ――以前この家を訪問した時には見られなかった表情が浮かんでいる。凜はさっと一礼して、何とか笑みを浮かべようとした。自分が、あまり笑顔の似合わない人間だということは意識している。真面目な厳しい顔をしている方が楽でもあった。しかし何とか、この場の雰囲気を和ませたい……どうやら失敗したようだ。彩子の表情は、依然として晴れない。

「遅くなってすみません。大沼から来たんです」

「大沼――」

「実はその件が、珠希さんに関係しているかもしれないんです」しれない、ではなく間違いなく関係している。しかし、彩子にショックを与えずに情報を伝えるには、話の持っていき方が難しい。

「どうぞ、上がって下さい」

「失礼します」

長靴を脱いでほっとした。雪国故、冬の長靴は当たり前――生活必需品とも言えるのだが、これで歩き回るのはやはり面倒臭い。

玄関から短い廊下を抜けると、すぐにこぢんまりとしたリビングルームになっている。これも記憶にある通り。座り心地のよさそうなソファに、木目のくっきり浮き出た大きなテーブル。出窓には、年季の入ったテディベアや海外の土産物がいくつか置いてあった。

「どうぞ、お座り下さい」

娘が失踪したにしては、彩子は冷静で礼儀を失っていなかった。

「彩子さんも座っていただけますか」

「はい……」

彩子が向かいのソファに腰を下ろす。老けたな、と一瞬思った。この前会ったのは年が明けてからすぐだったが、それから何年もの歳月が経ってしまったようだった。しかし凜はすぐに、彼女がまったく化粧していないことに気づいた。

「珠希さんは、どうされたんですか？」凜はすぐに切り出した。

「今朝、姿が見えなくなっていたんです。それで、書き置きが……」

「その書き置きはありますか？」

彩子がのろのろと立ち上がり、キッチンとの境にあるカウンターに向かった。一枚の紙を持ってすぐに戻って来る。凜は紙を受け取り、素早く目を通した。字は間違いなく珠希のもの——小さく几帳面《きちようめん》な筆跡だ。


函館を離れます。後で連絡します。


「これだけですか？」凜は紙を彩子に返した。

「ええ」

「いつ、家を出たんでしょう」

「今朝だと思います。昨夜は普通に食事をして、十一時ぐらいに寝たと思うんですが……私が六時過ぎに起き出したら、この紙がダイニングテーブルに置いてあって、姿が見えませんでした」

夜中は大雪で、出歩ける天気ではなかった。「今朝」という彩子の推測は当たっているだろう。

「六時前には家を出たわけですか……その頃なら、雪はやんでいたかもしれませんね」

「そうですね」

珠希は運転免許証を持っているが、この家に一台しかない車は駐車場に置かれたままだから、徒歩で家を出たのは間違いない。この家に近い市電の柏木町停留場では、始発は六時過ぎのはずである。それに間に合うように、静かに家を出たのだろうか。あるいはどこかでタクシーを拾ったか。いずれにせよ、函館から出て行くなら、JR函館駅か函館空港へ向かうしかない。JRだったら追跡は難しい。駅には防犯カメラがあるが、確実に映っているかどうかは分からない。むしろ空港の方が調べやすいだろう。函館発の便はそれほど多くないから、各航空会社に問いあわせれば、どの便に乗ったか分かる可能性は高い。もっとも国内線の飛行機は、偽名でも乗れてしまうのだが。

「何か、家を出るような理由は思いつきますか?」

「いえ……仕事もほぼ決まっていましたし」

「語学学校でしたよね？」凜はその話を、珠希から直接聞いていた。函館にある、外国人向けの日本語学校。珠希は東京の外語大を出てロシア語が堪能だし、英語も喋《しゃべ》れる。日本語教師としての下地は十分だろう。

「そうです」

「ほぼ、ということは、まだ正式決定ではなかったんですね？」

「いえ、決まってはいました。あとは、いつから働くかの問題だけで」

「仕事も決まっているのに、急に家を出ていくのは不自然ですね」

「そうなんです」彩子がうなずく。「まったく心当たりがなくて……あの、例の人の関係じゃないんですか？　今も怖がってましたし」

「その件なんですけど……」凜は言葉を切った。ここから先は説明が非常に難しい。

「実は、珠希さんに乱暴したと思われる平田和己が、遺体で発見されました」

「遺体……」彩子はすぐには事情が把握できない様子だった。言葉が震え、目が泳ぐ。

「遺体って、どういう……」

「落ち着いて聞いて下さい」動揺する彩子を見て、凜の気持ちもざわついたが、回りくどく説明しない方がいい、と判断する。「大沼公園で、平田和己の遺体が見つかったんです。発見は今朝です」

「あの、どういうことなんですか？」

「殺されたと見られています」見られている、はない。誰がどう見ても、あれは射殺だ。拳銃で自殺する人間もいるが、自分で後頭部を二発撃って死ぬのは不可能だ。「まだ捜査は始まったばかりで、詳しいことはまったく分かっていません」

凜は釘《くぎ》を刺した。あまりあれこれ想像されても困る。しかし凜の思惑とは裏腹に、彩子の口からは言葉がほとばしり始めた。

「まさか、珠希がやったんじゃないでしょうね？　復讐《ふくしゆう》ですか？　娘は傷ついたままだったんです。それなのに、あの男はいきなり函館に現れて……怖かったんだと思います。夜もよく眠れないようでしたし」

「彩子さん」凜は静かに彼女に呼びかけた。「落ち着きましょう。珠希さんは、拳銃を手に入れられますか？」

「拳銃……」

「平田は射殺されました。日本では特殊な殺され方と言っていいと思います。普通の人は、拳銃なんか手に入れられません」

「でも、珠希が何時に家を出て行ったかは分からないんですよ。夜中だったら……」

「私は、あり得ないと思います」動機はある。しかし手段が……珠希が、銃を入手できる可能性はゼロに近いと言っていいだろう。

「本当にそうなんですか？」

「とにかく、私はそう思います」

彩子が目を閉じ、そっと息を吐いた。凜の言葉を信用していないのは明らかだった。

「逆にお聞きしますが、珠希さんは、殺したいほど平田を憎んでいたでしょうか？　私が話をした限り、彼女はそんなことができるような人ではないと思います」

「でも本音では……実の娘でも、本当は何を考えているかは分かりませんでした」

「私は、珠希さんはそういうことはしない人だと信じます。家を出たのには、何か別の事情があったんだと思います」

「何かというのは……」

「逆にお聞きしますが、思い当たる節はないんですか？」

「特には……」彩子が首を横に振った。いかにも頼りなげな仕草だった。

「誰か、頼って行くような人はいませんか？　恋人とか、友だちとか」

「いないと思います」

「妹さんはどうですか？　妹さんとは仲がいいと聞いています」

珠希の妹、羽田瑞希《はねだみずき》は姉より早く結婚して、今は仙台に住んでいる。

「それは間違いないですけど……もしも珠希が瑞希の家へ行くようなことがあれば、瑞希から必ず連絡があるはずです」

「そうですよね……」

しかし、一人になりたい時もあるだろう。凛もそうだった。あの事件の後しばらくは、誰にも会いたくなかった。そういう孤独が必要な時間は、事件からしばらく経ってから突然訪れることがある。

「取り敢えず、飛行機のチケットを確認してみます。それで、どこへ向かったか分かるかもしれません」

「いいんですか？」

「私にも責任がありますから。もっときちんとケアしておくべきでした」

「それは、あなたの責任では……」彩子が、汚れてもいないスカートを手で払った。

「気にしていたんです。でも、気にするだけではなく、ちゃんとケアしないと意味がありません。こういう場合、行方不明者届を出してもらうのが決まった手続きですけど、その前に私が少し調べてみます」

「お手数おかけします」彩子が頭を下げた。

珠希は自分と同じ不幸を経験した人間だ——まさに人ごとではない。しかし凛は、それを口にはしなかった。それを言えば、母親の心をまたかき乱すことになる。

凛は函館中央署に戻った。赴任して驚いたのは、かなり大きな庁舎だったことだ。札幌の北警察署、豊平《とよひら》警察署に次いで、道内三番目の大規模署である上に、道警函館方面本部も同居している。

殺人事件が発生した直後とあって、署内はざわついている。幸いなのは、地元の報道陣はまだ現地で取材を続けていて、署に押しかけていないことだった。連中が来ると、とにかく騒がしくなる。

凜は刑事一課の自席につき、早々に航空会社にチケットの確認を始めた。すぐに「当たり」が出た。珠希は本名でＪＡＬのチケットを確保し、札幌の丘珠《おかだま》空港へ飛んでいたのだ。函館空港発は午前八時五十五分。珠希の家から空港までは、タクシーを飛ばせば三十分もかからないのだが、母親に見つからないように、早い時間に家を出たのだろう。

しかし、札幌か……珠希は「逃げた」わけではないと凜は確信した。少なくとも、平田を殺して逃げたのではない。もしもそうなら、少なくとも逃亡先に同じ道内は選ばないだろう。一気に東京や名古屋に飛んだ方が、身を隠しやすくなる。札幌も人口二百万人近くの大都会とは言え、同じ道内であることに変わりはない。

凜はなおも追跡を続けた。丘珠から新千歳《しんちとせ》空港に向かって、そこからまたどこかへ飛んだのではないか——海外とか。函館空港から出ている国際便は台北《タイペイ》行きだけだが、新千歳からは韓国や中国、東南アジアの各地へ国際便が飛んでいる。

しかし珠希の痕跡は、丘珠空港で消えていた。海外へ出るときは本名でチケットを取らざるを得ないし、パスポートが必要なので、ある意味追跡は楽なのだが、海外へ出た形跡はなかった。国内のどこかへとなると……偽名でチケットを確保していたら、割り出しようがない。

いつの間にか昼を過ぎていた。何となく、昼食難民になりそうな予感を抱く。函館中央署は五稜郭《ごりょうかく》のすぐ近く——付近は観光地であるにもかかわらず、周囲に飲食店は多くはない。最寄駅である市電の五稜郭公園前停留場付近なら、食事できる店はいくらでもあるのだが、そこまでは署から歩いて十分もかかる。昼に署にいる時は、署内の食堂か、歩いて五分ほどのところにあるセイコーマートのお世話になることが多かった。北海道ローカルのコンビニエンスストアであるセイコーマートは、大学に入った頃からよく使っていたのだが、最初は何となく軽んじていた。全国チェーンに比べれば品揃《しなぞろ》えは貧弱に感じられたし、何だか田舎臭い……しかし今では、セイコーマートがないと生きていけない。特に弁当類は、いかにも北海道らしい品揃えで安心できる。意識せず、自分はすっかり北海道の人間になったと思う。

どうせなら、神谷と落ち合って昼食を一緒にしようか、とも考える。神谷はものにこだわりがないというか、特に食べることにはあまり興味がないのだが、自分と一緒にいる時ぐらいは、美味《おい》しい物を食べて欲しい……しかし今日は駄目だ。神谷には申し訳ないが、やはり殺人事件発生の初日である。今は捜査に集中しないと。

結局、署内の食堂で代わり映えしないランチを手早く食べ、自席に戻った。それからすぐに、刑事一課長の古澤に連絡を入れる。彼はちょうど署に戻る途中で、詳しい報告は自分が帰るまで待て、と指示された。古澤は何でもかんでもメモに残しておきたがるタイプだから、車の中で報告は受けたくないのだろう。ゆったりと後部座席に座っていても、車の中ではメモは取りにくい。

手持ち無沙汰……しかし五分後には古澤が帰って来て、凜は報告に忙殺されることになった。珠希が家を出たのは間違いない、しかしその足取りは丘珠空港で途切れている
——古澤はずっと渋い表情を浮かべたまま、報告を聞いていた。

「被害者を殺して逃げた可能性は？」

「そんなことをしたら、とにかく北海道を出ると思います。わざわざ札幌に行く意味が分かりません」

「そうだな」古澤がうなずいたが、納得している様子でもなかった。「これ以上、足取りは追えないか？」

「現段階では……もちろん、携帯を追跡したり、銀行の口座を監視することもできますが、どうしますか？　家出人に対して、大袈裟《おおげさ》過ぎませんか？」

古澤は無言で凜の顔を凝視した。何も言われずとも、彼の疑念が波のように伝わってきて凜を洗う。

「彼女を疑っているんですか？」

「否定はできない」

「凶器は銃ですよ？　そんなに簡単に手に入るものじゃないでしょう」凜はそこに着目していた。入手できるとしたら暴力団経由……しかし珠希が、暴力団と接触するとは考えにくい。だいたい、函館には銃を調達できるような暴力団員はいないのだ。少なくとも凜の情報網には引っかかっていない。

「今のところは、あらゆる可能性を否定しない」古澤は態度を変えなかった。

「いえ、否定します」凜はあくまで抵抗した。「あの殺し方は、処刑じゃないですか？　相手を跪かせて、後ろから二発……まず、相手の自由を奪わないと不可能です」

「銃を持った人間が相手だったら、大抵の人間は言うことを聞くぞ」

「犯人と二人で大沼まで行ったんですか？　そんな面倒なことをしなくても、自宅を襲えば済むじゃないですか。夜中に大沼まで連れて行くのは、リスクが高過ぎると思います。誰かに目撃される可能性もありますし」

「昨夜は大雪だった。外を歩いている人はほとんどいなかったはずだし、車も普段よりは少なかっただろう」

「平田は、どうやってあそこまで行ったんですか？」

「平田さん、だ」低い声で古澤が訂正した。「彼はあくまで被害者だ。犯人扱いは好ましくないな」

この件では古澤に理がある。凜は唇を引き結び、真剣な表情でうなずいた。

「平田さんの車が現場で見つかった」

「自分で運転してきたんですか？」

「それは分からない。今、車をこちらに引っ張ってきているから、中を詳細に調べてみないとな」

「昨夜、雪が激しくなり始めたのは、日付が変わった頃です」凜は無意識に左手を持ち上げて腕時計を見た。「遺体が埋もれていた状況を見ると、平田さんが現場に行ったのはそれ以前か、その最中ですよね？」

「おそらく」

「当然、誰かと一緒だった――その相手が問題ですね」

「水野珠希を排除するなよ」古澤が鋭く言った。

「仮に彼女が一緒に大沼まで行ったとして、その後はどうやって動いたんですか？　実家には車がありますが、昨夜使われた形跡はありません」家の前に積もった雪の具合を見れば明らかだった。「それに夜中では、大沼でタクシーを摑まえるのは難しいと思います。大沼公園駅から函館へ向かうＪＲの最終は、確か午後八時台に出てしまいますし」

「何を足に使ったか、今の段階で推測する意味はない」古澤は頑《かたく》なだった。「可能性を一つに絞らずに、状況を総合的に見ることだ」

「暴力団の可能性は？」

「それも否定しない。ただ、暴力団員は、ああいう殺し方はしないだろう」

「海外のマフィア……」

「可能性が高いか低いかはともかく、それも否定しない。それよりお前も、現場に戻ってくれ。周辺の聞き込みをしているから、それに参加するんだ」

「分かりました」凜は立ち上がった。雪の中での聞き込みは疲れるものだが、古澤とやり合っていても話は前に進まない。

動く時がきた。

4

昼過ぎ、神谷は凜の家を出た。雪は深く積もっているものの、空は晴れ上がり、凜が言っていた通りで寒さはそれほどでもない。セーターにダウンジャケットで、十分暖は取れた。凜の車にマフラーを置き忘れてしまったので首元だけは寒いが、我慢できないほどではない。しかし歩きにくいのはどうしようもなく、神谷は何度も滑って転びそうになった。手袋を持ってこなかったので、ダウンジャケットのポケットに両手を突っこんだままでいたのだが、その格好だとバランスが取りにくくなる。必然的に、のろのろ歩きになってしまった。

今回の函館訪問は失敗だった、と諦める。状況がよく分からないが、先ほど凛と電話で話した限りでは、すぐに解決の目処《めど》がたちそうな事件ではなかった。まあ、しょうがない。こういうこともあるだろう。彼女が東京の実家に里帰りがてら遊びに来た時に、自分も夜中に飛び出さざるを得なかったことがある。

函館は初めてだから、取り敢えず市の中心部に出てみるか……市電の停留場に向かい、道路の中央にある乗り場で待つ。この停留場には屋根もないから、雪が降る時に待つのは大変だろう。

時刻表を確認すると、日中は十二分間隔だった。これなら、市民の足としても相当便利なはずだ。しかも普通にパスモが使えるので、東京から来た人間も何の不便もなく乗れる。やって来た車両は相当古く、「レトロな」という形容詞がよく似合っていた。こういう市電に乗るのも旅情というものか……。

二つ目の停留場が、函館山への最寄駅である十字街《じゅうじがい》だ。この先は、マンションやオフィスビルが建ち並ぶ市の中心部に入っていく。東京などと違うのは、ビルとビルの間に結構な空間があり、余裕が感じられることだ。しかし今日は、車も少ない……平日の昼なのに、仕事をしている人はいないのだろうかと心配になってくるほどだった。

十字街の停留場から三つ目が函館駅前停留場だ。本当の市の中心部は五稜郭公園前停留場だと凜は言っていたが、ここで一度降りてみることにした。

駅はかなり遠くに見える。駅前のバスターミナルが異常なほど広いからだ、とすぐに気づく。ここは北海道でも南側の駅――特に鉄道に興味がない神谷も、それを考えると多少は旅情をそそられた。それにしてもホテルが多い。さすがは道内有数の観光地だ。

さて、昼飯はどうしよう。この近くに有名な函館朝市があり、午後早い時間帯までは食事もできるようだが、凜は「特に行く必要はない」とあっさり言っていた。もちろん海産物は美味《うま》いが、観光客価格でとにかく値段が高いという。自分も観光客のようなものだが……「生うに丼で三千円も取られるのは馬鹿馬鹿しいでしょう」という凜の言い分にも一理ある。あそこで食べるぐらいだったら、材料を安く買ってきて家で作るから――今回は、それは叶《かな》いそうにないが。

結局朝市ではなく、凜が勧めていたローカルなハンバーガーショップに寄ってみることにした。スマートフォンで場所を確かめると、停留場のすぐ裏である。ビルの一階に入った店は、壁がレンガ張りの落ち着いた外観なのに反して、看板が妙に過剰だった。「名物ハンバーガー」「こだわりカレー」「人気者オムライス」……ハンバーガー店ではないのか？　プッシュされている料理は、ファミリーレストランのようなラインナップだった。

　中に入ると、多少派手派手しいが、あくまで普通のレストランの雰囲気……しかしメニューの数に驚かされた。朝飯が遅かったので、少し軽めでいいかと思ったが、あまりにもメニューが多過ぎて、どれが軽いのかも分からない。仕方なく、「一番人気」と謳《うた》っている「チャイニーズチキンバーガー」を頼んだ。鶏肉なら、それほど重くもないだろう。ついでにフライドポテトと熱いコーヒーも。

　出来合いを出すのではなく、注文を受けて作るようで、少し待たされる。出来上がったのを受け取った瞬間、神谷の頭は疑問符で埋めつくされた。「チキン」はフライドチキンではなく鶏の唐揚げだったのだ。上のバンズを取ってみると、かなり大きな唐揚げが三つ、姿を現す。太めのフライドポテトには、白と赤のソースがかかっていた。普通なのは大きなマグカップに入ったコーヒーだけ。どうやら相当変わった店のようだ。「チャイニーズ」を名乗るだけあって、唐揚げは甘辛、そして酸味が強い。どちらかというと白い飯に合いそうだが、パンでもいけた。地のものだろうか、レタスも新鮮で、野菜を食べている実感を味わわせてくれる。唐揚げ三個はかなりのボリュームで、食べ終えるとほぼ満腹になった。

　難敵はフライドポテトだった。マヨネーズとケチャップかと思っていた白と赤のソースの正体は、ホワイトソースとミートソースだったのだ。それでなくても油っぽいフライドポテトのしつこさを倍増させる味つけ。部活帰りの中学生や高校生なら喜んでお代わりするかもしれないが、今の自分の胃にはかなり厳しい……結局半分ほど残し、後はコーヒーで満腹感を鎮めた。コーヒーは結構な量で、しかも美味い。要するに、全体にサービス過剰の店なのだった。

無事に昼食を終えて、スマートフォンを取り出す。凜は事件について詳しく話している余裕がなかったが、殺人事件ならもうニュースになっているはずだ。あった。地元紙のニュース……まだ夕刊が出る時間帯ではないが、この記事はそのまま夕刊に載るだろう。

【函館】12日午前7時半頃、七飯町大沼町の大沼国定公園内に男性の遺体があるのを、散歩していた近所の男性（60）が見つけ、函館中央署に届け出た。

調べによると、遺体は函館市東川町《ひがしかわちょう》、職業不詳、平田和己さん（33）。平田さんは後頭部に複数の銃弾を受け、ほぼ即死状態と見られている。同署では殺人事件と断定、捜査本部を設置した。

平田さんの遺体は雪に埋もれた状態で発見された。現場近くでは、12日午前0時頃から明け方にかけて雪が降っていたが、平田さんは雪が降り始めた前後に現場で殺されたと見られている。

この短い記事だけでは、状況がよく分からなかった。好奇心がむくむくと湧いてきたが、自分で調べるわけにもいかない。誰かに聞くにしても、道警に知り合いは凛しかいないし、その彼女は今、捜査の真っ最中だ。おそらく、現場で聞き込みを続けているだろう。

気になるのは手口だ。

日本では銃を使った犯罪自体が少ない。ましてや後頭部に二発という手口は、極めて珍しい。暴力団同士の抗争でも、こういう殺し方はない。強いて言えば、アメリカのマフィアのやり口だろうか。確実に殺すための二発。

しかし、アメリカのマフィアが北海道に上陸しているとは考えられない。いずれにせよ道警は苦労するぞ……凛とは、今回はもう会えないかもしれない。となると、休暇を早めに終え、今夜の飛行機で東京へ引き上げるべきかもしれない。自分が家にいると思うと、凛も落ち着かないだろう。

地元紙以外のニュースにも当たってみる。全国紙は各紙とも、さらに記事は短い……さすがにこういう事件はもう少し重視すべきではないか、と神谷はかすかに腹が立った。銃による犯罪は、絶対に根絶されねばならない。メディアの連中は、事態を甘く見ている。あるいは全国紙的な観点では、北海道で起こった事件など、報道する価値がないということか。

とはいえ、自分には報道に口出しする権利はない。もちろん捜査もできない。しかしどうしようもないのだと意識すると、逆に猛然と興味が湧いてきた。こういう難しい事件は、刑事にとって一番取り組みがいがある。

何とか情報を収集する方法はないだろうかと、神谷は真剣に考え始めた。どうせなら現場を覗《のぞ》いてみようか。当然封鎖されていて、遺体や発見現場を見ることはできないだろうし、聞き込みができるわけでもない。しかし少しでも現場に近づけば、何か感じ取れるものもあるはずだ。その後は居心地のいい凜の部屋であれこれ推理を巡らせ、犯人像を推測する——悪くない。観光気分はすっかり消えていた。

大沼公園は……JRで行けるようだ。時刻表を調べると、十二時三十四分発の函館本線に乗れば、一時過ぎには現場に到着できる。案外近いじゃないか、とその気になってきた。神谷はコーヒーを飲み干し、立ち上がった。たまたま函館駅の近くにいるのも、何かの縁かもしれない。結局自分は、一生事件とつき合っていくのだろうと考え、神谷はニヤリと笑った。

凜に「必需品はサングラス」と言われた意味を、神谷は初めて理解した。快晴。冬の陽射《ひざ》しは強烈ではないものの、深く降り積もった雪に照り返されて、真夏よりも明るいぐらいだった。これは確かに、サングラスがないと目をやられそうだ。神谷はダウンジャケットのポケットから取り出したサングラスをかけ、駅舎を出た。駅舎自体は、国定公園へのゲートウェーとしてはあまりにも小さい感じがしたが、基本的に道内を動き回る観光客は車を使うのだろう。実際、神谷が乗ってきた函館本線の車両もガラガラだった。

駅前ロータリーには雪が深く降り積もっていて、サングラスを通してもその白さが痛いほどだった。観光客がちらほら……道警は、現場をどこまで封鎖しているのだろう。この公園はあまりにも広く、観光客を締め出すのはまず不可能だ。

通りに出て歩き出す。駅前には宿屋が見当たらない。わざわざここへ泊まって見物するような場所ではなく、函館を拠点にして日帰り観光、というのが普通なのかもしれない。点在しているのは土産物屋や食堂ぐらい。警察官の姿は見当たらなかった。

どこからが公園なのか分からないまま、ぶらぶらと歩き出すと、いつの間にか公園の中に入っていた。貸しボート屋の看板が目立つが、さすがにこの季節には開店休業状態だろう。それでも休憩所などは店を開いており、観光客もちらほらと見受けられる。

パトカーを何台か見かけた。覆面パトカーも……現場の鑑識作業がまだ続いているのかもしれない。そして刑事の姿もちらほらと見るようになった。刑事は刑事を見抜く。「捜査」の腕章をしていなくても、何となく雰囲気で分かるのだ。ということは、向こうが見ればこちらの正体もばれてしまうかもしれないが、言い訳は難しくない——今の自分は単なる観光客なのだから。

雪は深く、とにかく歩きにくい。少しでも雪が降れば東京が麻痺《まひ》するのも当然だ、と神谷は四苦八苦しながら納得した。自分のように雪に慣れていない人間が歩いているだけで、歩道は渋滞する。車は言わずもがなだ。

目の前の光景はほぼ真っ白なので、雪原がずっと先まで続いているように見える。しかしその先に小さな橋があるので、そこは既に湖の上だと気づいた。春や夏は、ここからボートを出して湖上をゆったり巡るのが楽しいのだろう。

中国人観光客の一団が、塊になって傍《そば》を通り過ぎる。声高に、叫ぶように喋っているのは毎度のこと……彼らのバイタリティには驚かされる。都内で「爆買い」が話題になったのは数年前だが、今や地方の観光地にまで進出しているわけだ。

白が中心になった光景の中に、ぽつぽつと現場服が見える。やはり鑑識がまだ作業中のようだが、雪が降り積もった現場で何ができるのだろう。神谷は白く染まった橋を渡り、鑑識課員が活動している現場に近づいた。しかし途中、黄色い規制線に動きを止められる。細い道路の両側にある木を利用して張られたものだが、それでも十分威圧的だった。しばらくその場に立ったまま、鑑識課員たちの動きを観察していたものの、すぐに居心地が悪くなってしまう。結局神谷は、すぐに現場を離れた。本当の現場は、細い遊歩道が左へ折れ曲がった先の方にあるようで、はっきりと見ることはできないのだ。ドローンでもあれば上空から観察できるかもしれないが、そこまでして見るものでもない。実際、刑事が現場で何かを発見できることなどほとんどないのだ。それは鑑識の仕事——連中はそれこそ、ミリ単位で現場を調べ上げる。彼らが去った後には、塵《ちり》一つ落ちていない。

街の方へ引き返して、聞き込みをしてみることにした。対象は土産物屋や飲食店……それほど密集しているわけではないから、むしろやりにくい。それに、この辺の店の実態が今ひとつ分からなかった。例えば夜中に人はいるのだろうか……一階が店舗、二階が住居ならともかく、店員が通いだったら店は無人になる。もしかしたらこの街全体も。

神谷はまず、近くの土産物屋に入った。店内は閑散としている……こういう店に人が入るのは、だいたい午後からではないだろうか。所狭しと土産物が並んだ一角に、テーブルが三つ。そちらではお茶が飲めるようになっているようだ。

レジには女性店員が二人いた。一人は五十代、もう一人は二十代に見える。手持ち無沙汰にしているので、上手く持っていけば話はできそうだが、切り出すタイミングが難しい。いきなりレジに行くのも不自然だ。

神谷は土産物を物色し、特に欲しくもない団子を一折手に取った。まあ、俺が食べなくても凜が食べるかもしれないし……六百円を払い、年長の店員をターゲットと定めて話し始める。

「あー、警官が多くて騒がしいですね。今朝、事件で大変だったんでしょう？」

「そうなんです」店員がうなずく。眼鏡の奥の目が、好奇心で光ったように見えた。

「びっくりしましたよ、こんなところで事件なんて」

「事件なんて、あまりない場所ですよね」

「もちろんですよ。物騒で怖いわ」

「夜中の事件でしょう？　この辺、夜中はどうなってるんですか？　私、近くに泊まってるんだけど……」

「夜は静かですよ。住んでる人も少ないですから」

「だったら、何か起きても分からないかもしれないですねえ」

その時神谷は、後ろから思い切り腕を引っ張られた。バランスを崩して転びそうになる……慌てて姿勢を立て直して振り向くと、凛が無表情で立っていた。まずい。この表情は、初めて会った頃と同じものだ。彼女は、自分が抱えた傷を隠すために無表情な仮面を被《かぶ》り、刺々《とげとげ》しい態度で武装していた。

「あー、その……」

「出ますよ」

凛は有無を言わせず、神谷の腕を引いて店を出た。外に立つと神谷を解放し、腰に両手を当てる。

「まさか、開き込みしてたんじゃないでしょうね」

「暇だったんだ」神谷は笑みを浮かべたが、今の凛に対してはまったく効果がなかった。

「だからって……トラブルになったらどうするんですか」

「俺だって用心するさ」

「いくら用心したって、神谷さんは全身から『刑事だ』っていう雰囲気を出してますよ。道警の連中だって、不審に思います。とにかく函館に帰って、大人しくしていて下さい」

「……了解」これは明らかに、凛の言い分に理がある。「団子を買ったから、夜にでも食べようか」

「何ですか、それ」凛の表情がようやく緩んだ。

「だから、聞き込みじゃなくて、土産を買うついでに雑談してただけだ」

凛がふっと笑みを浮かべる。苦笑に近い笑みだったが、取り敢えず緊張の場面は去っただろう、と神谷は判断した。

「ま、お茶でも飲んでから帰るよ」

「今すぐ、です」凛の表情がすぐに引き締まった。

「そんなすぐには電車がないんだ」

「そこまで計算してましたね？」

「あー、ノーコメントで。ま、上手くいったら夜に飯でも食べよう」

「それは……保証はできませんけど」

「上手くいったら、だよ。連絡してくれ」

「分かりました」

凜がさっと一礼して去って行った。まさか彼女に見つかるとは……しかし、自分が迂《う》闊《かつ》だったことは認めざるを得ない。敵陣の真ん中に、素手で突っこんでしまったようなものだ。

自分の担当区域外では静かにしているべきである。警察官の基本中の基本。


函館に戻る電車の中で、神谷はいくつもの疑念を頭の中で転がしていた。情報が少ない——凜との約束を破り、お茶を飲んだ喫茶店でも店主と少し話をしたのだが、事件の全体像はまったく見えてこなかった。それはそうだろう……地元の人であっても、すぐに事情が分かるわけではない。特に今回は、被害者も地元の人ではないのだし……知り合いが殺されたりすれば、あれこれ噂《うわさ》をするものだが。

一番気になったのは、被害者の平田が誰と一緒だったか、だ。彼の車は現場で見つかっているが、当然犯人が一緒だったはずである。いや、一緒とは限らないか……何らかの目的で平田が大沼湖を訪れ、犯人は彼の車を尾行してきたとか。しかし地元の人に聞くと、平田の遺体が見つかったのは湖畔の遊歩道の途中である。夜中、それも雪が降る天気の時に、ふらふら歩いて行くような場所ではない。遊歩道には街灯もないので、夜中は危なくて歩けない。特にこれほど雪が降り積もっている状態だと、どこが遊歩道か分からず、湖に転落してしまう恐れもある。もちろんこの季節、湖面は完全に凍結しているはずだが。

誰かと会う約束があったのでは、と神谷は想像した。しかし、こんなところで待ち合わせするのは、いかにも不自然である。密《ひそ》かに誰かと会うなら、むしろ街中の方が目立たない。

犯人と平田が同じ車で来た——平田がハンドルを握り、犯人が助手席から拳銃を向けて脅し続けたという構図は、それほど不自然ではないだろう。しかし、「処刑」して遺体を放置するのに、この場所を選んだ理由が分からない。観光客も多いから、すぐに発見される可能性が高いのだ。遺体が見つからないようにしたければ、他に遺棄する場所はいくらでもある。

意味が分からない。大沼が、北海道の犯罪者を惹《ひ》きつける特別な場所とも思えなかった。

一番あり得る可能性は、被害者と犯人が顔見知り、ということだ。夜中のドライブを楽しみ、大沼湖畔で密談をする振りでもして射殺した――いや、これも不自然である。

やはり、よく分からない事件だ。

あまり関心を持ってもしょうがないぞ、と神谷は自分を宥《なだ》めた。事件というと気が急いてしまうのは習慣のようなものだが、この場所では捜査する権限もない。単なる野次馬だ。

休暇は明日まで。凜と過ごせる少ない時間を最大限に有効活用すべきで、その方法を何とか考えよう。

5

最初の捜査会議は、午後七時半から開かれた。凜は会議室で末席に座り、手帳を広げた。個人的に、現場での聞き込みは成果なし――目撃証言は得られなかった。全員に確認したわけではないが、他の刑事たちも空振りしている可能性が高い。

眉間に皺《しわ》が寄るのを感じた。駄目ね……自分が被害者になった事件以来、何かあると眉間に皺が寄るのが癖になってしまっている。これがそのまま深い溝になってしまったら、みっともないことこの上ない。凜は人差し指で、眉間をゆっくりとマッサージした。

「保井さん、昼間、誰か知り合いと一緒でした？」

いきなり声をかけられ、どきりとした。顔を上げると、坂本がにやけた表情を浮かべて立っている。すぐに椅子を引いて、凜の横に腰を下ろした。

「何の話？」

「土産物屋で、冴えないオッサンと話してたでしょう。あれ、地元の人じゃないですよね？」

冴えないオッサンは余計だ……確かに神谷は、年齢なりにくたびれてはいるが、「冴えない」感じではない。こういうことを言われると、自分が馬鹿にされているように感じる。

「余計なお世話」

「ふうん……仕事って感じじゃなかったですよね」

「あなた、ちゃんと仕事してたの？　人のことばかり見てたら、聞き込みもできないでしょう」

「いや――」

「始まるわよ」

凜は坂本の注意を喚起した。ちょうど、捜査一課長と署長、それに一課の管理官が入って来たところ。少し遅れて函館方面本部長も姿を見せる。四人は会議室の前方の席に腰を下ろし、刑事たちと向かい合った。

「起立！」と声がかかる。一斉に椅子が引かれる音が響き、刑事たちが立ち上がった。「敬礼！」の号令で手と頭の動きが揃う。そして「着席」……警察というのは、学校生活の延長のようなものだとつくづく思う。学校で毎日繰り返されてきた「起立、礼、着席」は、警察でも定番なのだ。

まず署長——捜査本部の責任者になる——が立ち上がり、簡単に挨拶した。続いて方面本部長。方面本部長の存在が、他の県警にはない道警の特徴かもしれない。北海道はあまりにも広いので、道内には五つの方面本部が設置されているのだ。しかも本部長はキャリアの警視長で、いわば、小さな県警本部と同格の存在と言っていい。道警本部と同様に捜査課や生活安全課、監察官室まである。ただし、管内の所轄を指導して捜査を引っ張るわけではない……大きな事件が起きれば、今回のように本部から幹部が出てきて仕切るからだ。屋上屋を架するような組織だが、取り敢えず普段の仕事に影響が出るわけではないから、凜は気にしないようにしていた。

方面本部長の挨拶が終わると、ようやく捜査会議は本番になる。捜査一課長が、本部の管理官を指名して事件の概要を報告させる。既に知っていることばかりだったが、凜は熱心にメモを取った。続いて、刑事たちからの報告。管理官の指名で何人かの刑事が喋ったが、犯人につながるような情報は出てこなかった。やはり観光地、人が少ない場所での発生なので、目撃者探しにも苦労しそうだ。防犯カメラは駅にあるだけ。既にチエックはされたが、平田の姿は映っていなかった。

　平田の動きもよく分からない。函館市内の自宅は東川町。海のすぐ近くにある団地で、凜も行ったことがある。あくまで所在確認のためで本人と話してはいなかったが……場所は悪くない。ほんの一分も歩くと海辺に出るので、窓から海を見ながら暮らせるかもしれない。その分、海風の強いこの季節の寒さは強烈だろうが。

　団地の駐車場には監視カメラもなく、車の出入りの記録は残らない。団地での聞き込みも行われたが、平田はまったく近所づき合いをしていなかったようで、人物像ははっきりしなかった。

　一通り報告が終わったところで、凜は管理官から直接指名を受けた。

「保井、被害者は去年、婦女暴行事件で訴えられた人物だったな？　お前は捜査を担当していた」

「はい」会議室の空気が一瞬でピンと張り詰めるのが分かった。

「今回の一件と関係あるかどうかは分からないが、事件の概要を説明してくれ」

　凜はすぐに話し始めた。被害者本人からの届けがあって捜査を始め、平田にも事情聴取をしたこと。平田は「合意の上だ」と否定し、しかも被害届が取り下げられて捜査は実質的にストップしたこと――そして平田は姿を消し、半年後に函館に出現した。被害者とされた女性は今、函館の実家に住んでいる。そして彼女は、昨夜から今朝にかけて姿を消した。

最後の情報は、まだほとんどの刑事が知らなかったことのようで、凜が話し終えて座った途端、ざわついた雰囲気が漂い始める。管理官が凜に質問を発した。

「その被害女性——家を出た時の状況は調べたか？」

凜はすぐにまた立ち上がり、「母親に事情聴取しました」と前置きしてから状況を報告した。といっても、分かっていることはほとんどない。丘珠空港に到着して以降の足取りはまったく不明だし、そもそも彼女本人が飛行機に乗ったかも分からないのだ。あくまで本名でチケットを購入していた、というだけで……ただ、彼女がしばらく前から家を出ることを考えていたのは間違いないだろう。チケットの購入は一週間前だった。

「平田殺しに関係している可能性は？」管理官がズバリと聞いた。「お前は被害者に肩入れしているだろうが、そういう個人的感情は抜きに考えてくれ」

「可能性は低いと思います」凜ははっきりと言った。「考えられる動機は復讐ですが、彼女は訴えを取り下げています。私はその後も会いましたが、処罰を期待するよりも、早く忘れたいという気持ちの方が強かったと見ました。こういう事件の被害女性には、よくあることです」

自分は少数派かもしれない。自ら犯人を逮捕するために警察官になろうと考える人間など、まずいないのだ。私怨と言ってしまえばそれまでだが、今では凜は、自分の経験を、被害女性を救うために利用しようと考えている。それが今後の刑事としての生きがい……だろうか。

管理官が捜査一課長の方に身を寄せ、何事か相談した。何度かうなずくと、また凛に視線を向ける。

「行方不明者届は？」

「出ていません」出すように母親の彩子を説得したのだが、彼女は首を縦に振らなかった。あくまで大袈裟にしたくないようだった。それも分からないではない……去年、珠希は事件に巻きこまれて十分傷ついたのだ。もしも、その痛みから逃れるために姿を消したのだとすれば、無理に捜して連れ戻すのもまずい……しかし、凛は最悪のケースを懸念していた。

珠希は、死に場所を探すために家を出たのではないか？

「取り敢えず、この件は放置だな」

「私は、捜すべきだと思います」凛は反論した。「自殺の恐れもあります」

「事件から半年以上経ってるのに？」

「PTSDで苦しんでいた可能性もあるんです。こういうことは、時間が経てば自然に解決するものではありません。むしろ悪化する可能性もあります」

「しかし現段階では、事件につながる材料はない。行方不明者届も出ていない。この件は忘れろ」

「いえ、それでは――」

「もしも彼女が、平田殺しの容疑者だというなら話は別だが」

凜は黙りこまざるを得なかった。それは考えたくはない――いや、自分の中ではあり得ない可能性だった。

「取り敢えず、現段階では半年前の事件との関係性はないと判断する。明日以降の担当の割り振りだが――」

凜はその後の管理官の指示を聞き流した。珠希はあくまで被害者であり、間違いなく今でも苦しんでいる。何とか救いたい――そうは思ったが、上手くいきそうにない。とにかく今は、殺しの捜査に集中しなければ。珠希のことは、改めて考えるしかないだろう。

しかし……先ほどふと頭に浮かんだ「死に場所」という言葉が次第に大きくなってくる。もしも珠希が自ら死を選ぶようなことになったら、自分はまた大きな傷を負うだろう。決して癒えることのない傷を。

十時前に自宅へ戻り、玄関のドアを開けた瞬間、温かな匂いに鼻をくすぐられる。慌てて靴を脱ぎ捨てて家に入ると、神谷がキッチンに立っていた。

「飯は？」鍋を覗きこみながら神谷が訊ねた。

「ああ……食べてないです」鍋から顔を上げた神谷がにこりと笑った。「簡単なものだけど、すぐ食べられるよ」

「神谷さんが作ったんですか？」料理をするという話は聞いたことがない。

「そんなに驚くことないだろう。一人暮らしは長いんだぜ」

神谷が自嘲気味に言ったので、凜は申し訳なくなった。神谷は、取り調べの最中に激昂《げきこう》して容疑者に暴行したことを問題視され、警視庁本部の捜査一課を放り出されて大島署に異動になった。まさに島流し……同時に離婚して、それ以来ずっと一人暮らしである。このトラブルは神谷に精神的に手ひどい傷を負わせたはずだが、今はそれを感じさせることはない。凜と一緒に参加した警察庁の特命捜査で、自分を取り戻したのだ。後から考えてみると、あの特別な捜査は、自分や神谷の傷を癒すためのリハビリだったのかもしれない——まさか。

「大した料理じゃない。ただ、せっかく函館にきたのに、まだ海のものを食べてなかったから、海鮮丼にしてみた。といってもウニとイクラの二種類だけど」

「贅沢《ぜいたく》過ぎません？」

「ウニとイクラだったら、包丁を使わなくて済むから」

「ああ……そうですね」

「味噌汁は、冷蔵庫にあるもので適当に作った」

「十分です」

その味噌汁は豆腐とワカメだった。丼はいかにも不器用な人間が作ったものらしく、見た目はぼろぼろだったが、食べてしまえば同じだ……神谷が食事を用意してくれたのが嬉《うれ》しく、食べている間、凛の頬は緩んだままだった。

「しかし、北海道だからって、ウニもイクラもそんなに安くないんだな」旺盛な食欲を発揮して丼を食べ終えた神谷が零《こぼ》した。「地のものだから安いと思っていたけど」

「そもそも物価がそんなに安くないんです。じゃがいもとかとうもろこしは、季節になると安いですけどね」

「そんなに住みやすいわけじゃないんだな。夏は最高だけど、冬の寒さはやっぱりきついし」

「北海道に住む気なんてあるんですか？」凛は顔を上げ、神谷の顔を真っ直ぐ見た。これは……極めて曖昧な言い方だが、二人で暮らすような話が出たのは初めてかもしれない。

「どうかな」神谷が視線を逸《そ》らし、言葉を濁した。「まあ……贅沢できれば、夏は北海道、冬は東京で、というのがベストだ。でも、少なくとも現役でいるうちは無理だろうな」

　自分たちの将来はどうなっていくのだろうと、小さな不安を感じることもある。ずっと東京と北海道で離れて暮らしていたら、結婚など絶対に考えられない。立場は……凛の方が不安定かもしれない。東京で暮らす両親はまだ元気だが、凛は一人っ子なのだ、いずれ介護の問題などが生じてきたら、嫌でも仕事を辞めて東京へ戻らざるを得なくなるだろう。そういう時に神谷を頼るのも気が進まなかった。だいたい神谷は、凛より一回りも年上である。親の介護が必要になる頃、神谷はまだ元気だろうか……。

「食べ過ぎだけど、デザートもある」

「ああ」凛はすぐにピンときた。「大沼土産の団子ですね」

「食べたことは？」

　凛は苦笑しながら首を横に振った。団子など、全国どこにでもある。神谷が出してきた団子はごく普通のものだった。串に刺さっておらず、浅い箱に団子を詰めこんで餡《あん》をまぶしているのがビジュアル的に珍しいといえば珍しいが、こういう団子もどこかにはあるだろう。

　団子をつまみ、渋い茶を飲む。何だか年取った夫婦のようだが、悪くはない。捜査会議の時まで抱えていたささくれだった気持ちが、少しずつ癒されていく。もしかしたら神谷は、癒し系なのか？　普段の態度や言葉遣いを考えると、とてもそうは思えないのだが。

「明日も、余計なことをしたら駄目ですよ」凛が釘を刺した。

「まさか」神谷が苦笑する。「一度忠告を受ければ十分だ」

「今日、同僚に見られてました。若い子だったから抑えつけたけど、いろいろ面倒なんです」

「あー、署の先輩方に挨拶しておいた方がいいか？」

「まさか」凛は激しく首を横に振った。「もっと面倒なことになります。そういうの、やめましょう」

「……そうだな」

「私、明日も普通に仕事に行かないといけないんですけど……神谷さんはどうしますか？」

「まあ、適当にぶらぶらしておくよ」神谷は肩をすくめた。「一人で時間を潰すことには慣れてる」

「観光名所ならいくらでもあるし……」

「そういうところへ行くかどうかは分からないけどな。一人で函館山へ行くのは馬鹿馬鹿しいし、今度来た時のために取っておくよ」

「そうですね。函館山は中国からの観光客で一杯ですから、居心地が悪いですし」

「彼らのあのバイタリティは何なのかねえ」神谷が首を傾げる。「どこへ行っても見かけるし」

「昔は、ハワイやパリは日本人だらけだったって言いますよ。それが今は中国人に代わっただけじゃないですか？」

「時代は変わる、か……さて、それで、事件のことについては話してくれるのかな？　現場へ行ったのは軽率だったけど、ここで話をする分にはいいだろう？　外へ漏れることはないし」

「難しい事件ですね」

　凜は、去年の札幌での事件から説明した。途端に神谷の表情が引き締まる。

「その件は、前に聞いたな」

「嫌な事件でした。私の中では終わってないです」

「復讐、という線は？」

「私はないと思います」

「人の気持ちは、簡単には割り切れないよ。時間が経っても――経ったからこそ、復讐したいと願う気持ちが大きくなることもある」

「そう簡単には割り切れないんでしょう？」凜は逆に指摘した。

「まあ、そうだな……」やりこめられたと思ったのか、神谷が渋い表情を浮かべる。

「私は彼女に、何度か会っています。基本的には、内に籠もるタイプだと判断していま す。人を恨むよりも、自分が我慢してしまった方がいいと考えるような」

「でも、被害届は出したんだろう?」

「それをすぐに取り下げたのが、彼女の内向的な性格の証明だと思いませんか? 警察が本格的に捜査に乗り出して、何度も事情聴取を受けるのに耐えられないと思ったのかもしれません」

これはあくまで表面的な観察の結果だ。性犯罪の被害者の気持ちは複雑に揺れ動き、ショックから逃れるために、警察官にも本音を話さないことはよくある。普段、凜はじっくり時間をかけて被害者と向き合うのだが、珠希はそれを拒否した。珍しいことではないが、凜はかすかな違和感を覚えてもいた。あまりにも急に態度が変わり過ぎたのだ──怒りに突き動かされて警察に駆けこんだものの、誰かに諭されて告訴を引っこめたような。母親かもしれない、と凜は想像していた。いくら娘がひどい目に遭っても、世間体を考えて余計なことはしないように説得したとか。

「君が事情聴取しても?」

「女性だからって、上手くできるとは限りません」凜は肩をすくめた。「日々、勉強中です」

「それは分かるけどさ」神谷は釈然としない様子だった。

　ふと、事情聴取の際に引っかかったことがあったと思い出す。家族構成を確かめた時の話だが……珠希は高校生の時に父親を亡くしている。母親は専業主婦。しかし珠希と妹は東京の大学へ進学した。父親の保険金がおりたのかもしれないが、それで賄い切れたのだろうか。それに考えてみれば函館の実家も……おそらくあの家は、父親が亡くなってから建てられたものだ。豪華とは言えないが、かなり立派な家である。建設費はどこから出たのか？

　今、その件を考えても仕方ないか。親戚の援助などがあったかもしれないし。

「ごめんなさい、こんなことになっちゃって」

「事件が起きたのは君のせいじゃない」神谷が立ち上がり、食器を流しに下げた。そのまま洗い始める。

「私がやりますよ」凜は慌てて立ち上がった。

「作った人間の責任だ。洗い物ぐらいはやるよ」

「ごめんなさい……」

「謝ることじゃないさ」神谷が振り向いた。「今回の被害者の平田という男、どう思う？　半年前、君は直接取り調べをしたのか？」

「私はしてませんけど、担当した人間の話では……あまり信用できない人間だと思います」

「いかにもそういうことをやりそうな?」

「のらりくらりなんですよ。何を考えているか、よく分からないタイプなんです」

「そもそも何で捜査はストップしたんだ? 被害届のあるなしは、今は関係ないだろう。親告罪じゃなくなったんだし」

「何となく、ですね。容疑を固めきれないうちに、平田が札幌を離れてしまいましたし」

「足止めもできなかったんだ」

「結果的にそうなります」凜は神谷のきつい突っこみに耐え続けた。

「もしも逮捕されていたら、殺されるようなことはなかったわけだな」

神谷の指摘が凜の胸に突き刺さる。平田は刑事たちの間でも評判の悪い男だったが、だからと言って殺されていいということにはならない。神谷が言う通り、もしも逮捕されれ、今でも身柄を抑えられていたら、少なくとも無事に生きてはいただろう。

「いや、あくまで仮定の話だけど」神谷が慌てて言った。「後悔しても仕方がないことだ」

「でも、釈然としない気持ちは残りますよね」

「それを解消するためには犯人を捕まえるしかないんだけど……ちょっと難しそうな事件だな」

「神谷さんもそう思います？」

「今のところは、ニュースで見た事実しか知らないけど」神谷がうなずいた。

黙りこんだ神谷は、しばらく洗い物に専念する。背中を見ていると、何か考えているのが分かった。一つの考えではなく、様々な思いが脳裏を去来しているだろう。自分も同じようなものだ。

「君は、被害者の背景――どんな人間かは摑んでいた？」洗い物をしながら神谷が訊ねた。

「中途半端に」凜は認めた。

「らしくないな」

「何がですか？」

「普段の君だったら、もっとしつこく捜査しているはずだ。簡単に被害者を手放さないだろう」

「私一人で騒いでも、できることには限界があります」凜はつい反論した。「そもそも、婦女暴行事件の捜査は、所轄が担当します。私は自発的に首を突っこむこともありましたけど、それに対していい思いをしていない人がいたのも事実です」

「本部の刑事には、他にやることがあるってことだな。そりゃあそうだよ。警視庁でも――どこの警察でも事情は同じだ」

凛はうなずいた。確かに、婦女暴行事件で本部の刑事が捜査を担当することは滅多にない。被害者がよほどの重傷を負ったり、最悪殺されたのでない限りは、所轄任せである。

凛は立ち上がり、神谷の脇に立った。すっと身を寄せ、体を触れ合わせる。洗い物を終えた神谷が、手を濡らしたまま、凛の脇腹に手を伸ばして抱き寄せた。一瞬びくりとしたが、すぐに安心感が体に満ちる。自分が暴行事件の被害に遭って以降、男性と触れ合うことに生理的な抵抗感があったのだが、それを徐々に解いてくれたのが神谷だった。

「煙草《タバコ》、いいんですか?」凛は訊ねた。今回函館に来た神谷からは、煙草の臭いがしない。

「あー、そうだね」神谷が苦しそうな笑みを浮かべた。「ちょっとやめてるんだ」

「体調でも悪いんですか?」

「そういうわけじゃない。煙草に金をかけてるのが馬鹿らしくなったというか……年齢的にも、そろそろやめていいかな、と」

「悪いことじゃないですけど、私に気を遣ってます?」

「多少は」

「別にいいですよ。灰皿はないですけど」

「そもそも煙草を持ってないんだ」神谷が肩をすくめる。

「買いに行きますか？　散歩してもいいですよ。煙草を売ってるコンビニは、ちょっと離れてますけど」

「いいよ」神谷が苦笑する。「寒いのに、わざわざ出かけなくても」

「そうですか……」雪が降っているわけではないから、夜中の散歩も悪くはないのだが。凛はゆっくり腰を下ろし、窓に目をやった。外は氷点下の寒さだろう。やはり、散歩するのに適した陽気ではない。

「それより、話をしようよ」

「話題が事件のことっていうのが、色気がないですけどね」

「刑事同士で話をしてるんだから、しょうがないさ。しかし考えてみると、札幌の暴行事件もおかしな感じだな。もしかしたら、被害届自体が偽者ということもあるんじゃないか？　偽者というか、平田という男を罠《わな》にかけようとしたとか」

「まさか」凛はすぐに反論した。「医師の診断書も出ていたんですよ。暴行の事実があったのは間違いありません」

「なるほどね」

神谷がテーブルにつき、冷えたお茶を一口飲んだ。視線は余った団子に向く……煙草を吸わなくなって、甘いものを好むようになったのだろうか？　二人で寄り添って寝ている時の感覚では、太ったとは思えないが。

「被害者と加害者の接点は、その時だけ？」

「私が把握している限りでは」

「よく分からないな。平田は、函館で新しく仕事をするためにここへ来たんだろう？」

「表向きは」

「表向き？」

「本当はどうしてか……何か裏がありそうな気はしていました。もう少しちゃんと調べておけばよかったんです」凛は唇を噛《か》んだ。

「とはいえ、何か具体的に問題があったわけじゃないから、突っこむにしても限界がある」神谷が腕を組んだ。「余計なことをしたのがばれれば、内からも外からも批判を浴びるからな……俺はそれで、何度も危ない思いをした」

「結果的には、私の怠慢だったと思います。少しぐらい問題になっても、もう少し二人について調べておけばよかった。私が函館に転勤になったことだって、縁みたいなものだし」

「だったら、ちゃんと犯人を見つけて、被害者の供養をするしかないな」

「それは分かってます。私が犯人を挙げます」

「ま……次回は何もないことを祈るよ」

「ごめんなさい」凛は反射的に頭を下げた。仕事だから仕方がないとは思うが、神谷には迷惑をかけた。せっかくの休暇を、ただ無駄にさせてしまっただけではないか。一回り年上だから、神谷の方が大人と言えば大人なのだが、それでも甘えるわけにはいかないと思う。

「明日も普通に出かけるんだろう？　朝飯、用意するよ」

「それじゃ悪いです。朝ごはんぐらい、私が作りますから」

「味噌汁はたっぷり作ってある。それにウニもイクラもまだ残ってるから、食べないともったいない。飯を炊くだけでいいんだよ」

「今夜と同じような朝ごはんになりますよ」

「俺はそれで構わないけど」神谷が立ち上がった。「明日の用意をしておくか……あ、風呂を準備してなかった」

「そんなに甲斐甲斐《かいがい》しくしないで下さいよ」凜が苦笑した。

「気持ち悪いか？」

「無理してるみたいで」

「そんなことはないけどな。まあ、刑事は刑事の気持ちがよく分かるということで……君はたぶん、これからひどい状態になるから、今のうちだけでもゆったりしてもらわないと。この捜査は、ややこしいことになると思うんだ」

「それは十分過ぎるほど予想しています」

それにしても色気のないことだ。刑事同士とはいえ、もう少し事件から離れた話だってできるはずだ。普段別々に暮らしているから、共通の話題がほとんどないせいもあるが……自分たちの人生の行く末に対して、凜はまた小さな不安を感じた。このままでは、神谷は凜にとって「頼りになる先輩」以上の存在にはならないのかもしれない。だったら神谷にとって、自分の存在意義は何なのだろう。神谷はどうして、自分と一緒にいようとしてくれるのだろう。

6

神谷は結局、早めに休暇を切り上げることにした。朝のうちにそう決めて凜に告げると、彼女はひどく申し訳なさそうな表情を浮かべたが、一人で観光地巡りをする気にもなれない。凜が一緒であれば、そこは大事な街。いなければ……どうでもいい。

「早い時間のチケットに切り替えられれば、それで帰るよ。駄目なら、夕方まで適当に時間を潰す」

「すみません」

「恐縮しなくていい。俺だって、君に迷惑をかけたことは何度もある」

凜を送り出してしまった部屋は妙に広く、侘《わび》しかった。いつまでもここにはいられない……何だったら、飛行機ではなく新幹線を使って帰ってもいいと思ったが、新幹線の新函館北斗駅までは結構遠い上に、飛行機に比べるとやはり時間がかかる。四時間以上も新幹線に乗る気にはなれなかった。

幸い、午後一番の便に切り替えられたので、それで東京へ戻ることにする。それまでどうやって時間を潰すか……凜の部屋を掃除でもしようかと思ったが、さすがに彼女が嫌がるだろう。そう言えば、ここからそれほど遠くない場所——観光名所である赤レンガ倉庫の近くに、行きつけになった喫茶店があると凜が言っていた。そこでお茶でも飲んでから函館駅前まで出て、バスで空港へ向かおう。寒い中で観光名所を回る気にはなれない。

荷物をまとめてさっさと家を出る。鍵は凜から預かっていた。この鍵が、今の二人をつなぐ絆《きずな》のようなものか……。

一駅だけ市電に乗って、あとはブラブラと歩く。相変わらず、歩道も除雪されていない。こういう環境も、住んでいるうちに慣れてしまうのだろうか……長靴を履いていない神谷は、時々深い雪溜まりに足を突っこんで、悪態をつく羽目になった。

途中、コンビニエンスストアで地元紙を除いた全紙——地元紙は凜の家で読んでいた——を買いこむ。これは癖のようなもので、大きな事件が起きると新聞各紙を舐《な》めるように読み、テレビのチャンネルを頻繁に変えて情報をチェックする。自分が担当しているかどうかは関係ない。中には事件に興味がない——自分で捜査している事件以外には見向きもしない刑事もいるが、神谷は大きな事件になるとどうしても気になってしまう。

凜が教えてくれた喫茶店は、すぐに見つかった。昨日入ったハンバーガー店と同じく、ここも少し変わった店……白い壁に青い屋根という爽やかな色合いの建物で、中はいかにもアメリカっぽい雰囲気だった。ウッディーな内装で、「コカ・コーラ」の赤い看板や「クアーズ」のネオンサインが置いてある。天井では大きな扇風機がゆったり回って、エアコンから吹き出る暖気をかき回していた。店内に流れるのは軽快なロックンロール……なるほどね、と神谷は一人うなずいた。こういうアメリカ風の店を好む人がいるのは理解できる。そういえば、自分が学生の頃——九〇年代には、こういう店が多かったのではないか。

コーヒーを頼むと、急に煙草が吸いたくなった。実際には、禁煙したのは三日前——凜と会う前日からである。久しぶりに彼女と会うので、思い切って煙草とライターを家に置いてきたのだが、あれから特に吸いたいと思わなかったのは自分でも意外だった。東京へ帰ったら元に戻ってしまうかもしれないが、そろそろ本気で禁煙を考えるべきかもしれない。

コーヒーを待つ間、新聞各紙をざっとチェックしていく。昨日の事件ということで、各紙とも扱いは大きかった。ただし、神谷が凜から聞いた以上の情報はどこにも掲載されていなかった。

どうやら被害者の平田は「流れ者」のような男で、マスコミが一日や二日調べたぐらいでは、人生そのものが完全に分かりそうにない。

平田は東京都出身で、塾講師などの職業を経て、三十一歳の時に札幌に移り住んできた。勤務先は、ロシアとの輸出入を専門に行う商社。暴行事件――この件はマスコミには伏せられているようで記事には載っていない――がきっかけになったのか、札幌から姿を消していたが、しばらくしてから今度は函館に現れて、中国人相手の観光案内会社を作るための準備をしていた。

いかにも胡散《うさん》臭い。

ロシアとの貿易というと、かなり特殊な仕事ではないだろうか。言葉が通じないとどうにもならないし、向こうの事情を何も知らないで手を出したら危険だ。平田が勤めていた会社がどれぐらいの規模かは分からないが、札幌にそれほど大きな商社があるとは思えない。少人数の会社だったら、必要なのは即戦力――しかもわざわざ三十歳を過ぎた人間を採用するのなら、平田にはそれなりに能力があったのではないか？　例えばロシア語がペラペラだったとか、他の仕事でロシアに駐在していた経験があるとか。

そして、「その後」についてもやはりよく分からない……東京出身の人間が、函館で中国人相手の観光ビジネスを始めようというのは、あまりにも唐突過ぎないだろうか。

確かに函館の街では中国人観光客が目につくのだが、それまでのキャリアが生かせるとも思えない。誰かビジネスパートナーがいれば別だが……。

凛は、この件では突っこみが甘かった。一度マークした人間については、もっと詳しく身辺調査しておくべきだったのだ。彼女自身、この件に関してはあまり乗り気ではなかったのかもしれないが……被害者が急に身を引く——被害届を引っこめれば、確かにやる気を削がれるだろう。しかし凛は、女性が被害者になった事件では、自分自身の業を背負って必死に捜査する。

何だか全てが怪しい。何か大きな裏があるのでは、と神谷は想像した。

函館空港には滑走路が見渡せる広い食堂があり、昼食にはそこで「はこだて大沼牛」のステーキを奢った。「金がある時はステーキ」というのも昭和の発想だな、と苦笑してしまったが、今回の旅では凛と過ごす時間が短かったので、予算がだいぶ余ってしまったのだ。いわゆるブランド牛だが、それほど舌が敏感ではない神谷にとっては「豚に真珠」だった。美味いことは美味いのだが、何がどう美味いのか、自分でもよく理解できない。

食後のコーヒーを飲みながら、滑走路にぼんやりと目をやる。周辺は雪景色だが、空は青く晴れ上がり、滑走路にはまったく雪がない。今のところ遅延はなく、羽田には午後四時前に到着予定だった。夕方以降の時間がぽっかり空いてしまうが、それは仕方がない。

思いついてスマートフォンを取り出し、捜査一課の後輩、進藤《しんどう》に電話をかける。

「お疲れっす」進藤が軽い調子で電話に出た。

「どうだ？　東京は平和か？」

「平和ですけど、神谷さん、どこにいるんすか？」

「北の方だ」

「このクソ寒いのに？　今日は東京も最低はマイナス二度でしたよ」

神谷は思わず顔をしかめた。進藤は二十九歳、去年本部の捜査一課に来たばかりなのだが、やたらと天気を気にする。気温が一度下がれば「冬が来た」と溜息をつき、一度上がれば「真夏だ」と嫌がる。自分のデスクには折りたたみ傘、コンビニエンスストアで売っている五百円の雨合羽、ゴアテックス製のアノラックの他にゴムのレインシューズなど、悪天候用のグッズを完備している。いくら何でも用心し過ぎだと、他の刑事たちにからかわれていた。

「あー、冬だから寒いのは当たり前だ」天気の話にいつまでもつき合っているわけにはいかない。「これから東京へ戻るんだけど、特に何もないよな？」

「うちの係は平穏無事です。でもそもそも神谷さん、休みなんですから、気にすることもないじゃないですか」

「そういうわけにはいかないよ」

この辺は、世代による意識の相違だろうか……神谷は若い頃「現場に出遅れるのは一番の恥だ」と先輩に叩きこまれてきた。休みなどとんでもない。特捜本部ができた時には、犯人を挙げるまで一日も休まず仕事をする――出遅れを恐れて、普及し始めたばかりの携帯電話を私費で購入したほどだった。

今は、きちんと休まないと上司が煩《うるさ》い。それ故、若い刑事は休暇を取るのが当然の権利――あるいは義務だと思っている。何かあった時に自ら休みを返上してまで出て来る血気盛んな若手が少なくなったのは、寂しい限りだ。

そういう意味では、凜は古いタイプの警察官と言える。警視庁と道警では、休みに対する考え方も違うのかもしれないが。

取り敢えず今日は、このまま休みを消化できるだろう。何もないのも寂しいものだが、一方ではほっとしている自分もいる。

電話を終える直前、メールが着信する音が聞こえた。凜かと思ったが、埼玉県警の桜内省吾《さくらうちしようご》だった。かつて、警察庁の特命捜査で一緒だった男。県警に戻ってからは苦労を重ね、体調を崩したりもしたのだが、今はようやく元気になって現場に復帰している。あの時集められた五人の中では一番近くにいるので、今でも時々会って酒を呑《の》む仲だ。

桜内は食事に誘って来た。そう言えば年末に「年が明けたら新年会をやろう」と話したのに、その約束が曖昧なままだった、と思い出す。ちょうどいい。今日はどうせやることもないし、向こうが大丈夫なら、ささやかに新年会といくか。

話題は仕事――凜が抱えた仕事の話をすることになりそうだが。


桜内とはいつも、東京と埼玉の境の様々な街で会う。何かあった時に、すぐに自分の管轄に戻れるからだ。今日は、神谷が川口まで行った。自分は休みだから、管轄外へ出て行くには都合がいい。本当は私用で持ち場を離れる時――本部勤務の神谷の場合、東京を出る際には上司への報告が必要なのだが、今日はいいだろう。どうせ休みなのだから。

川口でも何回か、桜内と呑んだことがあった。元々は鋳物の街として有名だったのだが、一九六〇年代以降は急速に宅地化が進み、撤退した工場の跡地には高層マンションが建つようになった。ＪＲの駅前には商業施設が建ち並んで都会的な光景だが、本来は気安い、働く人の街である。安く呑めるいい店が、市内のあちこちにあった。かつてこの所轄に勤務していた桜内は川口市内の店にも詳しく、「今日は肉にしましょう」と、焼肉屋を指定してきた。

焼肉というより、ホルモンがメーンの店か……中に入った神谷は、すぐにダウンジャケットを脱いで裏返した。排煙装置のようなものはなく、豪快に煙が漂い、中が霞《かす》んで見えるほどだったのだ。このダウンジャケットは、このままクリーニング行きにした方がいいかもしれない。

桜内は先に来て、ビールを呑んでいた。

「酒はもう大丈夫なのか?」

「やっと解禁です」桜内がニヤリと笑った。元々がっちりした体型だったのが、病後はかなり痩せていた。最近はようやく本来の調子を取り戻したようで、筋肉の張りが戻ってきている。

ビールを注文して、神谷は先ほどコンビニエンスストアで買った煙草に火を点《つ》けた。禁煙、失敗。まあ、別に真剣にやめようと思っていたわけでもないからどうでもいい。

乾杯して、早々に肉を焼き始める。桜内が不思議そうに聞いてきた。

「旅行にでも行ってたんですか?」

「どうしてそう思う?」

「大荷物だし、背広は着てないし、ダウンジャケットは……東京で仕事する格好じゃないでしょう」

「さすが、刑事の観察力は鋭いな」

「刑事もクソもないでしょう」桜内が苦笑する。「見れば誰でも分かりますよ。出張ですか？」

「いや、遅い冬休みを取ってたんだ」

「雪国の温泉ですか？」

「そんなもんだ」

　はっきり説明するわけにはいかない。桜内は当然凛とも知り合いだが、彼女が神谷とつき合っていることは知らないはずだ。隠すことでもないのだが、積極的に話す必要もない。

「そう言えば、保井さんのところ、大変じゃないですか」

「見たよ」いきなり凛の話を持ち出され、神谷はどきりとしながら平静を装った。「厄介そうな殺しだな」

「あれ、処刑ですよね」

「ヤクザだってあんな殺し方はしないぞ」

「外国人臭いんですよね……北海道だと、ロシア人とか」

「最近は、ロシアのマフィアも大人しいみたいだぜ」

　昔は北海道で、ロシアン・マフィアによる殺人事件もあったはずだ。しかし最近は、そういうニュースはとんと聞かない。確かに北海道はロシアに近く、何かあってもおかしくはないのだが……そうなると、平田がロシアとの貿易を専門にする商社に勤務していた過去が気になってくる。

「何だか、コロンビア人みたいですね」桜内が言った。

「コロンビア人？」

「一時、ニューヨークでコロンビアのマフィアが跋扈《ばっこ》していたことがあって……連中はとにかく残虐だったそうですよ。復讐する時は、相手の家族まで皆殺しにする。ドライブバイで家に何百発も銃弾をぶちこんだり、放火したり」

「そいつはひでえな」神谷は顔をしかめた。

「民族性かもしれませんね。後頭部に二発っていうのは、どちらかというとイタリアのマフィアの手口かなあ」

「そういうことを話しながら肉を食ってる俺たちは、何なのかね」

神谷の指摘に、桜内が声を上げて笑った。実に味気ないというか、血なまぐさい感じだが、刑事同士ではよくある話だ。

「しかし、厄介な事件なのは間違いないですよ」桜内は話を引き戻した。「彼女、今、函館中央署でしたよね？」

「ああ」

「じゃあ、しばらくは悲惨な生活になるでしょうね。今頃の北海道は雪もひどいだろうし、動き回るだけで大変でしょう」

「函館の方はあまり降らないと聞いたけど」と言いながら、神谷は散々雪溜まりにはまり、何度も滑って転びそうになったのを思い出した。

「北海道は、どこでも厄介じゃないですか。三月に札幌に行ったことがあるんですけど、あちこちに馬鹿でかい雪の山ができてるんですよね。除雪したのを、そのまま道路脇に捨てて、山が高くなるのに任せてるんです。結局、春になって自然に溶けるまで、そのままなんですよ」

「インフラ整備が遅れてる、ということなのかな」

「新潟なんか、あれだけ雪が降るのに、幹線道路にはほとんど雪がないですからねえ」

「あれは、水を流して雪を溶かしてるからだろう？　そっちは地盤沈下が心配だ」

「日本は大変な国ですよね」

「まったくだ。こういう自然条件が厳しい国で警察官をやるのも楽じゃない」

「楽しそうにしてるのは、島村《しまむら》さんぐらいですよね」桜内がニヤリと笑う。

「島村さんはもう辞めたじゃないか」

「何だかあの人、永遠に現役みたいな気がして」

やはり特命班に参加した大阪府警の島村は、梅田署長から警察学校長を経て、昨年夏に退職した。この後は、今年の春に新設される大阪府警警察博物館の館長に就任する予定になっている。府警でもトップの警察署で署長を務めたのだから、天下り先などいくらでもあるはずなのに、まだまだ警察へのご奉公を続けるのも彼らしい。

その後は、共通の知り合いの噂話が続いた。肩は凝らないが、身にもならない会話……しかし神谷は、心の奥の「凝り」が解《ほぐ》れていくのを感じた。函館では妙に緊張していたのだと気づく。

それにしても――函館の事件は、埼玉県警の刑事でも気になるようなものなのか。桜内も、人の事件に興味を持つタイプではあるが……平田殺しは、強烈に耳目を引くような犯罪ではない。連続殺人や大量殺人に比べれば、北海道の公園内で一人が射殺されたことなどどうでもいい――少なくとも首都圏の人間にとっては、遠い世界の出来事に思えるだろう。しかし刑事にとっては、この事件は別の意味を持つ。日本で銃による犯罪が少ないのは、厳しい規制があるからで、それ故銃犯罪が起きると、刑事は敏感に反応するのが常だ。銃が広く出回るようになると、殺人事件の発生率はアメリカ並みに高くなる……銃と、それ以外での殺し方では、抵抗感がまったく違うはずだ。言ってみれば銃は、「手を汚さずに」人を殺せる道具である。

もやもやする。いくつかのキーワードが頭に浮かんでは消えた。

こういう時に話したい相手が一人いる。

午後十時。電話をかけるにはちょっと気が引ける時間だが、自宅に戻った神谷は、すぐにスマートフォンを取り出した。相手が反応するのを待つ間に、窓を全開にする。少し家を空けていたので、空気を入れ替えたかった——函館に比べればずっと暖かいはずだと思ったが、それでも吹きこむ風は身を切るように冷たい。ダウンジャケットは着たままにして、エアコンをつける。何だかひどい無駄をしているな、と自嘲気味に思った。

「はい」

「遅くにすみません」神谷はまず謝った。相手は一応偉い人——キャリア官僚で、現在は警察庁刑事局広域捜査課長の永井《ながい》。腰の低い人ではあるが、それでも自分との間には見えない壁がある。

「どうかしましたか？」永井が警戒感を露わにした。

「いえ……函館でややこしい事件が起きましたよね」

「ああ」

「保井巡査部長が苦労しているんじゃないかと思いましてね。どうなんですか、あの事件」

「うちが扱う案件じゃないですよ」永井が苦笑した。「広域捜査課は、複数の都道府県に跨《また》がる事件の捜査指揮を執る部署です。あれは、道警が単独で担当すべき事件でしょう——少なくとも今のところは」

「でも、情報は入ってますよね」神谷は粘った。昔ある新聞記者が著書の中で書いていたのだが、「いくら警察官と親しくなっても、地方警察で取れるネタには限界がある」そうだ。それよりも「警察庁に一人ネタ元を作った方が効率的」。基本的に、重大事件の情報は全て警察庁に報告される。

「神谷警部補が新聞で読んでいる以上の情報は分かりませんよ」

「またまた……警察庁が知らんぷりしているわけがないでしょう。銃を使った犯罪は要警戒ですからね」

「まあ……あれはレアケースでしょうね」永井が認めた。「後頭部に二発というのは、ほとんど聞いたことがない。警察庁の手口データベースでも引っかかってきませんね」

「あのデータベース――『MODB』は、昭和六十年以前の事件は完全には網羅していないと思いますが」

「デジタル化される以前の情報については、確かに弱いですね」永井が認めた。

「いずれにせよ、ヤクザではなさそうですね。外国人の犯罪の可能性は？」

「現段階ではあらゆる可能性を否定できないでしょう。逆に言えば、外国人による犯罪を裏づける積極的な材料もない」

「最近の北海道はどうなんですか？　ロシアや中国から、乱暴な連中が入って来てるんじゃないですか？」

「その辺は、保井巡査部長に聞いた方がいいでしょう。現地にいる彼女の方が、詳しく把握しているはずです」

その彼女が苦労しそうだから、ちょっと手助けしてやろうと思ったのだが……今夜の永井は、普段に比べて少しだけ素っ気なかった。この時間では、まだ仕事しているということはないだろうが、家で寛《くつろ》いでいる時に神谷から電話がかかってきたから、鬱陶しく思ったのかもしれない。

早々に電話を切り、神谷はすぐに窓を閉めた。エアコンが暖気を盛んに吐き出しているが、寒さはなかなか緩和されない。

これよりはるかに厳しい寒さの中で暮らす凜……彼女のことを考えると、少しだけ侘しくなった。

7

「平田さん？　普通の人だね」

「普通と言っても、いろいろあると思いますが」凜は食い下がった。相手は、平田に仕事用のオフィスを紹介した不動産屋。市電の十字街停留場の近くにある店は、古くから個人で営業しているといい、社長も六十歳の坂をだいぶ前に越えたように見えた。

「特に変わったところがない人、という感じかな」不動産屋が視線を下げ、書類に目をやった。「金の面ではまったく問題なかった……手つけも現金でちゃんともらいましたよ」

「ちなみに、最初にいくらもらったんですか」

「六十六万円、だね」

「結構な額ですね」凛は目を見開いた。

「家賃が月額十一万円で、保証金が六ヶ月分。古いビルだけど、八十平米あるからね。この値段は、函館では平均的ですよ」言い訳するように不動産屋が言った。眼鏡を額の上に押し上げ、手元の書類に顔をくっつけるようにして詳細を確認した。

六十六万円か……半年前に札幌での仕事を辞めて姿を消した平田が、それだけの金をあっさり出したのは不自然に思える。それ以外にもいろいろと金がかかったはず——団地の部屋を借りて引っ越す時もそうだし、会社を立ち上げるとなると、事務所を確保するだけでは済まない。什器《じゅうき》も用意しなければならないし、当然人も雇う必要がある。

「どういう仕事をするかは、言ってましたか？」

「観光業だね」不動産屋がすぐに答えた。「中国人専門にするっていう話だったよ。最近の中国人観光客の多さを見ると、商売としては十分成り立ちそうだね」

自分が聞いていた情報と同じ……凛は一人うなずき、質問を続けた。

「平田さんは、中国語を話せたんですか？」

「ああ？」不動産屋が目を見開く。

「中国語が喋れなかったら、中国人相手の仕事はできないでしょう」

「さあ、どうかな」不動産屋が首を傾げた。「そこまで詳しい話は聞いてないけど」

「ちゃんと商売ができそうな感じだったんですか？　その辺、ちゃんと調べないと、そのうち家賃が入らなくなって、そちらが困るんじゃないですか？」

「うちは経営コンサルタントじゃないからね」不動産屋の耳が赤く染まる。「取り敢えず、部屋を貸す分には何も問題はなかったですよ」

少し甘い感じがする……保証金を手にして、取り敢えずそれでＯＫとでも思ったのだろうか。しばらく話を続けたが、不動産屋からは役立つ情報は出てこなかった。結局、部屋の鍵を借りて辞去する。一緒にいた坂本がほとんど口を開かなかったので、建物を出た途端に注意する。

「ぼうっと話を聴いてるだけじゃ駄目よ。自分でも質問しないと」

「いやあ、保井さんが全部喋ってたじゃないですか。俺が口を挟む必要なんかなかったでしょう」

「私がいつも完璧に質問できるとは限らないわよ」

「俺には完璧に思えましたけどねえ」

やりとりをちゃんと聞いていたとは思えない……凜は溜息を一つついてから、覆面パトカーの助手席にさっさと乗りこんだ。事情聴取で役に立たないなら、せめて運転ぐらい任せよう。

平田が借りた事務所が入っているビルは、駅前から東へ伸びる国道二七八号線、通称恵山《えさん》国道沿いにあった。JR函館駅から徒歩五分のこの場所に事務所を構えるのは、悪くない選択肢だと思う。函館市内の名所はあちこちに散らばっているのだが、この辺りならどこへ行くにも便利なのだ。

ビルの二階にある事務所は、当然ながらがらんとしていた。築四十年のビルだというが、前の入居者が退去してから綺麗《きれい》にクリーニングされたようで、清潔な雰囲気が漂っている。床はカーペット敷き。縦に細長い窓がいくつかあり、晴れた昼間なら、照明をつけなくても十分明るいだろう。

「一人で商売するにはちょっと広くないですか？」坂本が言った。

「八十平米って言ってたわね」

「うちの二倍ぐらいありますよ」

「家と仕事場は違うでしょうけど……当然、人も雇うつもりだったでしょうし」

「先に事務所を借りますかね？　まず人をキープしてからじゃないですか？」

坂本の指摘はもっともだった。平田は本当にここで観光業をやるつもりだったのだろうか……。

「観光業って言っても、本当は旅行業なのよね」凜はつぶやいた。

「法律的にはそうですよね」坂本が、珍しく反応よく答える。

「そうなると登録も営業保証金も必要でしょう」

「登録って、どこにですか？」

「それはあなたが自分で調べて。都道府県が登録先だったら、すぐに調べられるでしょう。電話一本で済むわよ」

「後でやっておきますよ」坂本が窓に近づいた。顔をくっつけるようにして外を眺める。恵山国道は市電の走る道路でもあり、ここを訪れた客は、函館らしい雰囲気をたっぷり感じることになっただろう。

　本当にここで仕事ができていれば。

　一応、事務所の中をざっと調べてみたのだが、何もなかった。平田がこの事務所を借りる契約を交わしたのは二週間前。それから、事務所を開設する準備はまったくしていなかったわけだ。坂本の指摘通り、これは明らかにおかしい。

「坂本君、平田さんの部屋を調べたでしょう？　何か気づいたことはある？」

「あれは、家って感じじゃなかったですね」坂本があっさり言った。「団地の２ＬＤＫなんですけど、荷物がほとんどなかったんですよ。布団が丸まっていたぐらいで、後はテレビ……台所もまったく使っている形跡がなかったですし」

「ただ寝るだけの部屋っていう感じ？」

「そうですね。寒そうな部屋だったなあ……エアコンがあるから死にはしないでしょうけど、とにかく不自然でしたね」

「アジトみたいな？」

「アジトだったら、もっといろいろ置いてあるでしょう。今時パソコンもないっていうのはどうかな」坂本が反論した。

「スマホで済ませていたかもしれないわよ。パソコンでできる大抵のことは、スマホでもできるし」

「その、肝心のスマホも見つかってませんけどね」

現場で見つかったのは、免許証などが入った財布だけだった。警察として一番欲しいスマートフォンはなし……近くに放置されていた彼の車からも、何も見つかっていない。

「銀行は？」

「本人名義の口座は見つけました」坂本が手帳を開く。「さっき、不動産屋で聞いてきた、家賃の引き落とし用の口座がそれでした。だけど、何か変ですよね。被害者自身が怪しい感じ、しませんか？」

「するわよ。暴行事件の容疑者なんだから」

「その件にあまりこだわり過ぎると、やばくないですか？　結局は立件できなかったんだし」

そう言われるとカチンとくる。しかし凜は怒りを呑みこんだ。カリカリしているとだいたい失敗することは、経験から学んでいた。

「とにかく、被害者の周辺はきっちり調べた方がいいわね。怪し過ぎる」

「となると、ヤクザとトラブルになって撃ち殺された、という線も考えておいた方がいいですかね」

「そうだとしても、地元のヤクザじゃないでしょう」

「ですね……函館には、そんなにハードなヤクザはいませんからね」

凜は黙ってうなずいた。そういう危険な人間を見逃していたとしたら、警察としては大問題なのだが。

どうも捜査が上手く進まない……夕方、凜は嫌な疲れを覚えていた。いくら押しても答えが出てこないような捜査が続くと、こんな感じになる。捜査会議でも士気は上がらなかった。取り敢えず、被害者とその周辺の捜査を進めて行く方針が確認されただけだった。

今夜は熱い風呂が必要ね……さっさと帰らないと。しかし一階に降りた途端、凜は声をかけられた。

「凛先輩」

「真由ちゃん……泊まり？」午後十一時に制服を着ているから、間違いなく泊まりだ……間抜けな質問だったと苦笑してしまう。

「泊まりです。何だかお疲れですね」

「疲れるわよ」凛は辛うじて笑みを浮かべる。「いろいろ面倒だから……それより、奢りの約束よね？　どうする？」

「凛先輩が落ち着いてからでいいですよ。刑事一課の邪魔はできないですから」

「邪魔ってこともないけどね……もうちょっとしたら落ち着くと思うから、その時声をかけるわね。どこか美味しいお店、探しておいて」

「大丈夫です」真由が丸い顔にぱっと明るい笑みを浮かべた。「函館市内の店の情報は、常にアップデートしてますから」

　交通課員の真由は、ミニパトで街を走り回るのが仕事だ。市内の道路は裏道に至るまで完全に把握しているはずだが、それだけでは店の情報までは分からないだろう。まあ、こういうことに関してやたらとマメな娘《こ》だから、と凛は苦笑した。

「帰り、気をつけて下さいね」真由が急に真顔になって忠告した。

「何が？」

「記者連中、張ってますよ」

実際、昨日の今日で、署内には新聞記者がうろうろしていた。今も、副署長席近くに陣取って、この時間でもまだ居残っている副署長や当直の連中から何か情報を聞き出そうとしている。

「裏の駐車場の方にもいるみたいです」

「マジで？　でも、私の顔なんか分からないわよ」新聞記者は、刑事一課には立ち入り禁止——幹部以外の顔は割れていないはずだ。

「凜先輩、数少ない女性刑事ですから。目立つんですよ」

「少数派の悲劇ね」刑事一課から三課までで、女性刑事は合わせて四人しかいない。だからといって、新聞記者に面が割れているとは思えないのだが。

「連中に摑まったら面倒ですよ」

「分かってるわ。気をつける。ありがとう」

さっと頭を下げ、裏口から出た。失敗だったな、と悔いる。今日は車ではなく、市電で出勤して、五稜郭公園前駅から歩いてきたのだ。車だったら、さっさと乗りこんでしまえば新聞記者につきまとわれることはないが、歩きだったら……嫌な予感が当たった。

「保井さん」

声をかけられ、反射的に足を止めてしまう。振り返ると、まだ若い——たぶん二十代前半の女性が、不安そうな表情を浮かべて立っていた。見た記憶がある……地元紙の警察《サツ》回りだ。赴任してきた時だけは、各課に顔を出して挨拶できるという決まりがあるのだが、その時に見たのを覚えていたのだろう。あれは確か正月明け——年末年始に引っ越しとは新聞記者もなかなか大変ね、と同情したのを思い出した。名前は——岩下美菜《いわしたみな》。名前までしっかり覚えていたことに、凜は思わず苦笑してしまった。警察でも新聞記者の世界でも、女性はまだまだ少数派である。それ故どうしても目立ち、覚えられやすい。

「岩下さんね」

凜は思わず言ってしまった。美菜の顔がぱっと明るくなり、先ほどまでの不安そうな表情が一気に吹っ飛ぶ。

「覚えていてくれたんですか」

「数少ない女性記者だから」

「あの、事件についてでは——」

「それは話せないわ」凜は強い口調で言った。「あなたも、こんなところで刑事に声をかけちゃ駄目よ。ルール違反でしょう」

忠告して、凜はさっさと歩き出した。しかし美菜は平然と付いて来る。一瞬駆け足になった音が聞こえたと思ったら、横に並んでいた。

「変な事件ですよね」忠告を気にする様子もなく、話しかけてくる。

「それも含めて、私からは何も言えないわ」

「でも、変な事件だと思いませんか？」しつこい念押し。

「個人的な意見は言えません」

結構しつこいな――凛は横を向いて、美菜を睨《にら》みつけてやった。しかし彼女は、怯《ひる》む気配を見せない。結構いい根性してるわね……でも、話せないことに変わりはない。

「私たちヒラの刑事は、記者さんと話してはいけないの。これは決まりだから……私に決まりを破らせないで。取材したいなら、副署長に聞いてね」

凛は歩調を速めた。自分の方がかなり背が高いから歩幅も広い――このスピードに付いて来るのは大変だろう。実際、美菜は遅れ始めた。それでもまだ諦めない様子で、「平田さん、ここへ来る前は東京にいたんですよね」と声をかけてくる。

凛はつい、立ち止まってしまった。平田が函館に住民票を移したことは、警察でも確認している。それを美菜たちも把握したのか？　できないことではあるまいが、自分たちよりも詳しい情報を知っているとしたら――。

振り向くと、美菜が平然とした表情で「警察もこの事実は摑んでますよね」と確認してきた。

「摑んでいるかどうかも言えないわ」

「どうも、動きが怪しい人なんですよ。何か裏がありそうなんですけど……東京へ取材に行きたいんですけどね」

「ごめんなさい、それは自助努力で何とかして下さい。私には何も言えないわ」

「警察は、東京へ人を派遣してないんですか?」

していない。現段階では、まだその必要があるという話は出ていなかった。凛もその件は気になっていたのだが、積極的に出張を申し出るだけの材料がない。

「それも、副署長に聞いて」

「副署長、あまり喋らないんですよ」恨みがましく美菜が言った。「広報担当者だったら、もっと喋ってもらわないと困ります」

「それも、私には何ともできないわね。ごめんなさい」

さっと頭を下げ、凛はさらに速い歩調でまた歩き始めた。どうやら今度は、付いて来る気配はない……少し行ったところでタクシーが通りかかったので、凛は反射的に手を挙げた。このまま尾行されたら困る。取り敢えずどこか、家とは関係ないところまで行って、市電に乗り換えよう。

タクシーはすぐに、美菜とすれ違う。若い、自信なげな記者だと思っていたが、凛を見る目は鋭かった。舐めてかかると痛い目に遭うわね……要注意人物、と凛は頭の中にメモした。

「保井さん、昨夜、記者に摑まってたでしょう」翌朝の捜査会議で席に座った途端、坂本が切り出した。

「見てたの？」ぎくりとした。自分は監視されているのか？

「たまたまですよ。保井さん、目立つから」

「余計なことは何も言ってないわよ」

「そりゃそうでしょう」どこか呆《あき》れたように坂本が言った。「保井さんが記者にネタを漏らすとは思えない。そういうことから、一番縁遠い人ですよね？」

「だいたい、記者に情報を漏らすのは偉い人よ」凜は人差し指を上に向けた。「私たちは大人しくして、接触しないようにしてるのが一番」

「でも、向こうから近づいて来ることもありますよね」

「それは徹底して無視。変なことを書かれて、捜査の邪魔になったら困るし」

「ですね」

余計な一幕だった……そして凜は、この件をすぐに忘れることになった。

朝の捜査会議で、本部の捜査一課から重大な事実が報告されたのだ。これで捜査が一気に進展する可能性もある。そう言えば昨夜、何人かの姿が見えなかった。捜査会議を飛ばして、着々と捜査を進めていたのかもしれない——おいてけぼりだったのかと考えると、少しだけ悔しい。

「平田が以前勤めていた札幌の会社だが——消えていました」

報告した本部の刑事は、少し戸惑っていた。会社が解散することは珍しくない。特に小さな会社だったら、ちょっとしたミスで屋台骨が揺らいでしまうだろう。

「平田が札幌から行方をくらました後、去年の暮れに事務所を畳んで、関係者は全員消えています」

全員と言っても、当時平田を含めて社員は五人だけだった、と凜は思い出した。暴行事件は平田個人の問題だったが、彼の周囲を調べるうちに、必然的に会社の情報も知ることになったのである。でも、会社が潰れていたことは知らなかった……。

「会社が正式に解散したかどうかは、今調べていますが、夜逃げのように事務所を畳んだ感じですね」

刑事たちのざわめきが、会議室の中に広がっていく。凜は、平田という男に関してはっきりと「怪しい」マークをつけた。以前彼が勤めていた会社にも、何か秘密があったのではないだろうか。

「よし、ご苦労」事件発生以来ずっとこちらに詰めている捜査一課長が、一度手を叩いて立ち上がる。「被害者について、もっと詳細に調べないといけないな。二班を編成する。まず一班は、平田の北海道での足取りを追う。勤務していた札幌の会社の実態、それに函館で始めようとしていた会社についても調査。もう一班は、平田が東京にいた時の足取りを追う。しばらく東京へ出張してもらうが、それぞれのメンバーは――」

課長が二班のメンバーを指名した。凛は東京行き。思わず背筋が伸びる。どういう意図か――自分が東京出身だから、道案内ぐらいには使えると考えたのではないだろうか。とはいえ、東京を離れてもう十数年。当時とは電車や道路の状況も変わってしまっている。道案内を任されるかもしれないと考えると、少しだけ気が重くなった。

会議が終わると、東京行きのメンバーがすぐに集まって打ち合わせを始めた。メンバーは凛の他に、所轄から坂本、それに本部の刑事二人だった。キャップ格は警部補の宮《みや》下保志《したやすし》、もう一人はベテラン女性刑事の戸山貴子《とやまたかこ》。貴子がいることで、凛はほっとした。道警内では少数派の女性刑事は何かと協力し合うもので、凛も本部時代にはだいぶ世話になったものだ。捜査一課の刑事としてのノウハウを叩きこんでくれたのが彼女だと言ってても過言ではない。四十二歳、独身。「三十歳前後の頃は結婚しないことで散々からかわれた」と愚痴を零したことがあったが、結局平然とした表情を浮かべ続けることで、その環境を乗り越えたらしい。実際貴子は、仕事ができる。そして仕事ができれば、刑事に性別は関係ない――関係ないと凛は信じたかった。

函館空港を午後早くに出る便を確保できた。それを受けて、東京での捜査の手順を打ち合わせる。

「実際のところ、札幌を去ってからの平田さんの足取りがよく分かっていない」宮下が口火を切った。「東京の住所は分かっているんだが、今は別の人間が住んでいるようだ。家族構成もはっきりしない」

「独身ですよ」凜が指摘した。

「親の方はどうだ？」

「両親とは連絡が取れていますけど、ずっと音信不通……家族仲はよくないようです。それより、前住所はどうですか？　住民票はきちんと移していたようですから、函館に来る前の住所は分かっています」

「手始めにそこだな」宮下が腕時計をちらりと見た。「羽田着が午後三時前。平田さんの東京の住所は大田区西嶺町《にしみねまち》……保井、どの辺か分かるか？」

「すみません、ちょっと……」凜は慌ててスマートフォンで検索した。凜の実家は調布《ちょうふ》で、しかも十八歳までしか暮らしていなかったから、二十三区内の事情には疎いのだ。

大田区西嶺町は、東急多摩川線と池上線に挟まれた一角だった。田園調布の近くだが、この辺だとそれほどの高級住宅地というわけではあるまい。

「空港からはそんなに遠くないですね」

「だったら今日中にそこを訪ねて、周辺捜査を進めよう」

「ただし、行くのはちょっと面倒かもしれません。空港から直通で行ける場所ではないですから」

「そうなのか？」

凜はうなずいた。東急池上線、多摩川線は東急蒲田《かまた》が始発駅である。羽田空港と蒲田をつなぐのは京急空港線だが、京急蒲田駅と東急蒲田駅は少し離れている。十分ほど歩かないとたどり着けないはずだ。その案内を失敗したら恥ずかしいし時間も無駄になる……事前によく地図を調べておこう。

「宿は空港近くにしておいた方がいいか？」

「いえ……蒲田辺りがいいと思います」

蒲田は大きい街だからホテルもたくさんあるはずだし、動きやすいだろう。神谷に聞いておこうか……いや、こんなことで迷惑をかけたら申し訳ない。

「よし、宿のことは向こうで考えよう。取り敢えず、それぞれ出張の準備を整えてくれ。十一時にここを出発しよう」

それで一時解散。凜は自宅へ戻り、出張用の着替えなどを準備した。その時間を利用して、神谷に電話をかける。

「いきなり東京へ？」神谷は不審そうだった。

「いきなりじゃないですよ。被害者が前に東京に住んでいたんですから、通常の捜査です」

「君が提案したのか？」

「私が何か言うまでもなく決まりました」

「そうか……取り敢えず、どこへ？」

「蒲田を拠点にして動きます」

「分かった」神谷が一瞬言葉を切る。「会うのは……無理だろうな」

「四人で動きますから、抜け出すのは難しいですよ」凜は声を潜めた。

「了解。君は取り敢えず、仕事に専念してくれ。俺に何かできることがあるなら、バックアップするけど」

「勝手に動くとまずいんじゃないですか？」

「暇なんだよ」

凜は思わず、声を上げて笑ってしまった。本部の捜査一課は、捜査本部事件を抱えていない限り「待機」状態になり、基本的に暇である。神谷が毎日、どうやって時間を潰しているか謎だった。動いていないと機嫌も調子も悪くなる人だし。

「とにかく、一応ご連絡まで」

「分かった。怪我《けが》しないように気をつけてくれ」

「怪我するような捜査じゃないでしょう」

「だといいんだが……」

神谷の一言が引っかかった。もしかしたら何か摑んでいる？　東京にいながら？　永井辺りをネタ元にしているのでは、と凜は想像した。しかし詳しく話を聞いている時間はなく、凜は荷物のまとめに戻った。

この出張が謎を解くきっかけになるといいのだが……しかし凜は、嫌な予感を覚えてもいた。調べれば調べるほど、謎が深くなる事件もある。この一件も、そういう事件である気がしてならなかった。

8

凜は、年に一回は羽田を利用する。時々——それこそ年に一度は親に顔を見せておかないと心配されるのだ。前回東京へ来たのは、去年の九月。函館中央署へ異動になる前に、遅い夏休みを取って神谷に会いに来たのだった。その時は実家に顔を出していなかったから、少しだけ後ろめたい。

懸念していた蒲田駅での乗り換えも無事に終え、東急池上線を使って久が原《くはら》まで行く。駅から歩いて五分ほどで、平田が札幌から撤退した後東京で借りていた家に到着した。環八沿いにある小さなマンションで、一階はコンビニエンスストア。ドアの並びを見た限り、それぞれの部屋はワンルームのようだった。学生か単身者向け……ここも函館の団地のように何もない部屋なのだろうか、と凜は想像していた。

　この部屋を仲介した不動産屋については、函館にいる時に貴子が調べ上げていた。賃貸マンションをウェブで検索すると、扱っている不動産屋の名前がずらずらと出てくるので、片っ端から電話を入れたのだ。平田に家を貸したのは、地元——久が原にある不動産屋だと分かったので、凛と坂本はまずそこで話を聴くことになっている。宮下と貴子は部屋の鍵を借りて——今は空き部屋だという——中を調べる予定だった。しばらく空室になっている部屋で、何かが見つかるとは思えなかったが。

　不動産屋の担当者は若い男——坂本と同年代に見えた。もらった名刺の名前をしっかり頭に叩きこむ。「山木《やまき》」。それほど多い苗字ではない。

　不動産屋の店内は狭く、まともに話ができるスペースもない。カウンターがいくつかに区切られ、そこで担当者と一対一で話ができるようになっているのだが、他の客が来ると店に迷惑をかける。仕方なく、凛は山木を外へ連れ出した。隣に古い喫茶店があったから、そこで話を聴こう。資料を忘れずに持って来るよう念押ししてから、店を出る。

　煙草の臭いが深く染みついた、古い喫茶店だった。凛の嫌いな臭いだったが、他の二人は気にする気配もない。そう言えば坂本も喫煙者だった、と思い出す。二人で煙草を吸われたら、たまったものではない……。

「先ほど連絡を受けてから、調べてみたんですけど……」山木が膝の上でノートパソコンを広げる。「あの部屋は去年の七月に契約されています」

「どういう経緯ですか？」

「ネットで見たと言って、連絡をくれまして……うちに来て、一緒に物件を見て、すぐに契約しました」

「連絡先はどうなっていますか？」

「携帯でしたね」

山木が告げる番号をメモしようとして、凜はペンを持つ手を止めた。去年の事件の時に控えた番号と一致していると気づいた。

「前住所は？」

「札幌です」

その住所も、凜が把握しているのと同じだった。問題は保証人……凜はその名を聞いて初めて、山木の顔をまじまじと見た。

「高井《たかい》さんですか？」

「ええ、高井道雄《みちお》さんですね。札幌の人なんですね」

「札幌在住の人を保証人にできるんですか？」

「ちゃんとした人なら問題ないですよ」

「ちゃんとしているんですか？」

「それは……」山木が一瞬目を伏せた。「まあ、あの、実際には保証人のことをそれほどちゃんと調べるわけではないので。今は家賃保証会社を使う人も多いですし」

「それで大丈夫なんですか？」そう言えば、函館の事務所を借りる際には、保証会社が間に入っていた。

「何かあっても、リスクは織りこみ済みということです」

そう言えば凜も、今回函館に引っ越す時に、うるさくは言われなかった。保証人として父親の名前を書いたのだが、そもそも自分の職業が警察官――それが一番の保証になったのだろう。

問題は高井道雄だ。平田が勤めていた商社「北洋《ほくよう》ＴＣ」の社長。凜は直接面会はしていないが、社員五人しかいない小さな会社なので、社長を含め社員の名前は全員覚えていた。

「高井さんと話したことはないですね？」

「話す必要もなかったですから。何か、まずいですか？」

山木がおどおどした口調で言った。ミスを極端に怖がるタイプなのだろう。ちょっとした失敗で軽く叱責されただけでも、この世の終わりがきたように落ちこむ……。

「まずくはないです」詳しく事情を話す必要はない。その保証人は、今のところ所在不明だ――もっとも、平田はとうに部屋を引き払っているから、不動産会社としては問題はないだろう。「家賃は七万円でしたね？」

「ええ」

「引き落としですか？」

「いや、自分で大家さんに持って行くことになっていました」

「今時、そういう面倒なことをする人がいるんですか？」凛は目を見開いた。

「いますよ。口座の残高が少ない人とか……公共料金だって、引き落としにしないでコンビニ払いする人もいるでしょう。あれ、レジが渋滞して迷惑なんですよね」

「大家さんは、近くの人ですか？」凛は山木の愚痴を無視して質問をぶつけた。

「近くも近く、あのマンションの下のコンビニのオーナーですよ。最上階に住んでいます」

ある意味多角経営ね、と凛は皮肉に思った。東京でそこそこの土地を持っていれば、ビルを建てて部屋を貸し出し、一階で何か店を入れるのはごく自然なやり方だろう。

「現金で受け取ることに抵抗はなかったんでしょうか」

「困るという話は特に聞きませんでした……オーナーの三川《みかわ》さんはご高齢なんですが……」

「部屋を借りている間に、何かトラブルは？」

「まったくなかったです」

山木がノートパソコンの画面を見た。そこに、過去のトラブルについてまで記録されているのだろうか。

「退去する時ですが、どんな様子でした？」

「どんなと言われましても」山木が困ったような表情を浮かべた。「十一月末に連絡があって、十二月半ばには退去したいと」

「急ですね。問題はなかったんですか？　普通、退去は一ヶ月前には知らせるものじゃないんですか」

「契約ではそうなんですけど……契約期間の最後の一ヶ月を切ってから退去する場合は、事前に受け取っていた翌月の家賃は返さないという契約です。それでも構わないから、半月後に退去したい、という話でした。何でも、仕事の都合で急に引っ越さなければならなくなったって」

「そもそも平田さんは、何の仕事をしていたんですか？」

「自営です」

「自営って、借りている部屋で仕事をしていたんですか？」

「あそこでやっていたかどうかは分かりませんけど、翻訳の仕事だと」

「翻訳……」ロシア語だろうか、と凜は訝《いぶか》った。彼のロシア語の能力については、結局きちんと把握できていないのだが。

「あのですね、今は借主の仕事のことについても、あまりうるさく聞かないのが暗黙のルールなんですよ。プライバシーの問題がありますから」

「しかし、勤め人でないと、部屋を貸すのも危ないんじゃないですか？　リスクを減らすためにも、借主のことはよく知っておかないと……」

「保井さん」

横に座る坂本が静かな声でストップをかけたので、凜は反射的に口をつぐんだ。つい批判的になってしまった……坂本が煙草に火を点け、山木に目配せする。山木が、ワイシャツの胸ポケットから煙草を取り出してさっとくわえた。背広を叩いてライターを探し始めたので、坂本が火を点けて差し出してやる。山木がひょいと頭を下げて火を受けた。一服した途端に、顔が弛緩《しかん》する。今時、煙草でコミュニケーションね……凜はどこか白けた気分になった。

「最後に会われたのはいつですか？」

「去年の十二月十二日……鍵を返してもらって、それで終わりです」

「引っ越しはいつだったんですか？」

「その日か、前の日でしょうね。詳しいことは聞いていません」

「その後、部屋をクリーニングして――」

「しましたけど、ほとんどクリーニングの必要はなかったですね。綺麗なものでした」

「もしかしたら、物を置いていなかったのでは？」凜は函館の団地の部屋を思い出した。

「部屋の中は見ていないので分かりません。そもそも半年もいなかったから、汚れるようなこともなかったと思いますけどね」

質問は尽きた。山木を解放し、平田が借りていた部屋に向かう。歩き出した凜は、すぐに歩みを止めて、スマートフォンをバッグから取り出した。

「連絡ですか？」

「高井さんに」

「ちょっと……」坂本が渋い表情を浮かべる。「やばいんじゃないですか？　北洋ＴＣは他の人たちが調べているし、勝手に連絡を取ったらまずいでしょう」

「つながるかどうか、確認するだけよ」

凜は手帳を出して、高井の電話番号を打ちこんだ。出ない……出ないのではなくつながらない。

「つながらないわね。もう解約しているかもしれないわ」スマートフォンをバッグに落としこみながら凜は言った。携帯の契約については後で確認できる。

「その、北洋ＴＣという会社、何だか怪しくないですか？　暴行事件の時に調べたんですよね？」

「それほど詳しくチェックはしていないわ。暴行事件には、会社は直接関係していないから」概要を把握しただけ、という感じだった。

「そうですかねえ。何だか全部が怪しい感じがするけど」

「あなたが捜査していたら、そこまで気づいて調べていた？」

「いやあ、分からないですね」坂本が肩をすくめる。

分からないなら、仮定の話はしないようにと忠告しようと思ったが、凜は言葉を呑んだ。この若い刑事は、どうも感覚がずれている。忠告は闇に消えて無駄になるだろう。

北海道の寒さに慣れていると、東京の冬は生ぬるく感じられる。駅前の狭い商店街を歩く人たちは一様に重武装していたが、凜はダウンジャケットを邪魔に感じてきた。これぐらいの寒さだったら、普通のコートで十分だった。先ほどの喫茶店は、暖房が効き過ぎていた。

商店街はすぐに終わり、住宅街に変わる。環八を渡り、少し歩くと、すぐに問題のマンションに到着。信号に引っかからなければ駅徒歩四分、と凜は推測した。都内ではいい物件だ。

宮下と貴子は、平田が借りていた部屋にいたが、手持ち無沙汰の様子だった。それはそうだろう、調べるところなどほとんどない――八畳一間、フローリングのワンルームなのだ。おそらく、自分たちが山木に事情聴取している間に、すっかり調べ上げてしまっただろう。

「もしかしたら、ここにも布団しか置いてなかったかもしれないわね」貴子が言った。

「函館の団地と同じように」凜は応じた。

部屋の中はすっかり暗くなっている。玄関に立った凜は照明のスウィッチを探し当てて押してみたが、灯《あか》りは点かない。当たり前か……住む人がいなければ、電気も通っていないはずだ。

凜は、山木に対する事情聴取の結果を報告した。宮下がすぐに食いつく。

「北洋ＴＣか……妙だな」

「辞めたばかりの会社の社長に保証人を頼むというのは、あまりない話だと思います。特に、平田さんが暴行容疑で事情聴取を受けていたことは、会社の方でも把握していたんですから」

「できればかかわり合いたくないと思うのが、普通の社長の感覚だろうな。何か、仕事以外での特別な関係でもあれば別だが」

「以前からの知り合いとか……」

「雇って知り合ったんじゃなくて、知っている人間を会社に入れた、か。この辺は、調査不足だな」

「やっておくべきでした。普段の平田さんの行動を知るためには、会社の人に聴くのが一番ですから」

「まあ、しょうがない……そして北洋ＴＣは消えた、と」宮下が顎を撫でる。「この件は、捜査本部に報告しておこう。俺たちは聞き込みを続行だ。順番にマンションの住人に話を聴こう」

うなずいたものの、それは無駄に終わる、と凜は予想していた。こういう単身者向けのマンションでは、隣人は存在しないも同然である。プライバシーを求めて狭いマンションに住む人が多いのだから、顔を合わせても挨拶もしないのが自然だろう。

「オーナーさんに会って話をしてもいいですか?」凜は提案した。「このマンションの最上階が家だそうです。ついでに言えば、一階のコンビニのオーナーでもあるそうです」

「分かった。それは保井と戸山と、二人でやってくれないか？　女性二人で行った方が、向こうも警戒しないだろう」

「分かりました」

貴子がうなずく。凜は少しむっとしていたが……女性の方が相手が油断するのは当たり前だが、わざわざそれを言わなくてもいいではないか。しかし反論はせず、すぐに部屋を出てエレベーターで六階まで上がる。他のフロアには五部屋ずつあるのだが、ここだけはワンフロアに一部屋だった。となると、結構広い家である。

インターフォンを鳴らすと、女性の声で返事があった。若い声に聞こえたが、娘だろうか……「警察です」と名乗るとすぐにドアを開けてくれたが、凜が見たのは、すっかり髪が白くなった女性だった。しかし顔には皺がまったくない——アンバランスな感じだ。

貴子が先に立って切り出す。実際彼女は、聞き込みが得意だ。相手を緊張させず、ごく自然に情報を引き出す。

「以前、このマンションに住んでいた平田さんという方のことでお話をお伺いしたいんですが、ちょっとお時間、いただけますか？」

「ああ、はい、それはちょっと……主人が」

やはり三川の妻だったか。貴子がすかさず「では、ご主人につないでいただけますか」と続けた。

妻が一度引っこみ、すぐにまたドアが開く。三川は、七十歳にしては大柄で背筋もピンと伸びていた。髪はほとんどなくなっているが、顔の艶はいい。凜はすぐにバッジを示した。

「はい？　うちのマンションのことですか？」

「去年の十二月までこちらに住んでいた平田さんなんですが」

「ああ、平田さんね。平田さんが何か？」

「亡くなりました」

呑気に応対してくれていた三川の顔から、一気に血の気が引いた。

「亡くなった？　どこで」

「函館です」

「北海道の？」

「はい」貴子がうなずく。「殺されたんです」

「殺された……」

三川が言葉を失った。しばらく沈黙が続く。一瞬強い寒風が吹き抜け、凜は思わず首をすくめた。

「中へ入ってよろしいですか？」貴子が落ち着いた口調で言った。「ドアが開いたままだと、家の中が冷えますので」

「あ、ああ……」

三川がドアを大きく開けた。二人は素早く玄関に入り、凜は後ろ手にドアを閉めた。風が遮断され、ほっとする。これ以上中には入れないだろう……まあ、玄関先でもちゃんと話ができればそれでいい。

「つい先日――十二日に、函館郊外の大沼公園というところで、遺体で発見されたんです」

「ああ、大沼……」

「ご存じですか？」

「いや、名前を聞いたことがあるだけで……そうですか。平田さんが殺された……」

三川がよろめいた。貴子が慌てて手を伸ばしたが、三川は靴箱に手をかけて何とか自分の体を支えた。近くに置いてあった踏み台を持ってきて、腰を下ろす。深々と溜息をついて、答えを求めるように貴子を見上げた。貴子は冷静で、淡々とした口調で捜査の目的を説明する。

「平田さんの足取りを追っています。函館に来る直前にこちらに住んでいたと聞いていたので、どんな暮らしぶりだったか、確かめる必要があります」

「そうですか……」

「家賃を、毎月手渡しで納めていたと聞いていますが、本当ですか？」凜は質問を発した。

「ええ」

「今時珍しいですね」

「そうね。うちに入っている人では、平田さんだけだったな」

「どうしてそんなことをしたか、ご存じですか？」

「いや、理由を聞いたことはないけど……別に、引き落としや振り込みでないといけないという決まりじゃないからね」

「どんな人でした？　そういう時に、話ぐらいはしませんでしたか？」

「多少はね」

「どんな感じの人でしたか？」

「普通……ちょっと神経質そうな感じがしたけど、翻訳の仕事をしてたんでしょう？そういう人だったら、いつもピリピリしていたのも分かりますよ」

それはどうなのか……凛は唇を噛み、三川の顔を凝視した。凛が知る限り、平田はどこかいい加減な男である。婦女暴行の容疑をかけられて警察に呼ばれたら、普通は必死になって否定するか、言い訳に走る。「そんなことはしていない」か「あれは合意の上だった」が定番の台詞《せりふ》である。しかし平田は「さあ……」と言葉を濁し、その後は証言を拒んだ。いかにも腹に一物を秘めていそうな感じ。凛ははっきりと不快感を抱いた。

凛の鋭い視線に気づいたのか、三川が居心地悪そうに体を揺らした。凛は一歩下がり、あとは貴子に任せることにした。貴子は凛のかすかな怒りを感じ取ったのか、すぐに事情聴取の役目を引き取った。

「家賃は、一度も遅れたことはないんですね？」

「ないですね。毎月二十五日に、必ず持ってきました」

「家に上げたりしたことは？」

「それはないです。いつも玄関先で受け取って、領収書を渡して……それだけでした。あまり余計な話はしませんでしたね。天気の話題ぐらいかな」

「マンションの他の住人とは、つき合いはありましたか？」

「さあ、それは分からないけど……」三川が言葉を濁す。「都会のマンションですから、そんなに近所づき合いがあるわけじゃないとは思いますよ」

結局、三川からはそれ以上の情報は出てこなかった。生真面目、神経質、礼儀正しい……これといって特徴はない。

マンションで聞き込みを行った他の二人も、ろくな情報を得られなかった。やはり近所づき合いはまったくなかったようで、平田を見たという人すらいなかった。まるで部屋を借りていただけで、実際にはここに住んでいなかったような……。

キャップ格の宮下が、夕食休みを提案した。単身者が多いマンションなので、不在の部屋も少なくない。実際、入居者がいる十九部屋のうち、十一部屋では反応がなかったのだ。食事をとって一休みした頃なら、帰って来ている人もいるだろう。だからまずは腹ごしらえ——宮下はこういう人だ。とにかく部下に食事をきちんと取らせる。お腹《なか》が一杯になっていれば頭が動くわけじゃないけどね、と凜は皮肉に思ったが、空《す》きっ腹では仕事をする気にもなれないのは事実である。

宮下に「どこかお勧めの店はないか」と聞かれたのだが、凜は苦笑して首を横に振るしかなかった。この街にはまったく縁がないから、答えようがないのだ。

仕方なく駅の方へ引き返し、線路を越えたところでカレー屋を見つけた。本格的なインドカレーの店で、これなら文句を言う人もいないだろう。食事に関しては自分の責任ではないのだが、凜は少しだけほっとした。

適当に料理を頼むと、坂本がすぐに店を出て行った。宿の手配……おそらく、蒲田へ戻ることになるだろう。店内には客があまりいなかったので、仕事の話をしても人に聴かれる心配はないと思ったのか、宮下が渋い表情で話し出す。

「近所づき合いがゼロというのもどうかな」

「東京では普通ですよ」凜は答えた。

「私はちょっと、嫌な想像をしたんですけどね」

貴子が切り出す。宮下が無言でうなずき、先を促した。貴子が両手を組み合わせ、脂っぽいテーブルに載せる。

「あそこ、ダミーじゃないでしょうか」

「何のためのダミーだ？」宮下が突っこむ。

「自分の居場所を誤魔化すための……仮にあそこを嗅ぎつけられても、本人がいないでもぬけの殻ということになれば、追っ手は挫折しますよね」

「ふむ」

「函館の団地もそうでしょう。布団は置いてありましたけど、人が住むような環境ではなかった」

「しかし、事務所はどうなる？」

「あそこも空ですよ。借りたけど、本当に商売をする気だったかどうかは分からない——そうでしょう？」

貴子が話を振ったので、凜は無言でうなずいた。そう、平田はあちこちに自分の「痕跡」をわざと残して歩いているような感じがする。それにいちいち引っかかっていたら、追っ手は困惑するだろう。

しかし、何のために？　追っ手から逃れるつもりなら、海外へ飛ぶ方が簡単だし確実だ。それなのに平田は、あちこちに金をばらまいて足跡を残している。そんなに資金が潤沢なのだろうか……自分たちは、本当に彼のことを知らないのだと実感する。

「平田って、そもそも何者なんですかね」凜はぽつりと言った。「いかにも怪しいんですけど……ヤクザではないですよね」

「本部の組織犯罪対策課が警察庁に問い合わせたが、暴力団のデータベースには、平田という人物は入っていない」

「周辺の人物だとしたら……」

「把握していない可能性はあるが、どうかな」宮下も自信なげだった。

そこへ坂本が戻って来て、同時に料理もできあがり、会話は一時中断した。本格的なインド料理で、値段も本格的……凜が頼んだベジタブルセットは千五百八十円とそこそこ高い。カレーが二種類。何かの揚げ物、巨大なナンにサフランライス、デザートまでついている。そう言えば最近は、カレーと言えばスープカレーしか食べていない……十八歳で北海道へ渡ってから、食生活もずいぶん変わった。

久々のインドカレーで、食べているうちに、凜は胃の中が温かくなってくるのを感じた。普段食べ慣れていないスパイスが、体を内側から刺激してくる。

「申し訳ないけど、この被害者にはまったく同情できないわ」

貴子が漏らすと、宮下がすぐに「そういうのはやめておけ」と忠告する。貴子は肩をすくめるだけで、何も答えなかった。彼女にはそういうところがある……本当にそう思っているわけではなく、上司——というより相手の男性を挑発するための発言なのだ。こうやって「面倒臭い奴《やつ》だ」と思わせることで、舐められないようにしてきたのだろう。貴子さん、あなたが散々喧嘩《けんか》してくれたおかげで、私たちは少しは楽になったんですよ……。

「とにかく、あまりにも個人情報がない」宮下がまとめにかかった。「札幌へ来る前の——それこそ生まれてからの足取りも調べてみるべきだな」

「北洋ＴＣに関しては、何か情報は入っているんですか？」凜は訊ねた。

「まだ聞いていない。今夜確認するが、こうなってくるといかにも怪しいな。会社ぐるみで何かやっていた可能性も否定できない——それと保井」

「はい」凜は、千切ったナンを一度皿に置いた。

「例の暴行事件の被害者だが、何か新しい情報は？」

「今のところはありません。というより、第一報以降、情報はありません」

「こういうことを言うとお前は怒るかもしれないが、いかにも怪しい——タイミングが良過ぎるんだよな」

「そうなんすよねえ」坂本が同調する。「半年前に因縁があった二人……加害者が殺された前後に、被害者が行方をくらましている。何かあったと考えるのが自然ですよね」

「彼女が犯人だって言うわけ？」凜は声を尖らせた。

「俺は否定はしませんけどね」坂本がさらりと言った。

「宮下さんもそう思いますか？」

「俺はそこまで絞りこむ気はないが……可能性の一つとしては否定できないと思う」

「そうね」あろうことか、貴子まで同意した。「私は、札幌の件は直接担当していないけど、ずっと恨みを持ち続ける女性もいるわよ。しかも今回、忘れた頃に——半年経って、急に犯人が身近に現れた。また被害を受ける前に、反撃に出ようとしてもおかしくない」

「それは極論です」凜は反論した。

「そうじゃないって否定できる材料はある？　ないでしょう」貴子がさらにパンチを放

った。「あなたは、平田さんや珠希さんを二十四時間監視していたわけじゃないんだから、二人の間に何があったか――あるいはなかったか、把握していないでしょう」

それはそうだが……悔やまれる。二十四時間監視は不可能だが、何度も顔を出すことで、状況を変えられたかもしれない。いや、二人の間に何か「状況」があったかどうかは分からないのだが。

「今のような捜査をしていても、珠希さんが関与していたかどうかは分かりません。疑っているなら彼女を捜すべきだと思いますが」凜は正論を持ち出した。

「そこまでやっている余裕はないだろう」宮下が渋い表情で言った。

「それだったら、私だけでも何とか――丘珠空港までの足取りは分かっていますから、そこから先、追跡を続けるのも不可能ではないと思います」

「そうかもしれないが、捜査方針を決めるのは俺じゃない」

「そうですか……」

凜としては、珠希の行方も心配だった。人に言えない辛さを抱えたまま、半年間我慢してきたとしたら――何かのきっかけで、現実から逃げ出そうと考えるのも不思議ではない。しかし、本格的な珠希の捜索に乗り出すことはできないだろう。それができるとしたら、珠希に平田殺しの容疑がかかった時だけだ。

どうにも上手くいかない。捜査は動き出したばかりなのに、凜は早くも停滞感を抱いていた。

9

東京での初日は、手がかりなしで終わった。夕食後にマンションで二度目の聞き込みをしてみたものの、平田を知っている住人は一人も見つからなかった。会えなかった人間が二人いたが、仮に摑まえても結果は同じだろう、と凜は半ば諦めた。

一階にあるコンビニエンスストアなら……単身者向けのマンションの一階に入っているコンビニは、住人が台所代わりに使っているのではないかと想像したが、夜のシフトに入っていた二人の店員は、平田の顔を見たこともないという。ただ、二人のうち一人はバングラデシュからの留学生で、こちらの質問の意味が上手く通じたかどうかすら分からなかった。

十一時前にホテルにチェックインする。さすがに疲れた……一日が長かった。息が詰まるような狭い部屋。ベッドに寝転ぶと、天井も近いような気がする。目を閉じて、一瞬で眠りに落ちたような気がしたが、ふと目を覚ましてベッドサイドの時計を見ると、一分も経っていなかった。溜息をつき、腹筋を使って体を起こす。

さっさとシャワーを浴びて寝てしまうべきなのだが……凜はまだ着ていたダウンジャ

ケットだけを脱いで、スマートフォンを手にした。神谷の番号を呼び出し、電話を耳に当てる。

「ああ」神谷はすぐに反応した。

「予定通り東京に来てます」

「蒲田には気をつけろよ。遅い時間に安心して一人歩きできる街じゃない」

「夜遊びする元気なんかありませんよ」

「そっちへ激励に行こうか？」

凜は一瞬、その申し出を真面目に検討した。いや、まさか……隣の部屋には貴子がいるのだ。たぶん壁は、シャワーの音も聞こえるほど薄いだろう。

「四人一組で動いてるんですよ。同じホテルに全員泊まってますから」

「四人か……道警は人材が潤沢なんだな」

「そういうわけでもないですけど」

「で、捜査は上手くいってない、と」神谷がずばりと指摘した。

「よくはないですね」凜は認めざるを得なかった。

「そうか。確かに、難しそうな事件だとは思ってたんだ」

「神谷さんでもそう思います？」

「単なる勘だけどな」神谷が苦笑した。「俺は名探偵じゃないから、黙って座ればピタリと当たる、なんてわけにはいかない。安楽椅子に座って考えてるだけじゃ、どうしようもないんだ。でも今回はよそ様の事件で、捜査に参加するわけにもいかないから、感触で物を言うしかない」

「……ですね」

「それで、何が行き詰まってる？」

「全部」凛は認めざるを得なかった。

「それじゃ、どうしようもないじゃないか。最大の難点は？」

「被害者の人物像がよく分かりません。どういう人間なのか、交友関係はどうなのか……それが分からないと、確かにどうしようもありません。偶発的な事件のはずはないですから」

「知り合いにやられた、か」

「というより、人間関係の中で事件が起きた」

「君たちが知っている札幌の知り合いはどうなんだ？」

「それは、珠希さんのことですか？」

「ああ」

凛はスマートフォンを握り直した。神谷も彼女を疑っている——気持ちは分からないでもないが、何もそれを自分に言わなくてもいいのではないか？

「復讐、という線は捨てないでおいた方がいいよ。恨みは長く残るから」

「彼女はそういう人じゃないですよ。人を恨むより、自分の責任だと感じてしまうんです」

「そう言い切れるほど、君は被害者のことをよく知ってるのか？」

その指摘に、凜は黙りこまざるを得なかった。そう、あの件の調査は中途半端だった。……もっと珠希に寄り添い、彼女のメンタルをよく知り、フォローしておくべきだった。

自分でも分かっているが、たとえ神谷であっても、他人に指摘されるとむっとする。

「女性はあくまで被害者、いつまでも弱い立場——そういう先入観に囚《とら》われていないか？」

「珠希さんは、内に籠もるタイプです。復讐を考えるよりも、自分を責めてしまうんですよ」

「あー、そういう人は確かにいるな」

電話の向こうで神谷がうなずく様が容易に想像できた。基本的に神谷は饒舌《じょうぜつ》ではなく、話していても皮肉ばかりが飛び出してくるのだが、その皮肉の中にしばしば真実が混じっていることを凜は知っている。たぶん彼は、たくさんの誤解を受けて生きてきただろう。普通に話せば、まともな人だと分かるのに——ちゃんと話さないのも、自己責任かもしれないが。

「俺もそうだった」

「神谷さんが？」凜はつい笑ってしまったが、神谷がまったく反応しないので、すぐに「ごめんなさい」と謝った。

「今となっては言いたくもない話だけど、大島に飛ばされてた時、俺は死んでた」

「それは知ってます」

　警察庁の特命捜査に参加した時、神谷は様々な事情で「一時撤退」して大島に戻ってしまった。凜はわざわざ彼を呼び戻しに大島に渡ったのだが、あの時に見た神谷の目……「死んだ魚のような目」とよく言うが、まさにそれだった。人はあんなに簡単に挫折し、後ろを向いてしまうものか。あるいは環境が、彼の意志を挫《くじ》いたのかもしれない。

「だけど、例の特命捜査で立ち直れた。捜査の結果はひどいものだったけど、俺は何とか自分らしさを取り戻せたと思う。つまり、人間は変わる——変われるんだよ」

「はい」

「年齢も関係ない。二十歳でも四十歳でも、あるいは六十歳になっても変われる。逆に、変わらざるを得ないこともある。大抵、不幸な出来事がきっかけになるけどな」

「珠希さんは、まさに不幸な出来事に遭遇しました」

「そういうことがあって、性格が一変する人は少なくない。しかも、事件からそれなりに時間が経ってから……虫も殺せない人が、平気で人を傷つけたりする」

「彼女は違いますよ」

「今はまだ、あらゆる可能性を否定するなよ——それに君には、否定する権利もないはずだ」

凜は唇を引き結んだ。悔しいがこれは事実……しかし神谷もひどい。何もこんな話を持ち出して、私を説教しなくてもいいのに。

「あー、まあ、そんなに真剣に取らないでくれ。俺は一番簡単な道を行こうとしているだけかもしれないから」

「これは神谷さんの事件でもないですしね」

「そういうことだ」神谷が軽く笑った。「人間、暇だとろくなことがないな。他人の事件にまで首を突っこみたくなる」

「そんなに暇だったら、手を貸してくれませんか？　今、東京での平田の動きを追ってるんですけど……」

「それは君たちの仕事だ」神谷があっさりと言い切った。「手を貸せることと貸せないことがある」

「神谷さん、少し変わりました？」

「何が？」

「前は、人の事件にも平気で首を突っこんできたじゃないですか」

「これは君の事件だから」神谷が諭すように言った。「君が解決して、君の手柄にすべきだ」

これは本音だろうか……いや、神谷はそう簡単に自分の本音を明かす男ではない。おそらく大島に飛ばされていたトラウマが、彼を変えたのだ。あの後さらに「変わった」とは言うが、決して「元に戻った」のではないはずだ。大島で見た、彼の死んだ魚のような目……あの時凜は、あやうく地獄に落ちかけた男の姿をはっきり目に焼きつけたのだった。

翌日は八時集合で、聞き込みの範囲を広げることになっていた。凜は六時半に起きて身支度を整え、朝食会場のレストランに入った。食事を終えて、そのままロビーで他の三人と落ち合うつもりだった。

朝食も何となく冴えない……安いビジネスホテルだから仕方がないが、卵もソーセージもパサつき、生野菜も萎《しな》びている。パンも今ひとつ——以前、札幌に遊びに来た神谷が「北海道のホテルは朝飯が美味い」と驚いていたが、あれは本音だろう。凜も出張で道内のホテルに泊まることがあるが、確かに朝食は美味い——それに比べてここのご飯は、と悲しくなった。

「いい？」

顔を上げると、貴子がトレイを持って立っていた。

「どうぞ」凜はさっとうなずいた。

貴子が静かに向かいに座ったが、その表情が暗いことに凜はすぐに気づいた。

「どうかしました？」

「朝食が美味しそうじゃないから」

「当たりです」

「でしょうね……見ただけで分かるわ」

貴子は和風の料理で朝食を揃えていたが、食欲が湧く感じではなかった。鮭《さけ》が小さい
……こんなに小さい鮭、どうやって用意しているのだろう。

「それは冗談だけどね」貴子がすぐに前言を撤回した。

「朝ごはん以外に、不機嫌になる理由があるんですか？」

「私と宮下さんは、今日で引き上げになったわ」

「え？」予想もしていないことだった。「まだ何の成果も出ていないのに……」

「東京から引き上げどころか、捜査本部からも撤収みたいよ。羽田から札幌に直行しろって」

「何ですか、それ」凜は目を見開いた。

「昨夜遅く、札幌で殺しが起きたのよ」

「知りませんでした」

「まだニュースになってないかも……豊平区の民家で、一家三人が殺されているのが見つかった」

「三人……」凜は思わず目を見開いた。しかし瞬時に、どうしてそこまで人手が必要なのか、という疑問が湧いてくる。「そういうのって、だいたい家族同士の殺し合いじゃないんですか？」

「殺されたのは二十代の若い夫婦と、一歳の赤ん坊。二人の両親はそれぞれ、北見と青森に住んでいる……アリバイも成立してるわ。あなたが想像しているようなケースじゃないわね」

「強盗とかですかね」

「その可能性が高いけど、とにかく緊急性が高い事件よ」

「それで応援ですか？」

「しょうがないでしょう」貴子がかすかに首を横に振る。「悪いけど、所轄と方面本部だけで頑張ってもらわないと」

「私たちは大丈夫ですけど、貴子さんも大変ですね」

「人手不足だって分かってるのに、その手当をしてくれないから……」

「何時まで東京にいるんですか？」

「飛行機が取れたらすぐに引き返すわ。今、宮下さんが手配してる」

「じゃあ、後は私たちだけで捜査ですか」

「そうなるかもしれないわね」

実際、そうなった。宮下は昼の札幌行きの便を確保したので、貴子と一緒にそのまま羽田空港に移動してしまったのだ。坂本と二人では、やはり意気が上がらない。基本的に坂本は、必要以上の仕事はしない――できるだけ仕事をしたくないタイプだ。

昼食休憩した時に、凜は既に重い疲労を感じていた。近所の聞き込みをしてみたものの、平田に関する情報は一切出てこない。広い東京で、たった一人の人間の行動を探るのは大変だが、まるで平田という人間が存在していなかったようだった。本当にここのマンションはダミーで、彼は東京にはいなかったのかもしれない。住民票をわざわざ移したのも、行方をあやふやにするための作戦ではないだろうか。

「どうも、上手くいきませんね」昼食の坦々麺《たんたんめん》を啜《すす》りながら、坂本が愚痴を零した。

「しょうがないわよ。砂漠の中で砂を一粒探すみたいなものだから」

「その表現、いつも大袈裟だと思ってたんですけど、実際にはその通りですね。だいたい、探しているのが砂かどうかも分からないんですから」

「もう飽きた？」

「飽きたというか、先が見えないから嫌になりますよ……保井さんは、そんなことはないでしょう？　この被害者に対しては、思い入れがありますよね」

「そうだけど、もうちょっと効率的なやり方はできないかと思ってるわ。二人だけで平田の人生を全部追いかけるのは不可能よ」

「本部の人たち、全員捜査本部から引き上げなんですか？」

「一人、二人は連絡要員として残るみたいだけど、基本はうちと方面本部だけで担当することになるわね」

「方面本部は役に立たないからなあ」

そういうあんたも、方面本部の刑事たちから「役立たず」と陰口を叩かれているかもしれないわよ——そう思ったが、口には出さなかった。坂本は将来、絶対に浮上できないタイプだ。刑事として決して優秀ではないし、試験に強いタイプにも見えない。現場で名を成すこともなく、次々と試験に合格して出世の階段を上がるわけでもなく、所轄を転々として、ろくな成果も上げないままに定年を迎えるのではないだろうか。それは彼の人生だからどうでもいいけど、私の仕事の邪魔はしないで欲しい……坂本のやる気のなさが、凜にも伝染してしまったようだ。

スマートフォンが鳴る。刑事一課長の古澤だった。嫌な予感がして、スマートフォンを摑んですぐに外へ出る。ダウンジャケットなしでは、東京でもさすがに一月の寒風が身に染みた。

「保井です」

「そっちの具合はどうだ？」

「上手くないですね」凛は素直に認めた。「やはり東京での聞き込みは難しいです」

「北海道と同じわけにはいかないか」

「そもそも、隣の人に関心がないみたいですから」

「ということは、いつまでもそこで聞き込みを続けているわけにはいかないな。一度、引き返してくれ」

「ちょっと待って下さい」凛はスマートフォンをきつく握り締めた。「まだ二日目ですよ？　聞き込みをする場所なら、いくらでもあります」

「いや、取り敢えずそこは撤収だ」

これは相談ではない、と凛には分かった。既に方針は決まっていて、単に通告してきただけなのだ。柔らかい口調で話しているのは、自分に気を遣っているだけだろう。

「札幌で殺しがあった話は聞いたか？」

「朝、聞きました」

「あれで、こっちへ来ていた本部の人間が一斉に引き上げさせられたから、函館の人手が足りなくなったんだ」

「……戻りますが、いつですか？」

「今日中に」

「最終は夕方ですよ？　席が取れるかどうか」

「無理なら明日の朝イチでもいい。とにかく、できるだけ早く帰ってくれ」

「……分かりました」

「おいおい」古澤が急におどけた声を出した。「お前ならもっと逆らうと思ったけど、やけに素直じゃないか」

「逆らうほど材料がないんです。こっちで何か摑んでいたら、絶対に残りますけど……すみません、残念ながら、いい手がかりはないんです」

「それはしょうがない。今後函館で捜査を進めて、必要が生じたらいつでも出張すればいい。道警は、人手は足りないけど予算は余ってるぞ」

　豪快に笑って古澤が電話を切った。これは道警では昔から言い古されている冗談──北海道は広いが故に、どれだけ警察官がいても足りないのだ。もっとも、予算が余っているというのも自虐的な嘘《うそ》なのだが。働き方改革は、現場の警察官たちを守るためではなく、残業代を減らすのが真の目的ではないかと言われている。

　店内に戻り、坂本に「撤収ですって」と告げた。

「マジですか」坦々麺の丼に残ったスープをレンゲでかき回していた坂本が、はっと顔を上げる。さすがに坦々麺は辛かったのか、首筋に汗が浮かんでいた。

凛は事情を説明し、自分の麻婆豆腐《マーボーどうふ》定食に戻った。麻婆豆腐もご飯もまだ半分ほど残っているが、何だか食欲が失《う》せてしまった。

「私が食べ終えるまでに、飛行機のチケットを手配してくれない？」

「今からだと、最終便ですよね」

「それでもいいわ。まあ……あのホテルに何泊もするのは嫌よね」

「狭い部屋ですからねえ」うなずいて立ち上がり、坂本がスマートフォンを摑んで店を出て行った。

凛は麻婆豆腐をレンゲでかき回した。食欲がないのも当然……これほど上手くいかない捜査も珍しい。事件発生から結構な時間が経つのに、ろくな手がかりがないのだ。サボっているわけではなく、自分のこれまでの経験に入りきらない事件というか……。

結局、残った料理にはほとんど手をつけなかった。坂本が帰って来て「チケット、取れました」と嬉しそうな表情で告げる。

「この季節だと、函館へ行く人も少ないですよね。楽勝でした」

「でしょうね……嬉しそうね」

「いやあ」坂本が頭を掻いた。「正直、東京での仕事はやりにくいです。函館の方が、ちゃんとやれると思いますよ」

「それもそうね……」認めてしまう自分が情けない。何だか東京に負けたような気がしてならなかった。

10

東京から帰った翌朝、函館はまた激しい雪になった。十メートル先も見えないほどの降り方で、凜は車での出勤を諦め、市電で署へ向かった。屋根もない停留場なので、フードに雪が積もってすぐに重く、冷たくなる。

あの伝説は嘘よね、と皮肉に考えた。北海道では、冬は悪党も冬眠して事件が少ない――確かに今までの経験ではそんな感じがしていたが、このところ立て続けである。

朝の捜査会議でも、新しい情報は出てこなかった。それより何より、人が一気に減ってしまったのが痛い。結局、本部の捜査一課の刑事は一人が残っただけで、会議室には空席が目立つ。凜は大沼の現場付近での聞き込みを指示されたが、やる気満々というわけにはいかなかった。平田に対する不信感――怪しいと思う気持ちが膨れ上がっていたせいもある。この殺しには、何か重い裏がある気がしてならない。聞き込みよりも、もっと大事な仕事があるのではないか？

それでも仕事は仕事。仕方なく立ち上がったところで、警務課のベテラン課員が会議室に入って来た。出入り口のところに立ち止まったまま、凜を見つけて手招きする。経費の精算でも忘れていただろうかと心配になったが、話はまったく別のことだった。

「下にお客さんが来てるよ」

「私にですか？」凜は自分の鼻を指差した。

「水野彩子さんと名乗ってる」

「――分かりました。すぐ行きます」

凜は、大沼へ同行する予定の坂本に一声かけて、一階へ駆け降りた。

彩子は、警務課のところで不安そうな表情を浮かべて立っていた。あの顔は……子どもが事件に巻きこまれた母親の顔そのものだ。凜は、そういう母親を何人も見てきた。

「すみません」彩子が深く頭を下げる。「お忙しいですよね？」

「大丈夫です。どうしました？」

「実は、やっぱり行方不明者届を出そうと思いまして……下の娘とも相談しました」

「妹さんは何と？」

「怒られました」彩子が寂しそうな笑みを浮かべた。「早く警察に届けないと駄目だって……ママがやらないなら私がやるって、仙台から飛んで来そうな勢いでした」

「分かりました。その方がいいと思います」凜はうなずいた。実際には、行方不明者届が出されても、事件性がなければ警察にやれることは限られているが……行方不明事件に関して動きが早いのは、失踪人捜査課のある警視庁ぐらいである。

「すみません、娘がいなくなった時に、すぐにお願いすればよかったんですけど」

「迷うのは当然です」凜は彩子の腕にそっと触れた。「家族のことであっても、すぐには判断できないのが普通です。とにかくすぐに届を出して下さい。私も一緒に行きますから」

「お手数おかけします」

彩子が娘のことを真剣に考えてくれているのが分かってほっとした。しかしまだ、何となく迷いがある。これは、仙台に住む珠希の妹と話をした方がいいかもしれない。母親ではなく、妹の方に悩みを打ち明けている可能性もある。昔から仲のいい姉妹だと聞いているし……。

あれこれ考えるが、自分がこの件に取り組むのは実質的に不可能だろう。体が二つ欲しい、と真剣に願った。


事件発生から一週間が経った。

凜にとってはきつい一週間だった。仕事がきついわけではなく、捜査本部の「流れ」が……。「珠希が復讐のために平田を殺したのではないか」という説が、公然と出るようになったのだ。否定したいが、その材料もない。凜は一度、「そこまで言うなら、珠希を本格的に捜させて欲しい」と提案したが却下された。

これでは子どもの口喧嘩だ。「やったんだろう」「やってない」「じゃあ証拠を見せろ」――口論がエスカレートするばかりで、具体的な証拠が一つもない。もしも、珠希が平田を殺した物証がわずかでもあれば、すぐに凜は珠希の捜索に取りかかったはずだが。

平田の人物像、それに足取りもじりじりとしか分からなかった。

ポイントは、札幌で彼が勤めていた北洋ＴＣ……事件当時は、社長がつかまらず、どうにもはっきりしない情報しか出てこなかった。

平田は、北洋ＴＣがネットに出した求人に応募してきて、ロシア語が喋れたことから採用が決まった。それまでは、東京で塾講師。三十歳で塾講師というのは凜には不自然に思えたが、塾側に事情聴取したところ、実際に働いていたことも確認できた。平田は外語大――珠希の先輩だ――でロシア語を専攻したが、卒業直前に交通事故に遭って、就職の機会を逸してしまったのだという。入院、そしてリハビリに二年近くかかり、決まっていた大手商社への入社は辞退せざるを得なくなった――賠償金はそれなりにもらったようだが、遊んで暮らすわけにもいかず、結局塾講師の仕事に就いた、というのが札幌へ来る前の事情らしい。

平田の東京時代について裏を取ったのは、道警ではない。警視庁に情報を流して確認を依頼したところ、一日で詳細な情報を上げてきたのだった。さすがというべきか、それとも単に地の利があるからか……凜としては後者だと思いたかった。

北洋TCのビジネスに怪しい点はなかった。業務停止したのは、純粋に業績不振のため。ロシア側の主な取り引き先の一つが三年前に倒産し、その影響をもろに被ったらしい。平田が入社した時には、既にだいぶ業績が傾いていたようで、彼も会社の救世主にはなれなかったわけだ。

平田が関与したとされる暴行事件に関しては、社長は「まったく知らない」という主張を繰り返した。平田も「やっていない」と否定していたが、最終的には「迷惑をかけた」という理由で辞表を提出し、会社を辞めて北海道を去ったという。その一週間後に、「東京でマンションを借りたいので、保証人として名前を貸してくれないか」と連絡があった。去年の十二月にも再度電話……函館で商売を始める、家を借りたいのでまた保証人をお願いしたいと、二度目のお願いだった。

社長は二度とも、気前よく名前を貸すことを承諾したという。少し甘い——容疑をかけられた男に対して、二度も保証人を引き受けるなんて、あまりにも不用心過ぎないかしら——凜は首を傾げたが、社長は平田を全面的に信用していた。

人と人との関係は、第三者には計り知れない。

捜査会議で、凜は意外な指示に驚かされた。

明日は休み。

重大事件で捜査が長引くと、最初の一ヶ月は休みを取れない——凜はそのように聞いて刑事として育ってきたし、犯人の目処がつかない殺人事件で、実際に一ヶ月連続勤務をしたこともあった。しかし今回は突然、「捜査本部の三分の一は明日休むように」と古澤が通達したのだ。これも働き方改革ということか――しかし、捜査に大きな進展がないのに、休んでいていいのだろうか。休んでいる暇があったら、足を棒にしても歩き回るべきではないか。そもそも、本部の刑事たちはほとんど引き上げてしまい、人手不足の状態が続いているのに。

しかし古澤は、刑事たちに反論を許さなかった。「警務がうるさいから」「休ませないと、署長が本部から厳しく指導される」――そういう理屈を持ち出されると、凜としても「休みません」とは言えない。実際自分は、この捜査の初動段階で、有給を二日間、潰してしまったわけだし。

三日間かけて、刑事たちを三班に分けてそれぞれ一日ずつ休ませることになった。凜は明日、土曜日が休みになる。そう言われても……というのが正直な気持ちだった。どこかへ出かけて気分転換でもできればベストだが、明日は一月になって三度目の大雪の予報である。溜まった洗濯物を始末して、あとはゆっくり寝て体力の回復に努めるか。そのためには、明日一日家に籠もっていられるように、今夜買い物をしておかなくてはならない。

とはいえ、函館のスーパーは閉店時刻が早い。早くも雪が舞い始める中、凜は車を飛ばして、市電の昭和橋停留場前、亀田川沿いにあるスーパーに向かった。ここなら午後十一時までやっている。

駐車場に車を入れたところで、スマートフォンが鳴った。何か起きたのか……慌てて確認すると、彩子からだった。珠希の行方も分からないままなので、心配になって電話してきたのかもしれない。開けかけたドアを閉めて電話に出る。

「保井さんですか？」

「はい」

「水野ですが……すみません、図々《ずうずう》しく電話して」

「珠希さんのことですよね？　すみません、今のところ具体的な手がかりは……」

「お忙しいんですよね？」

「大きな事件を抱えていますから」言い訳に、自分で嫌になった。「でも、常に気にかけて、情報収集はしています」

「無理なさらないで……大変だろうと思ったので、お電話しました」

「お気遣いは恐縮ですが、きちんと捜していますので」変な電話だと思いながら凜は答えた。「ご心配かけてしまってすみません」

「たぶん――勘なんですけど、珠希は無事だと思います。置き手紙は本当のことだったんじゃないかと……そのうち連絡がくるはずです。珠希は、去年の事件で傷ついて不安定になっていますから、いろいろ考えることもあるんでしょう」

「心配です」

「大丈夫だと思います……自分に言い聞かせています。責任感の強い子ですから、ずっと人に心配をかけていることはないはずです。ですから、保井さんにも無理して欲しくないんです」

「ちゃんとやりますよ」

「保井さんをお忙しくしているなら、申し訳ないので……すみません、変な話で。でも、一言言っておきたかったんです」

彩子が電話を切った。捜して欲しくないのか？　変な話ではあったが、傷ついた娘を持つ母親の気持ちが揺れ動くのは不自然ではない。

とにかく今は、自分の生活だ。買わなければいけない物は大量にある……最近家を空けていることが多いので、冷蔵庫の中は空っぽだ。野菜や肉、飲み物をどんどんカゴに突っこんでいく。こういうのも面倒臭い——最近面倒臭くなってきている。料理は苦手ではないのだが、自分のために作って一人で食べるのが虚《むな》しくてならない。「函館女子会」と称して女性署員たちと気楽に酒を呑み、食事をすることはあるが、そう頻繁には集まれないし。

ふと、神谷の顔が目に浮かぶ。自分は仕事をせず、家で料理を作りながら神谷を待つような生活はどうだろう。神谷は、自分の料理を喜んで食べてくれるし……。

「それはないわね」声に出すと、途端に寂しくなった。今の仕事を捨てる気は毛頭ない――ということは、神谷と結婚など考えられないのだ。凜の中で、唯一実現可能性がありそうなのは、神谷の定年まで待つことである。彼に北海道に来てもらって……それでも、自分が定年を迎えるまでにはだいぶ時間があるのだ。その場合は、神谷に毎日食事を用意してもらって、自分はそれを楽しみに帰宅することになるわけか。

妄想、妄想。

頭を振り、精算を済ませる。久しぶりに冷蔵庫が一杯になるほど買い物をしたので、財布の中身が乏しくなった。支払いを終えてから、店内のATMで現金を下ろす――給料日前だというのに、口座の残高が予想外に多かったので驚いた。お金を使っている暇もないのよね、と自嘲気味に考える。

店にいる間に、雪は激しくなっていた。この分だと、明日は一日家に閉じこめられるかもしれない。どこへも出かけず終わる休日――あまりにも非活動的なので嫌になるが、最近は体を休めるためには仕方がないと諦めている。元々趣味らしい趣味もないし、たまに長い散歩に出るぐらいのものだ。まあ、観《み》るべきものの多い函館は、散歩を楽しめる街ではあるのだが。しかし赴任してきてからは、すぐ事件に巻きこまれた上に、何度も雪が降っているので、あまり散歩も楽しめていない。自宅から歩いていける「緑の島」というのが、散歩コースとしては評判がいいようなのだが……釣りもできるらしいから、夏には神谷を案内しようかとも思っていた。神谷は、大島にいた時は釣りばかりしていたと言っていた。好きでやっていたわけではないだろうが。

市電の通りに出て走り出す。前方が見えにくくなるほどの雪……市電とすれ違う時には気を遣うが、走っている車は少ない。これだけ大きな街なのに、人も車も少ないのが不思議でならなかった。函館の人は、全員が自宅でテレワークをこなしているのか？　どんな天気でも外を走り回っている自分たちが特殊な存在なのかもしれない。

牛乳を買い忘れた。

寝る前に温めた牛乳を飲むのが、冬の間の凜の習慣である。その肝心の牛乳がない……棚の前を通りかかったのに、と情けなくなった。まあ、いいか。どこかコンビニエンスストアに寄ろう。

北海道に住んで十数年になるが、今でも雪の日の運転では神経を使う。大事なのは、早道しようとして、交通量の少ない裏道を選ばないことだ。そういう道路は、交通量が少ないが故に雪が積もるのも早く、車は簡単にスタックしてしまう。

結局凜は、函館市内の目抜き通りを選んで自宅へ向かった。函館駅前から海峡通に入り、十字街の大きな右カーブを抜けて行けば、自宅のほぼ前まで行ける。市電の五系統路線をそのまま走っていく感じである。

結局、自宅のある大町停留場を通り過ぎ、函館どつく前停留場の手前にあるコンビニエンスストアに入った。駐車場には既に雪が積もり始めており、凛の車以外には一台も停まっていない。こういう時は家で大人しくしているのが一番ね、と思いながら、凛は首をすくめて店内に駆けこんだ。

牛乳を買い、習慣で雑誌のコーナーに足を運ぶ。最近はあまり雑誌も買わなくなったけど……いくら女性誌で流行《はや》りのファッションを勉強しても、自分の生活に取り入れる余地がないのだ。刑事の服装はとにかく地味であるべし――その原則を徹底して叩きこまれていた。実際男性は、グレーの背広か地味なジャンパー姿がほとんどで、女性の主流は黒か紺のパンツスーツだ。目立たず、相手を刺激せず、しかも動きやすいものとなると、選択肢は少なくなる。非番の日ぐらいはお洒落してみようと考えることもあったが、最近はだんだん面倒臭くなってきた。気づくと細身のジーンズに、ボーダーのカットソーばかりを着ている。

たまには女性誌を見てみるか……一種の目の保養のようなものだし。ページをめくっている時、ふと誰かに見られていると感じた。ゆっくり視線を上げる。外――雑誌置き場は駐車場に面した窓のところにあるのだが、今しも一人の女性が、右から左へと横切って行くところだった。傘をさしている。地元の人じゃないわね、と考えた。北海道の人なら、傘などささずにフードか帽子を被る。

店に入って来るかと思ったが、自動ドアが開く気配はない。何だか気になって、身を乗り出して外を確認すると、建物の端に近い左側の方で煙草を吸っていた。右に視線を向けると、自分の車の横に、かなり巨大なＳＵＶが停まっている……何かおかしい。説明できない違和感が凜の頭に満ちた。

雑誌を棚に戻し、ゆっくりと出入り口に向かう。その瞬間、油断していたな、と舌打ちしてしまった。普段は常に伸縮警棒を持ち歩いているのだが、バッグの中だ。つまり、車の中。となると、スピード勝負だ。

凜は自動ドアが開く前に車のキーを取り出し、ロック解除のスウィッチを押した。ランプが点滅するのと、自動ドアが開くのが同時——開ききらないうちに駆け出し、車のドアハンドルに手をかけた瞬間、「すみません」と声をかけられる。

いつの間に？　凜は急いで顔を上げた。車を挟んで反対側に、先ほど見かけた女性が立っている。かなり長身——百七十センチはありそうだ。こんな雪の日にヒールの高い靴を履く人はいないだろうから、これが実質的な身長ということになる。相変わらず傘をさしている。今のところ、雪でフレームが歪んではいないが、このまま立ち尽くしていたら傘が壊れるのは時間の問題だろう。

「何でしょうか」凜は平静を装って訊ねた。見覚えのない顔……きちんと化粧をしているせいか、顔立ちはかなり派手に見えた。自分と同年代か、少し若いぐらい——三十代前半、と見当をつける。膝まであるダウンコート、ニットキャップに首元はマフラーで完全武装している。足元はレインブーツ——たぶんハンターだ——で、雪道に何とか対応しようとしているようだった。

「保井凜さんですね？」

凜は無言で素早くドアを開け、運転席に身を滑りこませた。そのままロックしようとした瞬間、助手席のドアが開く。女性はドアを開けたまま、身を屈《かが》めて凜の顔を覗きこんでいた。邪悪な表情ではない——何だか疲れて見えた。無駄なことはして欲しくない、とでも言いたげだった。

「ちょっと話がしたいだけです。中に入れてくれとは言いませんけど」

「いきなりこういうやり方は、相手に信用されないわよ」

「そうかもしれませんけど、緊急なので」

「あなた、何者？」

「それは言えません」

「だったら、こちらも何も話せません」

「あなたと共通の問題に興味を持つ人間、ということでは駄目ですか」

持って回った嫌な言い方だ……しかし、犯罪に関係した人間の気配は感じられない。だからと言って、何者かは想像もつかないのだが。

「私が何者かは知ってる？」

「道警函館中央署刑事一課の保井凜さん」

すらすらと言葉が出てくる。警察関係者か？　いや、そういう気配はない。少なくとも道警の警官ではないはずだ。道警の女性警官の顔と名前は、だいたい覚えている――。

凜は外へ出た。こんな中途半端な状態では話したくない。何より、自分の車に見知らぬ人間を乗せる気にはなれなかった。出るタイミングを利用してスマートフォンを取り出し、ボイスメモを起動させる。

風と雪が吹きつけ、凜は思わず首をすくめた。相手は心底寒そうにしている。このまま凍りつかせてやろうか、と思った。おそらく手袋をしていないのだろう――用心が足りない――両手をポケットに突っこんでいるので、バランスが悪そうだ。いざという時は腕を摑んで内股で転がせると、直接対決になった場合の手を考えた。相手は自分より背が高いが、格闘経験があるようには見えなかった。

「私の車でも……」相手は、凜の車の隣に停まった車に視線を向けた。ということは、地元の人だろうか。もちろんレンタカーでもこういうSUVはあるが、わざわざ借りる人はあまりいない。

「結構です」凜は即座に断った。相手の領地に足を踏み入れるつもりはない。「ご用件は？」

「平田和己という人が殺されましたね」

「何が言いたいの？」

「確認しているだけです」

「その件について知りたいなら、ネットニュースでも見て。あなたが誰かも分からないから、余計なことは喋れないわ。そもそもあなた、何者？」凜は質問を繰り返した。

「それは言えません」同じ答えが返ってくる。

「だったら、話にならないわ」凜は顔を背けた。しかしそれも一瞬で、視線を彼女の顔に戻す。一挙手一投足に注意していないと、致命傷を受けかねない。しかし彼女は、雪と風に凍りついたのか、彫像のように動かないままだった。

「彼を殺した犯人は、なかなか捕まらないですね」

「警察批判だったら広報へどうぞ。あるいはネットで独り言でもつぶやいていれば？」

「平田というのは、いろいろ難しい男のようですね。道警では正体を掴んでいるんですか？」

道警では、という言い方が気になった。まるで彼女自身は、他の警察組織に属しているような感じではないか。

「あなた、何者？　警察官？」

無言。真っ直ぐ凜を見詰める視線は強かったが、どこか自信なげにも見えた。

「平田は、北洋ＴＣで何の仕事をしていたんですか？」

「その会社は、もう存在しないわ」余計なことを言ったかと一瞬後悔したが、会社の情報など機密事項でも何でもない。調べれば誰にでも分かることだ。

「彼はロシア語が専門だった。北洋ＴＣはロシアとの貿易を専門にする会社だった。会社の業務内容は、真っ当なものだったんですか？」

「違法な貿易だったとか？」

「私は知りませんが」

「これ、無意味な会話よ」凜は首を横に振った。「捜査で知り得たことを喋るわけにはいかないし、そもそもあなたにはそれを知る権利はない。何か知りたいなら、まず自分の身元を明かしてからが基本だわ」

「それができない場合もあります」

「意味が分からないわね」凜は車のルーフに軽く掌《てのひら》を叩きつけた。積もった雪の冷たい感触が、身を凍らせる。「その秘密主義に何の意味があるわけ？」

「それを言えればいいんですが……平田のことはどこまで分かっているんですか？」

「何が分かっても、あなたに言う必要はない」

「水野珠希さんは？　彼女の行方は分かったんですか？」

馬鹿な――口を開きかけ、凜はすぐに唇を引き結んだ。平田の名前が彼女の口から出てくるのはまだ理解できる。ニュースになっているのだから不思議ではない。しかし珠希は……彼女が暴行を受けたことも、行方不明になっていることも、当然表沙汰にはなっていない。彼女の存在を知っているのは、ごく少数の関係者だけだ。

「行方不明ですよね？」女性が繰り返した。口調は真摯で、純粋に疑問に感じている様子だった。

「個別の案件については何も言えません」凜は相手を振り切る方法を考え始めた。さっさと車に乗りこんでエンジンをかけ、走り去ってしまうのが一番だが……相手はしつこそうだ。下手に車に手をかけられたりして、事故になっても困る。

しかし凜は、賭けに出た。「言うことは何もありません」ときつい口調で言うと、さっさと車に乗りこんだ。エンジンをスタートさせ、ギアを「R」に叩きこむ。思い切りアクセルを踏むと、タイヤがわずかに滑ったが、何とかコントロールを取り戻す。大きくハンドルを回して車の向きを変えると、駐車場を飛び出した――その直前、ちらりとSUVを確認する。

ナンバーは隠されていた。それだけでも、道路運送車両法で引っ張れるのだが、今は一刻も早くこの場を立ち去るのが肝心だった。

裏がある。それも、自分が想像もできない裏が。

第二部　東　京

1

　珍しく何もない日が長く続き、神谷は完全に暇を持て余していた。六月。今年は猛暑になる、という予報が早くも当たりつつあるようで、最高気温が三十度に届きそうな日もあるぐらいだった。神谷の係は待機の一番手だったが、どうにも複雑な気分……クソ暑い季節には出動がない方がいいが、それが続くと腐ってしまう——。

　しかし、捜査一課がいつまでも暇なわけがない。久しぶりに出動の機会がやって来た。本部の捜査一課は、必ずしも現場に一番乗りするわけではない。まず所轄、そして常に街を流して警戒している機動捜査隊が真っ先に現場に到着することが多い。特に夜中の事件ではそうだ。しかし今回は、神谷たち捜査一課は遅れずに臨場できそうだった。何しろ「ホテルで殺人事件」の第一報が入ったのが、全員が揃っていた昼過ぎである。

　神谷は警視庁の食堂での昼飯を終え、自席に戻ったばかりだった。午前中からずっと書類仕事をしていた進藤が、立ち上がって電話で話している。顔からは血の気が引いて、ただならぬ様子だった。係長の両角《もろずみ》は既に背広に袖を通し、出撃の準備を整え終えている。

「殺しだ。現場はホテルロイヤル東京」両角がちらりと神谷の顔を見て言った。

「客室内ですか？」

「もちろん」

神谷も上着を引っつかんだ。六月……今日の最高気温は二十八度の予想で、上着がいらない陽気なのだが、捜査が長引いて夜になると、予想外の寒さに苦しむことになる。

「ああ、お前はちょっと五課に寄ってくれ」

両角が指示した。警視庁で五課というと、組織犯罪対策五課——組対五課のことだ。銃器と薬物犯罪の専門部署である。

「銃ですか？　ヤクですか？」

両角が右手で銃の形を作った。神谷は胸の中で、じゃりじゃりと嫌な音がするのを聞いたような気がした。

「しかも二発——被害者は後頭部に二発食らっている。処刑スタイルだな」

「ヤクザかもしれませんね」

「いや……どうかな。被害者は若い女性なんだ。ヤクザとかかわることがあるとは思えない」

おいおい……神谷は自分の中の「常識」がくるくるとひっくり返るのを感じた。女性が射殺された事件は、神谷の頭の中のデータベースにはない。少なくとも、確実に殺す処刑スタイルが採用されたような事件では。

「専門家を連れて行きます」

「そうしてくれ。現場は一四〇三号室だ」

うなずき、神谷は必要な情報を両角から聞き出して手帳に書きつけると、すぐに一課の大部屋を出た。行き先は組対五課。銃器捜査三係係長・小田《おだ》が、昔の所轄の後輩なのだ。階級は逆転して、神谷がまだ警部補であるのに対して向こうはもう警部だが、先輩後輩の関係は退職まで続く。

小田も出動準備を整えていた。表情は厳しい——いや、困惑している。本来、この係はそれほど忙しくない。何しろ日本では、銃犯罪自体が少ないのだ。この事件がレアケースであることが既に分かっていて、今後の対策をあれこれ考え始めて悩んでいるのだろう。

「神谷さん」小田が気づいてうなずきかける。

「そっちも出るのか？」

「うちが主体になるかどうかは分かりませんけど、取り敢えず現場は見てみるつもりです」

「あー、一四〇三号室は狭いシングルルームらしいから、入れる人数には限りがあるぜ」

「それは現場に行って考えますよ」

「そっちにはどれぐらい情報が入ってる？」

「たぶん、一課の方が詳しいですよ」

うなずき、神谷は両角から仕入れた情報を小田に伝えた。話が進むに連れ、小田の眉間の皺がどんどん深くなる。

「そいつはおかしいですね」

「被害者が女性、それで後頭部に二発撃ちこまれるような事件は――」

「記憶にないですね」

「やっぱりそうか」神谷は手帳を閉じた。「ところで、一課の他の連中は先に出発した。そっちの車に乗せてくれないか？」

「いいですよ」

駐車場に向かいながら、神谷はふと違和感のようなものが頭の中に生じるのを意識した。違和感、ではない……何かを思い出しかけている感じだ。

「――ということで、神谷さん？」

「あ？　ああ」小田が何か話しかけていたのにも気づかなかった。

「どうかしましたか？」

「あー、いや、ちょっとな……」自分でも気持ちが悪い。しかし薄《う》っすらとした記憶はどうしても鮮明な形にならない。

覆面パトに乗りこみ、桜田通りに出た瞬間、神谷は締めようとしていたシートベルトを離して「ああ」と声を上げた。横に座る小田が、驚いたように「どうしたんですか」と訊ねる。

「函館だ！」神谷はほとんど叫ぶように言った。

「函館？」

「一月に、函館で同じような手口の事件があったはずだ。現場は……室内じゃなくて公園だけど、後頭部に二発という手口は共通している」

「その時の被害者は？」

「地元の人間だったはずだ」半年前のことだし、他の管内の事件なので、名前までは覚えていない。ただこの件は、まだ解決していないはずだ。あれ以来凜とは会っていないが、犯人逮捕のニュースは聞いていないし、彼女と電話で話しても、その話題は一度も出なかった。それ故、神谷の記憶も薄れていたのだが……どうも彼女の方で、この事件に関する話を避けているようだった。嫌な事件になりつつあるのだろう。たぶん、解決の糸口はまったく見えていない。「『MODB』で調べてみろよ。共通点が見つかるかもしれない」警察庁の手口データベースだ。

「おい——」

小田が声をかけると、助手席に座った若い刑事がパソコンを取り出し、素早く作業を始めた。手口と銃について何がしかの情報が得られても、二つの事件が結びつくとは限らないのだが……。

「神谷さん、何で北海道の事件なんか覚えてたんですか？」小田が訊ねる。

「たまたまだよ。新聞にでかく載っていた——その日はたまたま、他に事件もなかったんだろうけど」

あの日神谷が真っ先に確認したのは、地元紙の夕刊である。一面で三段、社会面のトップで詳細に事件が伝えられていた。全国紙は何か協定でも結んだかのように、全紙が揃って夕刊の社会面準トップ、四段見出しで扱っていた。あれだけの事件にしては小さい……東京から見れば、所詮はローカルな事件ということだろう。小田が見逃していてもおかしくはない。

「ありました」

若い刑事が体を捻《ひね》り、小田にノートパソコンを渡した。小田がざっと画面を眺め渡し、「函館の事件は……銃はマカロフみたいですね」と言った。

「そこまで分かるのか?」

「現場で発見された銃弾は、九ミリ弾でした。今の日本で九ミリ弾というと、まずマカロフですよ」

「トカレフではなく?」

「トカレフは、正確には七・六二ミリです。一昔前は、暴力団が使う銃はトカレフが主流だったんですけど、いかんせん、あれは古いですからね。ソ連では六十年以上前——一九五三年に製造中止になっているんですよ。日本に流れてきたのは、その後共産圏でライセンス生産されたものなんですけど、それでも古い。今は、マカロフがメジャーです。軽くて小さいし、トカレフよりはずっと扱いやすいんですよ」

「暴力団の主力拳銃か」

「そういうことです。ただし函館の事件は、暴力団による犯罪とは断定されていませんね。今、『MODB』を見てるんですけど、後頭部に二発というのは、この他に一件も登録されていません」

「ヤクザなら、それぐらいのことはやりそうだけどな——処刑として」

「イメージだけですよ。実際には、そこまで冷静に銃を撃てる人間はまずいない」

「そうか」

「しかしこれ、何か関係ありますかね? 手口が似ていると言っても……」

「銃弾が見つかれば、もっと何か分かるかもしれない。線条痕を調べれば——」

「函館の事件では、線条痕は確認できましたけど、合致する拳銃は出てないみたいですね」

「そうか」

「あまり期待しないで下さい」小田が釘を刺した。「トカレフは発射速度が速いので、銃弾は体を貫通してしまう場合が多い。マカロフはトカレフより発射速度が遅いので、銃弾が体内に止《とど》まる——その分、銃弾の損傷部分は大きくなりますから、線条痕が上手く確認できるかどうかは分かりません」

「ああ」

「ま、その辺は鑑識に任せて……まずい事件ですね」小田が腕を組んだ。

「そっちの担当になりそうか？」

「捜査一課メーンで、うちが手伝う格好になるんじゃないですかね。ヤクザの線が出てきたら、うちが主体になるとか」

「そうだな」神谷も腕を組んだ。どうもこの件は、一筋縄ではいきそうにない。東京でも類似事件が発生したと、凜に連絡を取っておくべきだろうか……。

もしも同一犯による犯行なら——犯人に近づける可能性が高くなる。犯行を繰り返せば繰り返すほど、犯人はヘマをするからだ。現場に残る証拠も増える。

心配なのは、函館の現場ではほとんど物証が見つからなかったことだ。体を貫通した銃弾二発だけは、遺体の下から発見されたが、それは現場が雪で深く埋もれていたからだろう。遺体をどかし、雪を掘り起こして銃弾を見つけるような余裕は、犯人にはなかったはずだ。今回の現場はホテルの部屋――そう考えると、犯人は比較的余裕を持って立ち回れたのではないか。遺体を動かして銃弾を回収し、証拠を持ち去ったかもしれない。

実際、現場には何もなかった。

一四〇三号室のある本館は一九七〇年代の竣工《しゅんこう》で、部屋は狭い。セミダブルのベッドと小さなテーブル、一人がけのソファがあるだけで、部屋はほぼ埋まっていた。鑑識の人間が入っただけで室内は一杯になり、神谷たちが足を踏み入れる余地はない。鑑識の活動が終わるまで、部屋には入れないだろう。

それまでの時間を利用して、神谷たちはホテル側への事情聴取を始めた。

一四〇三号室には「浅川《あさかわ》みどり」という名前の女性が一人で宿泊していたが、チェックアウトの午前十一時になっても出て来る気配がないので、清掃の担当者がまず部屋を訪れた。ノックには返事なし。その時点でフロントに連絡を取り、マスターキーでドアを開けて二人で室内に入ったところ、ベッドにうつ伏せに倒れた女性の遺体を発見したのだった。その時点で、十一時半。すぐに一一〇番通報して、所轄が現場に急行、遺体を確認して捜査一課に連絡が回ってきたのが昼過ぎ、十二時二十分である。

フロントの奥にある事務室で、ここまでの流れを手帳に書きつけていると、進藤がぶつぶつと文句を言い始めた。

「飯食いに行ってる時間、ないですよね？」

「無理だ」

「神谷さんは食べたんでしょう？」

「ああ」

「俺も、ちょっとそこのカフェでカレーでも――」

「馬鹿言うな」神谷はぴしりと言った。「食える時に食っておくのが基本だ」

「参ったな……朝飯も食ってないんですよね」

「それも自己責任だ」

この後輩は調子がよく、人の懐に入りこむのが得意なのだが、愚痴が多いのは困る。天気を異常に気にすることも含めて、面倒臭い男だ。

進藤を無視して、神谷は遺体の第一発見者であるフロント係の原田《はらだ》という男の事情聴取を続けた。三十代半ば、よく日焼けした四角い顔、短く刈り揃えた髪をきっちりと七三に分けている。いかにもホテルマン然とした姿で、制服のブレザーがよく似合っていた。それにしても……比較的平然としているのが意外だった。後頭部を二発撃たれた遺体を少し前に発見したにしては、顔色も悪くない。

「ショックじゃなかったですか」神谷は思わず訊ねた。

「それはショックですけど……お部屋でお客様の遺体を見たのは、これが初めてではありませんので」

「ホテルでは、そんなにたくさん人が死ぬものですか？」

原田が嫌そうに目を細めて神谷を見た。神谷は咳払《せきばら》いしてうなずき、先を促した。

「ご病気とか、稀《まれ》に自殺も……事件では、私は初めてですが」

ホテルマンも、刑事と同じように、普通の人が見ることのない状況を目にするのだろう。それにしてもこの男は肝が据わっている。

「この、浅川みどりさんという方ですが、いつから泊まっていたんですか？」

「三日前――七日の夕方にチェックインされています」原田がパソコンに視線を落としながら答えた。

「ちなみに、浅川みどりという名前に間違いはないですか？」

「はい？」

「いや、ホテルなら偽名で泊まることも可能でしょう。デポジットをカードで払ったら無理でしょうけど……」

「デポジットは現金でお受け取りしています。ちなみに、精算も現金の予定でした」

「チェックアウトの予定は今日でしたね」

「そうです」

「対応がかなり迅速だったようですが……」

「今日は満室でして、清掃を早く終えておく必要がありましたから」

「なるほど。で、あの部屋への人の出入りは分かりますか？　個別の部屋に防犯カメラは？」

「それはないんです」申し訳なさそうに原田が言った。「プライバシーの問題がありますから。防犯カメラは、各フロアではエレベーターの近くにだけついています」

「チェックは可能ですね？　まだ消されていない？」

「この三日間なら大丈夫です」

「では、それは後で確認させていただくとして……誰かが訪ねて来たかどうかは分かりますか？　フロントに問い合わせがあったりとかは？」

「確認しますが、それはなかったと思います」

何となく、顔見知りによる犯行の感じがした。フロントに部屋番号を訊ねたりすれば、記憶に残ってしまう。知り合いなら、事前に部屋番号を聞いておいて、訪ねて行くこともできる。

となると、男女関係のもつれによる犯行という線も想定に入れておく必要がある。昨日の深夜に浅川みどりを訪ねた恋人が、別れ話のもつれから彼女を射殺してしまったとか……いや、最初から殺すつもりで部屋に行った可能性が高いだろう。何もないのに、拳銃を持ち歩く人はいない。

「フロントの方は、チェックインの時に顔を見られていますよね？　どういう人でしたか？　そもそも今時、クレジットカードではなく現金で払う人も珍しいと思いますが」

「いえ、ご高齢の方は、まだ現金ということも……実は私、チェックインの時に浅川さんにお会いしています」

「どんな感じでしたか？」神谷は身を乗り出した。

「いや、それが……まったく印象にないんです」

神谷は片目だけを見開いた。原田は非常にしっかりしたホテルマンで、応対した客のデータも印象も、全て記憶しているような感じがするのだが。

「どこか様子がおかしい方は、すぐに顔と名前を覚えるようにしていますが、そうでないお客様は……私の記憶のキャパシティにも限界がありますので」

「そうですか……念のため、三日前にフロントで勤務に入っていた方にも、後から話を聞かせていただきます」

神谷は、当面必要な情報を全て入手した。これをベースに、今後事情聴取の輪が広がっていくことになる。とはいえ、まず一番重要なのは、エレベーターホールにある防犯カメラの映像チェックだろう。同時に、昨日から今日にかけて、十四階に泊まっていた全ての客をチェック。それで、怪しい人間が割り出せるかもしれない。

神谷は最後に、浅川みどりの宿泊カードの提出を求めた。古い名門ホテルのせいか、今も手書きのカードである。非常に几帳面、かつ女性らしい柔らかい字だった。既に無数の指紋がついているだろうが、神谷は念のためにビニール製の証拠品袋を用意した。その前に、宿泊カードの内容を手帳に書き写した上で、コピーも取ってもらう。コピーを進藤に渡すと、彼は文句一つ言わずに事務室を出て行った。腹は減っていても、やるべきことは分かっている――宿泊カードに記載された情報が本当かどうか、確認しているのだ。これは絶対必要な作業で、もしも偽名や偽の連絡先を記入していたとしたら、本人の確認作業が必要になってくる。そうなると、捜査はスタートダッシュの時点でいきなり出遅れてしまうだろう。

神谷はなおも原田と話を続け、何とか手がかりになりそうな情報を引っ張り出そうとしたが、これが限界だった。確かに原田は、余計な情報を頭にインプットしないように意識しているようだった。

「ホテルとしては、いい迷惑ですね」

「まあ、織りこみ済みとも言えますが」原田が悔しそうな表情を浮かべる。「お部屋は、お客様が借りておられる間はプライベートな空間なので、仮に何かあってもホテル側としては声をかけにくいんです」

「その辺の塩梅《あんばい》が難しいんでしょうねえ」

「仰る通りです」

遠慮がちに事務室のドアが開き、進藤が顔を覗かせる。神谷に向かって深刻な表情でうなずきかけたので、何かまずい話が出てきたのだな、と分かった。

神谷が事務室を出ると、進藤がすっと身を寄せて来て、「偽名ですね」と小声で告げた。

「あー、そうか……ちょっと車で話そう。お前の車、どこに停めてある？」

「車回しの端の方に」

「他のお客さんに迷惑じゃないか。少しは気を遣えよ」

「ホテル側の許可は得てますから」進藤が耳を赤くして反論した。「とにかく、さっさと話しましょう」

三十分ほど駐車していただけなのに、覆面パトカーの中は茹《うだ》るような暑さになっていた。六月でこれだと、真夏は本当に心配になる。最近の東京の暑さは異常なのだ——いや、既に異常ではなく、これが普通になっている感じだが。進藤がエンジンをかける。エアコンから吹き出す冷風を浴びて、神谷は少しだけほっとした。

「で、偽名というのは？」神谷は訊ねた。

「宿泊カードに記入された携帯電話と自宅の電話は、架空のものでした。住所は実在のものですが、まったく違う人が住んでいます」

進藤が、カードのコピーを渡した。そう言えば、住所は港区南青山二丁目である。東京メトロ外苑前《がいえんまえ》駅から青山一丁目に至る高級住宅地で、そこのマンションの十七階――青山二丁目にある高層マンションの家賃はどれぐらいなのだろう。あるいは購入したらいくらになるか。

「その部屋の住人は、浅川みどりという人間と関係あるのか？」

「外人さんでした。アメリカのＩＴ系企業の日本法人の社長だか何だか……ＣＥＯって言ってた気がします」

「お前、英語は話せたんだっけ？」

「神谷さんほどじゃないですけどね」

「俺の英語だって遊びだよ」

変な話だが、神谷が英語を勉強しているのは時間潰しのためだった。離婚後、大島に飛ばされていた時は勤務中も釣り三昧だったのだが、本部の捜査一課に復帰した後は、さすがにそういうわけにはいかなくなった。そこで手を出したのが英会話である。教室にこそ通っていないが、今は英語を勉強する手段はいくらでもある。凜が英語が得意なので、彼女に教授してもらうこともあった。

「心配なら、神谷さんが直接聴いて下さいよ」馬鹿にされたと思ったのか、進藤は不機嫌だった。

「あー、大丈夫だ。お前の英語力を信じるよ」

浅川みどりは、適当に住所を書いたわけではなく、事前に準備してきたのだろう。ホテルマンは宿泊カードを見慣れているから、都内の住所が本物か適当に書いたものかぐらいはすぐに見抜いてしまうはずだ。実際の住所を記憶しておいて書く方が、疑われる恐れは少ない。

「名前の方は？」

「都内で登録されている運転免許のデータベースに照会しましたけど、合致はないですね——いや、分かってますよ、免許を持っていない可能性はある……でも、偽の住所と電話番号を書いただけでも、十分怪しいじゃないですか」言い訳するように、進藤が早口で言った。

「分かってるよ。俺も偽名だと思う。今時、ホテルで現金払いというのも不自然な感じがするしな」

神谷の携帯が鳴った。十四階で鑑識作業が終わるのを待っていた若い刑事だった。

「終わりました」

「ずいぶん早いな」

「狭い部屋だから——と鑑識の人が言ってました」

「すぐ行く」

「それと、身元につながるものがありました」

「何？」

「バッグが残っていたんです。運転免許証や銀行のカードが見つかりました」

「それを先に言え。名前は？」

「水野珠希——運転免許証の住所は札幌になっています」

神谷はあやうく、スマートフォンを取り落としそうになった。

2

「珠希さんが？」凜は思わず立ち上がった。電話の向こうで神谷が沈黙する。その沈黙が、自分を責めているようで辛い。焦っちゃ駄目、怒っても駄目と自分を戒めたが、今にも爆発してしまいそうだった。かすかなめまいを覚えて、思わず椅子にへたりこむ。

「その後、水野さんに関する手がかりはなかったのか？」神谷がようやく質問を発した。

「ないです。正直言って、きちんと捜してはいませんでしたけど」

「事件性がなければしょうがないよ」

　神谷が慰めるように言ったが、凜は自分を殴りつけたい気分だった。事件性は確かにあったのだ。結果的に彼女は殺されてしまった……しかし失踪から既に半年が経っている。意味が分からない。

「間違いないんですね？」凜が念押しした。

「顔については、何とも言えない。そっちで殺された平田さん、顔を確認するのは無理だっただろう」

「どういう意味ですか？　まさか……」

「そう、手口が同じだったんだ。後頭部を二発、撃たれている。現場はそっちみたいなオープンスペースじゃなくて、ホテルの部屋の中だったけど」

「そうですか……」考えがまとまらない。平田の事件との関連性を考えるべきだろうか……しかし、間隔が空き過ぎている感じがした。

「はっきり言って顔は滅茶苦茶だ。指紋や血液型、最終的にはＤＮＡ型で確認するしかないだろうな。捜査共助課経由で、道警に正式に協力依頼を出すけど、その前に君には知っておいてもらいたかったんだ」

「わざわざすみません……」反射的に感謝の言葉を口にしたものの、自分の台詞は頭の中で虚しく響くだけだった。

　意識して受話器をそっと置き、会議室の前方の席に座っている古澤へゆっくりと近づく。平田殺しの捜査は停滞したまま、最近は他の事件に人手を取られることも多く、捜査本部の部屋は閑散としていることが多かった。凛も完全に行き詰まり、今日は電話番を命じられていた。最近は、情報提供の電話もまったくかかってこないのだが……。

古澤が顔を上げ、ぎょっとした表情を浮かべる。

「どうかしたか？　体調でも悪いのか？」

そんなにひどい有様に見えるだろうか。凛は二、三度瞬《まばた》きして、何とか意識を集中させようとした。完全には鮮明にならないが、話ができるぐらいには回復する。

「水野珠希さんを覚えておられますか？」

「当たり前だ……何かあったのか？　平田さんの事件に関係したことか？」

「水野さんが遺体で発見されました。東京のホテルで殺されたようです」

「何だと！」大声を張り上げ、古澤が立ち上がる。「間違いないのか！」

「今、警視庁の知り合いが非公式に教えてくれました。いずれ、捜査共助課経由で正式に身元確認の依頼がくると思います」

「殺されたのは確かなのか？」古澤が念押しした。

「ええ」

「ということは、彼女は平田さん殺しの犯人ではないな……」

「そもそも手口が、平田さんのケースとそっくりなんです。後頭部に二発。銃で撃たれました」

「まさか」古澤が目を見開く。「二人とも処刑されたのか？　同一犯なのか？」

「一般的な手口ではありませんから、同一犯と考えた方がいいと思います……課長、東京へ行かせてくれませんか？」

「分かった」

「いいんですか？」難色を示されると思ったので意外だった。

「こちらの事件と関係している可能性があるだろう。それに、遺体の確認も必要なんじゃないか？」

「ご家族――お母さんへの通告はどうします？　行方不明者届が出ていますし、遺族として知る権利があると思いますが」

「お前が遺体を見てしっかり確認するか、DNA型が合致するか――百パーセント間違いないと確認できた時点で通告する。俺たちが自分で確認するまでは、死んだことにはならない」

「分かりました。でも、ご家族への事情聴取に坂本は使わないで下さい。彼は気が効かないので……被害者家族を傷つける可能性もあります」

「それは被害者家族担当に任せる。お前が心配するな」

「本当なら、私が家族と話したいんですが――」

「今は状況の確認が先だ。すぐに東京へ飛んでくれ」

「すぐに」と言われても、そう簡単にはいかなかった。神谷から連絡が入ったのは午後三時過ぎで、その時点から乗れる飛行機は限られている。結局、全日空の最終便にしか席が取れなかった。羽田着は午後九時。その時間からだと、できることはほとんどないだろう。事件発生初日、警視庁がどこまで仕事を引っ張るかは分からない。神谷は、今晩中には遺体と対面できるように準備しておく、と言ってくれていたが……。

東京へ着いてから食事をしている暇はなさそうなので、函館空港で夕飯を済ませていくことにした。滑走路が見渡せる食堂で、海鮮丼を頼む……食べておかねばならなかったが、箸がスムーズに動かない。

初めて珠希と会った時のことを思い出す。暴行事件については、最初は被害届を受けた所轄が捜査を担当したのだが、すぐに凜にも連絡が回ってきた。

凜は、自身が暴行事件の被害者だということを隠していない。それ故偏見の目で見られることもあったが、中には物分かりのいい上司もいる。そういう人を上手く利用して、本部の捜査一課にいる時には、札幌近郊で起きた暴行事件の捜査にできるだけ参加できるようにしてきた。もちろん、凜個人が全ての暴行事件を捜査することなどできないのだが、被害女性に自分の体験を打ち明けることで、少しは励ますことができたと思う。

珠希の場合、それが上手くいかなかった。自ら警察に駆けこんできた時には、怯えながら所轄の担当者に事情を打ち明けた。凛が面会したのは夜が明けてから——出勤してきて情報を聴き、珠希が一休みしてからだった。げっそりと疲れ、青い顔をして、ろくに話もしない。自分の身の上などについてはポツポツと話すものの、基本的には内に籠もって、凛が手を差し伸べようとしたのを拒絶するようだった。象徴的な言葉——「自分にも責任はあります」。そして三日後には、被害届を取り下げた。凛は「出したままにしておいた方がいい」と忠告したのだが、珠希は言うことを聞かなかった。やはり彼女は、自分にも問題があると思いこんでいたようである。実際珠希は、ホテルのバーで呑んでいる時に平田と出会い、そのまま彼の部屋にのこのこ付いて行ったのだ。「そんな気はなかった」というのが当初の彼女の言い分で、暴行の要件を満たすかどうか微妙な事件ではあったが……警察的には、一罰百戒にしたいという狙いもあった。しかし珠希は「部屋に付いて行った私も甘かった」と淡々とした口調で話し、結局被害届を取り下げてしまった。

珠希が平田に犯されたのは事実だ。医師も、乱暴な性行為があったのは間違いないと診断していた。ただしそこから先——物理的な証拠が乏しかった。平田の体液でも採取できていれば、決定的な証拠になったかもしれないが……結局、上から「あまり無理する必要はない」と言われ、やんわりとだが捜査はストップさせられたのだ。

正直、珠希という女性について、自分は百パーセント知っているとは言い難い。芯には硬いものがあるのだが、その周りはふわふわと柔らかい何かに覆われている。そこをかき分けていかないと本音にたどり着けないのだが、その「何か」は異常に分厚く、相当時間をかけないと見えてこない予感がした。

結局、海鮮丼は半分ほど残してしまった。搭乗時刻が迫っている……メールを確認したが、新しい情報は入っていない。神谷のスマートフォンに電話を入れたが、留守番電話になってしまう。九時過ぎに羽田に着くので、所轄に直行する、とだけメッセージを残した。

これで何かが動き始めるのだろうか。それとも、事件はさらに深い闇に沈むのか……後者の可能性が高そうだ、と凜は後ろ向きに考えてしまった。

羽田空港の到着ロビーに出ると、すぐに神谷を見つけた。伸び上がるようにして、大袈裟に右手を振っている。少し呑気に見える態度に、凜は呆れた。特捜本部初日なのに、あんな感じでいいのかしら……もっとも、日本中でどこよりも忙しい警視庁の刑事であり、自分よりだいぶ年上である神谷の方が、事件慣れしているのは間違いない。事件発覚初日だからと言ってカリカリしない方がいい、とでも思っているのかもしれない。確かに、最初からずっと緊張したままだと、神経が参ってしまうだろう。

「わざわざ迎えに来てくれたんですか？　所轄に直行するってメールしましたよね」

「君は正式な出張だし、これから道警と共同捜査になる可能性もある。こっちも丁寧に接していかないと」

「そうですか……どうも」

「不機嫌だな」

「珠希さんが殺されて、機嫌がいいはずがありません」

「あー……失礼。飯は？」

「済ませました」

「だったら、早速で申し訳ないけど」

神谷が本当に申し訳なさそうに言った。ちらりと凜の顔を見て、出張用のボストンバッグを受け取ろうと手を伸ばしたが、凜は首を横に振った。自分の面倒ぐらい、自分で見られる……。

羽田空港の駐車場まで歩き、車に乗りこんだ途端、凜は今年の一月とは違う気配——臭いに気づいた。

「神谷さん、禁煙に失敗したんですか？」

「あー、面目ない」神谷が苦笑した。「まだ時間がかかりそうだ。気になるなら、窓を開けてくれ」

「大丈夫です」

神谷が車を出した。現場のホテルは新宿……ということは、所轄もその近くだろう。羽田からだと首都高を大回りして行かねばならないし、この時間でもまだ環状線は渋滞しているはずだから、相当時間がかかるだろう。

しかし神谷は、すぐに別の道路——長いトンネルに入った。そうか、何年か前に中央環状線がつながって、羽田空港から渋谷や新宿、池袋へのアクセスがぐっと楽になったのだった。まるで別世界……自分がもう、東京の人間ではないことを強く意識する。

神谷が手を伸ばし、凜の手の甲に触れた。勤務中に……と思ったが、その手の温《ぬく》もりが冷たく緊張した心を解していく。凜は手をひっくり返し、一瞬だけ神谷の手を握った。

「——すみません」

「今は余計なことは考えない方がいい。落ちこんでる暇はないぞ」

「分かってます。身元の確認作業はどうなんですか？」

「血液型は合致している。そっちに医療記録が残っていただろう」

「ええ」自分が出張の準備をしているうちに、正式ルートで照会があったのだろう。

「DNA型の調査にはもう少し時間がかかる。ただし、俺はほぼ間違いないと思うね。免許証の写真で確認した」

「確認できるぐらいの傷なんですか？」

「……そう言われると自信がない。君は？」

「見てみないと分かりません」素っ気なくしか返せない。仕方がない……ふと下を向くと、ボストンバッグの持ち手を握る手がかすかに震えていた。本当なら、アルコールの力でも借りたいところね、と考える。しかしそれは、被害者に対してあまりにも失礼だろう。

「遺体はまだ病院に安置されている。解剖は明日になる予定だ」

「ええ」

「特捜本部が一回目の会議を開いている」神谷が左腕を持ち上げて腕時計を見た。「もう終わってると思うけど」

「会議に出なくて大丈夫なんですか？」

「俺は、知り合いが来るという理由で、運転手役を買って出てるから」

「それで怪しまれませんでした？」

「ちゃんと話した。例の神奈川県警――警察庁の特命捜査で一緒になった刑事だと」

「話しちゃって大丈夫なんですか？」凛は目を見開いた。あの事件の捜査から解放されて北海道に戻ると、凛は同僚や先輩から「どういう仕事だったのか」としつこく聞かれた。しかし凛はいつも、曖昧にしか返事しなかった。「詳しく話さないように命じられている」と嘘をついて――本当は、話すのが面倒だった。警察の暗い面を見てしまい、自分もそういう組織の一員だと意識して嫌な気分でもあった。仕事に関しては自分でも頑張ったと思うが、胸を張って堂々と話せることではない。

しかし神谷はまったく気にしていない様子だった。彼の性格からして、酒の席で自慢たらたらと話すとは考えられない。問われれば淡々と説明するだけだろう。神谷にすれば、あれは大した仕事ではなかったのかもしれない。それが彼にもたらした変化は、重要なものだったはずだが。

「捜査に参加することはできないけど、しばらくはこっちにいることになるだろう？　道警とうちの連絡係として」

「そうなると思います」

「で？　今現在の見解は？」

「ノーコメントでお願いします」凜はバッグの持ち手を握る手に力を入れた。「現段階では情報が少な過ぎます。それに私、感情的になってます」

「それは俺も同じだ」

「神谷さんが？　どうしてですか？」

凜はちらりと神谷の横顔を見た。拳を強く顎に押し当てているので、顔が少し歪んでいる。

「もう少し何とかできた――この事件は防げたんじゃないかな」

「そもそも、神谷さんの事件じゃないですよ。責任があるとしたら道警――私です」

「俺から君にアドバイスすることはできた」

「それを私が素直に聞いたかどうかは分かりませんけど」

「刑事はお互いにアドバイスし合うもんだ——もしも話を聞いてもらえないとしたら、アドバイスする方のプレゼン能力に問題がある」

「どっちにしても私の責任です」凜はまた視線を下に落とした。「珠希さんをきちんと捜しておくべきでした。お母さんのことを考えると、申し訳なくて仕方がないです」

「その件だけど——妹さんがこっちへ来ることになっている」

「仙台から？」

「ああ。たぶん、明日の午前中になる。母親は来られそうにないようだ」

手ひどいショックを受けたのは、自分の責任だ。行方不明者届を出しに来たあの朝、もっと真摯に対応すべきだったのではないか？　そして平田殺しの捜査の時間を割いてでも、彼女を見つけるために知恵を絞るべきだったのではないか？

「そろそろいいかな」神谷がさらりと言った。

「何がですか？」

「反省と落ちこみはそれぐらいで」

「神谷さん、こういう失敗は一生残りますよ。そんな簡単に言わないで下さい」凜は思わず反駁《はんばく》した。

「一生残るんだったら、悩む時間は後でたっぷりあるだろう。今は捜査に専念してくれ。そうしないと、被害者が浮かばれない」

「……分かりました」神谷の言うことには一理ある。ここは刑事の先輩として、彼の言うことを素直に聞いておくべきだと思った。

「で、どう思う？」

「同一犯による連続殺人」凜は低い声で答えた。

「手口が同じ、そして二人の被害者が暴行事件という共通項を持っていた——被害者と加害者だから、共通項と言うのは変かもしれないが」

「一つの事件の北と南です」

「ああ……まるで、一年前の札幌の事件がきっかけになったみたいじゃないか？　あの事件に第三の関係者がいて、そいつが二人を殺したとか」

「それはちょっと……婦女暴行事件で、第三の登場人物というのは考えられません」

「美人局《つつもたせ》だったということは？　それで揉《も》める材料ができたかもしれない」

「ないと思います」

「断言できるか？」神谷はさらに追及した。

「思うだけです。必要なら、一年前の事件も再捜査しますよ」

「そうだな」

神谷がハンドルを右に切り、出口車線に入った。

「ここから新宿方面には出られないんだ。少し遠回りになるけど、ちょっと我慢してくれ」

「大丈夫です」

初台南《はつだい》を出ると、山手通り——夜なのに、視界がパッと明るくなった。やはり東京は眠らぬ街だ。神谷は山手通りから甲州街道に入り、新宿へ向かう。頭の上は首都高で塞がれた感じで、さらに左側はビル街——トンネルのようだった。このまま真っ直ぐ行けば、都庁の辺りに出るのだろうか……神谷はすぐに左折して細い道に入った。細い道路の端にパトカーが二台、停まっている。左側は茶色い外装の高層ビルだった。

「これが現場のホテルだ」

「はい」

「水野さんは三日前から泊まっていた。その前の足取りはまだ分からない」

「調べられますかね」

「金の動きを追うしかないだろうな。そもそも彼女は半年の間、どこにいたのか……クレジットカードや銀行のカードを追跡すれば、ある程度足取りは摑めるだろう」

その話を聞いて、凜はまたしても後悔した。そう、行方不明者を捜す基本は、金の追跡である。どこでクレジットカードを使ったか、どこのＡＴＭで金を下ろしたかを追っていけば、動きが摑める。そういう基本の捜査を、自分はしてこなかった。

「後悔するなら後にしよう」神谷が少し苛立ちの滲《にじ》んだ声で言った。

「自分の気持ちは、自分ではコントロールできませんよ」

「……そうだな」神谷が素直に同意したので驚く。どうも自分は、まだ神谷という人間を本当には理解していないようだ。理解できる日は来るのだろうか。

神谷は右左折を繰り返した。都庁の前を通り過ぎ、最後は新宿中央署の裏に入る。駐車場に車を停めてエンジンを切ると、急に不気味なほどの沈黙が襲ってきた。

「遺体が安置されている病院はすぐ近くだから、歩いて行った方が早い」

「分かりました」凜はドアを押し開けて足を駐車場の地面に下ろしたが、震えていることに気づいた。しっかりして、と無言で自分を叱咤《しった》する。今まで、遺体はたくさん見てきたのだから——しかしこの遺体が、今までとは違う特別な存在になるのは明らかだった。

歩いて五分ほどのところにある病院には、警察官は詰めていなかった。神谷は病院の関係者に話をし、地下にある遺体安置所に凜を案内した。緊張で胃が痛い。鼓動は自然に高鳴っていた。

線香の香りが漂う遺体安置所は、外の暑苦しさが嘘のようにひんやりしている。遺体を傷めないためで、まさに死を感じさせる冷たさだった。

神谷が、顔にかけられた白い布を外す。しっかり見て――凜は瞬きしないことを自分に強いて、遺体と対面した。

間違いない。珠希だ。

顔は、左半分がひどく損傷している。後頭部から入った弾丸が左目の下の方に抜けたために、そちらだけ見たら、珠希と断言するのは無理だったと思う。しかし幸い――幸いと言っていいかどうかは分からなかったが――右半分は無傷だった。あまりにも落差が激しい。右半分には綺麗に化粧が施されているのだった。目は閉じているものの、その顔は凜が数回会った珠希のものに間違いなかった。その印象をさらに強く裏づけるのが、唇の右端にある黒子《ほくろ》。チャームポイントだ、と凜の記憶に強く残っていた。凜は心の中で、珠希に謝った。早く見つけてあげられなくて、ごめんなさい……。

「百パーセント間違いないとは言えませんけど……九十パーセントは」

「そうか。ありがとう」

神谷は珠希の顔を布で覆い隠した。そこではっと我に帰った凜は、礼を失していたことに気づき、慌てて両手を合わせて首を垂《こうべ》れた。いくらショックを受けたからと言って、犠牲者に対する礼儀を忘れてはいけない。

廊下に出て、凜は長く息を止めていたことに気づき、そっと息を吐いた。

「妹さん、いつ頃こちらに来るかは分かりますか？」

「明日の始発の新幹線に乗るそうだから、たぶん八時過ぎには東京へ着くだろう」

「私、立ち会いましょうか？」

「顔見知りなのか？」

「会ったことはないですけど、珠希さんから話は聞かされていました。すごく仲のいい姉妹で……妹さんを可愛《かわい》がっていたんです」

「ショックだろうな」

「ええ。支えてあげた方がいいと思います」

「それは犯罪被害者支援課の連中が担当することになるけど……そうだな、君もいてくれた方がいいと思う」

「朝の捜査会議は何時からですか？」

「八時半。一時間はかかる」

「だったら、私は捜査会議はパスします。妹さんに会います」

「連絡担当としては、捜査会議に出てもらった方がいいんだが」神谷が首を傾げた。

「捜査会議の内容は、神谷さんに教えてもらいます」

「俺を頼るなよ」神谷が苦笑した。

「いえ、頼りにしてます」

そうは言ったものの、最後に頼りになるのは自分……特にこの捜査では、最後まで矢面に立ち、犯人逮捕まで責任を持つしかない。

3

珠希の妹、瑞希は始発の新幹線を摑まえ損ねた。生まれたばかりの子どもを夫の両親の家に預けている間に、遅れてしまったのだという。そのため、東京駅到着は九時過ぎの予定……凜には一時間ほどの猶予ができ、捜査会議に参加できた。

「オブザーバー」として紹介されたので緊張してしまったが、特に発言を求められることもなく、聞き役に徹する。

警視庁の捜査会議というのはこういうものか……刑事たちの報告は短く簡潔で、無駄がない。そもそも昨日の分の捜査状況については、昨夜の捜査会議で報告がされていたはずで、今朝の会議は今後の捜査の指示が中心になった。

捜査はいくつかの筋に分れた。まずはホテルの防犯カメラの徹底的なチェック。今のところ、死亡推定時刻は、一昨日の夜から昨日の明け方にかけてと見られており、当面はその時間帯に絞って、珠希が泊まっていた十四階のフロアの様子を調べることになった。さらに従業員や長期の宿泊客への聞き込みをする班、珠希の人生の総ざらえをする班――彼女のこれまでの行動を洗い直し、交友関係を明らかにすることが目的だ。今のところ、顔見知りによる犯行の線が強いので、この作業も重要である。

捜査会議が終わったらすぐにも病院へ向かいたかったのだが、凛は引き止められた。声をかけてきたのは、神谷の上司——捜査一課係長の両角という男だった。小柄だが目つきが鋭く、動きがきびきびしている。軽量級の柔道選手という感じだった。

「一年前の暴行事件と半年前の殺しについて、うちの刑事たちに説明してくれ」

「分かりました」

「道警はどういう見方なんだ？　二つの事件が、今回の殺しにつながっていると考えているのか？」

「今のところは、特定の結論は出ていないと思います」凛は慎重な姿勢を貫いた。関係ないわけがない、二つの事件は必ず水面下でつながっているはずだが、今のところそれは「印象」に過ぎない。はっきりした証拠は一つもないのだ。

「そうか……では、うちの刑事たちが先入観を持たないように説明してくれ」

凛は神谷を含んだ数人の刑事たち——珠希の交友関係を割り出す班だ——を前に、彼女が一年前に巻きこまれた事件、そして半年前に起きた平田殺しについて説明した。自分が把握している限りの珠希のキャリア、そして人となりも。神谷がすぐ近くで見ているので話しにくかったが、意識して彼の存在を頭から押し出し、淡々と話し続ける。

「美人局臭いなあ」若い刑事が声を上げた。

神谷が言っていた「軽い奴」、進藤だろう。確かに顔を見た限り、あまり思慮深いタイプには思えなかった。坂本と似た感じかもしれない。

「その話には根拠がありません」凜は反論した。

「そうかなあ。被害者が誰かと組んで、美人局をやった。それに引っかかったのが平田という男で、その後美人局の背後にいた男と被害者が仲間割れした――とか」

「走り過ぎだ、進藤」神谷が忠告した。「根拠はない」

「だけど、それっぽい感じがしませんか？」

「お前の直感は当てにならないんだよ。虚心坦懐に調べろ」

「はいはい」進藤が呆れたように言って肩をすくめた。「でも、神谷さんは慎重過ぎるんじゃないですか？」

この男は神谷と一緒に仕事をしたことがないのか？　凜は内心笑っていた。自分が知る限り、神谷は暴走癖のある刑事だ。神谷と慎重という言葉を、同じ文脈で使ってはいけない。

「とにかく、現段階では先入観なしで捜査を進めてくれ。道警に調べてもらう必要があれば、彼女がパイプ役になってくれる」

「捜査共助課を通さなくていいんですか？　勝手に動いてると、文句を言われそうですけど」進藤が異議を唱えた。

「今回の件については、捜査共助課を飛ばしてもいいと一課長が判断された。捜査共助課も了解している。時間が何より大事なんだ」

両角の一言で、打ち合わせは終わりになった。神谷がすっと近づいて来る。

「病院、一人で大丈夫か？」

「当たり前じゃないですか」凛は少しだけむっとした。もう新人じゃないんだから、そんな心配をされても……。

「いや、道は覚えてるか？」

「もちろん、分かってます」突っ張ってみたが、これはちょっと痛い——多少方向音痴の気があるのは自覚している。

「じゃあ、そっちは任せる。面倒なことになったら電話してくれ」

「自分で何とかできます」保護者面されても……それよりも、いかにも親しげに話をしているとまずいのではないか？　自分はともかく、神谷は気にならないのだろうか。

こういう感覚のずれは、年齢差故か、元々の性格の違いによるものか。会議室を出る際、凛は頰が緩んでいるのを感じた。

どんなに立場や性格が違っても、好きになってしまうことがあるのだから、人間は面白い。

瑞希の到着には間に合わなかった。凜が病院の遺体安置所でまず気づいたのは、低い泣き声である。それが廊下にまで流れ出している……ということは、泣き声は決して低くはないわけか。

遺体安置所のドアを軽くノックし、ゆっくりと引き戸を開ける。中には数人の人間――床に突っ伏し、背中を震わせているのが瑞希だ。他の人間は、警視庁の犯罪被害者支援課のメンバーだろうか。何となく、普通の警察官らしくない雰囲気を漂わせている。

凜はドアのところに立ったまま、瑞希の悲しみが収まるのを待った。しかし嗚咽《おえつ》はいつまでも止まらない。このままでは過呼吸になるのではないか――心配になって一歩を踏み出したところで、瑞希の傍にいた長身の女性が跪き、彼女の背中に手をかける。まるで母親のように優しく背中を撫でると、瑞希の嗚咽は少しずつ鎮まっていった。手慣れている――自分にはできない、と凜は感じ入った。珠希が被害届を出した時に、どれほど親身になって話を聞いてあげられただろう。

もう一人、小柄な若い女性が歩み寄って、瑞希が立ち上がるのに手を貸した。そのまま出入り口の方を向かせたが、瑞希は一度振り返ると「姉さん」とぽつりと言った。足取りはおぼつかなく、両脇を二人の女性に支えられて、辛うじて遺体安置所を出て行く。最後に残ったのは、三十代後半に見える男性。一瞬、凜に不審げな目線を向けてきた。

「失礼ですが？」

「道警の保井です」

「ああ――どうも。被害者支援課の村野《むらの》と言います」

近づいて来る村野は、かすかに足を引きずっていた。怪我でもしているのだろうか。あまり凝視すると失礼に当たると思い、すぐに視線を逸らしたが、村野は凜の目の動きに敏感に気づいた。

「足ですか？　古傷です」

「そうですか」

「事故で怪我して、刑事を引退したんですよ」

重たい過去を、ごくさらりと告白した。ある意味、自分と似たような立場かもしれない。学生時代にあんな事件に遭遇しなければ、凜は今頃まったく別の人生を送っていただろう。必死で学んだ英語を生かして、世界で活躍していたかもしれない。

「それで支援課に？」犯罪被害者支援課は刑事部ではなく総務部の一部署と聞いていた。

「ま、そういうことです」村野が肩をすくめる。

二人は並んで歩き出した。足を気遣うべきかと思ったが、村野の歩くスピードは凜と変わらない。ああいう歩き方だと、腰などに余計な負担がかかって辛いはずだが。

「妹さん、あまりいい状態じゃないですね」

「そうでもないですよ」村野があっさり言った。

「あれだけ泣いていたのに？」

「泣くのは、一番自然な反応です。ストレス解消にもなる。時々黙りこんでしまう人がいるんですが、そういう人の方が、後々まずい状態になる」

「そうですか……」必ずしも納得できなかったが、この男は被害者支援の専門家である。自分よりもはるかに多くの被害者家族と正面から向き合ってきたはずだから、信用してみよう。

「あなた、瑞希さんとは知り合いですか？」

「間接的には——会ったことはありません。亡くなった珠希さんから話は聞いていました」

「向こうはあなたのことを知っている？」

「分かりません。珠希さんが話していれば、知っているかもしれませんが」

「話しますか？　うちとしては、この後落ち着くまでフォローしますが」

「警視庁の捜査一課も話を聴きたがると思いますよ」何しろ被害者の家族だ。半年間居場所が分からなかったとはいえ、誰よりも被害者を知っているはずの人である。

「それは、少し先延ばしにしたいな」村野が頬を掻いた。「一課の連中のやり方は荒っぽいから……もうちょっと落ち着いてからじゃないと、まともに話もできないでしょう。うちがブロックしておきます」

「そんなこと、できるんですか？」

「慣れてます」村野が肩をすくめる。「私が話しても同じかもしれません。珠希さんの事情は知っているはずですから……私を恨んでいる可能性もあります」

「その時はさっさと逃げ出して下さい」

「ご迷惑をおかけするかもしれませんよ」

「一からやり直すだけですから……よくあることです」

この人たちは、被害者と捜査員の間に立っていつも難儀しているに違いない。神経をすり減らす仕事だろうが、村野は飄々《ひょうひょう》とした顔つきである。何事も気にしないような——そういうタイプの人でないと、支援課で仕事はできないのかもしれない。

村野がちらりと腕時計を見た。「もういいかな」とつぶやき、エレベーターの方へ向かう。

「どちらへ？」

「カフェ。ここの一階にあるんです。結構明るい雰囲気で、悪くないですよ」

「そんなことまで把握してるんですか？」

「商売柄、東京中の病院へ行ってますからね」村野が苦笑した。

待合室のすぐ近くにあるカフェはチェーン店で、凜にもお馴染みだった。まだ午前中も半ばの時間帯とあって、客はほとんどいない。この店を利用するのは、見舞客か入院患者ぐらいだろうが。

村野が言う通り、明るい雰囲気だった。正確には店ではなく、周りの様子が。店の前に丸テーブルがいくつか置いてあり、その上はガラス製の屋根で、陽光がふんだんに降り注いでいるのだ。夏は地獄かもしれないが……今はエアコンが効いていて、程よい気温だった。

先に遺体安置所を出た三人は、席についていた。それぞれの前に飲み物。そして瑞希は、膝の上にノートを広げて必死に何か書いている。先ほどまでの、今にも崩れ落ちてしまいそうな態度とは打って変わって、極めて強い表情になっていた。何があったのだろうか……村野が三人を見ながら「事務事項の伝達ですね」とぽつりと言った。

「今、それをする必要があるんですか？」

「そういうことを話しているうちは、平常の状態でいられますから」

「ああ……」

「我々もコーヒーを仕入れましょう。奢りますよ」

「私の分は道警が出します」

村野がうなずく。何となく、彼の基本スタンスが分かってきた。気は効かせるが、無理強いはしない。

二人ともコーヒーを買い、瑞希の隣の席に陣取った。事務的な説明は終わったようで、瑞希がシャープペンシルの先をノートに押しつけて顔を上げる。珠希によく似た細い顎。髪はショートボブにしていた。凛を見つけると、不思議そうな表情を浮かべたものの、さっとうなずいた。よかった……取り敢えずパニックにはなっていない。凛は村野にうなずきかけた。村野がうなずき返したので、真っ直ぐ瑞希の顔を見据えたまま名乗る。

「道警函館中央署の保井です」

瑞希の顔からさっと血の気が引いた。

「あの……姉の……」

「まず、謝罪させて下さい」凛は頭を下げた。「私がもう少し気を配っていれば、こういうことにはならなかったと思います」

「でも……」

瑞希が言い淀《よど》む。この「でも」が何に対する反語なのか、凛には見当がつかなかった。

「犯人は必ず逮捕します」あくまで警視庁の事件——自分が言うのは筋違いなのだが、凛は思わず宣言してしまった。

「はい……」

「できる限りのことはします。何でも言って下さい」

「大丈夫です……でも、どうしてこんなことになったんですか?」

「それはこれから調べることですが……」凜は声を潜めた。「この半年、お姉さんからは一切連絡がなかったんですよね？」

「はい」

「立ち寄りそうなところは、どこかありませんでしたか？」

「そういうところには、私たちも連絡を取りました。昔の友だちとか、札幌で勤めていた会社の同僚とか……誰も心当たりがない、ということでした。嘘をついている感じじゃなかったです」

「家族に内緒で匿《かくま》っている感じではなかったんですね？」

「はい」

「そもそもどうして家を出たか、理由は分かりますか？」

「事件のことだと思います」

「札幌の事件、ですね」

凜が低い声で指摘すると、瑞希が無言でうなずいた。表情は硬いままだが、怒りを感じさせるものではない。まるで、事件の責任が自分にあるとでも感じているようだった。

「やはり、あの事件が尾を引いていたということですか？」

「もちろんです」

「お姉さんが函館の実家に帰ってから、私も会いました。落ちこんでいる――自分の中で必死に堪えている感じがしました」

「姉はそういう人なんです。何か問題があると、自分が悪いと思ってしまうので。ある意味、責任感が強いんです」

「珠希さんは何も悪くありませんよ」

「そうですけど……」

「例の事件のことについては、何か言っていましたか？」

「いえ……何も聞いてません。考えてみれば、姉が私に悩みを打ち明けたり、相談したりしたことなんて、一度もないんです。姉のこと、何も知らなかったかもしれない……」

瑞希が顔を背ける。まずい方向に話を転がしてしまったのだ、と凜は悟った。しかしここから話題を変えても、不自然になってしまうだろう。

「東京には、誰か知り合いはいましたか？」

「います。大学の同級生が何人か、働いています」

「名前と連絡先は把握していますか？」

「はい。会ったことがある人もいます」

「そうなんですか？」

「私も東京の大学にいた時に、二年ほど、姉と一緒に住んでたんです。その時に……」

瑞希は気丈にも、情報を教えてくれた。いや……姉を殺した犯人を少しでも早く捕まえて欲しいと願い、必死で警察に協力しようと決めたのだろう。自分はここまで強くなれるだろうか、と凜は心が揺らぐのを感じた。

「ありがとうございます」情報を書き終え、手帳をそっと閉じた。「これからしばらく大変だと思いますが、いつでもお手伝いします。ご家族は——お母さんは大丈夫ですか？」

「大丈夫じゃないです」瑞希が溜息をついた。「今は寝こんでると思います」

「函館には、誰か面倒を見てくれる人はいないんですか？」

「叔母が札幌にいます。今日、家に来てくれるはずなんですけど」瑞希が左腕を持ち上げて時計を見た。

「まだ着いていないかもしれませんね」車で四時間。特急スーパー北斗でも同じぐらい時間がかかる。スーパー北斗の札幌始発は確か、六時……丘珠空港発の飛行機を摑まえられれば早いのだが、急には無理だろう。母親の彩子は、まだ一人で不安と悲しみに打ち震えているかもしれない。函館中央署の初期支援員はつき添ってくれているはずだが、十分にケアしているだろうか。後で古澤に電話して確認しよう。

取り敢えずの事情聴取はここまでにする。瑞希は凜に対して敵愾心《てきがいしん》を抱くことなく、冷静に対応してくれたのだから、これでよしとしなければ。ここで彼女を感情的にすることなく別れられれば、この後もいい関係をキープできるはずだ。

礼を言って立ち上がり——手をつけなかったコーヒーはそのまま持ち帰りにした——店の外へ出ると、村野が付いて来た。まだ何か話があるのか……この男に対して少し鬱陶しく思う気持ちが湧き上がってきたが、ぐっと堪えて一礼する。しかし結局、皮肉な質問をぶつけざるを得なかった。

「私、合格でしたか？」

「点数をつけるのは俺の仕事じゃないんで」村野がさらりと言った。「被害者家族が何も言わなければ、俺としては言うことなしですよ……まあ、でも上手く対応したと思います」

「慣れてます」

「そうですか」

自ら被害者として学んだこと——様々な思いが胸中を去来したが、凜は何も言わなかった。初対面の人に話すことではないし、話せば長くなる。もう一度一礼して、凜は病院を立ち去った。警視庁との連絡担当として、やるべきことはたくさんある。あれこれ考え、議論するのは、暇がある時でいい——そんな時は滅多にないのだが。

4

事件発生の翌日、被害者の水野珠希に関する情報が着々と集まり始めた。主に出どころは神谷――というより凜。彼女が、「被害者」として事情聴取した際の珠希の個人データをはっきり覚えていたので、その裏取りをしていくだけでよかった。

函館市出身。地元の中高一貫の名門女子校を卒業後、東京に出て外語大に進学し、卒業後は北海道に戻って、札幌の旅行会社に就職した。堪能な英語とロシア語を生かして、外国人観光客相手のガイドや旅行企画などの仕事をしていたらしい。

家族は、今も函館の実家に住む母親と、仙台に嫁いだ妹。父親は、彼女が高校在学中に亡くなっていた。珠希本人は平田の遺体が発見された日に家出して、その後は所在不明。

着々と経歴の穴が埋まっていく。しかし……神谷は微妙な不満を抱えこんでいた。凜の調査は不十分だったのではないか？　もう少し詳しい個人情報が分かっていてもいいはずだ。しかし珠希は、暴行事件の被害届をすぐに取り下げ、その後警察との接触も断ってしまったのだから仕方がない、と思い直す。凜は函館中央署に赴任してから、実家に引っこんだ珠希を何度か訪ねてフォローしている。むしろよくケアしていたと言っていいだろう。

妹の瑞希の証言によると、函館の実家に戻ってからの半年、珠希はほとんど家から出ず、人とも接触しなかったようだ。近くには中学・高校時代の友人が何人も住んでいたのだが、会おうともしなかった。

夜の捜査会議で、神谷は札幌行きを指示された。珠希の現在の交友関係を調べる上でポイントになるのは、やはり地元の北海道である。大学時代の友人は都内に何人もいて、既に接触に成功してはいたが、有益な情報はまだ得られていなかった。北海道での捜査の軸は、彼女が札幌で勤めていた旅行会社。やはり交友関係は、学生時代よりも就職してからの方がずっと広がる。そして、旅行会社は客商売である。トラブルの話もよく聞くし、客と揉めて、未だに尾を引いている可能性も考慮せねばならない。

出張の相棒が進藤というのは、少し頼りなかった。何とか上を言いくるめて、凜を案内役に札幌に行こうかと思ったが、彼女には道警と警視庁の連絡役という大事な役目がある。せめて今夜、情報収集と称して彼女と食事でもしておくか——一緒にいるのにすれ違いになってしまう状況に、苦笑するしかなかった。

これまでに集まった情報を頭の中で精査する。神谷が唯一引っかかったのは、大学の友人から出てきた情報だった。

珠希は大学卒業後、半年ほど外遊していたという。就職も決まっていたのに、入社を延期する形でヨーロッパに渡ったらしい。よく分からない行動だ。在学中の留学なら分かる……実際珠希は、三年生の時にモスクワに留学経験があった。しかし、入社を半年延長してまでヨーロッパへ行く必要があったのだろうか。単なる留学・遊学ではなくもっと大事な用事があった可能性もある。あるいは会社から頼まれて、入社前に向こうで何か仕事をしていた可能性は――それはないだろう。どうも釈然としない。

捜査会議が終わると、神谷は凜を連れ出した。新宿中央署近くでは、気楽に食事ができる店が意外に少ない――基本は、都庁を中心にした行政、そしてビジネスの街だからだ。飲食店は超高層ビルに集中していて、気楽に食事ができる価格ではない。結局、署の近くにある超高層ビルに入っているファミリーレストランに彼女を誘った。

完全禁煙の店なので煙草は諦め、食事と会話に専念する。このチェーン店ではいつもカレーと決めており、凜も同じものにした。

「代わり映えしない店で申し訳ない」神谷は即座に謝った。

「慣れてます」凜が寂しく笑う。

「西新宿には、意外に飯を食う場所が少なくてね」

「ホテルや、こういう高いビルの上の方では、よほど特別なことがないと食事はできませんよ。これで十分です」

「また別に、食事の機会を作るよ。少し肩を回して」

「え？」

「バリバリに緊張してる」

「ああ」

言われるまま、凜が左右の肩を大きく回した。長い手足……関節が柔らかいのはよく知っているのだが、さながら柔軟運動でもしているようだった。

「凝ってます」凜が寂しそうに笑う。

「緊張するのも当たり前だよ。たった一人で、警視庁の特捜本部に乗りこんだんだから。俺だって、道警の中に一人きりだったら、毎日マッサージが必要になる」

「神谷さんは緊張なんかしないでしょう」

「するさ。顔に出ないだけだ」

「まさか……」

そこでカレーが運ばれて来て、会話の少ない食事が始まった。神谷は若い頃、「昼飯にカレーうどんだけは頼むな」と先輩に教えこまれた。熱くて辛いものは食べるのに時間がかかるから、忙しい刑事には合わない、と。ただしカレーライスは、激辛を除いてOK。スプーン一本で食べられるし、急げば五分で完食できる。

見ると凜も、神谷と変わらぬスピードで食べている。彼女も「刑事の食べ方」を叩きこまれているのだ、と苦笑してしまった。色気がないことこの上ない。

「このあいだのウニとイクラの丼、美味しかったですよ」凜が皿から顔を上げ、突然言った。嬉しそうだった。

「このあいだって……半年も前じゃないか。それに、飯の上にウニとイクラを乗せただけだ。包丁も使わなかった」

「普段何もしない男の人が料理を作ると、ポイント五倍ですよ」

「惑わされてるだけじゃないか？」

「そうかもしれませんけど」凜が疲れた笑みを浮かべる。

二人とも食後にアイスコーヒーを頼んだ。話の本番はここから……神谷は、一つ咳払いして気持ちを引き締めた。

「珠希さんが、入社前に半年ヨーロッパへ行っていた話は知らなかった？」

「初耳でした」凜の表情が一気に暗くなる。

「そこまで詳しくは聴かないよな」責めることではない。凜はできる限りのことをしたのだ。相手が被害届を取り下げ、警察から遠ざかろうとする状況では、捜査を続けるのは難しい。現在、婦女暴行は親告罪ではないから、警察が察知すれば捜査は進められるのだが、やはり被害者の同意がないと難しいのだ。被害者が「プライバシーを大事にしたい」と言い出したら、実質的に捜査はできなくなる。関係者に話を聴くなど、もってのほかだ。被害者が隠したいことが、そこから漏れてしまう恐れもある。

性犯罪捜査の難しさがこれだ。犯人を処罰しなければならないという義務感と、被害者のプライバシーを守る気持ちとの間で、常に揺れ動くことになる。

「会社には一切接触していない？」

「ええ。私は周辺情報ぐらい集めておこうと思ったんですけど、上から止められました」

「だろうな」神谷はうなずいた。

「会社に知られずに調べる方法だってあるんですよ」

「分かるけど、そこで無理しなかったのは正解じゃないかな……しかしこうなると、会社に対してはゼロからのスタートになる」

凛が手帳を取り出し、ページを破ってテーブルに置いた。そのまま指先で神谷の方へ押しやる。

「これは？」何なのかはすぐに分かったが、一応確認してみた。

「会社の基本データです」

「君が調べたやつか？」

「ええ。最低限のことはこれで分かると思います」

「悪いな」神谷は紙を取り上げ、額のところで振って見せた。

「札幌トラベル」。住所は札幌市中央区。電話番号と代表のメールアドレスも記載されている。社長の名前は中野礼司《なかのれいじ》。

「これ、道警本部の近くじゃないか？」凜とつき合うようになってから、何度も札幌を訪れていたので、中心部の町名は結構覚えてしまっている。

「同じ町内ではないですけど、そうですね。近いです」

神谷は頭の中で、札幌市中心部の地図を広げた。地下鉄の大通駅近くだろうか。この辺はビジネス、そして観光の中心だから、旅行会社が本社を置くにはいい場所だろう。

「どれぐらいの規模の会社なんだ？」

「社員が十五人ぐらい……そこそこですね」

「外国人専門とか？」

「元々は、普通に国内の旅行を扱っていたそうです。大手の旅行会社と提携して北海道ツアーを企画したり、逆に地元の人が道外に旅行する時にアテンドしたり。よくあるローカルな旅行会社ですね」

「業績は？」

「悪くはない、という程度しか分かりません。上場しているわけでもありませんから」

「社長の個人経営みたいなものかな」

「確かに、元々は社長が一人で始めた会社です——四十五年以上前に」

「そんな昔に？」神谷は思わず目を見開いた。社長は一体何歳なのだろう。

「本人に直接聴いた話ではないですが、札幌オリンピックの時に旅行者が増えるのを見越して設立したとか……当時は大手の旅行会社の若手社員だったそうですけど、思い切って独立したんでしょうね」

「じゃあ、まだそんなに歳《とし》ではない？」

「そうだと思います」凛がうなずく。「たぶん六十代……七十代になるかならないかぐらいじゃないですか。明日は、最初に会社へ行くんですか？」

「そのつもりだ」

「他に当たり先は……」

「当時彼女が住んでいた家の近所とかかな」

「それも分かりますよ」

神谷は、凛が告げた住所を自分の手帳に書きつけた。通り名と東西南北を組み合わせた札幌の住所表記は合理的なのだろうが、東京に住む人間からすると少し分かりにくい。

「北海道なら、一人暮らしでも結構近所づき合いはあるんじゃないか？　東京とは違うだろう」

「そうでもないですよ。特に札幌は大都会ですから」

「ああ、そうだな」神谷はうなずいた。「だとしたら、その手の調査はあまり期待できないかもしれない。後は函館……失踪した理由が引っかかるんだよな。ずっと家に籠もっていたのに、どうして急に行方をくらます必要があったのか」

「平田さんの事件と無理にくっつけないで下さいよ」

「いや、可能性は排除はしない」この件では、神谷は譲るつもりはなかった。少し突拍子もないが、彼女が自分を暴行した相手に復讐した可能性は、未だに頭に残っている。ただ、彼女が平田と同じように殺されたことで、その可能性は一気に薄れてしまったのだが。

「函館で聞き込みをするなら、所轄を動かした方がいいと思います」

「札幌から函館に転進して聞き込みを続けていたら、効率が悪そうだな」神谷は認めた。「状況によっては別の刑事を派遣するか、道警に協力を求めることになると思う。君がいてくれれば、一番頼りになるんだが……ここでの連絡係も大事だからな」

「正直、帰りたいですけどね」凜が打ち明け、肩を上下させた。「やっぱり、知らない人ばかりの中にいると疲れます」

「俺がいるじゃないか」

「明日からはいないんですよ」

その通り……自分たちの人生は、ところどころでほんの少し交錯しているだけだ。初めて会ったのはもう何年も前なのに、その後一緒に過ごした時間は極めて短い……この関係が今後どうなっていくか、自分ではまったく分からない。どうしたいかも決められなかった。情けないが、離婚を経て、女性と共に生きることに多少臆病になっているのは事実である。

「あー、とにかく、自分の持ち場でベストを尽くすしかないな」

「そうですね」凛が同意する。

「こういう話ばかりというのは、色っぽくないけど」

「今はしょうがないです。事件は動いてるんですから」

その通り。しかし胸の中に、一抹の寂しい風が吹き抜ける。


「昨夜は道警の人——保井さんとデートですか?」

羽田空港の出発ゲートで落ち合うなり、進藤がからかうように言った。

「ああ?」

「一緒に新宿中央署を出て行ったでしょう? 上手いことやったんすか?」

「あー、お前、ゲス野郎と言われたことはないか?」

進藤が顔を引き攣《つ》らせた。口を尖らせて何か言い訳しようとしたが、主導権を取られないために、神谷はすぐに言葉を並べ立てた。

「確かに彼女とは知り合いだ。昔、警察庁の特命捜査班で一緒だったからな。それで彼女は、今回の事件で根っこになるかもしれない一年前の暴行事件を捜査していた——必要な情報をもらっただけだよ」

「それだけですか？」

「当然飯は奢った。情報の引き換えとして当然だろう」

実際、その後は何もなかったのだ。凜は宿泊場所にしているホテルに戻り、神谷はさっさと自宅へ帰って北海道出張の準備をした。

「保井さんって、何か、とっつきにくそうな人ですよね」

「その通りだ。ちょっかい出すなよ。怪我するのはそっちだからな」

「いや、別にタイプじゃないんで」

お前と女性の好みが違ってよかったよ、と神谷は腹の底で笑った。お前程度の小さい人間では、彼女の人生は背負いきれない――神谷自身が背負えているかどうかも分からないのだが。

雨だった。

最近の東京は、真夏のような高温の日が続くかと思えば、一転してぐずついた天気になる。これから数日は雨の予報で、そろそろ梅雨入りが宣言されそうだ。しかし北海道は梅雨とは無縁――観光だったら気が楽なのだが、と神谷は残念に思った。そう言えば去年は、少し早い夏休みを取って六月に札幌を訪れ、凜と楽しい時間を過ごしたのだった。神谷が帰京した直後に、例の暴行事件が起きたわけだが……。

フライトは順調で、定刻に新千歳空港に到着した。しかしここから先が長い——新千歳空港は、神谷の感覚ではアクセスは最悪だ。快速エアポートで札幌まで三十分以上。しかしこれが一番速いのだから仕方がない。北海道は初めてという進藤は、快速エアポートに乗っても落ち着かない様子だった。実際、客が多いので、車内はざわついた雰囲気でもあるのだが。

「満員じゃないですか」

「北海道は今が旅行シーズンなんだろうな」

「ああ、梅雨がないですからね」

神谷は窓の外を見た。快晴——羽田の滑走路は雨に濡れ、灰色の光景だったのに。しかし、外が晴れていようが気持ちは晴れない。何となく、今回の出張は上手くいかないような予感がしてならなかった。

札幌駅に着いて、すぐに地下鉄の乗り場へ向かう。札幌トラベルの最寄駅まで一駅分だけ乗るのも馬鹿らしいのだが、タクシーに乗る距離ではないし、歩くには少し遠い。

「神谷さん、札幌に来たことあるんですか？」必死で追いついて来た進藤が訊ねる。

「あったけど……ずいぶん昔だな」神谷はとっさに誤魔化した。

「こんなややこしい駅なのに、何で迷わないんですか？」

「事前に調べてきたんだよ。それぐらい当然だ。それに渋谷や新宿に比べれば、まだ分かりやすいだろう」

「まあ、そうですかね……」進藤は納得できない様子だった。

危ない、危ない……あまり札幌に詳しいところを見せると、進藤に疑念を与えてしまうだろう。凜とのことは、やはり隠しておきたい。

札幌の地下鉄特有の乗り心地——世界でも珍しいゴムタイヤを履いた車両なのだ——には未だに慣れない。凜は「この方が揺れない」と言うのだが、神谷はまったく逆の感覚をいつも味わうのだった。時折、普通の車輪ではあり得ない突き上げが襲う。進藤はまったく気にしていない様子だったが。天気はやたらと気にする癖に、こういうことには鈍いようだ。

大通駅から地上へ出ると、東京にはない、明るく開けた雰囲気が広がる。道路は広く真っ直ぐ。最近開発が進んで、新しい高層ビルも増えている。その割に緑が多い——街路樹などがきちんと整備されているので、東京のような味気なさは感じなかった。

「すげえ都会じゃないですか」進藤が心底驚いたように言った。

「そりゃそうだ。札幌だぜ」反射的に言ってしまったが、我ながら説明になっていないと思った。

札幌トラベルが入ったビルはすぐに分かった。駅の出入り口から歩いて一分、市内の一等地と言っていい。二階——神谷はエレベーターではなく階段を使った。

上がりきって、階段の横に受付のカウンター、その奥にある事務所には、制服姿の女性社員が数人いた。アポは取っていないから、取り敢えず突撃――神谷はカウンターの上に身を乗り出すようにして、一番近くにいる女性社員に声をかけた。客だと思ったのか、女性社員がマックスの笑顔を浮かべて飛んできた。神谷はすぐにバッジを示したが、彼女はそれでも警察官だと認識できない様子だったので、すぐに「警察です」と告げた。途端に女性社員が顔を引き攣らせる。

「社長にお会いしたいんですが、いらっしゃいますか？」

「はい――少々お待ち下さい」

女性社員は、他の――たぶん先輩の女性社員の席で屈みこみ、何か相談した。その後すぐ、早足で事務室の奥に向かう。

「何か、大事《おおごと》になったみたいですよ」進藤がつぶやく。「この会社、何かあるんじゃないですか」

「警察が来たら、それだけで騒ぎになるよ。変な先入観は持つなよ」

「おいっす」

進藤が軽く返事した。こいつの軽さはいつか致命傷になりかねない……。

ほどなく、先ほどの女性社員が戻って来た。いつの間にか眼鏡をかけている。神谷の顔をしっかり観察するつもりだろうか。

「お待たせしました。社長は奥におりますので」

「失礼します」神谷はカウンターを回りこんで事務室に入った。進藤がすぐ後に続く。

ビルは小さな交差点の角に建っているので、二方から陽光が射しこみ、鬱陶しいほど明るい。社長室は奥の部分を区切って作られており、部屋全体と同じように二方が窓になっていた。部屋のサイズに比べて窓が大きいため、壁二面が完全にガラス張りになっているように見えた。

社長の中野が、立ち上がって二人を出迎えた。小柄でスリムな体型。顔は健康的に焼けていて、目尻に笑い皺が目立つ。年齢を感じさせるのは、完全に白くなった髪だけだった。

「水野さんの件ですか？」中野が心配そうに訊ねる。

「ご存じでしたか」神谷はバッジを示し、「東京から来ました」とつけ加えた。

「ご苦労様です……どうぞ」

二人は勧められるままソファに腰かけた。上等な本革で、ゆったり腰かけたらそのまま快適に眠れそうだ。神谷は一度腰を浮かして、浅く座り直した。進藤は平然と深く座り、背中を背もたれに預けている。

「水野珠希さんは、一年前までこちらにお勤めでしたね」

「ええ」

暴行事件のことは、会社には漏れていないはずだ——神谷は凛からそう聞いていた。辞めた当時の状況は後回しにして、入社当時の事情から聞いていくことにした。

「水野さんは、新卒でこちらに入って来たんですよね」

「新卒は新卒ですが、入社は秋でした」

「どういうことですか？」ヨーロッパに行っていたから——答えは分かっていたが、神谷は敢えて訊ねた。

「卒業後に、向こうの語学学校に短期留学したいから、という話でした」

「それを受けたんですか？」

「この業界は人手不足でしてね。特に語学が堪能な人は常に募集中です……彼女は東京の外語大で、ロシア語を専門に学んでいました」

「はい」

「優秀な人でね」中野が一瞬目を瞑《つむ》る。「うちは小さい会社ですから定期採用はしていないんですけど、優秀な人材は常に探しているんですよ」

「じゃあ、何らかの伝手《つて》があって……」

「昔うちにいた社員が、外語大の出身でしてね。彼の紹介でした。ロシア語が話せる優秀な後輩がいると聞いて、こちらから声をかけたんですよ」

スカウトしてきたわけか……もしかしたら珠希は、卒業後もすぐに働くのではなく、もう少し語学の勉強を続けようとしていたのかもしれない。あるいは研究の道に進むとか。それを捨てて就職するのだから、取り敢えず入社前に短期間の留学ぐらいは認めて欲しいと条件を出したのかもしれない。

「留学の件は、どういうことだったんですか？」

「以前から予定は決まっていて、それだけはどうしても、という話でした。こちらとしても、半年ぐらいなら待てないわけではない……というわけで、実際に働き始めたのは、卒業してから半年後、十月からでした」

「勤務態度はどうでしたか？」

「優秀でしたよ。ロシア語の能力は前評判通りで、まったくストレスなくお客さんと話していました。基本、ロシアからのお客さんは彼女に任せられました」

「それでトラブルはなかったですか？」

「なかったですね」中野が神谷の顔を真っ直ぐ見た。少し怒っている……かつての部下を貶《おとし》めるとはどういうつもりだ、とでも憤っているのかもしれない。

「ゼロですか？」

「ゼロです」中野がはっきりと認めた。

「旅行ガイドの仕事では、よくトラブルが起きるイメージがありますけど、どうなんですか？　お客さんはわがままでしょう」

「そういうこともありますが、彼女は上手くさばいていましたよ」

「客ではなく社員の方とトラブルは？」

「ゼロです」中野が繰り返した。少し声に棘《とげ》がある。「あまり馬鹿なことは言わんでもらえますか？　わざわざ東京から来られたんだから、もう少し大事な仕事もあるでしょう」

「ここでお話を聴かせていただくのが、非常に大事なんです」

「どうして」

「水野さんは、函館生まれで東京の大学に進学しました。函館と東京以外で暮らした街は札幌だけです。彼女の足取りを完全にたどらないと、犯人に行き着けません」あのシチュエーションは、どう考えても行きずりの犯行とは思えない。これまでの人間関係に解決のヒントがあるはずだ。「札幌では一人暮らしでしたよね？」

「ええ」

「当時の住所はこちらでも把握していますが……何か、私生活のトラブルはなかったですか？」

「私は聞いていません」

「他の社員の方はどうですか？　特に仲がよかった人でも紹介してもらえればありがたいんですが」

「それは構いませんが……うちの仕事が何か事件に関係しているとでも言うんですか？」急に不安そうになって、中野が体を揺らした。

「そういうわけではありません。水野さんの行動を完全に丸裸にする必要があるだけです。仕事の面で、何か普通と変わったことはありませんでしたか？」

「休暇をまとめて取るタイプでしたね」

「まとめて、というのは？」

「二週間とか、二十日とか」

「そんなに長く？」

「今時、休みぐらいきちんと取れないような会社は、すぐにブラック企業認定ですよ。まあ、彼女の場合は有給を上手くくっつけて長い休みを取っていましたけどね。うちの社員で一番、有給の消化率が高かったはずですよ」

「毎回決まった時期でしたか？」

「決まってはいなかったと思いますが……さすがに繁忙期は外してましたね」

「札幌の繁忙期というと、夏と――」

「真冬です。雪まつりとスキーの季節ですね。逆に春先と秋は暇な時期です。そういう時期によく休暇を取ってました」

「別におかしくなかったんですね？」

「おかしくないですよ。誰でも、休む権利はありますから」

神谷は遠距離恋愛を想像した。どこか遠く——東京や大阪、あるいは海外に恋人がいて、まとまった休みを取っては会いに行っていたのではないか？

「当時、誰かつき合っていた人はいましたか？」

「私は知りませんね」

「失礼ですが、こちらは大きな会社ではありませんよね？　社員のプライベートな事情も把握できるかと思いますが」

「そうですが、そういうことを気楽に聞くと、今はセクハラになりますから」

気にし過ぎではないかと思ったが、先程の休暇の話といい、中野は部下を居心地よく働かせることに心を砕くタイプの経営者なのかもしれない。

経営者は知らなくとも、同僚は知っている可能性がある。神谷の心は、早くも次の事情聴取に飛んでいた。


受付で神谷たちに対応してくれた若い女性社員・松本若菜《まつもとわかな》が、珠希と一番仲がよかったという。社長が商用で少し外出するというので、そのまま社長室を使わせてもらって事情を聴くことにした。

社長室のソファに座る機会などほとんどないのか、若菜は落ち着きなく体を揺らした。

気持ちは分かる。しかし、もう少し落ち着いてもらわないと。

「水野さんは後輩なんですか？」

「半年だけです」

「つまり、水野さんが働き始めた年の春に、あなたもここに入ったんですね？」

「ええ」

「その前は？」見た目の若い感じに騙《だま》されたが、彼女は三十歳だという……計算すると、若菜が札幌トラベルに入社したのは二十六歳の時になる。

「実家の手伝いを」

「ご実家は何の商売をしているんですか？」

「洋菓子店です」

「ずいぶん極端な転職ですね」

「大学を卒業する直前に父が倒れて、店を手伝わざるを得なくなったんです。その後、東京へ修業に出ていた兄が戻って来たので、私は以前からの希望通りに旅行会社に就職しました」

「なるほど……それで半年後に水野さんが入ってきた、と。どんな感じの後輩でした？」

「すごくできる子でした」若菜が真顔で言った。「ロシア語がペラペラで。あれだけ喋れる人は、うちの会社には他にいませんでした」

「社長にもお聴きしたんですけど、何かトラブルはありませんでしたか？　仕事の面でも、私生活の面でも」

「聞いたことはないですね」

「恋人は？　東京の大学に通っていたんですから、向こうに恋人がいてもおかしくはないですよね」

「いなかったはずです」若菜があっさり答えた。

「間違いないですか？」

「もしもいたとしたら、ずいぶん上手く隠していたんだと思います。そういうの、自然に分かりますよね」

「そんなものですか？」神谷にはさっぱり分からない。昔から、同僚や後輩が結婚する時になって初めて、つき合っている相手がいることを知って驚くタイプだったのだ。そういうことにあまり興味もない。

「そんなものです」若菜が言い張った。「隠す意味もないじゃないですか」

「春や秋には長期休暇を取っていたそうですね。そういう時、どうしていたかご存じですか？」

「旅行じゃないですか？」若菜が首を傾げる。

「国内？」

「海外だと思いますけど……国内で二週間は長いですよね。自転車旅行とかならともかく、彼女にはそんな趣味はありませんでしたから」

「海外ねえ……海外へ行ったら、その後で話題になりそうなものだけど。お土産を買ってきたりとか」

「ああ、うちの会社には、そういう習慣がないんですよ」若菜が薄く笑った。「国内外で出張が多いので、いちいちお土産を買って来ないというのが社内のルールで……だいぶ前に社長が決めたそうです。それで、プライベートの旅行でもそういう感じになりました。虚礼廃止みたいなものです」

「社員の方は、プライベートで旅行に行くことが多いんですか？」

「いいえ」若菜が即座に否定した。

「旅行会社に就職する人は、旅行が好きなのかと思ってました」

「そうなんですけど、仕事であちこちに行っていると、プライベートでわざわざ旅行するのは面倒になってしまって……仕事でも、いろいろなところに行けますからね」

「添乗員として？」

若菜が無言でうなずく。緊張は未だに解けていないようで、両手できつくハンカチを握り締めている。

「添乗員が必要な旅行プランも扱っているんですか?」

「お年寄りのグループとかですね。メーンは、海外から来られるお客様のアテンドですけど、少人数のグループで海外へ行かれるお客様もいらっしゃいますから」

「ハワイとか、グアムとか」

「韓国、中国も人気です」うなずきながら若菜が答える。「たまにヨーロッパもあります」

「あなたも海外へはよく行きますか?」

「そうですね。平均すると年に四回は」

それぐらいで飽き飽きするとも思えないが、その辺は個人個人の感覚の違いだろう。

「水野さんもそんな感じでしたか?」

「ええ。でも彼女は、ロシアからの団体客をアテンドすることが多かったので、仕事での海外出張はそれほど多くありませんでした」

「趣味として海外へ出かけたんですかね」

「海外へ行ったかどうかも分かりませんけど……でも、二週間や二十日というと、やっぱり海外でしょうね」

「向こうに恋人がいたとか?」

「それは分かりません」この件に関しては若菜は強硬に言い張るばかりだった。実際に分かっていないのだろう。

この件は、後である程度調べられる。海外へ出ていれば、出国記録で必ずチェックできるのだ——珠希が偽造パスポートを使っていなければ、だが。

「水野さんが会社を辞めた経緯を教えて下さい」

「分かりません」若菜の表情が強張《こわば》った。

「分からない？」

「いきなり辞めるって言い出して、社長に直接辞表を提出したんです。それでちょっと騒ぎになってしまって」

「理由は何だったんですか？」

「家族のことだ、とだけ……そう言われると、あまり突っこめないじゃないですか」

「彼女は、ご家族のことも話さなかった？」

「ええ」若菜がうなずく。「必要最低限のことだけですね。私は、家族構成ぐらいしか知りません。お母さんと、仙台にお嫁に行った妹さんと……お父さんは高校時代に亡くなったと聞きました」

「その情報は合っています」神谷はうなずき返した。「しかし、家族に問題があったというのは嘘だと思います」

「嘘……」若菜が目を見開く。嘘をつかれたのが信じられないとでも言いたげだった。

「彼女の家族には、特に問題がないんです」余計なことを言った、と神谷は少し悔いた。このまま話し続けていると、珠希が他人には絶対に明かしたくなかった暴行事件についても話題に上がってしまう。少しだけ話を先に進めることにした。

「辞める時には、ずいぶん引き止められたんじゃないですか？」

「社長は必死でしたよ。私も個人的に話はして——家族の問題というから、病気とか介護とか、そういうことじゃないかと思ったんです。それなら休職して対応するとか、いろいろ手があるはずですよね」

「そうですね」

「でも、もう辞める決心は完全についていたようで、説得も無駄でした」

「辞めてから函館に戻ったんですが、連絡は取り合っていましたか？」

「最初は……でも珠希があまり話したがらないし、メールも面倒だったみたいで。そういうの、雰囲気で分かりますよね？」

「あー、そうですね……それと、実は半年前——去年の一月に、珠希さんは家を出ているんです。ご存じでしたか？」

「函館の実家のことですか？」若菜が目を見開く。「いえ……初耳です」

「まったく聞いていない？」

「すみません」若菜が肩をすぼめた。

結局珠希は、この会社での痕跡を完全に消すようにいなくなってしまったわけだ。暴行事件があったから、同僚にも何も話さず辞めていくのは分からないではないが。どうしても釈然としない。

珠希は、神谷が想像していたよりも、はるかに多くの秘密を抱えていたようだ。

5

札幌で珠希が住んでいたのは、地下鉄中の島駅の近くだった。マンションなどが建ち並ぶ、ごく普通の住宅街。地下鉄一本で会社へ行けるから、住むには便利だっただろう。

二人で手分けして、彼女が住んでいたマンションの住人に話を聴いていく。東京よりは住民同士の関係が濃いはずだと期待していたのだが、珠希に関する情報はまったく入手できなかった。近所の店を歩いてみたのだが、こちらでも何も分からない……唯一珠希の存在を認識していたのは、クリーニング屋だけだった。とはいえそれも、週に一度来る客としてだけである。

やはり札幌は大都会だ。ここに住む人の生活を丸裸にするには、相当の時間と手間がかかるだろう。あとは、凜が紹介してくれた所轄の人——暴行事件の届け出を受けて初動捜査を担当した所轄の女性刑事に会って、話を聴いてみよう。何かヒントになりそうな情報をくれるかもしれない。

一渡り聞き込みを終えると、既に夕方近くになっていた。凛がつないでくれているはずだが、会うにしても向こうの勤務時間内にしたい……これから電話をかけてすぐに所轄へ向かえば、五時前には着けるだろう。当直の交代時間前に会えればセーフ、と神谷は勝手にルールを設定した。

「腹減りましたねえ」進藤が愚痴を零した。「結局、昼飯抜きじゃないですか」

「こういう時もある」言われると急に空腹を意識したが、今は時間がない。「あと一人、早いうちに所轄の人に会っておかないと」

「しょうがないですねえ。その連絡は、神谷さんが？」

「ああ。これから電話をかける。お前は特捜に連絡して、水野さんの出入国記録を調べるように言ってくれないか？」

「海外の恋人が犯人説、ですか？　ハワイ辺りにいるといいですね。出張、ＯＫ出ますかね」

「お前は甘いんだよ。シベリアかもしれないぞ」神谷は指摘した。「彼女はロシア語のスペシャリストなんだし」

「それだったら、俺はパスしますよ」進藤が顔をしかめる。「寒いのは苦手だし」

「これからの季節なら、いい避暑になるかもしれない」

「冗談じゃないっす」

進藤がスマートフォンを取り出し、神谷に背を向けた。神谷もそれにならい、スマートフォンを持って手帳を広げる。女性刑事──牧田涼子《まきたりようこ》──の電話番号を打ちこむと、彼女はすぐに反応した。

「警視庁捜査一課の神谷です」

「ああ、保井から聞いてます」相手の声はどっしりして、頼り甲斐があった。彼女に関する個人情報は凜からはもらっていなかったが、かなりのベテランのようだ。

「これからお会いできますか？　今、中の島駅の近くにいますから、五時過ぎにはそちらに着けます」

「いいですよ。お待ちしてます。場所は分かりますか？」

「ええ」

色気のない話だが、札幌市内の警察施設は、凜に一通り案内してもらっていた。中央警察署は、道内で最大規模の署でもあるので印象深い。

電話を終えると、進藤も話し終わってこちらを向いたところだった。

「手配、完了しました」

「こっちもアポは取れた。すぐ行くぞ」

「昼飯は抜きですね」

「夕飯を早めに食べよう」

「せめて美味いものが食いたいっすね」

心配するな、と心の中で思った。北海道は、何を食べても美味いのだから——それぐらいはもう知っている。


中央署は建物自体が名物なのだ、と凜が説明してくれたことがある。現在の庁舎は二十年ほど前に新築されたのだが、それまでの庁舎が昭和初期の時代を代表するような鉄筋コンクリート建築だったので、それを上手く再現したデザインを採用したのだという。最大の特徴は、交差点の角に合わせて湾曲した正面玄関のデザインである。警察署というと、どうしても庁舎は厳しくかつ素っ気なく、一般市民は足を踏み入れにくいオーラを発しているのだが、この庁舎はそういう雰囲気とは無縁だった。一階部分は石造り、二階と三階は茶色いタイル貼りと、色使いも洒落ている。そして二階と三階の間にある窓は、船を思わせる円形だった。正面玄関の看板は、一文字ずつ独立して浮き上がっている。

「昭和モダンの建物って感じっすね」交差点の向こうから正面玄関を見ながら、進藤が感心したように言った。

「そうだな」由来から何から喋りたくなったが、そうすると、どうしてそんなに詳しいのかと怪しまれるだろう。危ない、危ない……。

二本の太い円柱がアクセントになっている正面玄関に入ろうとすると、すぐに声をかけられた。

「神谷さんですか？」

「はい」

声のした方を見ると、百七十センチはありそうな背の高い女性が立っていた。横幅もそれなりに……柔道の組手なら、軽量級の男子を簡単に転がしてしまいそうだった。しかし顔には愛嬌《あいきよう》がある。年の頃四十歳ぐらい、と見当をつけた。

「牧田さんですね？」

「そうです。中だとちょっと騒がしいですから、外でお茶でもどうですか？」

「いいですよ」

涼子が先に立って歩き出した。そのまま、署のすぐ近くにあるホテルに向かう。一階には、チェーンのカフェが入っていた。カウンターでコーヒーを注文する時、進藤が恨めしそうにショーケースを覗きこむ。ここでサンドウィッチを食べなくても、もう少ししたら嫌というほど美味い魚を食わせてやるよ……神谷と涼子はコーヒーを、進藤は少しでも空腹を紛らそうとするつもりか、クリームが大量に乗ったカフェラテを頼む。これ一杯で、蕎麦《そば》一食分ぐらいのカロリーがありそうだ。

店内は仕事を終えたサラリーマンや学生で賑《にぎ》わっていたが、何とか窓際に席を確保する。外は札幌駅前通……駅から南へずっと続く市内のメーンストリートである。さすがに人も車も多い。

「水野さんのことは……残念でした」涼子が先に切り出した。

「例の事件の時、あなたが初動で担当したそうですね」

「そうです。たまたま当直で署にいて……彼女が一人で訪ねて来たんです」

「何時頃？」

「朝四時ぐらい」

「どんな様子でした？」

「ええ……服装がひどく乱れていたので、何があったのかすぐに分かりました。事情を聴いたら乱暴されたというので、すぐに病院で医師の診察を受けるようにと言ったんです。私がつき添って病院へ行きました」

暴行事件の処理としては標準的である。手落ちはないだろう——この女性刑事は、そういうことでは手抜かりしないような気がする。

「どんな様子でしたか？」

「それは……まあ、そういう直後の女性としてはごく平均的な態度でした」涼子の視線が鋭くなる。「ただ、気丈でしたよ。自分一人で警察まで来たんですから」

「現場はどこだったんですか？」

涼子が無言で、人差し指を天井に向けた。

「このホテル？」その事実含みで神谷たちをここへ連れて来たとしたら、涼子も趣味が悪い。今さら現場検証ができるわけでもないのに。

「そうです。二階にバーがあるんですが、そこで呑んでいて、誘われるままに部屋に行った——そこでいつの間にか気を失っていた、と。気がついたら、服を半分脱がされていたというんです。逃げようにも体の自由が効かなくて……」涼子が肩をすくめた。

「その後で何とか逃げ出して、すぐ近くに警察があるのを思い出して駆けこんできた、ということです」

「実際に薬物が使われたんですか？」

涼子がまた肩をすくめる。その仕草に、神谷はかすかに苛立った。どうもはっきりしない……何か重大な秘密を明かしていないような感じがした。

「あなた、何か隠していますか？」

神谷はずばりと聞いた。その場の雰囲気が一気に張り詰める。進藤が「神谷さん……」と小声で警告したが、無視した。涼子がすっと息を呑み、神谷の顔を真っ直ぐ見る。表情には、真摯な感じしかない。

「血液検査の結果ですが……怪しい薬物は検出されなかったんです。それほど時間が経っていないタイミングでの検査ですから、実際に薬物が使われていたら、検出できない訳がない」

「では、訴え自体が嘘だったと？」

「医師の診断では、行為自体は認められました。軽傷でしたが、怪我も負っていました」

「だったら、立件はそれほど難しくなかったのでは？　保井部長も協力したと言っていますが」

「彼女は、こういう犯罪の専門家だから……でも、捜査は途中でうやむやになった」

「うやむや？」

「被害届が取り下げられた話はご存じですか？」

「聞いてます」うなずき、神谷はコーヒーを一口飲んだ。

「そういうこともあるんです。本人が、表沙汰になるのを嫌がるとか……私たちとしても、あまり強くは出られません。それにこの時は、上も乗り気ではなかったので」

「上は関係ないじゃないですか」実際に捜査するのは現場の人間だ。

「そうですけど、『まあ、いいんじゃないか』って言われたら、無理に捜査はできませんよ」

神谷は腕組みをしてうつむいた。視線を上げたままにしていると、涼子を睨みつけてしまいそうだった。

「神谷さんは、女性に対する暴行事件がどれぐらい起きているか、把握していますか？」

「いや」神谷はゆっくりと顔を上げた。

「たぶん、神谷さんが想像しているよりも多いです。そのうち、立件される数は本当に少ないんですよ。常にデリケートな捜査を強いられますし」

「それは分かります」

「とにかく、被害者本人が捜査を望まない状況では、捜査しにくいのが現状です」

「一年前の事件と今回の事件がつながっているとは考えられませんか？」

「それは……どうでしょう」涼子が首を傾げる。「仮定の話としてはあるかもしれませんが、実際には何とも言えませんね」

「平田という男はどうなんですか？」

「間違いなく犯人です」涼子が断定した。「あのまま捜査を進めていたら、絶対に落とせていたと思います。物証が得られていたら……とにかく、態度が悪かったですね」

「のらりくらりだったと聞いています」

「そうでした」涼子が真顔でうなずく。「最初に事情聴取した時に、『やっていない』と言って後は煙草をふかしてばかり……神経が太いんです。性犯罪者にはよくいるタイプ

――間違いなく犯人だったと思います」

もしも逮捕できていたら――少なくとも平田は死ぬことはなかったのではないか？　まだ筋は読めないが、珠希も無事だったかもしれない。しかし涼子の言い分にも一理ある。上司が「この辺で」と言い出した時、強引に捜査を進めるのは現実には難しいのだ。

「正直、水野さんに対しては複雑な気持ちもあります」涼子は打ち明けた。

「被害届を取り下げたことですか？」

「そういう人は時々います。しかしそれがあまりにも唐突だったので……普通は、私たちや家族とあれこれ相談して、時間がかかります。でも水野さんは、事件翌日には態度が変わって、三日後には被害届を取り下げましたから」

「確かに不可解ですね」

「だからといって、彼女が悪いことはないと思います。被害者はあくまで被害者ですから」

「今回の事件についてはどうですか？　何か思い当たる節は？」

「ないです」涼子がゆっくりと首を横に振った。「残念ながら私は、その後彼女と会っていませんが……保井は何度か会っていると思います。たまたま、水野さんが函館の実家へ戻った後で、向こうへ転勤になりましたから。彼女の性格からして、ある程度はフォローしていたはずです」

「そう聞いています」

「今となったら後悔はあります……根拠はありませんけど、あの事件が、今回の事件の引き金になってしまったような気がしてならないんです」

勘――しかし神谷の勘も、涼子と同じ判断を示していた。

涼子に礼を言い、ホテルを出る。進藤が思い切り伸びをした。

「さて、飯にしますか。もういいですよね」

「そうだな」

「何にしますか？」

「任せる」食事などどうでもよかった。考えることは多い……一番大事なのは、明日からどうするかだ。現状、自分たちはほとんど何も摑んでいない。このままおめおめ帰るか――しかし、空気を手で摑もうとするようなものだった。

六月の札幌の風は爽やかだ。しかし神谷の気分はまったく晴れなかった。

6

翌朝八時。朝食を終えてホテルの自室に戻ると、神谷のスマートフォンが鳴った。係長の両角だった。

「出入国記録はチェック中だ。今日の午前中には分かるだろう」

「何となくですが、国外には出ていないような気がします」

「勘か？」

「ええ」言ってしまってから別の可能性を思いついた。「偽造パスポートを使っていたかもしれませんけどね」

「それは考え過ぎだろう」

「ああ、まあ……銃弾の検査結果、出ましたか？」

「損傷が激しくて、線条痕も完全には検出できなかった。検出できた部分を、函館の事件で使われた銃弾のものと照合したが、同一とは断定できない」

「可能性は？」

「十パーセント以下だそうだ」

そんなものだろう、と神谷は一人うなずいた。同一犯による犯行かもしれないが、同じ銃を二度使ったとは考えにくい。

「それと、被害者の家族のことなんですが……妹さんはどうしました？」

「まだ東京だ。こちらで火葬した後、遺骨を函館に持ち帰ることになっている」

「母親は今も函館ですね？」

「ああ」

「これから函館に転進しようと思います。何だかんだで、失踪直前の被害者の普段の生活を把握していたのは母親でしょうからね。そちらはどうですか？　被害者の大学時代の友人関係、続行して調査中ですよね？」そこで神谷は、ようやく椅子に腰を下ろした。狭い部屋で息が詰まりそうだ……もう一度立ち上がり、カーテンを開け放つ。朝の光を浴びて、少しだけ気分がましになった。

「最近は——卒業してからは交流はない、という人がほとんどだった」

「大学時代の様子は？」

「かなり優秀だったようだ。ロシア語と英語はペラペラで、三年生の時には、モスクワの大学に短期留学もしている」

「その情報は聞きました……卒業後の半年の動きも気になりますね。ロシアでしょうか」予《あらかじ》め決まっていた留学。しかし札幌トラベル社長の中野は、留学先については何も言わなかった。こちらの突っこみが甘かったのか？　いや、知っていれば流れで自然に話しただろう。彼にすれば、別に隠すようなことではないはずだ。珠希から詳しく聞いていなかったのかもしれない。

「キャリアの流れからして、そんな感じがするな。大学にも確認しよう。卒業後であっても、留学なら大学が把握している可能性があるんじゃないか？　それと出入国記録を照らし合わせれば、何か分かるだろう」両角は楽観的だった。「で、お前はどうする？

函館に向かうんだな？」

「午前中は、被害者の昔の自宅近くでの聞き込みを続けようと思います。それで何も出てこなければ、函館に転進しますよ」効率的にやらないと……札幌と函館は、北海道を知らない頃に神谷が想像していたよりもずっと遠い。ＪＲだと四時間近くもかかるから、取り敢えず、午後の丘珠空港を出る便を抑えておかなければ。

「分かった。その辺の判断は任せる。連絡だけはちゃんと入れてくれ」

「了解しました」

神谷はすぐに、一時四十五分に丘珠空港を発《た》つ便を予約した。これなら四十分で函館に着く。

午前中は聞き込みを続けたが、予想通り不調に終わった。大都会での聞き込みはやはり難しい。一人暮らしの二十代は、近所づき合いなど皆無に等しいだろう。手がかりなく、かすかな疲労感を抱いたまま空港に向かう。

丘珠空港は、ごくごく小さなローカル空港である。発着する飛行機も、小型のプロペラ機のみ。これは酔うかもしれない、と神谷は心配になった。一方進藤は、別の意味で不満たらたらだった。昨日に続いて昼飯を食べ損ねたので、飛行機に乗りこんだ後もぶつぶつ言っていた。

「神谷さん、ダイエットでもするつもりなんですか？」

「まさか。ダイエットしようと思ったら、まず三食規則正しく食べるのが基本だ。そうでなければ完全に絶食するかだな」

「神谷さん、極端だからなあ……」進藤が呆れたように言った。

「函館空港で何か食べられればいいだろう」

「函館ラーメンとか……ま、それでいいか」進藤はスマートフォンを取り出した。機内モードにしようとしたのだろうが、一瞬眉を潜めて画面を凝視する。「神谷さん、メール来てませんか？」

「ちょっと待て」

確かめてみると、数分前に両角からのメールが届いていた。メールを表示させた後で、スマートフォンを機内モードにする。

「なるほど……あちこち行ってるんだな」

珠希が就職前に半年間留学したのは、やはりモスクワ市内の大学だった。これは外語大サイドでも確認が取れたという。しかし、本当にそうだろうか……疑いだすとキリがないが、ここは「確定」情報としておこう。実際、五年前にはロシアに入国した記録が残っている。ロシア大使館に確認中だが、ビザを取得していれば、この留学は本物だったと考えていい。

一方、就職してから何度も取っていた長期休暇の際も、海外へ出かけていたのは分かった。しかし行き先は、予想に反して毎回オランダである。

これでは何も分からない。

飛行機がタキシングを始める。小型のプロペラ機ならではの不安定な揺れが一瞬心配になったが、今は出入国記録の方が気になっている。

「何でオランダにばかり行ってるんですかね」進藤も同じ疑問を口にした。「就職してからの長期休暇で……四回か。オランダって、そんなに楽しい国なんですか？　もしかしたら大麻かな。オランダって確か、大麻が解禁されてましたよね」

「あるいは、ここは単なる拠点だったのかもしれない」

「拠点？」

「オランダは、ヨーロッパ各地に飛ぶ飛行機のハブになってるはずだ」

神谷はスマートフォンを背広のポケットに落としこんだ。こいつは物を知らないな……若いとはいえ、こういうことは常識として知っておくべきだ。

「ヨーロッパの多くの国は、シェンゲン協定に加盟してる。各国を行き来する際にパスポートがいらない――例えばオランダで入国審査を終えたら、その後に協定加盟国を行き来する際には、パスポートコントロールがないんだ。地続きだから、その方が便利なんだろうな。逆に言えば、オランダに入国した記録しか残らないから、その後で加盟国のどこへ行ったかは、パスポートからは分からない」

「それでテロも起きやすいんですかね」

「原因の一つではあるかもしれないな」

飛行機が無事に離陸すると、進藤はすぐに寝てしまった。そう言えばこいつはよく寝る男だ……警視庁でも、昼食を取った後の三十分、よく机に突っ伏して熟睡している。寝ることと飯を食うこと、それに天気の心配しかしていないようでは、刑事どころか人間失格だと思うが。

函館空港の一階にあるラーメン屋で遅い昼食を手早く済ませてから、タクシーを摑まえることにした。タクシーがすぐに乗り場に来ない——ここでも進藤はぶつぶつ言っていた。

「所轄に頼めば、パトぐらい回してもらえたんじゃないですか？」

「向こうは向こうで忙しいんだから……後で挨拶には行くけどな」

「こっちは天下の警視庁ですよ？　道警の田舎警察署の方から挨拶に来るぐらいじゃないと」

「あー……お前、マジで言ってるのか？」

「マジですけど、何ですか？」

「うちは単なる東京都警察本部だ。機動隊は全国派遣もあるけど、刑事部は管内の事件だけを捜査する——そういう意味では、他の県警と立場は同じだよ」

「はいはい」呆れたように進藤が言った。

「お前が一人で函館の事件も解決したら、いくらでも威張っていいけどな」

「そりゃ無理ですよ……あ、タクシー、来ましたね」

まったくこの男は……神谷は頭の中で、進藤を捜査一課から追い出す方法を考え始めた。時々、こういうどうしようもない奴がいる——所轄で大した成績も残していないのに、何故《なぜ》か本部の捜査一課に異動してくる人間が。昔は、捜査一課向きの能力があると認められた若手にしか、抜擢《ばってき》の声はかからなかったのだが……最近、その辺がどうにも緩くなっているようだ。捜査一課の刑事の「資質」は、鍛えて何とかなるものではない。猟犬のような鋭さとしつこさは、やはりある程度天性のものなのだ。

運転手に住所を告げ、シートに背中を預ける。ちらりと外を見ると、半年前に来た時に比べ、街の光景は一変していた——いや、変わったわけではなく、雪がないだけなのだが。一月の函館は、いかにも北国らしい——白とグレーばかりの墨絵のような風景が広がっていたが、よく晴れ上がった六月の今、空は果てしなく高く、街路樹の緑も色が濃い。

函館空港から市街地へ向かう途中、湯の川温泉を通った時に、進藤が敏感に反応した。

「へえ、温泉街なんかあるんですね」

「そうみたいだな」神谷はとぼけて言った。

「今夜、温泉はどうですか？」

「温泉宿になんか泊まってたら、出張経費をはみ出すよ。駅前の方に行けば、安いビジネスホテルがあるだろう」

「せっかく温泉があるのになあ……」

「お前、温泉でのんびりするような歳じゃねえだろう」

「温泉は、日本人のＤＮＡに刷りこまれた楽しみっすよ」

馬鹿な……こいつと話していると、いずれ爆発する。速攻で捜査一課から追い出すのは無理かもしれないが、東京へ戻ったら両角に相談して、まず他の係に配置転換してもらおう。取り敢えず、自分の横から退去させるのが最優先だ。

タクシーは湯の川温泉を抜け、ずっと海に近い国道を走り続けた。元々漁業の街なのだが、こういうところを走っている限り、ごく普通の住宅地である。窓を細く開けてみたが、ここまでは潮の香りは届かなかった。

途中から、左側に海が見えてくる。低い堤防の向こうは凪《な》いだ海……運転席の後ろに座る進藤が、身を乗り出すようにした。

「この向こうが青森ですか？」

「だろうな」

「何か見えてますけど、あれ、下北半島ですかかね？」

「そうかもしれないな」

普通の観光客のような反応を示す進藤の態度に、いい加減うんざりしてきた。もっとも、タクシーの中で事件の話をするわけにはいかないから、仕方ない。神谷は適当に話を合わせ続けた。

珠希の実家のすぐ近くで車を降り、神谷はネクタイをきつく締め上げた。グレーの背広に地味な紺色のネクタイという格好なので、相手を苛立たせることもないだろう。

「ネクタイ、締め直せよ」

神谷は進藤に忠告した。バランス悪く、小剣の方が大剣よりも長く出てしまっている。見下ろしてそれに気づいた進藤が、その場でネクタイを解《ほど》いて結び始めた。今度はよし……進藤にうなずきかけると、神谷はさっさと歩き出した。重要で、極めてデリケートな仕事——相手の様子を見ながら、時間をかけずに済ませた方がいいだろう。

珠希の母、彩子は在宅していた。もう一人、小柄で痩せた女性が応対してくれたが、これが彩子の妹だろう。彼女にしても姪《めい》っ子が殺された非常事態なのだが、気丈に振舞っていた。エプロンをかけ、忙しそうにしている——警察の相手をしている暇はない、とでも言いそうだった。

「お忙しいところ、申し訳ないんですが——」

「忙しいんです。警察の人はともかく、近所の人もお見舞いに来てくれたりして」

「今は、誰かいらっしゃいますか？」

「今はいません」

「では、失礼します」神谷は靴を脱ぎかけた。「しばらく、彩子さんと話したいんですが」

「気をつけて下さい。だいぶ参っているんです。警察にも何度も話を聴かれて」

函館中央署の連中だろう。彼らにすればあくまで「参考」。今回の捜査の「本体」はこちらである。

珠希の叔母が何とか家の中をきちんと整理しているようで、殺伐とした雰囲気は感じられなかった。彩子はリビングルームで一人……ソファにきちんと腰かけ、視線は音を消したテレビに注がれていたが、観ていないのは明らかだった。神谷が頭を下げるとすぐに気づいて礼を返したが、目は死んでいる。当たり前か……娘が殺されたのにその現場へも行けず、今は遺骨が戻って来るのを待つだけの、一番きつい時間。

「体調はいかがですか」神谷は立ったまま訊ねた。

「何とか……東京へ行きたかったんですが」

「私は東京から来ました。警視庁の神谷と申します」

神谷はそのタイミングで名乗った。何か反応するかと思ったが、彩子は小さくうなずくだけだった。遺体の様子については、向こうから聞いてこない限り話さないようにしよう。遺体の様子をリアルに説明したら、彩子は卒倒してしまうかもしれない。

「座らせてもらっていいですか？　立ったままお話しするのも申し訳ないですから」

「あ……はい、どうぞ」彩子が惚《ほう》けたように言った。

神谷と進藤は、彩子の向かいのソファに浅く腰を下ろした。進藤に目配せする――基本的にお前は喋るな。神谷の無言の指示を理解したようで、進藤が素早く肩をすくめた。

神谷は「珠希の人間関係を調べている」と素早く事情を説明した。彩子は聞いているようないないような……しかし神谷が「娘さんは、どうしてロシア語を専門にしたんですか？」と訊ねると、急に意識を取り戻したように目を見開き、びくりと身を震わせた。

「昔から、ですね」

「昔から興味を持っていた？」

「そうです」

「北海道ではそういうものなんですか？」確かにロシアは「隣国」ではあるし、北海道に近いのだが。

「そういう感じです。幸い、そちらの――語学の才能はあったようです」

「モスクワに留学もしていましたよね？　本格的だったんですね」

「ええ……」

「その才能を生かすために旅行会社に就職して、順風満帆でしたね」あの事件が起きるまでは。

「それは分かりません」彩子がゆっくりと首を横に振った。「大学へ行ってからは、うちへはあまり帰って来なくなりましたから。仕事のこともそんなに話しませんでしたし」

「忙しかったんでしょう……就職してからも、よくヨーロッパに旅行に行っていたようですが、行き先はやはりロシアですか？」

「どうでしょう……あちこちに行っていたようです。帰って来る度にお土産をもらいましたけど、いろいろでした」

　彩子が振り返り、出窓を見詰めた。確かに……小さなテディベアやエッフェル塔のミニチュア、白地に青で絵が描かれたいかにもヨーロッパらしいマグカップや小さな木靴など、異国情緒を感じさせる品物が並んでいる。実家にはあまり帰って来なかったと言っても、いちいち土産を買って来るぐらいだから、親子仲は悪くなかったのだろう。あの事件で会社を辞めた後、珠希が頼ったのは母親だったのだし。

「ヨーロッパへは、個人的な旅行だったんでしょうか？　趣味ですかね？」

「さあ……」

「向こうに誰か知り合いがいたんじゃないんですか？　恋人とか？」

「どうでしょう。そういう話は聞いたことがありません」

神谷は、彩子が一切目を合わそうとしないことが気になってきた。警察を嫌っているのかもしれないが……目を合わせた状態で、堂々と嘘をつくのは難しい。

彼女は嘘をついている？　神谷の中に、薄っすらと疑念が浮かんだ。実際は、娘の行動を全て把握していたのではないかと思った。海外へ行くというのは、やはり日常から離れた特別な行為であり、そういう経験は人に話したくなるものではないだろうか。まったく話していない──親にも──としたら、それこそ何か秘密があったのではと考えてしまう。

「娘さんとは、よく話していましたか？」

「どうでしょう……普通ですかね」

「珠希さんには、誰かつき合っている人はいなかったんですか？」

「そういう話は……」

「妹さんは、もうご結婚されているんですよね？　今、東京の方で珠希さんにつき添っていますね」

「はい」

「でも珠希さんにはつき合っている人は──水野さん、これは大事なことです」神谷は座り直した。「女性が殺された場合、我々はまず夫や恋人を疑います。家族の問題、恋愛関係のもつれで起きる事件は、本当に多いんです」

「私は知らないんです」彩子の口調は、まるで他人事《ひとごと》のようだった。

「話しにくいことだと思いますが、あの事件……一年前の札幌での暴行事件についてはどうですか？　その件も、珠希さんはあまり話さなかったんですか？」

「そうです。話すのは辛かったんだと思います」

「母親として、きちんと話を聞いて、心の傷を癒してあげようとは思わなかったんですか？」きつい言い方だと悔いたが、言ってしまった言葉は取り消せない。

「あの子は昔から、自分で何でも決める方でした。誰にも相談しないで一人で悩んで……私にも泣き言は言いませんでした」

「内に籠もるタイプ」というのは、凜も言っていた。しかし母親に対しても、なのだろうか。この家の親子関係は妙によそよそしい。神谷はなおも事情聴取を続けたが、すぐに失敗を悟ることになった。彩子の精神状態はまだ非常に悪い。口を突いて出てくる言葉は「知らない」だけ。もう少し時間をおかないと、冷静に話はできないだろう。

……あるいは彩子は、何か秘密を隠しているのかもしれないが。

犠牲者の母親なのだから、十分気を遣って対応しなければならない。その原則はもちろん分かっていたが、神谷はどうしても疑念を払拭できないのだった。

7

午後、凛は北海道出張から戻って来た神谷と長い時間話したのだが、結局犯人に直接結びつくような手がかりは出てこなかった。珠希の人生をきちんとフォローしていなかった自分の不甲斐なさを考えると、歯噛みする思いだった。「珠希は自分の担当だ」という気持ちはずたずたになり、会話が途切れてしまう。

それを見かねたのか、神谷が夕食に誘ってくれた。夜の捜査会議が終わってからの遅い夕食……しかも他の刑事に気づかれずに落ち合わねばならないので気を遣ったが、取り敢えず神谷と二人になれると考えただけでもほっとする。

指定された店は新宿ではなく、渋谷だった。若者が主役で、古いものなど何一つないような街にぽつりと佇《たたず》む、古いレストラン——というよりステーキハウス。ビルの一階部分がレンガ張りで、クラシカルなイメージを醸し出している。

「ここ、老舗《しにせ》ですか？」店に入るなり凛は訊ねた。外観同様、店内の様子にも年季が入っている。

「いや、オープンしたのは確か一昨年だ」

「そうは見えませんけど」

「昔風の雰囲気を売りにしたいんだろう。今は赤身の肉が人気だけど、昔風の脂が強いビフテキも悪くないだろう？」

「そうですね」

久々にがっつり肉を食べた。サーロインステーキは二百グラムだったが、そのサイズよりもずっと大きい感じで腹に溜まる。味は上々——牛の脂の旨味が全面に出て、「いい肉を食べた」と実感できる。味つけは、醤油《しょうゆ》とニンニクを上手く生かした和風で、ライスによく合った。

神谷と話すことはたくさんあったが、ゆっくりはできないと分かっている。しかし、もう少し時間が欲しかった……凜は今日、「そろそろ引き上げてこい」と古澤から指示を受けていたのだ。初動捜査のばたばたした時期は過ぎたので、これ以上連絡係を東京に置いておく意味はない——何とか逆らおうと思ったが、古澤の指示にも一理ある。実際ここ二日間ほどは、まったく成果を上げていなかったのだ。朝晩の捜査会議に出て、その内容をレポートにまとめて古澤に送るだけ。向こうからも特に仕事の指示はこなかった。

あくまで仕事で東京に来ている訳で、神谷と個人的な話ができないのも辛い。けじめが必要だと分かってはいるのだが……こうやって二人だけで食事をするのが、精一杯のデートということか。この時間をできるだけ引き伸ばしたい。

神谷はどこか上の空だった。東京へ帰って来てからずっとこんな感じ……普段もぼうっとしているように見えることはあるのだが、そういう時はだいたい、必死で何かを考えている。考えるのに忙し過ぎて、表情にまで気が回らないのだ。

「彩子さんのこと、気にしてるんじゃないんですか」

凛は、勘に従って聞いてみた。神谷が口元まで持ち上げていたコーヒーカップをゆっくりと下ろしてテーブルに置く。

「あー……君は、人が油断している時にいきなり斬りつけてくるね」

「気にしてるんじゃないんですか？」

構わず繰り返し訊ねると、神谷が無言でうなずく。直後「彼女は嘘をついていると思うんだ」とつけ加えた。

彩子が嘘？　にわかには信じられなかった。娘を亡くしたショックで満足に話ができなくなった状態を、「嘘をついている」と誤認したのではないか？　神谷のようなベテランの捜査官でも、人の気持ちを読み違えることはあるだろう。そう指摘すると、神谷は怒りもせず、ゆっくりと首を横に振った。

「珠希さんが何度もヨーロッパに行っていた理由……どうもそれを知っていそうなんだ。知っていて隠している」

「それは別に、嘘って言わないんじゃないですか？」

「知っているのに『知らない』って言ったら、嘘になるだろう」

「私が確かめます」

「いや、しかし……」

「そろそろ函館に戻るように言われてるんです」

「そうか」

「戻ったら、また彩子さんに話を聴いてみます。時間が経てば落ち着くかもしれないし、私は顔見知りですから、少しは心を開いてくれるかもしれません」

「そうだな……そういうことは君の方が得意だろうし」

「何とかします」

そう言ったものの、はっきりと自信があるわけではない。この件は早くも手詰まりになりつつある、と凜は暗い気分になった。

「札幌で牧田さんに会ったよ」神谷が話題を変えた。

「ああ」

「暴行事件の捜査の時、上が『まあ、いいんじゃないか』って言って、それで実質的に捜査は打ち切りになったそうだけど」

「そうでした。あの事件の捜査はあくまで所轄が主体で、私はお手伝いしていただけなんですけど……」

「そういうこと、よくあるのかな」

「何となく無理しないような雰囲気になることはありますけど、そんなにはっきり言われることはないですね」

「とすると、これも異例……道警の中で何かあるんじゃないか？」

「何か隠しているとか？」

「分からないけどな。俺が想像しているよりも、この一件には深い事情があるかもしれない」

確かに……しかしそれが何なのかを考えても答えが浮かばない。どうも自分の読みも鈍くなっているようだ。それは神谷も同じ——この一連の事件には、刑事の勘を鈍らせる要素でもあるのだろうか。


神谷と一緒に新宿まで戻った。神谷は一度特捜本部に寄るというので、凛は一人でホテルに向かう。ロビーに入ってホッとした瞬間、突然過去が襲ってきた。

あの女。

半年前、函館のコンビニで凛に声をかけてきた女が、ロビーのソファに腰かけている。背が高く、印象が強い女性なので、見間違えようがない。幸い、向こうは気づいた様子がないので、凛は慌てて踵《きびす》を返してホテルを出た。少し離れてから、神谷に電話をかける。神谷はまだ所轄に戻っていないらしく、歩きながら話しているのが分かった。

「どうした?」

「張りつかれました」

「どういうことだ?」神谷が声を潜める。

「前に話しましたけど……半年前に函館で接触してきた女が、ホテルで待っていたんです」

「せっかくだから正体を突き止めよう」神谷の声に力が入った。「適当に話をしてから、上手く追い返してくれ。その後、俺が尾行する——五分でそっちに行くから、五分だけ持ちこたえてくれ」

「分かりました」

電話を切って凛は深呼吸した。神谷が来てくれれば心強いが、それまでは何とか一人でつながねばならない——大丈夫、ホテルの中なら、向こうも簡単に手出しはできないだろうと自分に言い聞かせる。

再びロビーに入ると、女性の方でも凛に気づいた。薄青のブラウスに黒いパンツ、白いジャケットというメリハリの効いた格好である。それでなくても高い身長をさらに際立たせるつもりなのか、かなりヒールの高いパンプスを履いていた。

彼女が立ち上がる前に、凛は早足で近づき、向かいのソファに腰を下ろした。前回と同じ――相手の態度からは、特に敵意は感じられなかった。

「私を待っていたんですか？」凜は切り出した。

「ええ」

「で、ご用件は？」

「東京でも仕事をするんですね」答えになっていなかった。

「命令されればどこにでも行きます」

「水野珠希さんが殺された件ですね？」

「ノーコメント」

「他に、あなたがわざわざ東京へ来る用事はないでしょう」

「あなた、何者ですか？」答えを期待せずに、凜は訊ねた。

「それは言えません」

「私も何も言えませんよ」

「あなたが何者かは分かっています。水野珠希さんに対する捜査は進んでいるんですか？」

「捜査？」珠希を加害者扱いするような言い方にかちんときた。彼女は被害者だと訂正しようとしたが、何とか言葉を呑みこむ。

「彼女が何者なのか、何をしているのか、警察では摑んでないんですか？」

「何も言えませんね」

「現場の人たちは一生懸命やっていると思います。真相にたどり着くのも時間の問題でしょう」

現場の人たち？　上から目線の発言の真意は何だろう。この女も警察関係者なのか？　しかしそれだったら、こんなに回りくどいことをしなくてもいい。警察は指揮命令系統がしっかりしているのだから、もしも彼女が「上」の立場の人間なら、然《しか》るべきルートを通じて情報収集ができるだろう。

不気味だ。

「どうして私に接触するんですか？　目的が分かりません」

「何事にも、公式な面と非公式な面があります」

「これは？」

「非公式」

「だったら、あなたにとって公式な面は何なんですか？　そちらを使えばいいでしょう」

女が黙りこむ。さっと髪をかき上げると、凜の顔を凝視した。何が言いたいのだろう……どこかずれた感じがするのだが、彼女の本音が読めないのは不安だった。自分は何か危ないもの――虎の尻尾を踏んでしまったのだろうか。

その時凜は、ロビーの雰囲気が微妙に変わるのを感じた。同時に、ハンドバッグに入れたスマートフォンが一回だけ振動するのを感じる。神谷が合図してきたのだ、とすぐに分かった。

あまりきょろきょろしていると、目の前の女に怪しまれるだろう。凜は「言うことは何もありません」と告げて立ち上がった。

「いつまで東京にいるんですか？」女が上目遣いに訊ねる。

「それもあなたに言う必要はありません」

「あなた――本当は、珠希さんが何者なのか知っているんじゃないですか？」低い声で探りを入れてくる。

「そちらこそ、何か知っているんですか？　それならこっちが知りたいですね」

女がゆっくりと首を横に振った。どこか悲しげな表情が浮かんでいる。大事な秘密があるが、どうしても喋れない――腹に何か呑みこんでいるのは明らかだった。

「これ以上私に接触しようとするなら、然るべき措置をとります」

「その措置とは？」馬鹿にしたような台詞だったが、女の口調は真剣だった。

「それは言えません」

「それでは脅しになりませんよ」

「もう、話すことはないですね。こんなの、時間の無駄です」

凛はエレベーターの方へ向かった。追いかけて来る気配はない。エレベーターに入ってボタンを押すまで、一度も後ろを振り向かなかった。ドアが閉まる直前にロビーをさっと見回したが、女は既に姿を消していた。

部屋のあるフロアには直接行かず、一階上で降りる。長い廊下を歩いて非常口へ向かい、階段で一階下へ降りた。廊下の端からエレベーターの方を眺め渡し、誰もいないことを確認してから部屋へ向かう。しかしこの部屋とて安心できる場所ではない……ドアを開けると、手探りでカードキーをスロットに挿しこむ。それで部屋がぱっと明るくなったが、すぐには中に入らなかった。気配を伺う——一分ほどドアを押さえたまま、体を半分廊下にはみ出させて立っていたが、馬鹿らしくなって中へ入った。狭いシングルルーム……隠れる場所は風呂場ぐらいである。銃を持っていれば、構えながら風呂のドアを開けるところね、と凛は考えた。壁に体をぴたりとつけ、右手を伸ばしてドアを開ける。しばし待ってからぱっと飛び出し、風呂場の中を確認した。

誰もいない。

馬鹿馬鹿しい。こんなところで待ち伏せする人間はいない——笑い飛ばそうとしたが、できなかった。珠希はホテルの部屋で殺されていたのだ。ホテルの部屋にも簡単に入りこめる人間はいる。ドアの施錠を確認してほっとしたところで、バッグの中のスマートフォンが振動したので、びくりとした。慌てて引っ張り出すと、神谷だった。

街の音に紛れて、神谷の声が低く聞こえてきた。

「尾行を開始した」

「はい。部屋には何もありません」

「用心してくれ。後で連絡する——今夜は連絡しないかもしれないけど、そっちからの発信は控えてくれ」

「分かりました」

電話を切り、もう一度施錠を確認する。念のために窓も。二十階にある部屋だから、元々窓は開かないのだが……それでようやく一安心して、ベッドに腰かけた。いつの間にか、首筋が汗で濡れている。あの女は一体何者なのか——これで二度、不意打ちされた。自分も脇が甘いと反省したが、それよりも怒りの方が大きい。正体は神谷が割り出してくれるかもしれないが、問題はそこから先だ。今度はこちらが向こうを待ち伏せして摑まえ、何を狙っているのか割り出さなくては。

結局その夜、神谷から電話はかかってこなかった。尾行・張り込みしているかもしれないと考えると、こちらからは連絡できない。

シャワーも浴びず、昼間の服を着たまま、いつの間にかベッドで寝てしまった——気づいた時には朝六時。慌ててスマートフォンを確認すると、神谷からメッセージが入っていた。

「張り込み中。現場は綾瀬《あやせ》。後で連絡する」

綾瀬？　そんなに遠くで何をしているのだろう。電話しようとして躊躇う。張り込み時に電話がかかってくると、集中力を削《そ》がれるのだ。メッセージが入っていたのは午前二時。取り敢えずその時間まで神谷は無事だったわけだ。しかし今は……凜はメッセージに返信した。

「無事ですか？」

すぐにまた「無事」と返事があった。

それに続いて、今度は電話がかかってくる。

「寝落ちしたか？」神谷の声にはさすがに元気がなかった。

「すみません。起きて待機しておくべきでした」

「いや、二人いたら一人はちゃんと寝て元気でいた方がいい。揃って寝不足だったら、使い物にならないからな」

実際には自分も、とても元気とは言えないのだが。服を着たまま変な格好で寝てしまったので、体のあちこちが痛い。

「そこ、何なんですか？」

「普通のマンションだ。それとあの女、素人だぞ」

「どうしてそう思います？」

「尾行にまったく気づかない――そもそも用心してもいない」

「もしかしたら、気づいていないふりをしているだけかもしれないじゃないですか」そうだったら、むしろプロだ。

「とにかく、もう少しここで張ってみる。名前を割り出して、これから出かけるなら尾行するよ」

「お願いします」

「朝の捜査会議は飛ばすかもしれない。何か文句を言われたら、適当に嘘をついておいてくれ。この件、まだ他の人間には知られない方がいいだろう」

自分が嘘をついて神谷を庇《かば》ったら、二人の関係を怪しまれるだろう。どうも神谷はいろいろなことに無頓着というか……自分たちの関係がばれても大したことはないと思っているのかもしれないが、それは読みが甘い――神谷は何も言われないかもしれないが、自分は警察の中で居場所を失う可能性もある。こういう男女差を、神谷は理解していない。

取り敢えず、二人いたら、一人は元気でいた方がいい――神谷の言葉の中で、これは間違いなく真実だ。このままもう少し寝てもいいのだが、凛はシャワーを浴びて眠気を追い払うことにした。少し早く一日を始める――それだけでも何か、いいことがあるかもしれない。

捜査会議が終わるまで、神谷からは連絡がなかった。さすがに心配になって電話しようかとも思ったが、スマートフォンを取り出したタイミングでちょうど電話がかかってきた。

「今、捜査会議が終わったところです」

「俺の話題は？」

「出ませんでした」

「あー、影が薄い男は辛いな」神谷が喉の奥で笑った。しかしすぐに真面目な口調になる。

「須藤朝美《すどうあさみ》」

「はい」凜は先ほどまで腰かけていた椅子にまた座り、手帳を広げた。「字は？」

神谷の説明をそのまま書き写す。どうして名前を割り出せたのかと訊ねると、神谷は「郵便受け」と短く答えた。それで凜にはすぐにピンときた。神谷は、朝になって朝美が新聞を取りに出て来るのを確認したのだろう。オートロックのない古いマンションなら、ロビーに入りこんで郵便受けから住人の名前もチェックできる。部屋番号さえ分かれば、たとえ名前が書かれていなくても、いかようにも調べられる——一番手っ取り早いのは、所轄で連絡票を調べてもらうことだ。おそらく神谷は、その方法で名前を確認したのだろう。

「それと、勤務先はたぶん警察庁だ」

「本庁ですか？」凛は思わず声を張り上げた。警察官かもしれないとは思っていたが、まさか警察庁の人間とは。「間違いないですか？」

「たぶん、だ。俺は今、中央合同庁舎第二号館の前にいる」

「そこは――」

「警視庁の隣。この庁舎には総務省も入っているけど、事件に首を突っこんでくるとしたら、警察庁だろう」

「ですね……まさか、キャリアの人じゃないでしょうね？」

「それはないだろう。キャリアの偉いさんは、自分では張り込みなんかしないよ。誰か、彼女に指示して動かしていた人がいるはずだ」

「この先、どうしますか？」正体が分かっても、どう対応していいか見当がつかない。

「おいおい、しっかりしてくれよ」神谷が馬鹿にしたように言った。「警察庁だったら、俺たちには話が聞ける人がいるだろう。君、こっちへ出て来られるよな？」

神谷は、日比谷公園へ来るようにと凛に指示した。さすがに警察庁の庁舎内で永井と会うわけにはいかないということか……しかし今日は、梅雨の走りとも言える雨が朝から降り続いていて、じめじめと鬱陶しい。

凜はここへ足を踏み入れたことは一度もない。多摩地区で生まれ育った人間から見れば、同じ都内とはいえ、日比谷公園ははるか遠い。神谷は「公園の北の方に売店があるから、そこで落ち合おう」と言ったが、その売店がすぐには見つからない。日比谷公園は凜が予想していたよりもはるかに大きく、園内の道路は複雑に入り組んでいたのだ。結局、中を歩いている人に二回確かめて、ようやく売店を見つけた時には、約束の時間を五分過ぎていた。凜は、神谷の向こうから近づいて来る人物に目を止めた――永井。

二人は同時に、神谷が立つ場所に到着した。凜は永井に会うのは数年ぶり――警察庁の特命捜査が終了して以来だった。彼も四十代半ばになっているはずだが、当時感じた線の細さは今も変わっていない。あの時は、様々なプレッシャーを受け続けた結果、一時的に倒れて入院してしまったぐらい……今も何かあれば、胃痛に襲われそうな感じだ。

「保井さんも一緒でしたか」永井は意外そうだった。

「ご無沙汰してます」凜は頭を下げたが、傘をさした状態なので、我ながら不格好になってしまった。

「残念ながら雨ですけど」神谷が肩をすくめる。「どこかにしけこんでる時間はありません。永井さん、先ほどの話について聞かせて下さい」

「あなたも――あなたたちも相当図々しい」永井が苦笑する。「勤務中の人間を平然と呼び出すとはね」

「広域捜査課長はそんなに忙しいですか？」神谷が皮肉っぽく訊ねた。「県境をまたぐ事件なんて、日本ではそんなに起きないでしょう。ご自分でそう仰ってたじゃないですか」

「それでも、あなたが想像しているよりは忙しいですよ」

「須藤朝美というのは何者ですか」

神谷がいきなり本題を持ち出した。永井は平然としている――凜は思わず一歩、彼に近づいて詰め寄った。

「私は二度、正体不明の女性――須藤朝美から接触されました。こちらの捜査の状況を知りたいと……警察庁の人なら、そんな方法で接触しなくても、いくらでも知る手はあったはずです。どういうことなんでしょうか」

「さあ……それは私に聞かれても」

「永井さん、須藤朝美という女性は警察庁にいるんでしょう？　キャリアの人じゃなく、一般職員じゃないですか？」

「須藤朝美ね……少なくとも、私の課にはいませんね」

「永井さんなら、彼女がどこの所属で何の仕事をしている人なのか、調べられるはずです」凜も迫った。

「何故その情報が必要なんですか？」永井の口調は非常によそよそしかった。

「こちらの捜査に変な興味を持っている人がいる——逆にこちらでも調べるのが普通でしょう」

「それは本来の業務と関係ないのでは？　お二人とも、正規の業務に邁進《まいしん》していただきたいですね」

「永井さん……」神谷が溜息をついた。「そんなに難しい話じゃないでしょう。電話一本で済む話じゃないですか。その後は我々が何とかします——我々の問題ですから」

「申し訳ないですが、ご協力はできかねます」永井があっさり拒否した。「どうしてもというなら、他の人に当たって下さい」

さっと一礼すると、永井は踵を返して去って行った。早足ではあるが、逃げ出そうとしている感じではない——凜は呆れて、神谷に訊ねた。

「永井さん、あんな人でしたっけ？」

「いや」神谷は不機嫌だった。

「弱気な人——プレッシャーに弱いのはよく知ってますけど」

「それは乗り越えたと思ってたよ」

「よく会うんですか？」

「そんなに頻繁じゃない。彼と一番親しいのは、福岡の皆川《みながわ》じゃないかな。永井さんは、広域捜査課長に就任する前は、福岡県警の刑事部総合参事官――皆川の直属の上司だったんだから」

皆川慶一朗《けいいちろう》も、警察庁の特命班に呼ばれた一人だ。元箱根駅伝選手という体力派。十歳も若い女性と結婚し、子宝にも恵まれている。凛に毎年届く年賀状は、いつも娘の写真だ。こういうのは、本人が後で見返すと嫌がるものだけど、親はそれに気づかないのよね……。

「本庁の課長になると、やっぱり変わるんですかね」

「そうかもしれないな」

「これじゃ、永井さんはネタ元になりませんね」

「仕方ない。時間はかかるかもしれないけど、別の筋から攻めよう。家も分かっているから何とかなると思う。それは俺に任せろ」

「神谷さん、本筋の捜査もあるんですよ」凛は釘を刺した。

「須藤朝美は、珠希さん殺しに興味を持って君に接触してきた。つまり、俺たちの仕事に関係ある――心配するな。調べる手も、圧力をかける方法もいくらでもある」

「そうですか……私は本当に、函館に戻ろうと思います。須藤朝美が東京の人だって分かりましたから――」

「函館にいる方が安心、か」

「別に怖くはないですけど、鬱陶しい人間につきまとわれたくありません」

「そこが分からない……」神谷が首を捻った。「鬱陶しいけど怖くないっていうのは、変な感じだな。須藤朝美――何だか素人みたいじゃないか?」

8

凛は翌日函館に戻ることにして、古澤にその旨報告した。古澤からも特捜本部には礼を言ってくれるというが、凛としても礼儀は尽くしておきたかった。夜の捜査会議が始まる前、凛は特捜本部を実質的に切り盛りする捜査一課の係長、両角に挨拶に行った。

「そうですか、引き上げますか」両角はかなり厳しい男――捜査会議でのやり取りを見ていれば分かる――なのだが、凛に対しては丁寧に接してくれる。結局「お客さん」扱いのままだったわね、と凛は感じていた。どうせなら、警視庁の他の刑事たちと同じように仕事を振ってもらって、捜査に参加できればよかったのに。そうすればもう少し、「東京で仕事ができた」充実感を味わえただろう。何だか半分休暇のような感じだった――毎日の緊張感は半端なものではなかったが。

「お役に立てずに申し訳ありません」凛は深々と頭を下げた。

「何とも不可解な事件だね。しかし、必ず解決するから――そうすれば、そちらの事件も自然に解決に向かうんじゃないかな」

「そうであることを祈ります。あるいは、こちらの事件が解決すれば、珠希さんを殺した犯人も見つかるかもしれません」

「逆もまた真なり、かもしれんな」両角がうなずく。「本当なら、慰労会をやって送り出したいところだけど、こういう事態なので……申し訳ないね」

「お気持ちだけでもありがたいです。本当にお世話になりました」

実際は、会合など開かれても困る――今夜も神谷と食事をする約束なのだ。それより大事なことは……簡単には見つからない。


捜査会議が終わってから夕食となると、どんなに早くても午後九時を回ってしまう。このところ、食生活が滅茶苦茶だったわね、と体の重さを感じた。函館に戻って、マンションに置いてある体重計に乗るのが怖い。

神谷は、新宿三丁目にあるメキシコ料理の店を予約してくれていた。新宿中央署のある西新宿から丸ノ内線で二駅離れれば、他の捜査員から見られる心配もないし、凜の帰りも便利という判断らしい。

「メキシコ」という言葉から連想される派手さとは縁のない店だった。ブリティッシュカフェと言っても通用しそうなシックな内装で、店内は黒と茶色で統一されている。

「ここはちょっとお高い店だよ」テーブルに着くなり神谷が言った。

「そうなんですか？」メキシコ料理と言えば手軽で手頃——代表的なタコスなど、ファストフードのようなものだと思っていた。

「メキシコにだって、本格的な料理はある。というより、むしろ相当美味い」

「好きなんですか？」

「桜内の受け売りだ。奥さんがメキシコ料理好きで、家でも出るらしい」

「家の夕飯でメキシコ料理ってすごいですね……桜内さん、元気なんですか？　体はもう大丈夫なんですか？」

「ああ。今は普通に仕事してるよ。元々頑丈な男だしな」

前菜からスープ、サラダ、メーンという組み立てだった。フランス料理のフルコースのようだが、当然味はスパイシーで、ワインよりビールが合う。あまり食べつけないメキシコ料理だが、凜は気に入った。

「神谷さん、こんなにあちこちの店に詳しかったでしたっけ？　この前のステーキ屋さんも……」

「あー、必死で調べたんだよ」神谷が苦笑した。「せっかく東京へ来てもらったんだから、美味い物を食べてもらいたいと思って」

「そうだろうと思いました。食べることにはあまり興味がないですよね」

「それは、誰と食べるかによるな」

メーンは白身魚の料理にしたのだが、これが淡泊さとは無縁だった。白身魚でエビやホタテなどを巻いて蒸し、こってりしたクリームソースをかけている。魚料理とはいえ、クリームは重かった。神谷が食べている薄切りのステーキの方が、よほどさっぱりしているように見えた。

トルティーヤはテーブルに出たままで、気が向いたら料理を包んで食べる。それを繰り返しているうちに、メーンの途中で完全に満腹になってしまった。デザートはパスして、コーヒーだけをもらう。

「須藤朝美の方はどうですか？」凜は積み残した課題を持ち出した。

「ちょっと人を買収しようかと思ってるんだ」

「買収？」物騒な言葉に、凜は思わず眉をひそめた。

「もとい」神谷が言い直した。「信頼できる人間を雇おうと思っている。須藤朝美を監視・尾行するには時間がかかるから、それなりに暇な人間が必要なんだ」

「私がやりましょうか？　帰るのを先延ばしにして、休暇にして――」

「君の顔は向こうに割れてる」神谷が凜の言葉を遮った。

「……そうでした」

「とにかくこの件は任せてくれ。俺の足元で起きたことだから、俺が落とし前をつける」

「落とし前をつけるような事態にならないことを祈ります」

神谷は肩をすくめるだけだった。

ほどよく刺激的な料理とビールで、胃が気持ちよく温まっていた。帰りの丸ノ内線は空いていて、神谷と腕を絡ませてもいいような気分……駄目駄目、気をつけないと。東京は広いが、どこで誰が見ているかは分からない。

「明日、何時の便だっけ？」西新宿駅の長い地下街を歩いて地上へ出た瞬間、神谷が訊ねた。

「十二時四十五分です」

「ゆっくりだな……少し寝坊してから出かければいい。疲れただろう？」

「精神的に」凜は肩を上下させた。そう言えば肩もだいぶ凝っている。飛行機に乗る前に、マッサージを受ける時間はあるだろうか。

「空港まで送っていこうか？」

「一人で大丈夫です。帰るのも仕事ですから」凜は神谷の腕を軽く触った。

「真面目過ぎる」ちらりと横を見ると、神谷は微笑《ほほえ》んでいた。

十一時を過ぎているので、街を歩く人はほとんどいない。狭い裏道なので、車も少なかった。昼間はあれほど人が多いのに……都庁付近は、昼間と夜の人口が極端に違う街だ。

「そこまででいいですよ」ホテルが見えてきたので、凜は足を止めた。

「いや、送るよ。部屋には上がらないけど、せめてロビーまでは」

「……名残惜しくなることもあるじゃないですか」

凜は神谷の顔を見上げた。神谷はどこか悔しそうな表情を浮かべていたが、結局「そうだな」とつぶやいてうなずいた。

「じゃあ――」

「明日、函館に着いたら連絡します」

「珠希さんのお母さんを、上手くフォローしてやってくれ。俺には無理だったけど、君なら大丈夫だろう」

「頑張ります」

一礼して、凜は歩き出した。こういうのは珍しい……いや、あの特命捜査以降、神谷と一緒に仕事をするのはそもそも初めてだった。当時の神谷は扱いにくく、皮肉っぽい男だった。会話を成立させるだけでも一苦労だったな、と思い出す。それはお互い様か――私も、あの頃はまだ気持ちが荒《すさ》んでいた。

ここで道路を渡っておかないと。近くに横断歩道もないところだが、狭い道だからちょっと交通違反――そう思ってちらりと振り向いた瞬間、凜はすぐ背後に車が迫っているのに気づいた。一瞬、パニックになりかける。近づいてきたのに気づかなかった――ハイブリッド車だ。

このままだとはねられる。凜は反射的に、歩道側に身を投げ出した。そのまま転がって車から逃れたが、ガードレールに思い切りぶつかって息が詰まった。何なの――慌てて立ち上がろうとしたが、体が言うことをきかない。しかし誰かが凜の腕を摑んで思い切り引っ張り上げた。次の瞬間には、首筋に鋭い痛みが走り、意識が途切れる。スタンガン――。

ドアが乱暴に閉まる音で、凜は意識を取り戻した。体が動かない……しっかりして！　何とか腕を上げ、ドアハンドルに手をかける。車が動き出したのが分かったが、体全体で押すようにしてドアを押し開けた。そのまま、床を蹴って思い切り身を投げ出す。目の前には暗い道路。車の中から「あ」という声が聞こえたと思った次の瞬間、凜は肩を打つ鋭い痛みに襲われ、また意識が遠のくのを感じた。しかし何とか車から遠ざかろうと、アスファルトの上で転がり続ける。

車がタイヤを鳴らして急発進する音が聞こえる。背後からはクラクションの激しい連打……凜は腹這《はらば》いの姿勢で辛うじて首を上げ、自分を拉致しようとした車を確認した。現行モデルのプリウス……低速で近づいてきたら、走行音はほとんど聞こえない。

神谷。

神谷が車と並走し、運転席のドアに手をかけた。思い切り引っ張ってドアを開けると、ぶら下がる格好になる。凜は思わず「危ない！」と叫んだが、神谷は諦めなかった。プリウスが蛇行運転を始めると、神谷の体は大きく振られ、ついに道路に放り出された。車はそこから急にスピードを上げたが、コントロールを失っているようだった。大通り――左折しかできない――に飛び出すと、曲がらずに真っ直ぐ飛び出す。次の瞬間、大型のトラックが猛スピードで突っこんできて、プリウスの脇腹に激突した。吹き飛ばされたプリウスは横向きに一回転――そのまま凜の視界から消えた。

「凜！」

薄れゆく意識の中で、神谷の声が聞こえる。ああ……そう言えばあの人は、私を「凜」と呼ぶことなんかまずないんだ。何となくいつも、名前を呼ばないで済ませてしまっている。こういう状況にならないと呼んでくれないわけね。

意識を失う直前、神谷が自分を抱き上げてくれたことだけは覚えている。

「――鎖骨ですね」

「折れてますか？」

「ひびです」

「全治は？」

「三週間――まあ、一ヶ月は見ておいた方がいいかもしれません」

会話が薄っすらと耳に入ってくる。凜はゆっくりと目を開けた。途端に飛びこんできたのは、目がくらむような白色光。すぐに電灯の灯りだと気づいたが、今時、こんなに強烈な白色光を放つ電灯があるのだろうか……優しいＬＥＤの光が恋しい。

首を動かすと、小さな痛みが走った。拉致されかけた時の衝撃――たぶん相手はスタンガンを使った。冗談じゃないわ、あれで死ぬこともあるんだから……怒りがこみ上げてきた。

神谷の顔が目に入る。そっと息を吐き、微笑もうとしたが上手くいかない。スタンガンのショックは、表情筋にまで影響を与えたのだろうか。神谷がそっと額に手を当ててくれたので、少しだけ気が楽になった。

「左の鎖骨にひびが入ってる」

神谷が真顔で告げる。立ったまま凜を見下ろしている――それも思いやりなのだと思った。椅子に座ると、顔を合わせるのに、凜の方で肩の痛みを我慢して横を向かねばならない。

「聞いてました」

「いつから目が覚めてたんだ？」

「十秒ぐらい前？」

「そうか……痛みは？」

「神谷さんこそ、大丈夫なんですか？　さっき、足を引きずってましたよね」

「一時的だよ」神谷が肩をすくめた。「君の方が重傷だ。ひびが入ったところを固定しているから、大人しくしていてくれ」

そう言われても、黙って従うわけにはいかない。凜は、痛みのない右腕を使って何とか上体を起こした。いつの間にか、病院お仕着せの寝巻きのような服を着せられている。

「私の服、どうしたんですか？」

「ロッカー」神谷がドアの横にあるロッカーに視線を向けた。

「無事でした？」

「クリーニングは必要かもしれないけど、俺が見た限り無傷だ」

「よかった」凜はようやく笑みを浮かべた。「札幌で買ったお気に入りなんです」

凜は痛みに耐えて体を捻り、床に足をつけた。足裏に冷たい感触が走り、意識が鮮明になる。何とか立ち上がる——神谷は手を貸そうとしなかった。凜は彼に顔を向け、唇を尖らせて見せた。

「ちょっと支えてくれるぐらいは……」

「それじゃリハビリにならない」

「これ、リハビリなんですか？」

「動かなくちゃいけないと思ってるんだろう？　だったら自分で頑張らないと。いつも誰かが助けてくれるとは限らない」

見透かされている。笑みを隠すためにうつむいたまま、凛は狭い病室の中を裸足《はだし》で歩き始めた。一歩ごとに肩に痛みが走ったが、歯を食いしばって歩き続けるうちに、次第に痛みは薄れる——慣れてきた。

「大丈夫です」

「もう少し休んでおいた方がいい。取り敢えず、ホテルから着替えを持ってくるよ」

「ハンドバッグは？」

「それもロッカーに入ってる」

「カードキーはハンドバッグの中です」

神谷がうなずき、ロッカーを開けてハンドバッグを取り出した。その瞬間、お気に入りのジャケットがちらりと目に入る。薄いグレー、柔らかい生地で、この季節には最高の着心地なのだが……肩のところが黒く汚れていた。クリーニングで何とかなるかしら、と心配になる。

ハンドバッグを膝に抱えてベッドに座る。壁の時計を見ると、午前二時。あの現場にいたのは十一時過ぎだから、結構時間が経ってしまっている。

「状況は……」部屋のカードキーを探してハンドバッグの中を探りながら、凛は訊ねた。

「俺と別れた瞬間、君を拉致しようとした奴がいた。君が抵抗して車から転がり落ちたから、そのまま逃げようとしたんだな」

「それで神谷さんが車にしがみついて――」

「運転していた奴の首を締めてやった」

「そんなことしたんですか？」凜は目を見開いた。神谷は辛うじて、開いたドアにしがみついていたようにしか見えなかった。腕を伸ばして、運転手を攻撃する余裕があったのだろうか。

「あー、とにかく……それでバランスを崩した車は、大通りに出てトラックに横から衝突された。俺が車の修理工だったら、あのプリウスの持ち主には、修理を諦めて廃車処分にするように言うよ」

「運転手は？」

「意識不明。今、この病院で治療を受けている。命に別状はないようだが」

「意識不明ということは、やり返すなら今がチャンスですね」

「あー……どうせやり返すなら、向こうが君をしっかり認識できている時がいいんじゃないか？　寝てる相手をぶん殴っても面白くないだろう」

「……仰る通りです」ようやくカードキーを見つけて、神谷に渡した。「それで？　これからどうするんですか」

「回復を待って逮捕だな。それでだ……この件、俺たちが知っている女性と関係ありそうな気がしないか？」

「須藤朝美、ですね」

神谷が無言でうなずく。カードキーをいじりながら、椅子を引いてゆっくりと腰を下ろした。

「あの女が君に接近してきて、それから少し経ってから君を拉致しようとする人間が現れた。誰がどう考えても、関係があると思うよな」

「ええ」

「君を拉致しようとした男からは、しばらく話は聴けないだろう。その前に、須藤朝美に事情を説明してもらおうか」

「今すぐ行きましょう。家は分かっているんだし」

「少し休んだ方がいい。向こうの出勤前に摑まえれば――」

「駄目です」凜は即座に却下した。「この件に関する情報は、もう須藤朝美の耳に入っているかもしれません。彼女が関係していたら、すぐに逃げるでしょう」

「少しは休んだ方がいいんだが」神谷が顔をしかめて繰り返す。

「駄目です」凜も繰り返した。「すぐです。服、お願いしますね」

凜はもう一度立ち上がり、部屋の片隅にある洗面台に向かった。化粧もひどいことになっているはず……顔を洗って出直したいが、神谷の前では気が引ける。

神谷が病室の引き戸に手をかけ、振り返った。顔には薄い笑みが浮かんでいる。

「俺が戻るまで、ここから動かないように」

「そんなこと、しませんよ」

「しないと思ってるなら、わざわざこういうことは言わない……部屋の外には制服警官が控えているからな。君を護衛するためだけど、逆に言えば君が変なことをしないように牽制《けんせい》するのも仕事だから」

「色じかけで抜け出すかもしれませんよ」

「それが成功しないうちに戻って来る——動くなら二人一緒に、だ」

うなずいたが、考えてみれば滅茶苦茶だ。この件では自分は被害者。然るべき部署が担当する捜査では、きちんと事情聴取に応じねばならない。神谷は、それを無視しろ、というのだ。自分たちだけで何とかする——こういうのは、アメリカ西部開拓時代の自警団のやり方で、警察としては否定しなければならない。

——理性ではそう思う。しかし実際には自分が全てを解決しなければ、と駆り立てられていた。

9

凜は辛そうだった。神谷が新宿中央署から借り出してきた覆面パトカーの助手席に乗った瞬間、あまりにも顔色が悪いのが心配になって、「少し寝ておいた方がいい」と忠告した。普段の凜なら「大丈夫です」と言って意地でも寝ないのだが、今日は何も言わず、目を閉じてしまった。神谷は彼女を起こさないように、首都高では普段の二倍、慎重な運転を心がけた。時折横を見ると、凜は目を閉じたまま、静かに寝息を立てていた。疲れている……それはそうだろう。痛みを我慢しているだけでも疲れるものだし、普段ならとうに寝ている時間だ。

首都高を降りた瞬間、凜が小さな呻《うめ》き声を上げて目を覚ます。

「少しは休みが取れたか？」

「十分です」

凜は狭い車内で伸びをしようとしたのか、肩を上げかけたもののすぐに引っこめる。鎖骨にひびが入った状態では、とても伸びはできないだろう。

「もうすぐ着くから」

「綾瀬でしたよね……何がある街なんですか？」

「東京武道館」

「え？」

「日本武道館や国技館と混同されがちなんだけど、全然別の東京都の施設だ」

「ああ……知らないです」

「知らなくても生きていけるよ。とにかく、武道館のすぐ近くにある古いマンションだ」

「本人は、私たちが永井さんと接触したのを知ってるんですかね？」

「それは分からない」

「永井さん、変でしたよね」

「変だけど……俺たちも、あの人との距離の取り方は考えた方がいいかもしれないな。俺たちはあくまで現場の人間だ。でも永井さんは、言ってみれば行政官だから」

「キャリアの人はそうですよね……でも、永井さんはそういう人じゃないと思ってました」

「もっと気さくな……現場の俺たちとも対等につき合うような？」

「ええ」

「あれは一時的なものだったのかもしれない。永井さん自身のバックにも、誰かがいそうなんだよな……例の特命捜査に関しても、永井さんの発案じゃないだろう？　誰かが指示してやらされたんだろうけど、バックにいたのが誰か、分からない」

「そんな裏のある話なんですか？」凜が目を見開く。

「勘だよ、勘」神谷は耳の上を人差し指で突《つつ》いた。「そもそもあの特命捜査だって、何の意味があったんだろう」

「それは、神奈川県警の不正を暴くために――」

「名目はそうだったな。でもその後、ああいう捜査は一切行われていない。こういうことは言いたくないけど、どの県警だって何らかの問題は抱えている。あの特命班をそのまま維持して、警察庁の監察部隊にする手もあったと思うんだ。でも、あれ一回だけ……神奈川県警の一件は確かに大問題だけど、あれで終わりになったのはどうしてだろう」

「私たちが知らない間に、新しく極秘の組織ができている、ということはないんですか？」

「それはさすがにないだろう」

「確かに変ですね」

神谷は無言でうなずき、運転に専念した。この件は、以前からずっと気になっている。永井に会う度にそれとなく探りを入れてみたのだが、毎回適当にはぐらかされていた。今の神谷は、永井の態度にかすかな不信感を抱いている……。

「須藤朝美という女性は、刑事局にいる職員だ」

「調べたんですか？」凜が驚いたような声を出した。

「永井さん以外にも伝手はあるからな。いわゆる一般職の職員だった」

「そうですか……一般職の人って、雑用係というわけではないですよね？」

「特定の分野のスペシャリスト、ということだ。取り敢えず頑張れば警視にまではなれる」

「偉い人じゃないですか」

「だけど、キャリアじゃないからな。永井さんとはそもそも出発点が違う」

「専門は？」

「そこまではまだ分からない」神谷は首を横に振った。

午前四時の街は静まりかえっていて、車も少ない。運転するには楽な環境だが、逆に眠くなるぐらい静かだった。

「そこだ」神谷は古い五階建てのマンションの前で車を停めた。

「どうします？」ドアに手をかけながら凜がアドバイスを求めた。「どこでどうやって話を聴くか……家には上がれないですよね？」

「上がれたらベストだけど、それは無理だろう」

「車に押しこみますか……神谷さん！」凜が低く、しかし鋭い声で叫んだ。

凜がどうして叫んだかは、すぐに分かった。マンションのホールから朝美が出て来たのだ。普通に仕事に行くようなスーツ姿だが、少しだけ違和感——かなり大きなスーツケースを引いている。左肩にも大きめのハンドバッグ。まるでこれから長期の出張に行くような感じだった。警察庁の職員でも、当然出張はする——しかし、こんな時間に出かけるのはいかにも不自然だ。

「持ちましょうか」

車を出た瞬間、神谷は朝美に声をかけた。神谷たちにまったく気づいていなかったのか、朝美がびくりとして立ち止まった。凜が、怪我を感じさせないスピードで彼女の背後に回りこみ、退路を断つ。神谷はゆっくりと彼女の正面に向かい、右手を差し出した。

「荷物、重いでしょう？」

朝美は当然反応しない。神谷は右腕をぱたりと下ろし、一歩詰め寄った。朝美がそれに合わせるように下がり、凜にぶつかりそうになる。気配で気づいたのか振り返った瞬間に、完全に動きが止まった。

「殺しはしない」神谷はいきなり脅しにかかった。「あなたは、我々に危害を加えたわけではない。彼女が少し不快感を味わっただけだ」

「どうも」凜が背後から声をかけた。「須藤朝美さん。警察庁刑事局の所属の方ですね。そんな偉い人が、私なんかに何の用だったんですか？」

朝美がスーツケースから手を離した。ハンドバッグからスマートフォンを取り出したが、神谷は素早く前に踏みこむと、そのスマートフォンを取り上げた。

「何するんですか」朝美が抗議したが、神谷は何も言わず、スマートフォンを持った右手を体の脇に垂らした。これで、簡単には奪えなくなる。

凜が正面に回りこんで来た。痛々しい……鎖骨を固定するために、分厚いテーピングを施されているのだ。何とかジャケットの袖には腕を通せたが、動きがぎこちない。しかし怒りがじわりと滲み出て、異様な迫力を発していた。

「誰に命令されたのか知りませんけど、その理由は知っているんですか？　何も知らないで、ただ私に接触してきたとしたら、馬鹿みたいだと思いませんか？　警察庁の職員の方が、人の言いなりになってただ動いているだけ――私だったら、プライドがボロボロですね」

「あなたには関係ないでしょう」朝美は反論したが、ただ感情的なだけで説得力はなかった。

「関係ありますよ。少なくともあなたは、私に二度、接触した。事件について探りを入れてきた――これで十分、関係ができたと言っていいでしょう。それで、どうですか？　今度は立場が逆になりました。あなたがどうして私に接触してきたのか、話してもらいます」

「私は……」朝美が言葉を濁す。

「ついでに言えば、私は数時間前に殺されかけました。あなたもそれに関係しているんですか？」

「まさか」

「だったら、どうしてこんな朝早くに家を出るんです？」今度は神谷が突っこんだ。「出張にしたら、時間が早過ぎますよね。まだ飛行機も飛んでないんじゃないですか？　どこかへ行くなら、お送りしましょうか？」

朝美は無言だった。迷っている……彼女がどんな大きな輪の中にいるかは分からなかったが、喋ると命の危険があるのかもしれない。

「あまりあれこれ探り合いをするのは時間の無駄でしょう。こんな時間ですし、俺たちも疲れている。さっさと事情を話してくれれば、あなたを解放します」

「話せません」

「誰かを裏切ることになるからですか？」

「あなたたちが知らない方がいいこともあります」

「これは何かの捜査なんですか？　あなたたちは、俺たちと同じ事件を捜査しているんじゃないんですか？」警察庁が直接捜査を担当することはない。彼らの仕事は、各県警に対する「指導」と「調整」だ。

「それは言えません」

目の前の朝美が、急に弱々しい存在に見えてきた。ただ誰かの命令を聞いて、それを必死にこなすだけ——余計なことを言えば消される、とでも思っているのかもしれない。

「我々は秘密を守ります。あなたの身に危険が及ばないように、十分に保護します。だから話してくれませんか？」

神谷の説得は一切通用しなかった。朝美がちらりと凜を見る。

「襲われたんですね？」眉根に皺を寄せながら訊ねた。

「そうです」凜が厳しい表情でうなずく。怒っているというより、まだ痛みが辛いのだろう。

「その話は聞きました」

「誰から？」凜が目を細める。

「それは、通常のルートがありますから」

「あー、この件には通常のルートはないと思いますよ」神谷は、冷たい口調で指摘した。

「いや、あなたのところに情報が伝わるわけがない。しょせん、警視庁管内で起きた拉致未遂事件です。しょせん、警察庁が気にするような事件でもないし、報告も連絡も上がらないでしょう。誰かスパイがいるんですか？」

「どういうルートで警察庁に報告が上がってきたかは分かりません」朝美が首を横に振

った。「私はただ聞いただけです」

「永井さんか？」神谷は突っこんだ。朝美は何も言わなかったが、不自然に目を逸らしてしまう。「そもそも永井さんが、俺たちを監視して捜査の情報を探るように言ってきたのか？　今回の件でもいち早く情報を入手してあなたに連絡したとか——何のために？」

朝美は肯定も否定もしなかった。それで神谷の不安が大きくなる。永井が自分たちを監視していたとしたら、何のためだ？　今後、何を信じていけばいい？

永井に対する疑いを、何とか頭の中から押し出した。いずれにせよこの件は、通常のルートではない。警察庁が個別の捜査の進捗状況を知ろうとすれば、電話一本かければ済むことなのだ。わざわざ職員を函館まで派遣して、現場の捜査員に極秘に接触させる意味はない。

「これからどこへ行くんですか？」神谷は話題を変えた。「逃げる？」

「違います」

「出張ではないでしょう」

「言えません」

「あなた、こういう仕事をしていて楽しいですか？」凜がいきなり、きつい言葉を投げつけた。「人の言うなりになって、訳の分からないことをして……これが正義の実現につながると思ってるんですか？」

朝美の顔から血の気が引く。凛がなおも突っこんだ。

「上の命令が常に正しいとは限らないでしょう。もしも不正があって、それが暴かれたら、あなたも痛い目に遭うんですよ。今のうちに、自分の行動を見直しておいた方がいいんじゃないですか？」

「――津山正巳《つやままさみ》」朝美が唐突に明かした。声は震えている。

「その人は？」凛が一歩詰め寄る。

「あなたを拉致しようとした男ですよ」

「どうして知ってるんですか？　あなたも同じ穴の狢《むじな》だから？」

朝美が静かに首を横に振った。本当に落ちたのだろうか、と神谷は疑った。これ以上秘密を抱えておけずに、全てを話す気になったのだろうか。

「津山が何者か、私は知りません。前科があるのか、どこに所属しているのか……でも名前さえ分かれば、あなたたちなら正体を割り出せるでしょう。今はまだ分かっていないんじゃないですか？」

朝美の指摘する通りだ。プリウスを運転していた男は、免許証などの身元が分かるものを一切持っていなかった。プリウス自体は盗難車。本人はまだ意識不明のはずだし、身元を割り出すには時間がかかりそうだった。

「何者かは……」神谷はつぶやくように訊ねた。

「今言った通りで、分かりません。名前を把握しているだけです」

「どうして？　監視していたんですか？　もしかしたらあなたも現場にいた？」

神谷は立て続けに突っこんだ。朝美は無言で首を横に振るだけだった。しかし彼女は——彼女たちは、この件にかなり深くかかわっている。拉致未遂事件が起きて数時間で身元を割り出すのは難しく、かなり前から監視していたのは間違いないだろう。凛を監視していて、先ほどの現場に出くわしたのかもしれないが。

凛にそれだけ重要な価値があるのか？　もちろん神谷にとっては大事な存在——今はこの世で一番大事な存在だが、警察官としてはあくまで、一介の現場の人間に過ぎない。重要なキーパーソンになる可能性は皆無と言っていいだろう。あるいは凛や自分が知らないまま、何か危険な情報に首を突っこんでしまっていたとか……。

「もういいでしょう」顔を背けながら朝美が言った。「重要な情報を提供したんですから、これ以上は期待しないで下さい」

「駄目です」神谷はさらに突っこんだ。「我々はあなたの個人情報を摑んでいる。ここで全部喋ってもらわないと、いつまでもつきまといますよ。現場の警官がどれだけしつこいか、あなたもよく知ってるでしょう」

「脅すんですか？」朝美の顔に怯えが走った。

「そうです、脅しです」神谷はうなずいて認め、彼女のスマートフォンを差し出した。「誰かに助けを求めたいなら、どうぞ。そうすれば、あなたが誰とつながっているか、誰の命令でスパイみたいな真似をしたのか、すぐに分かります」

「あなたたちは……この二件の事件をどう考えているんですか？」急に朝美が質問をぶつけてきた。

「どうもこうも、捜査の秘密をあなたに話す意味はない」

「全然関係ないところに突っこんで、一歩も前に進んでいないんじゃないですか？」

「逆に伺いますがね、そちらは何か摑んでいるんですか？　情報を持っているのに渡さないのは、何か都合の悪いことがあるからですか？　二件の殺人事件に警察庁が嚙んでいるとか――」

神谷は途中で言葉を吞んだ。自分で喋っておきながら、自分の言葉が信じられない。警察庁は大きな権限を持つ組織ではあるが、「手」はない。基本的には行政担当の役所だから、実働部隊を持っていないのだ。だから神奈川県警を調べようとした時に、しがらみのない人間を全国から選抜してきて捜査に当たらせた。これはレアケースで、何かしようとする時には、だいたい警視庁が手足になる――まさか、警視庁の中にスパイがいるのか？　何のために？

混乱した神谷は、次の言葉を失っていた。こういう時は、一気に攻めなければならないのだが、肝心の言葉が出てこない。

「二つの事件は表と裏です」朝美が打ち明けた。

「関係していると？　いや、結局同じことだと？　もしかしたら、一年前の暴行事件の関係ですか？」神谷は質問を並べた。

「それも含めてです」

「ロシア」凜がぽつりと言葉を漏らした。「二人ともロシアに関係がありました」

「その線を調べていないんですか？」朝美が少しだけ声を張り上げた。「まさか……何も知らないんですか？」

「あー、こういう面倒臭いやり取りはいらないんじゃないかな。駆け引きなしで、知ってる情報を全部教えて下さい。俺たちもあなたたちも、目指すところは同じじゃないんですか？　事件が起きれば犯人を逮捕する——警察の基本はそういうことでしょう」

「あなたが考えているほど、正義は単純じゃありません」

「意味が分からない」

「神谷さんは、そちらが専門じゃないからでしょう」

「そちらというのは、ロシアのことか？」

　朝美は何も言わなかった。ただ真っ直ぐ、神谷の顔を凝視する。まるで無言で神谷に挑戦状を叩きつけたような感じだった。朝美が左手を伸ばし、掌を上に向ける。神谷は無言で、スマートフォンを渡した。手詰まり——一時はこちらが優位に立っていたはずなのに、いつの間にか風向きが変わっている。

キーワードはロシアだ。

朝美がスマートフォンをハンドバッグに落としこむ。少しだけ表情を緩め、軽く一礼した。

「結局、どこへ行く予定なんですか？」神谷は訊ねた。

「安全な場所へ——そうするように指示されています」

「東京は危険なんですか？」

「あなたたちにとっては危険ではないかもしれませんが、私にとっては——」そこまで言ってから何かに気づいたように、凜に視線を向ける。「保井さんにとっても、東京は安全な街じゃないですね」

「どうして私が狙われたんですか？」

「それは、あなたが情報の鍵だと思われているからです」

「私が？　どうして？」

「あなたは平田にも、珠希さんにも接触していた。何か事情を知っているかもしれないと疑った人がいるんです。それと同時に、穴だからです」

「穴」言葉の意味を即座に察したのか、凜が険しい表情を浮かべる。「私がウィークポイントだと？」

「純粋に力の問題です。あなたを拉致するのと、神谷さんを拉致するのと、どちらが大変ですか？」

凜が唇を噛んだ。単なる男女の体力差……その事実を何とか納得しようとしている。神谷は彼女にうなずきかけ、落ち着くようにと無言で訴えた。

「これで失礼しますが……あなたを襲った男は無事ですか？」

「そんなこと、あなたはとうに知ってるじゃないですか」凜が棘のある口調で言い返す。

「何でも知っているわけではないので……締め上げることです。締め上げれば必ず何か分かります」

朝美がスーツケースの持ち手を掴み、歩き出す。

「どちらへ？」神谷は訊ねた。

「出張です」先ほどとは別の答えが返ってくる。

「身を隠すんじゃなかったんですか？」

神谷の確認に、朝美は何も答えなかった。

「ロシアか」車に乗りこむと、神谷はぽつりとつぶやいた。確かにロシア問題は外事マターで、捜査一課の自分にとっては管轄外かつ専門外である。

ほぼ無意識に背広のポケットからスマートフォンを取り出し、スリープモードを解除させた。しかし誰に電話をかけるべきか、何を調べるべきか、自分でも分かっていなかった。凜も助手席で、気が抜けたように呆然《ぼうぜん》としている。外はまだ暗い……神谷は、自分の心もどんよりと暗くなるのを意識していた。

「やるしかないですね」凜が突然言った。

「やるとは？」神谷は嫌な予感を抱いた。凜は自分以上に暴走しがちな一面がある。気をつけないと、誰かの血が流れかねない。

「津山正巳。締め上げましょう」

「彼女が言ったことを真に受けてるのか？」

「私を拉致しようとしたんですよ？　まともな人間じゃないでしょう。裏に誰がいるか分かれば、事件の全体像が見えてくるかもしれない」

「この件は、取り敢えず新宿中央署の交通課が扱っている。その後は刑事課が調べることになるはずだ。向こうの狙いは、君を拉致することだったんだからな。いずれにせよ、俺たちが入りこむ余地はない」

「私は当事者ですよ」凜の言葉が尖る。「このまま手をこまねいているわけにはいきません」

「当事者が捜査するのはご法度だ。無理がない方法を考えないと……」凜は明らかに冷静さを失っている。

「考えてあります」凜があっさり言った。「取り敢えず、病室に戻ります」

「いや、それは――」

「私は怪我人ですよ。本当だったら安静にしてないといけないんです。実際、痛いし」

凜が大袈裟に顔をしかめてみせた。「というわけで、病室に逆戻りでお願いします」

「つまり病院が――」

「取調室になるんじゃないですか？」凜がにっこり笑った。「津山正巳は、当然まだ病院にいるんですよね？　意識が戻っているといいですね」

神谷はエンジンをかけ、ギアを「D」に入れた。アクセルを踏みこむ前に、つい溜息をついてしまう。

「君を敵に回すような真似だけはしたくないね」

「私も、その方がいいと思います」凜が真面目な口調で同意した。

早朝の病院は閑散としている。六時を過ぎ、入院患者の検温などが始まって、病院全体が目を覚ますのはもう少し先――神谷はつい、足音を忍ばせた。途中、ナースステーションの前を通り過ぎる時には、特に警戒する。たまたま無人だったので、凜に合図して急がせる――彼女の苦しそうな顔を見ると、申し訳なくなったが。

しかし、病院というのもいい加減なものだ。数時間前に抜け出す時にも気づかれなかったし、その後も誰かが騒ぎ出した形跡がない。深夜に見回りもしていないのだろうか。

凜は病室に入ると素早く着替え、ベッドに潜りこんだ。

「まさか、寝るつもりか？」

「こんな時間じゃ、何もできないでしょう」顎のところまで布団を引き上げ、凜がニッコリと笑う。

「おいおい……俺は？」

「ホテルのカードキーを持っていって下さい。私の部屋に潜りこんでも、分からないでしょう。それと、戻って来る時には何か甘いものをお願いします」

「分かった」神谷は溜息をついた。既に凜は暴走している……自分が、人の暴走に悩まされることになるとは思わなかった。

カードキーで凜の部屋に入ったものの、どうにも落ち着かない。服を脱いでベッドに潜りこんでも、凜の気配がそこかしこに感じられて落ち着かなかった。結局、一時間ほどうつらうつらしただけだろうか……寝るのを諦め、シャワーを使った。それでもまだ、七時過ぎ。昨日の事件は当直の連中が処理しているだろうから、まだ署にいるはず——

神谷は新宿中央署に電話をかけ、当直責任者の交通課長から話を聞いた。

「交通事故としての処理はしたけど、そこから先は何も分かってないよ」交通課長が機先を制するように言った。

「運転していた本人への事情聴取はできてないんですよね？　まだ意識は戻らないんですか？」

「ああ。一応、生命の危機は脱したそうだが、実際に事情聴取できるようになるのは、もう少し先だろうね」

「刑事課が調べることになるんでしょう？」

「そう。被害者の……道警の刑事さんだっけ？　彼女の容態はどうなんだ？」

「私に聞かれても困りますよ」

今のところ、秘密は秘密のまま守られているとほっとした。凜の病室を警備していた制服警官には、因果を含めて「サボる」ようにと命じたのだ。極秘捜査があって数時間抜け出すから、適当に時間を潰しておいてくれ、と。結局制服警官は、病室の前のベンチに腰かけ、背筋をぴしりと伸ばして腕を組んだまま居眠りしていた。署の先輩に見つかったら、どやされるだけでは済まないだろうが、幸い何もなかったようである。神谷が揺り起こすと、びくりとした直後にほっとした表情を浮かべた。

「しかしあんたは、何であんなところに？」交通課長が疑わしげに訊ねた。

「今、そっちの特捜でお世話になってるんですよ。ちょっと一杯ひっかけてぶらぶらしていたので」この説明で通用するかどうかは分からなかったが、あくまで偶然を装おうことにする。

「なるほどね」

「目の前であんなことが起きたら、嫌でも気になりますよ」

「まあ、刑事課もいろいろ抱えこむことになって大変だけど……本部の刑事さんに迷惑をかけるようなことはないよ」

「俺がちょっと容疑者を叩いてやってもいいですけどね」

「どうしてそんな厄介なことを？　特捜で忙しいでしょう？」

「顔が気に食わなかったんで」

　交通課長が声を上げて笑った。警察官ならではの冗談だと思ったのだろうが、神谷は半ば本気だった。ドアにしがみつきながら見ただけだが、あの顔は本当に気にくわない。年の頃、三十歳ぐらいだろうか。細い顎に肉の削げた頬。右頬には醜く盛り上がった傷跡があった。

「トラックの運転手はどうなりました？　逮捕したんですか？」

「いや。状況的に、九対一でプリウスの運転手の方に責任があったからね。トラックのドライブレコーダーで確認できたんだけど、狭い路地からいきなりプリウスが猛スピードで飛び出してきた……あれじゃ、図体のでかいトラックは絶対に避けられない」

「トラックの運転手も災難でしたね」

「まったく、ただ走っているだけであんな目に遭うんだからねえ」

「ちなみにプリウスの運転手、名前は？」

「分からん。免許証も携帯も持ってなかったし。まあ、人を拉致しようとする人間は、そんなものを持たないだろうけどな」

名前については、まだ自分たちだけが知っている情報のようだ。交通課長は、当直の交代直前で暇を持て余していたようで、無駄話を続けたがっていたが、神谷はさっさと電話を切った。

さて……凜への差し入れはどうしよう。甘いものと言っていたが、実は彼女が何を好むか分かっていない。食べることに、あまりこだわりがないようなのだ。そう言えば半年前には、大沼で買った団子を喜んで食べていたではないか。こんな時間では和菓子屋は開いていないだろうが、コンビニエンスストアで仕入れようか。見舞いの差し入れとしては侘しい限りだが。

いや、これは見舞いではない。作戦会議だ、と神谷は考え直した。

10

今日は暑くなりそうだ——ホテルを出て、梅雨というよりも梅雨明けの気候を予感した神谷は、和菓子ではなくアイスクリームを仕入れた。

病室の前では、新宿中央署の私服刑事が二人、待っていた。昨夜のうちに連絡を受けて、朝一番での事情聴取を命じられたのだろう。特捜に入っている顔見知りの刑事——昨夜の件は、殺しの捜査をするのと同じ強行係が担当すべき事件だから、駆り出されたに違いない。新宿中央署の刑事課強行係は、今月は全員が超過手当をたっぷり稼ぐことになるだろう。

「お疲れ」神谷は軽い調子で二人に声をかけた。二人とも、誰かに合図されたように、同時に怪訝そうな表情を浮かべる。

「何で神谷さんがここに？」年長の方——清水《しみず》という刑事だった——が訊ねる。

「あれ？　聞いてないのか？」神谷は依然として軽い調子をキープしながら言った。

「昨夜、たまたま現場に遭遇したんだよ」

「プリウスをトラックに突っこませたのって、神谷さんだったんですか？」清水が目を見開く。

「俺が突っこませたわけじゃない。向こうが勝手に自爆したんだ」

「それで、今朝は何ですか？」清水が警戒感を露わにした。

「見舞い」

「見舞い？」

「そうだよ。特捜でもオブザーバーをしていた娘《こ》なんだから、見舞いぐらいは……だいたい本来は、両角係長がちゃんと顔を出すべきだと思わないか？」

神谷は清水の肩を軽く叩いて病室のドアを引いた。

「まだ寝てますよ」

「土産を置いたら帰るよ。こっちには特捜の仕事もあるからな」

神谷は二人を置き去りにして病室に入った。凜は布団に潜りこんでいたが寝てはおらず、神谷に気づいてうなずきかける。

「アイスだ」

「助かります」凜が表情を綻《ほころ》ばせる。

「冷凍庫に入れておく……それと、外にいる連中にも適当につき合ってやれよ。奴らも仕事なんだから」

「終わったら連絡します」

「俺は新宿中央署で待機してる……じゃあ、連中を中に入れるぞ」

「寝不足なんですけど」凜が右手を布団から抜いて目を擦った。

「適当にあしらっておけばいい……これは俺たちの事件だからな」

凜が真剣な表情でうなずく。神谷はうなずき返して、廊下に出た。

「お目覚めみたいだぜ」

「じゃあ、早速……」清水がほっとした表情を浮かべる。

「いやいや、ちょっと待ってくれ。こういう時は、一人女性がいた方がいいんだ」神谷は渋い表情を浮かべて見せた。「ムサい男の二人組は、女性の事情聴取には向いてないぜ」

「それ、上に言って下さいよ。俺たちが手を挙げたわけじゃないんですから」

「進言しておく。じゃあ、頑張ってくれ」

神谷がまた肩を叩くと、清水は心底嫌そうな表情を浮かべた。


昼過ぎ、凜から電話がかかってきた。

「食事が不味《まず》いんですけど」

「それは俺に言われても困る」

「入院してると、それだけで体調が悪くなりそうです」

「そこは何とか我慢してくれ……津山はどうだ？」

「まだ意識が戻らないみたいです。所轄の人が待機してますけど、このまま夜まで意識が戻らなかったら、チャンスですね」

「君は、一晩中病院にいるわけだから」

「夕方、また連絡します」

「分かった」

結局その日、津山は意識を取り戻さなかった。

神谷は上手く仕事の割り振りから逃れ、時間を潰していたのだが、結局一日が無駄になっただけだと考えると苛つく……しかし仕方がない。夜の捜査会議は飛ばす、と両角に告げると、疑わしげな表情を向けられたが、「昨夜の件で、ちょっと思い当たる節がありましてね」と告げて何とか逃げ出した。

夜八時——見舞いの時間が終わると、病院内は急に静かになる。津山の病室の前では、制服警官が一人立っているだけだった。やはり、私服の刑事を何人も配しておくようなことは、最近は流行らない。制服警官が一人、それで何かあったらすぐに署に連絡する、という手筈《てはず》になっているはずだ。手薄なのは、こちらにとっては都合がいい。

「お疲れさん」病室の前で、神谷は若い制服警官に軽く手を挙げて挨拶した。

「お疲れ様です」制服警官が硬い表情で敬礼した。

「捜査一課の神谷だ。容疑者の様子はどうだ?」

「まだ意識を取り戻さないようです」

「危ない容態なのか？」

「生命の危険はない、と聞いていますが……それ以上のことは自分には分かりません」

「分かった——お疲れ。俺は別件でこの病院の中にいる。たまに顔を出すから、変化があったら教えてくれ」

「了解です」もう一度、きっちりした敬礼。「捜査一課」の肩書きはそれなりに威力がある。実際には決してそんなことはないのだが、とんでもない猛者《もさ》の集まりというイメージを抱いている若い警官も多い。神谷は今回、それを利用することにした。

凛の病室に入る。既に事情聴取は終わって、彼女は解放されていた。ベッドの上で上体を起こして、ぼんやりとテレビを観ている——本当に眺めているだけで、音は消してあった。

「それで、実際にはいつまでここにいないといけないんだ？」神谷がいきなり訊ねた。

「三日ぐらいいって言われてます」

「三日か。いい休暇じゃないか」

「体が腐りますよ」

「それはともかく、動けそうか？　津山の病室の前で時間潰しをしようと思うんだけど」

「いいですよ。着替えますから、ちょっと外で……」

「手伝わなくていい？」

「大丈夫です」凛が少し怖い顔で言った。肌を見られるのが嫌というより、彼女なりの意地だろう。着替えられるのだから、怪我は大したことはないと自分に言い聞かせたいのではないか。

廊下で五分以上、待たされた。凛は、汚れてしまったジャケット姿。化粧っ気はない。

「行きましょう」凛が肩を上下させた。それでまた痛みが走ったようで、顔をしかめる。

「治るまで不便そうだな」

「野球選手だったら引退ですね」

軽快に転がる会話が心地好《よ》い。初めて会った時、凛はいきなり喧嘩腰で会話が成り立たなかったのだが、今となってはその理由はよく分かる。傷つき、道警の中でも好奇の目で見られ、自分の仕事の——あるいは人生の意味を掴みかねていたのだろう。しかし今は……これが、本来の凛なのかもしれない。

神谷にはツキがあった。津山の病室の前まで行くと、妙にざわついていたのだ。引き戸は開いたままで、中から低い声が漏れてくる。警戒していた制服警官は、中を覗きこんでいた。神谷に気づくと、またかしこまった敬礼をする。

「意識が戻ったか？」

「そのようです」

神谷も病室を覗きこもうとして、ちょうど出て来た医師とぶつかりそうになった。神谷は素早くバッジを取り出し、医師の顔の高さに持ち上げた。

「警視庁の神谷です。津山の意識は戻りましたか？」

「大丈夫です」

「話はできますか？」

「短い時間だったら——ただ、体力が回復していませんから、十分注意して下さい」

「暴れる可能性はありませんか？」

「両足を骨折しているのに？」医師が疑わしげな表情を浮かべた。

「寝技勝負にならないように気をつけますよ」

医師の表情が強張る。本気なのか冗談なのか判断しかねているようだった。神谷は「失礼します」とだけ言って、医師の脇をすり抜けた。凜がすぐ後に続く。

津山の両足はかけ布団の下に隠れていた。表情はぼんやりしている。神谷と凜を見ても、誰なのか分からない様子だった。

神谷はベッドのすぐ脇に丸椅子を引いてきて座った。津山がのろのろと神谷に視線を向ける。額には大きな絆創膏《ばんそうこう》。それ以外、見える部分には特に怪我はないようだった。

神谷の記憶ではシートベルトはしていなかったはずだが……トラックに衝突されて、車は最低一回転はしたのに、両足の骨折だけで済んだのは奇跡だろう。

「おい、クソ野郎、俺を覚えてるな？」神谷はいきなり脅しにかかった。

津山は無言だった。唇に色はなく、乾いて少しひび割れている。ゆっくりと天井の方を向き、神谷と目が合わないようにした。

「ここで揺さぶってやってもいいんだが、俺は紳士だからな。怪我人をさらに傷つけるようなことはしない。そっちも紳士的に話してくれると助かる。津山正巳だな？　どうして免許を持たずに車を運転していた？」

「あんた、交通課か？」津山が掠《かす》れた声で訊ねる。

「いや、捜査一課だ——つまりあんたは、交通事故を起こして問題になっているわけじゃない。ここにいる保井刑事を拉致しようとした疑いがかかっているんだ。分かってるだろうが、重罪だぞ」

実際に容疑をつけるとしたら、営利目的誘拐ということになるだろうか……その場合、一年以上十年以下の懲役だ。

「保井刑事を紹介する必要はなかったな。お前は、彼女が誰なのか分かっていてやった。刑事を誘拐するとはいい度胸だよ……公務執行妨害もつけるか」神谷は一瞬言葉を切り、津山の横顔を睨んだ。口の端が痙攣《けいれん》する。そこを殴りつけてやりたくなった。「俺でもよかったんじゃないか？　ただし一人でやるなら、男よりも女の方が狙いやすい。スタンガンがあれば十分だ――そうそう、スタンガンを使って彼女を傷つけたんだから、傷害罪も成立するな。何年食らいこむことになると思う？」

「そんな心配はしてもらわなくていい」

「心配？　冗談じゃない。こっちは、どれだけ長くあんたを刑務所にぶちこんでおけるか、必死で計算してるんだよ。あんたみたいな人間は、娑婆《しゃば》でうろちょろしているべきじゃないんだ。刑務所で、怖いお兄さんたちに可愛がってもらうのがいいだろう……刑務所暮らしは辛くなるぞ」

「知るかよ」津山は窓の方を向いてしまった。

素っ気ないが、強い態度には出られない。身動きが取れないのだから当然だろう。神谷はさらに揺さぶりにかかった。

「今のうちに、ゆっくり静養しておくんだな。本格的な取り調べが始まったら、こんなものじゃ済まない。事故で死んだ方がよかったと思うようになるぞ」

「そんな乱暴な取り調べは許されない」

「お前がやったことも許されない！」神谷は少し声を張り上げた。「……ただし、ちょっと手を貸してやることもできる。この事件は、お前が仕組んだわけじゃないだろう。誰がバックにいるのか話せば、多少は処遇を考えてやらないでもない。黒幕に言われて、怖くて仕方なくやったことにすれば、情状の余地はある。裁判でも泣いて訴えれば、多少の同情は引けるかもしれないな。どうする？　ここで泣いて自供するか、あくまで突っぱねるか。これからの人生を大きく左右する状況だから、よく考えろよ」

「俺は何も言わないよ」

「まあまあ、そう意地を張るなって」神谷は薄い笑みを浮かべた。その時、視界の左側に動きが見えた。いつの間にか凛が、かけ布団をめくり上げている。丁寧に畳むと、ギプスで固められた両足がむき出しになった。

「おい」津山の声に焦りが生じる。「何のつもりだ？」

凛が無表情なまま、右手を顔の高さに上げる。手の中の何かがキラリと光った。

「おい！」津山が声を上げる。「何しやがる！」

凛がいきなり、勢いよく右手を振り下ろした。そのまま拳を、津山の右足の横に叩きつける。ベッドに拳がのめりこみ、ぼす、と鈍い音が響いた。両足の自由を奪われている津山はまったく動けず、されるがままだった。

「おい！」津山が叫ぶ。声に焦りが滲んだ。

凛がまた右手を上げる。今度は頭の高さまで。髪が乱れ、右目が隠れた。一撃——ベッドが鈍い音をたて、津山の体が少しだけ揺れる。

「やめろ！」津山の声が震える。

凛が一歩下がった。何事もなかったかのように、表情にはまったく変化がない。神谷は立ち上がって身を乗り出し、ほぼ真上から津山の顔を見下ろした。

「あのな、彼女は本気で怒ってるんだぞ。足をもう一ヶ所ぐらい叩き折る権利はあると思わないか？ いや、もうちょっと激しく——切り裂くとかな。ギプスをしていても、刃物は防げないぜ」

「刺す気か？」津山が怯えた声を出す。

「さあな。彼女に聞いてくれ。怒ってるのは彼女の方なんだから」

「あなた、ロシアの関係者？」凜が冷たい口調で訊ねる。「向こうの情報機関か、マフィアか……どっち？」

凜が手の中で何かをこねくり回す。津山の目に怯えの色が走った。慌てて神谷を見て、

「おい、止めろよ！」と情けない声で頼みこむ。

「彼女に頼め。お前を恨んでるのは彼女だ」

「あなたは何者？」凜が一歩近づいた。今度は右手をさらに高く上げる。ヒットすればギプスを貫通して、傷ついた足にさらにダメージを与えるだろう。

「やめろ！ 話すからやめろ！」

凜は右手を振り上げたまま。さらに一歩近く。神谷はゆっくりと丸椅子に腰を下ろして、「じゃあ、まずお前の身元からだ」と迫った。

「誰に頼まれたんだ？」

「それは――」

神谷は震える声をはっきり聞き取ろうと、津山の上に身を乗り出した。

「こんなことして、許されると思ってるのか？　拷問じゃねえか……」津山が恨み言を零した。

「何のこと？」凜がしれっとした口調で言って、右手を開いて見せた。銀色の髪留めが、照明を受けて鈍く輝く。

「ああ？」津山が声を荒らげた。「何だよ、それ。俺を騙したのか？」

「騙した？　あなたが勝手に勘違いしたんじゃない」凜がせせら笑った。

神谷は、録音を止めてICレコーダーを背広のポケットに落としこんだ。ちょろい奴だった……しょせん、人の命令に従って生きていくだけの人生。一生誰かに踏みつけられて終わればいい。

「それに私は、あなたをまったく傷つけていない。当たらないように手を振り下ろすのは難しいんだけどね」

「こんな取り調べ、許されないだろう！」津山がまた声を張り上げる。

「取り調べ？　誰が取り調べをした？」

「あんたら、警察官じゃないのか？」

「警察官だよ」神谷はバッジを津山の眼前に突きつけた。「ただし、俺たちは当事者だ。被害者と言うべきだろうが……そういう人間が直接捜査に当たることはない」

「何だよ、それ」

「俺たちが欲しかったのは情報だ。正式な取り調べは、また別の人間が行う。今夜のことを訴えても、誰も聞く耳持たないだろうな」この脅しが効くことを期待した。「あんたの情報が正しいことを祈るよ。もしも間違っていたら、もう一度戻って来る。正式の取り調べじゃなくてな」


凜の病室が、臨時の作戦本部になった。彼女はすぐにベッドに潜りこみ、神谷は丸椅子を引いてきて座る。見舞いに来ているようにしか見えない――面会時間はとうに終わり、もう消灯時刻も過ぎているのだが。必然的に二人は、顔を近づけないと互いの声が聞き取れないほどの小声で話した。

凜の顔色はよくない。神谷は「名演技だった」と冗談を言ったが、表情は一切崩れなかった。

「津山がまともな頭の持ち主だったら、絶対弁護士に相談しますよ」

「その時はその時だ。問題は津山じゃなくて、そのバックにいる人間なんだから」

「トラブルの臭いしかしませんね」凜が溜息をついた。

「問題になったら、その時に考えよう」何故こんなに楽天的になれるのか、自分でも不思議だった。これはもう、通常の捜査とは言えないのかもしれない。法的に処理するかどうかとは関係なく、好き勝手にやられるのを手をこまねいて見ているか、それとも逆に相手を叩き潰すかの戦いだ。

神谷は背筋を伸ばした。肩を回して少しだけ凝りを逃してから、もう一度屈みこむ。

「最近、北海道ではロシアン・マフィアの動きはどうなってるんだ?」

「目立った事件はないです。昔はかなり問題になったみたいですけど」

「どんな事件が?」

「日本製の中古車輸出ビジネスが盛んで、それに絡んだ事件が起きていました。例えば車の窃盗事件はしょっちゅうあったみたいですし、それに付随して傷害事件も……連中が絡んだと見られる殺人事件も起きましたけど、未解決です」

「相手がでか過ぎるな」神谷は顎を擦った。無精髭《ぶしょうひげ》の感触が掌を不快に刺激する。「道警は、本当にロシアン・マフィアの動きに関してはノーマークなのか?」

「外事がどこまで摑んでいるかは分かりません」凜が首を横に振った。「どうしますか?」

「今、考えてる」

「――私たち、二つの線を追っていたんですね」

「いや、追ってはいない」神谷は首を横に振って否定した。「今初めて、ある程度背景が分かったんだ。問題は、マフィアの方じゃないかもしれないな」

「もう一つの方が……そうですね、厄介かもしれません」

「取り敢えず君は、怪我の治療に専念してくれ。その間に、俺は何か手を考える」

「考えるだけなら、ここで横になっていてもできます」

「考えるのはいいけど、作戦を実行に移さないように気をつけてくれよ。そうでなくても、君は暴走しがちなんだから」

「神谷さんの方がひどいじゃないですか」凛の表情が強張る。

「押しつけ合いはやめようぜ」神谷は苦笑した。「特に、道警の連中には余計なことは言わない方がいい。もしかしたら、内部にも敵がいるかもしれないから……君の居場所がなくなったら困る」

「神谷さんも同じでしょう」

「俺は何とでもなるさ」神谷は耳を掻いた。「警視庁には四万人以上も職員がいる。俺一人なら、隠れて適当に生きていくこともできる」

「警察はしつこいですよ」

「それはお互いによく知ってるな」

神谷はまた背筋を伸ばした。最近、無理な姿勢を取っているると体が固まったように感じるのは、歳をとった証拠だろうか。

冷蔵庫からミネラルウォーターのペットボトルを二本取り出し、一本を凜に渡す。凜はキャップを捻り取って、乱暴に一口飲んだ。顎に溢《あふ》れた水を手の甲で拭い、今度はゆっくり、長く飲む。

「緊張してました」

「そうだよな」神谷はうなずいて認めた。

「まず、どうします？」

「本筋を追う。水野さんを殺した人間を特定できそうだから、まずそこだな。君は、北海道に戻ったら、上層部に粉をかけてみるといい。どんな反応が出てくるかを見て、こちらも次の手を考えよう」

「分かりました……あの、神谷さん？」

「ああ」

「私、覚悟はできています」

「無闇に覚悟なんて言うなよ」神谷は首を横に振った。「別に覚悟なんてしなくていいんだ。その時々の状況の変化に、上手く対応していけばいいんだから」

「そういうのには慣れてますけど、今回の件はちょっとレベルが違うでしょう。変な話ですけど、私は拠り所を失うかもしれません」

「拠り所なんて考えなければいいんだよ」我ながら適当なアドバイスだと呆れながら、神谷は言った。「何かに頼るのはいい。だけど、その関係が永遠に続くとは限らない。向こうがこちらを裏切るかもしれないしな。最初から期待してしていなければ、仮にそうなってもショックは少ないだろう」

「そういうのって、寂しくないですか？」凛が溜息をつく。

「覚悟ができれば――そういうものだと自分に言い聞かせれば、そのうち慣れるよ。信じられるのは自分と――」

「自分のすぐ隣にいる人だけ」

凛の視線が、神谷を真っ直ぐに射抜いた。挑みかかるようでもあり、助けを求めるようでもあり……自分は彼女にとって、本当に「すぐ隣にいる人」なのだろうかと神谷は自問した。

答えは出てこない。

第三部　函　館

1

函館に戻るのは一週間ぶりだった。そのうち三日間は、凜にとっては生まれて初めての入院生活で、生活リズムがすっかり狂ってしまった。寝てばかりいたわけではない――むしろあれこれ考えて眠れない時間を過ごしていたとはいえ、休み過ぎたのは間違いない。

東京は雨だったが、函館は晴れ――数百キロの移動で、北海道には梅雨がないのだと実感した。空は爽やかに晴れ上がり、気温は二十度を軽く超えている。長袖のブラウスの上にジャケットを羽織っていると、少しだけ邪魔だった。昼間なら半袖でもいい陽気である。

タクシーを拾い、まず署に向かう。特徴的なT字形をした函館中央署の庁舎とは、ずいぶんご無沙汰だった気がした。まだ痛みが残る肩を庇いながら、捜査本部のある階まで階段で上がる。情けないことに足が震え、息切れがしてきた。

「あれ、保井さん」捜査本部の部屋から出て来た坂本と出くわした。「今帰って来たんですか？　言ってくれれば迎えに行ったのに」

「私を迎えに来るほど暇だったら、状況はよくないってことね」

「いやいや……保井さんは一応、怪我人でしょう。怪我人は労《ねぎら》わないと」

「一応じゃなくて、重傷よ」

「そうは見えませんけど」

それは気が張っているからだ……坂本と話していると怪我の痛みがひどくなりそうだったので、さっさと捜査本部に入ってしまう。刑事一課長の古澤が席について、書類に目を通していた。静かに近づいて声をかける。

「戻りました」

「おう……」古澤が書類から顔を上げる。「怪我の具合はどうだ？」

「左肩がちょっと不自由ですね」

「少し有給を消化して、休んでたらどうだ？　どうせ余ってるだろう」

「余ってますけど、それどころじゃありません」

「というと？」

「取り敢えず、お話ししておきたいことがあります」

古澤が凛の顔をまじまじと見た。ただならぬ気配を察したのか、書類を脇にどけて、

「まあ、座れ」と柔らかい声で言った。

凛は椅子を引いてきて、慎重に腰を下ろした。痛みはだいぶ引いているが、急に動くとまだ鋭い痛みが走る。

「向こうでの報告か？」

「非公式ですが」

「どういうことだ？」古澤が眉を釣り上げる。

凛は一つ深呼吸して話し始めたが、自分でも知らぬ間に早口になってしまったようだ。途中で古澤が右手を前に突き出し、「待て、待て」とストップをかける。

「急ぎ過ぎだ。話が混乱してるぞ」

「――すみません」凛は一つ深呼吸し、頭の中で情報を整理した。しかし自分自身がまだ混乱しているので、どうにもならない。「散らばった情報で申し訳ありません。裏づけ捜査をしている暇もありませんでしたし、そもそものネタ元がいい加減な男なんです」

「そうか……しかしこれは、うちだけでは処理しきれないぞ」

「ええ。でも、本部に話を振っても……嫌な予感がします」

「捜査を潰されるとか？　どうしてそう思う？」

「単なる予感です」凛は強調したが、この予感は強く、確信に近いものがあった。

「しかし、何もしないわけにもいかない。本部に黙って捜査を進めるにしても、正直、限界がある」古澤が認めた。

情けない……所轄レベルではどうしようもないことは分かっていたが、もう少し強気な発言が欲しかった。昔の自分だったら、ここで激怒して声を張り上げていただろう。しかし今は、その気になれない——自分の中で確実に何かが変わったのを、凛は意識していた。

「今日、皆さんにきちんと話そうと思います」

「それでどうする？」

「全員で考えるしかないでしょう。私と課長が二人で話していても、いいアイディアは浮かばないと思います」

「そうか……」古澤も溜息をついた。凛が告げた推理の重みが、徐々に頭に沁《し》みてきたのだろう。

「とにかく、知恵を絞りましょう。皆で考えれば、何かいいアイディアが出るかもしれません」

「分かった」古澤が腕時計をちらりと見た。「四時に全員を招集する。そこでお前から話してくれ」

凜は無言でうなずいた。ここが大一番——何とか気合いを入れようとしたが、どこかに穴が空いているようだった。音も立てずにやる気は抜けていき、後に残るのは——自分ではそれを確認したくなかった。

「『ブラン』という組織があります。ロシア語で吹雪という意味だそうです。ウラジオストクに本拠があるロシアン・マフィアです」

まず前置きを終えて、凜は捜査本部に揃った刑事たちの顔を見渡した。平田が殺されてから半年——今は本部の刑事は一人もいない。捜査は、所轄の刑事一課を中心に続けられているだけだった。

「私たちは把握していませんでしたが、ブランは現在、北海道で活動を活発化させているようです。覚せい剤ビジネスだという情報もありますが、裏は取れていません」

「そんな話、初耳なんですけど」坂本が不満そうに言った。

「私も初耳でした」凜は認めた。「裏が取れた事実ではなく、あくまで未確認の情報として聞いて下さい……平田さんは、このブランに殺された可能性があります」

その場に集まった刑事たちの間に、どよめきが生じた。にわかには信じられないだろう……凜自身、そうだった。しかし、何とか気持ちを奮い立たせて話を進める。

「平田さんが何をしていた人なのかは、まだはっきりしません。札幌で勤めていた商社は活動の隠れ蓑《みの》だったと思いますが、会社を叩いてもはっきりしたことは分からないでしょう。会社が解散したことも、平田さんとは関係ないと思います」

「何らかの理由があって、平田がブランを怒らせ、処刑されたということか？」古澤が疑わしげに言った。

「そう考えていますが……どういうことかはまだ分かりません。何とも言えません」

「例の暴行事件はどうなるんですか？」坂本が訊ねる。「被害者も殺されてるんですよ？　そのブランとかいうマフィアが関係しているんですかね」

「その可能性は否定できないわ」凜はうなずいた。

「二人が組んで何かやっていたとか？　例えば二人ともブランの手先だったけど、一緒に組織を裏切っていたとか」坂本が続ける。

「その線は、私もありそうだと思ったわ。平田さんが先に殺されて、自分の命も危ないと思った水野さんは逃げた……でも半年後に見つかって、都内のホテルで処刑された、とか」

「何ですか、そのギャングの抗争みたいな話は」坂本が呆れたように肩をすくめた。

「日本でそんなことがあるんですか？」

「実際、そうかもしれないわよ」

「だったら、一年前の暴行事件はどういうことなんですか？　これも仲間割れ？」

「真相は分からないと思う」凜は首を横に振った。「関係者が二人とも亡くなっているんだから、今となってはどうしようもないわね」

凜はさらに説明を続けた。最後には、自分が襲われた事件にまでたどり着く。

「その、津山という男もブランの人間なのか？」古澤が呆れたように言った。「なんで日本人がロシア野郎の手先になってるんだ？」

「海外の悪い連中が日本に足場を広げようとしても、難しいのが現状です。何しろ島国ですから、顔つきが違う人がうろうろしているだけで目立つ——中古車ビジネスが盛んだった頃には、自分で商売をしている外国人もいましたけど、今はそれも廃れました。やっぱり日本では、悪事もビジネスもやりにくいんです。目立たない日本人をエージェントとして雇う方がリスクは少ないでしょう」

「雇われる日本人もどうなってるのかね」古澤が首を傾げる。「リスクがあるのは分かってるだろう。それを無視できるほど、報酬は高いのか？」

「津山という男は、私を拉致するために百万円もらっていたそうです」

「お前の値段が百万円か？」古澤が目を見開く。

「私の値段は分かりませんが……拉致して、捜査状況を聞き出そうとしたんだと思います。もしかしたら私は、自分でも知らないうちに、危ないところに足を踏み入れてしまっていたのかもしれません」

「お前を監禁しようとした場所は分かっているのか?」

「マンションの一室でした。警視庁が調べたんですが、既にもぬけの殻だったそうです」

「誰が借りているか分かれば、本当の犯人にたどり着くだろう」

「借主は会社だったんですが、その会社自体がペーパーカンパニーで、追跡が難しい――実質的に不可能だ、ということです」

「警視庁も大したことはないですねえ」

坂本が鼻を鳴らした。凜は坂本を睨みつけたが、気にする様子もない。この若手は、どこか抜けている――本気で相手にすると、こっちが疲れるだけだ、と凜は怒りを鎮めようとした。

鎮まる。それが意外だった。本当だったら、こういう怒りは簡単には鎮まらず、もっと激しい攻撃をぶつけていたはずだ。自分はいつの間にか変わってしまった……それがいいことなのか悪いことなのかは分からない。ただ、大きな岐路を曲がってしまった。

「津山という男は、本当のことを話していると思うか?」古澤が訊ねた。

「アジトは実在していました。嘘はないと思います」

「そもそも、津山という男は何者なんだ?」

「詳しい経歴は警視庁が捜査中ですが、こちらの出身だということは分かっています」

「北海道の面汚しかよ」

坂本が吐き捨てたが、凜は構わず続けた。何となく、この男の怒りはポーズにしか見えない。

「現在分かっている限りの情報ですが……高校を中退して上京したんですが、それから暴力団の周辺で半端な仕事をしていたようです。本人は正式な構成員だったことは一度もなかったので、警視庁の名簿には載っていません。準構成員かと思われます」

「その、ブランというマフィアとは、どうして関係ができたんだ？」

「その辺も警視庁で調査中です。本人がまだ入院中なので、あくまで任意の事情聴取……厳しい調べはできていません」

そして津山は、凜と神谷が違法な事情聴取をしたことを、正式な取り調べ担当者には話していない。あれこれ計算して、話さない方が得だと考えたのだろう。神谷が、さらにプレッシャーをかけた可能性もあるが。

「津山については警視庁に任せるしかないだろうが……二人を殺したのが津山という可能性はないか？」

「本人は否定しています。犯人はブランのメンバーで、まだ国内に潜伏していると証言しています」

「手配したのか？」古澤の顔色が変わった。

「はい。ただし本名かどうか……偽造パスポートで入国しているはずですから、出国のチェックは難しいと思います」

「ふざけた話だ」古澤が舌打ちしたが、すぐに気を取り直したように、凜の顔を真っ直ぐ見詰める。「うちとしては、これまで通り平田殺しの捜査を進める。まず、平田がロシアン・マフィアと関係していた証拠を摑みたい。取り敢えず、札幌だな」

「はい」

「奴の会社関係をもう一度調べ直そう。それと、交友関係だ。マフィアの手先になって動き回っていたら、どこかに証拠を残していた可能性もある――札幌に出張だ」

凜はその出張メンバーに選ばれなかった。古澤は怪我を慮《おもんぱか》ったのだが、凜も反論しなかった。札幌で動き回っているより、ここにいて電話番をしていた方が、捜査の全体像が見えてくるかもしれない。

やはり自分は変わった――変わってしまったのだと意識する。積極的に前に出るのではなく、後ろで情報を探る仕事など、少し前だったらやりたくもなかったのに。常に最前線で情報に触れていたかった。

札幌出張を命じられた刑事たちは、さっそく出かけて行った。車を飛ばして今夜札幌に着けば、明日の朝から動ける――いや、夜の街の情報収集ならこれからが本番だ。ヤクザにしろマフィアにしろ、夜の世界と結びつくものである。もしもブランの連中が札幌で跋扈していれば、夜の街に足跡を残している可能性もある。

凜は会議室の外に出て、神谷に電話をかけた。目の前の窓からは、五稜郭タワーが見えている。まだ上に上がったことはないが、逆三角形の展望台は妙に不安定に見える。高所恐怖症の気がある神谷を案内することはないだろう。

「あー、今ちょっと……」神谷は忙しそうだった。

「かけ直しますか？」

「いや……」ごそごそと音がした。しばらく無言の状態が続いたが、やがて神谷の声が戻ってくる。「大丈夫だ」

「こちらで話をしました。平田の周辺を再調査することになりました」

「本部に話は？」

「私はノータッチですけど、課長は話さざるを得ないでしょうね。勝手に捜査を進めるわけにはいきませんから」

「捜査一課から、他の部署へ情報が漏れる可能性もあると考えておいた方がいい」

「それは考慮に入れています」凜は一人うなずいた。「私は留守番をしています」

「そうだな。下手に動かない方が、怪我する可能性は低くなる」

「そうですね……神谷さんの方はどうなんですか？」

「犯人――津山に指示した人間の捜査は進んでいる」

「本当ですか?」津山が嘘をついていなければ、捜査は大きく前進する。いや、一気に解決に向かうかもしれない。「新しい情報は何ですか?」

「奴がゲロったんだ。相手は間もなく出国予定だそうだ」

「空港ですか?」

「それが、船らしい」

「船?」

「それも博多から……あそこは今、アジアからの豪華客船が毎日のように入ってくるから、紛れやすいといえば紛れやすいんだろう」

「確かに……」一般的に、飛行機より船の方がパスポートコントロールが甘いと言われている。アジア各地を周航する客船に乗りこんでしまえば、その後は何とでもなる。

「皆川に手を貸してもらおうと思ってね。俺はこれから博多へ出張する。上手く捕まえたら連絡するよ」

「どの便に乗るかは分かっているんですか?」

「いや」神谷の声が暗くなる。「乗船予定日、それに偽造パスポートの名前が分かっているだけだ。ただ、それも役に立つかどうかは分からない」

「ああいう連中だったら、複数の偽造パスポートを持っているでしょうね。それに津山には、別の名前を教えている可能性もあります」

「ああ。だからとにかく、行ってみるしかない。津山から聞いた人相を元に、何とかするよ」

「人相……ツーショット写真なんか、撮ってないでしょうね」

「マフィアの連中がそんなヘマをするわけないだろう」神谷が鼻で笑った。「とにかく、現場で何とかするしかないな。また連絡するよ」

神谷はさっさと電話を切ってしまった。自分の手が届かないところで、捜査は進みつつある。あのまま東京に残っていた方が、捜査の「芯」に近い部分にいられたかもしれないが……それが今の自分の望みかどうかも分からない。


凜は取り敢えず自宅に引き上げた。何かあれば連絡が回ってくるはず——古澤には「置いてけぼりにしないで下さいよ」と念押しはしておいた。

一週間ぶりに帰って来た自宅は、微妙にかび臭かった。窓を全開にし、痛む左肩をかばいながら掃除機をかける。狭い部屋故、掃除にはそれほど時間がかからないが、いくら必死に動かしても、どうしても汚れが取れないような気がした。

今まで家は、ただ寝に帰るだけの場所だった。仕事以外の人生を考えたこともほとんどなかった。神谷はわずかに生活に潤いを与えてくれたが、彼とはあくまで「時々会う」関係でいるしかない。仕事ばかりの生活の中で、時折起きる「小さな変化」でしかなかった。

今、凛の心を占める思い――いくら何でもこれはひどい。警察はこれでいいのか。今までそんなことを考えたことはなかったが、今は違う。意識の変化は自分でも止めようがない。大袈裟に言えば今、自分はどう生きるべきか岐路に立たされているのだと思う。年齢も重ねた。きつい仕事もたくさん経験した。永遠にこんな生活を続けていけるわけもなく、全てを一気にやり直す時期にきているのではないか。

夕飯はどうしよう、とぼんやりと考える。出張が長かったので、冷蔵庫の中には使えるものが何もない。外へ出ようか……怪我のせいで車の運転には自信がないが、歩いて行ける場所に何軒か、レストランがある。観光地価格なのが難点だが、味は確か……少し自分を甘やかしてもいいだろう。実際、三日間の入院で、味気ない病院食にうんざりしていた。

家を出る。街には夕闇が迫っていたが、程よく気温も下がって、歩くには快適だ。明らかにロシア人に見える一団が、甲高い声で談笑しながらこちらに向かって来る――緊張した凛は、鋭い視線を向けないように意識せねばならなかった。この人たちはあくまで観光客だろうから。そう、世の中の多くの人は、善意ある一般人なのだ。しかし警察で仕事をしていると、この世には悪人と警察官しかいないような気になってくる。一般人といえば被害者ばかり……。

決してそんなことはない。頭では分かっていても、街を歩いている時に、つい人を見る目が厳しくなってしまうのだ。

函館の街にも、未だに馴染めてはいない。悪い街ではない……いや、雰囲気はいい。横浜をコンパクトにしたような気配を感じるのは、幕末に真っ先に開港した港町の一つだからだろう。明治、大正と何度も大火に見舞われている故、当時のものではないだろうが、古い洋館も多く、街に彩りを添えている。

歩いているうちに、何だか食欲がなくなってきた。とはいえ、こういう時には無理にでも食べておかないと、体が弱ってしまう。とにかくどこでもいいから何か食べておこう――そう考えて歩調を速めた瞬間、トートバッグに入れておいたスマートフォンが鳴った。古澤だった。

「ストップがかかった」古澤がいきなり打ち明けた。声は暗い。

「本部からですか？」凛は頬が引き攣るのを感じながら質問を返した。

「ああ。夕方報告を入れたんだが、たった今――無理に捜査する必要はないと言われた。実質的には、やめろと言われたも同然だ」

「捜査一課の指示なんですか？」

「そうだ」

「そうですか……」

ストップがかかることは予想していたが、捜査一課から直接連絡があるとは思わなかった。本部の中で何があったかは、想像するしかない……捜査一課とどこか別の部署が話し合いを持ったのだろう。

その結果、捜査一課が負けた。

「外事課辺りが横槍《よこやり》を入れてきたんでしょうか」凜は訊ねた。

「実情は分からないが、そうかもしれん。しかし、冗談じゃないぞ。たとえロシアン・マフィアが絡んだ事件であっても、これはあくまで殺しなんだ。俺たちがきちんと落とし前をつけるしかない」

「本部の捜査一課が言ってきたということは……外事と一課で、何らかの話がついたんじゃないでしょうか。外事は自分たちの事件にするつもりで、捜査一課もそれを吞んだのかもしれません」

「ふざけるな！　捜査一課が外事に負けるわけがないだろうが」

古澤が憤るのも理解できる。基本的に捜査一課一筋で生きてきた男だから、得体の知れない仕事をしている外事に反感を持つのは当然だろう。しかし今、彼が喧嘩すべき相手は古巣の捜査一課だ。突っ張りきれるとは思えない。

「課長……無理する必要はないんじゃないですか？」

「何だと？」古澤の声が尖る。

「本部の指示なら、所轄は勝手に動けないじゃないですか」

「保井……お前、どうしたんだ？」古澤が疑わしげに訊ねる。

「何がですか？」

「普段のお前だったら、真っ先に激怒するだろうが。仕事の邪魔をするような人間は蹴散らすはずだぞ」

「そんなこともないですよ」

「お前、何か知ってるのか？」古澤が探りを入れる。

「いえ」凜は短く否定した。

「知ってるんだろう？」古澤は露骨に疑っていた。「知っているなら、話せ。俺たちだけが置き去りにされるわけにはいかん」

「何も知りません……すみません、今ちょっと電話しにくい状況なので」

「おい――」

凜は電話を切った。深呼吸して歩き出す。こうなることは予想できていた。「誰が」「何のために」捜査を止めるかは分からないが……逆に言えば、この件の背後には深い闇がある。その闇に光を当てるべきか、無視すべきか、凜は決めかねていた。

2

「ミハイル・ゴロヴァトフですか……何だか強そうな名前ですね」皆川が関心したように言った。

「何だよ、その小学生みたいな感想は」神谷はつい苦笑してしまった。

「いやいや……ロシア人の名前は独特だな、と」

皆川の運転で福岡空港から県警へ向かうパトカーの車中。皆川もいい加減「青年」とは呼べない年齢になってきたが、それでもまだ純朴な部分は残っている。今のはまるで小学生のような発言だったな――もしかしたら俺をリラックスさせようとしているだけかもしれない、と神谷は軽く考えた。皆川は、気配りが過ぎるタイプである。

「間違いなく明日なんですか？」

「ああ――こっちの情報ではな」

「そうですか……」皆川の言葉が頼りなく宙に消える。

「俺が騙されてるとでも？」

「いや、その津山という男が騙されてる可能性があるでしょう？　マフィアの日本側エージェントと言っても、向こうからすれば単なる使いっ走りじゃないですか。わざわざ帰国の日を教えるとは思えないんですよね」

「津山に言わせれば、一緒にウォッカを百杯、呑み干した仲らしいぜ」

「酔っ払って聞き間違えたんじゃないですか？」皆川が呑気な口調で言った。

神谷は腕を組んで黙りこんだ……否定はできない。ゴロヴァトフ――これはあくまで「パスポートに記載された名前」であり、本名ではないだろう――は、津山に凜の拉致を命じた際、自分は六月二十五日に博多港から出国する、と告げていた。行き先は釜山《プサン》。

「一応、うちでも応援は出しますけど、あまり期待されても……」

「何だよ、君はずいぶん後ろ向きになったんだな」

「現実的、と言って下さい――それで、その日の釜山行きは四便あります。ジェットフォイルは朝八時半、午後三時と三時五十分で、乗客数はそれぞれ二百人程度です。もう一便フェリーがあって、これは五百人以上……チェックは相当大変ですよ」

「ロシア人の利用者は少ないだろう」

「それが、そうでもないんです。福岡港の利用者を見たら驚きますよ。本当に、ありとあらゆる国の人がいる感じですから」

「事前に予約のチェックができるといいんだが」

「今、うちが交渉してますけど、なかなか難しいようです」

「プライバシーの問題か？　捜査のためには、そういうことには目を瞑ってもらわないと」

「今はそういう時代じゃないですよ」

「……とにかく明日、一日がかりでチェックだな」

「国際ターミナルで張るしかないですね……その辺はこれから、上の人間同士で相談してもらうことになります。警視庁からも、偉い人が来るんでしょう？」

「今夜遅くになる。取り敢えず、具体的な打ち合わせは俺に任されてるんだ」

「神谷さんがねえ……」皆川の言葉がゆっくりと消える。

「何だよ」

「いや、そういうのに一番向いてなさそうじゃないですか。交渉事とか」

「交渉じゃなくて打ち合わせだ——必要ならやるよ」

　これが最後のチャンスだろう。日韓には犯罪者の引き渡し条約があるが、今のところゴロヴァトフは「犯罪者」ではなく「参考人」であり、引き渡しの対象にはならない。ゴロヴァトフという人間についてはかなり必死で調べたものの、結局正体は摑めていない。国際的な犯罪組織の監視は、組織犯罪対策部の第二課が担当するが、当該の人物は網に引っかかっていなかったのだ。外事一課にも協力を要請したものの、答えはあっさり「該当人物はいない」——例によって公安部の機密主義かと思ったが、公安部がチェックするのはスパイ、あるいは不正輸出などの経済犯であり、荒事専門のマフィアについては、本来は調査対象外なのだ。

結局、ゴロヴァトフは偽名で、いくつもある顔の一つに過ぎないのだろう。

「県警は、どこが手伝ってくれるんだ？」

「うち——捜査一課と外事課が。所轄は臨港署が出て、十人以上が張りつくことになってます」

「分かった」福岡県警としては精一杯の援助だろう。警察は、正式な要請があれば県の枠を超えて協力し合うが、限界はある。警視庁からは神谷を含めて五人……これで何とかするしかないだろう。

県警で、神谷は頭を下げっぱなしだった。こちらからお願いしているのだから当然——これで足りないと判断したら、夜になって福岡入りする上司がさらに礼を尽くし、戦力をもらうことになるだろう。

明日の打ち合わせを終えて、午後六時。これで今夜は一応解放されたことになり、神谷は皆川を呑みに誘った。

「ああ……いいですね」皆川はどこかホッとした様子だった。

「何だよ、そんなに楽しみなのか？　普段、嫁さんに相当厳しく締めつけられてるんだろう」

「実際、そうなんです」皆川の表情が暗くなった。「結構厳しいんですよ。公務員の給料なんてたかが知れてるから、小遣いも……まあ、そんなこと、いいじゃないですか。東京からのお客さんの接待なら、大目に見てもらえるでしょう」

「ところで娘さん、何歳になったんだっけ」

「三歳です」皆川の表情が急に明るくなった。

「可愛い盛りだな」

「それはもう……」

「年賀状の写真を見ただけだけど、君に似なくて良かったな。嫁さん似だろう」

「まったくです」皆川が声を上げて笑った。

二人は県警本部を出て、地下鉄で市の中心部に向かった。福岡市には繁華街が何ヶ所もあるのだが、今回は中洲《なかす》——神谷が泊まるホテルへも近い場所だった。

何とも賑やかな場所……地下鉄の駅から地上に出て、まさに「中洲」という交差点に出ると、周辺には飲食店しかない。ただし、歌舞伎町辺りの、ネオンの展覧会のような下品さとは違う。まだ午後六時過ぎなので、酔っぱらいに占拠されてもいない。

「博多っていうと、やっぱり屋台か？」

「いや、ここへ来る途中で、もつ鍋の店を予約しておきました」

「何だ、屋台の方が博多らしいかと思ってたんだけど」

「屋台だと、ちゃんと話ができないんですよ。隣に誰が座るか分かりませんし……今日は個室がある店ですから、遠慮なしで話せます」

この気遣いはありがたい。今日はどうしても、皆川に聞いておきたいことがあったのだ。

駅から少し歩いて、皆川お勧めのもつ鍋屋に入る。案内されたのは四人で座れる個室だった。これで十分――しかも煙草が吸えた。空港を出てから一服もしていなかったことに気づき、座った途端に火を点ける。一月に函館に行った時もそうだったが、東京を離れると、何故か煙草への欲求が小さくなる。

料理のチョイスは皆川に任せ、ビールで乾杯する。

「少しは呑めるようになったのか？」

「多少は……おつき合い程度ですけどね」

実際皆川は、ビールを舐めるように呑むだけだった。福岡の人というと、とにかく豪快で酒が強いイメージがあるのだが……これで皆川は、上司や同僚とちゃんとつき合っていけるのだろうかと心配になる。

「ちょっと聴きたいことがある」

「はい」皆川が緊張した声で答え、背筋を伸ばした。神谷は久しぶりの煙草を灰皿に押しつけた後、すぐに次の一本に火を点けた。

「永井さんのことなんだけどな」

「ええ」

「ここで刑事部総合参事官をやった後、本庁に戻っただろう？」

「ええ――広域捜査課長に」

「福岡にいる時はどんな感じだった？　あの頃……俺たちが特命捜査班にいた時と同じような感じだったか？」

「いや、あんな感じでは……こんなこと言うと生意気だと思われるかもしれませんけど、リラックスしてましたよ」

「まあ、あの特命捜査の責任者を任命されたら、誰だって胃が痛くなるよな」神谷は煙草をふかしながらネクタイを緩めた。背後に両手をつき、足を崩す。永井の緊張を想像しただけで、こちらまで硬くなってしまうようだった。

「俺は、永井さん以外にキャリアの人とつき合いはありませんから、他の人がどんな感じかは知りませんけど……結構気さくな感じでしたよ。よく飯を奢ってもらいました。永井さん、こっちへは単身赴任だったので」

「そうか……仕事ぶりは？」

「そんなの、俺には分かりませんよ」皆川が苦笑した。「総合参事官は、永井さんが来て新しくできたポストですから、いろいろ手探りだったとは思いますけど――福岡には常にマル暴問題がありますから、その辺の対策強化も含めての人事だったんですよね」

「何か成果はあったのか？」

「それはちょっと——そんなに簡単には成果は出ませんよ。何なんですか？　神谷さん、まさか今度は永井さんを調べているとか？」

「そうせざるを得ないかもしれない」

「マジですか」皆川が目を見開く。

「もちろん、正規の調査じゃない。個人的に興味があるだけだ」

神谷は、日比谷公園での気まずい会合について説明した。あの時の永井は明らかに、神谷が知っている人物とは別人だった。精神的に脆《もろ》い部分はあるが真摯——自分がかつて抱いた印象はかなり正確だと思っていたのだが、あの時の永井は典型的な官僚だった。余計なことは話さない。言質《げんち》を与えない。

あれ以来、神谷は永井と連絡を取っていない。

「警察庁の広域捜査課も、新しい組織じゃないか——永井さんが二代目課長なんだから。そういう新しい組織で指揮を執ることについては、何か言ってなかったか？」

「手探りだ、とは仰ってましたよ」皆川がビールを啜る。早くも耳が赤くなっていた。

「そりゃあ手探りだろうけど……今後はこういうことをしたい、あれを目標にしたいとか、具体的な話はなかったか？」

「いきなり仕事を頼むことがあるかもしれない、とは言われましたね」

「警察庁からダイレクトに命令で？」

「そういう意味でしょうね。実際には、そういうことはまだありませんけど」

「警察組織の枠組みを破壊する行為だな……キャリアの人として、そういうのはどうなんだろう」

「俺には何も言えませんけど」皆川が苦笑した。

料理は全て美味かった。九州——特に福岡では何を食べても美味い。しかも全て、酒に合う料理なのだ。

永井の話題から離れ、二人はかつて特命班で一緒に仕事をした仲間たちの噂話に移った。凜の話題は微妙に避けたが、東京で仕事をしている時に怪我までしたのだから、どうしても話題にせざるを得ない。そもそも神谷が福岡まで飛んできたのは、凜が拉致されかけた事件の捜査なのだから。

「災難ですよねえ。結局、どういうことなんでしょう」

「津山という男は、単なるエージェント——手先だ。何の目的でそんなことをやったかは、黒幕を捕まえてみないと分からない」

「闇が深そうですね」

「ああ」

「ちょっとビビりますね。ロシアか……福岡にいるとピンとこないですけど」

「こっちで外国というと、中国、韓国か」

「いやいや、アジア全域ですよ」皆川がニヤリと笑った。「福岡はアジアの玄関口ですから。釜山との定期船はともかく、他の国から来るフェリーとか、すごいですよ。定員四千人、アジア周遊ツアーとか……だいたい毎日、博多港に接岸しますけど、タワーマンションを横倒しにしたぐらい大きいですからね」

「優雅な船旅か。俺たちには縁遠い世界だな」

「ですねえ」

「君はそうでもないだろう。家族で海外旅行とか、どうだ？」

「いや、嫁がもう家を建てる気満々なんで……最近の趣味は、貯金通帳を見ることですからね」皆川が苦笑した。

「地方だと、君みたいに若いうちに家を買うのが普通なのか？」

「東京とは値段が違いますから。家族向けの３ＬＤＫマンションが、九十平方メートルで四千万を切るぐらいですかね……場所にもよりますけど」

「二十三区内だったら、その二倍――もっとするかな。しかし家を買ったら買ったで、今度はローンに縛られて大変だろう」

「しょうがないですよ」皆川が肩をすくめた。「神谷さんは相変わらずですか？」

「俺の相変わらずっていうのは、少し不幸な人生が続いてるっていう意味か？」

「いや、そうじゃないですけど……」皆川が言葉を濁した。

「まあ、俺はどうでもいいよ」今は、離れ離れとはいえ凛もいる──「少し不幸」は嘘だった。

「そう言えば永井さん、ロシア語の勉強をしてましたよ」

「ロシア語？」ロシアつながりだ──神谷は敏感に反応した。

「ええ。永井さんがここを離れるちょっと前に、最後に昼飯を奢ってもらったんですけど、その時、ロシア語の新聞を持ってたんです。キリル文字って独特だから、すぐにロシア語だって分かるじゃないですか」

「ああ」

「何なんですかって聞いたら、『単なる勉強です』って……ロシア語なんて珍しいですねって聞いたら、『いつ必要になるか分からないから』と言ってました。キャリアの人って、やっぱり俺たちとは頭の作りが違うんですかね？　こっちは英語だってまともに話せないのに」

「俺も英語の勉強を始めたんだぜ」

「マジですか」皆川が目を見開く。「英会話教室に通ったりして？」

「いや、そこまで熱心じゃない」神谷は声を上げて笑った。「そもそも、教室に通ったら、俺みたいなオッサンは浮くだろうしな……しかしロシア語が必要になる可能性って何かね」

「大使館勤務になることもあるからって言ってましたけど、ピンポイント過ぎません？　英語とかスペイン語の方が、よほど応用範囲が広いと思いますけどねえ」

「そうだな」

神谷は新しい煙草に火を点けた。この情報をどう捉えたらいいのだろう。永井とロシア――何の関係もない。少なくとも神谷は知らない。本当に、モスクワの日本大使館勤務の話でもあったのだろうか。

「結構本気な感じだったか？」

「どうですかね」皆川が首を傾げる。「その時だけの話でしたから。でも、永井さんって、本拠地は刑事局ですよね？　海外の日本大使館に勤務する人って、警備局プロパーじゃないんですか？」

「その辺の事情はよく知らない」神谷は頭の上で掌をひらひらさせた。「雲の上の話だからな」

「ですよねえ」

この話はこれきりになった。さらに話し続ければ、皆川は何か思い出すかもしれないが、あまりしつこくして彼に変な疑いを持たれるのは本意ではない。永井には何か特別な事情があるのではないか――神谷の疑念はさらに高まってきた。

翌日の張り込みは、朝六時半からスタートした。博多港国際ターミナルでの、釜山行きの出国手続きは出航の三十分前――飛行機に比べて手続きが簡便なのは間違いない――なので、早めに動いたのだが、朝の便にはロシア人らしき外国人は一人も乗っていなかった。警察官はターミナル一階と二階のあちこちに散って監視。さらに出国手続きをする入管にはゴロヴァトフと名乗る人間、ないし人相がよく似たロシア人が手続きに入った場合にすぐ連絡をくれるように依頼していたのだが、朝八時半の第一便に関しては空振りに終わった。

チャンスは三回。あと二回しかないと考えると、どうしても苛立つ。それに、警備が手薄なのも心配だった。もう少し応援をもらった方がいいのではないだろうか。

神谷と一緒に張り込んでいた皆川は、特に表情を変えなかった。手伝っているだけだから気楽なのかもしれない。二人は一度外へ出て、バス乗り場の近くにある喫煙所へ行った。巨大なマリンメッセがかすかに見えている。神谷は煙草に火を点け、無表情な皆川に「どうした」とつい訊ねた。

「いや……本当にここですかね」

「津山の証言によると、福岡発だ」今はそれにすがるしかない。

「海外へ行く船なら、例えば横浜からも出てるじゃないですか」

「できるだけ大きい港から出航しようと考えるのが普通だろうけど……博多港の利用者も多いんだろう？」

「クルーズ船の寄港数は日本一、利用客数は年間百万人です」その数字を告げる皆川の顔は少し誇らしげだった。「この話を聞いて、福岡の入管に確認してみたんですけど、ロシアからの旅行者は少数派みたいですね。距離的に近い北海道の方が、ロシア人は多いんじゃないですか？」

「だろうな」

「福岡県内では、ロシアン・マフィアの活動は過去にほとんど確認されていないんです」

確認されていないだけで、密かに跋扈している可能性もないではない……警察が全ての社会事象を把握しているわけではないのだ。しかし神谷はうなずき、皆川の説明を受け入れた。

「どうも、ここの線は薄いような感じがするんですよねえ」皆川が首を捻る。

「刑事としての勘、か」

「勘なんて生意気を言うべきじゃないかもしれませんけど」

「何言ってるんだ。君だってもう県警では中堅だろう？　勘は十分養われてると思うぜ」

「そうだといいんですけど……いや、空振りすればいいって思ってるわけじゃないですけどね」

しかし二本のジェットフォイル、それにフェリーでも空振りが続き、残りは最終便のジェットフォイルのみになってしまった。神谷はこれに賭けていた。県警が船会社と交渉した結果、乗客名簿の一部データをようやく入手することに成功したのだ。それによると、ロシア籍の団体客がこの便を予約している――団体客というのが不自然な感じはしたが、もしかしたらゴロヴァトフは、団体客を隠れ蓑にしているのかもしれない。

午後三時五十分、この日最後の釜山行きの出発時刻が迫ってくる。神谷はこれまでにも増して緊張しながら団体客を待ち構えた。乗客はばらばらに集まって来たのだが、そのうち皆川の表情がにわかに険しくなる。左耳に入れた無線のイヤフォンをきつく押さえ、流れてきているであろう情報に集中した。

「来ました。今、集団でバスから降りたそうです」

「十人だな？」名簿で確認できた限りではその人数だった。

「十人です。取り敢えず、一階から尾行と監視を続けます」

一階ではまずターミナル利用券を購入し、その後船会社のカウンターで乗船手続きにかかる。それが終わると、二階の出国ロビーで、手続きが始まるのを待つ。ロビーはそれほど広くなく、監視はしやすい。事前に福岡県警と相談し、二階の乗り場で押さえることになっていた。一階にいる捜査員は尾行しながら二階まで移動し、そこで追いこむ――ゴロヴァトフがいれば、だが。

正直、神谷は自信がなかった。ロシア人の男性というと、熊のように毛深い大男というイメージもあるのだが、津山によるとゴロヴァトフは中肉中背、顔にもこれといった特徴がないという。唯一手がかりになりそうなのは、口元にある古傷。長さ二センチほどで、光の当たり具合によってはかなり目立つというが、逆に言うと、見る角度が悪ければ見落としてしまう恐れもある。

皆川がまた、イヤフォンを指先で押さえる。さらに緊張した表情になり「それらしい男がいます」と告げた。

「下へ行きませんか？」

「いや、ここで待とう。予定通りだ」下にも数人の刑事が待機している。ターゲットを一人に絞れれば、絶対に逃すことはない。さらに、普段ターミナル近辺を警戒している臨港署の制服警官たちも、外のパトカーで待機している。

じりじりと時間が過ぎた。ターミナル利用券を購入するには自販機を使うから時間はかからないのだが、その後の船会社の手続きにはそれなりに時間がかかるだろう。神谷は腕時計に視線を落とした――出発まであと一時間。三十分後には出国手続きが始まる予定だ。

「来ました」皆川が緊張しきった声で告げる。乗客はエスカレーターでばらばらに出国ロビーに上がって来たのだが、十人ほどの団体が声高に話しながら固まって姿を現した。一階からの情報では、ゴロヴァトフらしき男は身長百七十五センチぐらい、青い花柄のシャツにジーンズ姿で、黒い大きなスーツケースを引いているという。さらに茶色のボストンバッグも——それだけ目印があれば、見逃すはずもない。

その男は確かにいた。巨漢——百九十センチぐらいはありそうな男と談笑しながら、ベンチの方へ近づいて来る。その後ろから、警視庁の刑事が二人、さらに福岡県警の刑事が三人、追いかけて来た。

「行くぞ」神谷は立ち上がり、男の正面からアプローチした。皆川とは一メートルほどの間隔をキープして足並みを揃え、早足で近づく。男が二人に気づき、顔を上げて足を止めた。神谷はさらにスピードを上げ、左右から皆川と挟みこむ格好で男の動きを封じた。隣にいる巨漢の男が何事かわめいたが無視する。神谷は男の眼前に警察手帳を突きつけ、「ポリーツァ」と言った。念のために覚えたロシア語——警察。

男が困惑した表情を浮かべ、神谷の顔を見る。神谷は背後から近づいて来た男に目配せした。福岡県警のロシア語通訳。初老の男で、この任務に不安そうだったが、それでも前に出て男の正面に立った。通訳が早口でまくしたてると、隣にいる大男が顔を赤くして抗議する。しかし当のゴロヴァトフらしき男はどうしていいか分からない様子で、口をつぐんでいる。そのうち、他のロシア人乗客も険しい表情で集まって来た。

「用事があるのはこの男だけだ、と言って下さい」と神谷は通訳に頼んだ。

通訳が声を張り上げると、ロシア人たちが口々に抗議する——言葉は分からなくとも、怒りの表情を見れば抗議だと分かった。しかし何人もの警官が男を取り囲むと、それで抗議は止まった。

男を別室に連行し、すぐにパスポートの提示を求める。男は特に抵抗せず、シャツのポケットから、赤い表紙のパスポートを出して広げてみせた。写真は間違いなく男のものだったが、名前が違う——通訳が「ウラジミール・マレンコフです」と告げた。

神谷は取り調べに加わらず、少し離れて様子を見守った。通訳を介して取り調べたのは、警視庁の同僚で、英語が話せる男だ。途中からマレンコフという男がある程度英語を話せることが分かり、英語とロシア語のちゃんぽんでの会話になる。英語部分は神谷も多少は聞き取れた。

「ゴロヴァトフではない」「パスポートは本物だ」「モスクワの家族に問い合わせてくれ」途中からは必死の訴えになり、額に汗が滲んでくる。

どうやら嘘をついている様子ではない……そもそも姿や立ち居振る舞いからして、マフィアの構成員とも思えなかった。神谷は本物のロシアン・マフィアに会ったことはないが、組織犯罪の構成員というのは、人種や国籍に関係なく、似たような気配を発しているものだ。

神谷は、マレンコフの口の横にある傷に視線を据えた。古傷は少し盛り上がっている。怪我した時の処理が下手だったのだろう……古傷なのか？　いや、何かがおかしい。

神谷は背中を壁から引き剝がし、自ら英語で質問を発してみることにした。「ヘイ」と声をかけ、自分の右頰を指差して見せる。

「その傷はいつついた？」

マレンコフがゆっくりと神谷に視線を向けた。その顔に当惑の表情が浮かび、すぐに引き攣る。ああ、やはりそうか……神谷は素早くマレンコフに近づき、左手で頰をかすめるような平手打ちを放った。マレンコフが野太い悲鳴を上げ、顔を抑えながら神谷を睨みつける。

「神谷さん！」皆川が声を上げて間に割って入ろうとしたが、その前に神谷は一歩引いて、両手を顔の高さに上げていた。

「見ろよ」神谷はマレンコフの顔を指差した。

その場にいる刑事たちの視線が、一斉にマレンコフの顔に向いた。

唇の右側にあった傷跡――それが半分剝がれている。

「一種の化粧かな。あるいは映画の特殊メークみたいなものか」神谷は自分の右頰を掻いてから、通訳に「その偽装のことを聞いて下さい」と頼みこんだ。ここから先――肝心な話は、英語ではなくロシア語できちんと聞いてもらった方がいいだろう。

二人の間で激しい言葉の応酬があったが、最後はマレンコフが降参するように顔の横で両手を上げた。テーブルに視線を落としたまま、低い声でぼそぼそと何かを訴える。

通訳が振り向き、「頼まれたそうです」と神谷に告げた。

「誰に」

短い言葉のやりとり。通訳は「名前は知らないそうです」と答えた。

その後、次第に事の真相が明らかになった。マレンコフは、モスクワからのツアーで日本に十日間滞在していた。今日、博多から釜山に向けて出発。三日ほど韓国国内を観光した後帰国する予定だった。同行しているのは仕事仲間で、全員独身者。真面目に働いて金を貯《た》め、アジア旅行をして何が悪い——。

旅行は悪くない。問題は傷の偽装だ。

マレンコフによると、東京へ来たばかりの十日前に食事をしている時に、やはり旅行中だというロシア人と知り合いになった。博多から出国すると話すと、その時に口の横に傷跡をつけてくれ、と頼まれたという。もちろん報酬つき。どこかやばい話だとは思ったが、意外な報酬の高さに釣られてこの誘いに乗った——にわかには信じがたい話だったが、この男がゴロヴァトフでないのは間違いないだろう。

神谷は頭の中で時間軸を整理した。十日前というと、まだ凜は襲われていない。おそらくゴロヴァトフは、「保険」をかけたのだ。凜の拉致に成功しても失敗しても、ゴロヴァトフ本人は間もなく離日する。その際、自分の偽者を用意して別の場所から出国させ、ダミーにする。その情報を津山にも流し、万が一の時には警察に偽情報が伝わるように計画していた——あるいは拉致自体、それほど本気の計画ではなかったのかもしれない。全てが警察を欺き、自分が安全に出国するための隠れ蓑だった可能性もある。

結局、出国時刻ぎりぎりに、マレンコフを解放せざるを得なかった。マレンコフは「然るべき筋で正式に抗議する」と怒り狂っていたが、それは単なる強がりだろう。彼自身が、犯罪の隠蔽《いんぺい》に絡んでいたようなものだから、厳しく突っこめばボロを出す可能性がある。

神谷と皆川は、乗船口から船へ向かうマレンコフの背中を見送った。一緒に旅していた仲間たちは、マレンコフを心配して途中で待っていた。マレンコフは怒りが鎮まらないようで、顔を赤くして仲間たちに何かまくしたてている。

クソ、やられたか——。

神谷は苦い思いを味わいながら、船の方へ向かうロシア人の一行を見詰めた。彼らが角を曲がって姿を消す直前、一人の男が振り向く。ニヤリと笑うと、自分の口元を人差し指で二度、軽く突いてみせた。そこには傷跡はないのだが——。

まさか、あれも偽装？

「ゴロヴァトフ！」

神谷は叫んだが、男は何事もなかったかのように、仲間たちに合流してしまった。

「神谷さん？」皆川が心配そうに訊ねる。「どうかしたんですか？」

「あの中に、本物のゴロヴァトフがいたかもしれない」

「ええ？」

「いや……」急に自信がなくなった。そもそもゴロヴァトフの顔が分からないのだから。しかし先ほどの仕草は何なのだろう。まるで、自分がマレンコフに傷の偽装を頼んだ、とアピールしたようではないか。とはいえ、あの男の頬には傷はなかった——もしかしたら、傷を隠すように偽装していたのかもしれない。

負けたのだ、と実感した。普段相手にしていないタイプの人間を相手にして、まったく力を発揮できなかった。

この件はこれで終わりになるのか？　事件の全体像が分からぬまま、手を引かざるを得なくなるのか？

3

その日の夜遅く、神谷は東京へ戻った。当然のごとく、新宿中央署の特捜本部は意気消沈していた。他の刑事たちは神谷を責めはしなかったが、視線が痛い。普段は他人の評価など気にもならないのだが、今回ばかりはそうはいかなかった。

係長の両角も、露骨に渋い表情を浮かべている。

「ロシア人の一行が乗船した後でもう一度津山を絞りあげたんだが、新しい情報はない」

「津山自身も騙されていたんだと思います」神谷としてはそう言うしかなかった。

「結局奴は、ブランの手足に過ぎなかったということか……邪魔になれば切り捨てられるだけの存在だったんだろうな」

「しかし今のところ、ブランにつながる材料は奴だけですから——大事にしないといけませんね」

「お前は、奴とは接触禁止だ」両角が釘を刺した。「この前の、病院の一件はやばいぞ。津山が騒ぎ出したら、捜査の正当性が危なくなる」

「それなんですけどね」神谷はワイシャツのポケットから煙草を一本引き抜き、掌の上で転がした。「津山がどうなろうが知ったこっちゃない——奴を起訴できなくても仕方ないと思ってます」

「お前、それは自分の仕事の全否定じゃないか」両角の表情がさらに厳しくなる。

「俺たちは——捜査一課は、起きた事件に対応するのが仕事ですよね」神谷は煙草をポケットに戻した。やはり、煙草に対する思いは変化している。今は吸わなくても何とかなりそうだった。

「そんなことは、お前に教えてもらわなくても分かってる」両角が腕を組んだ。

「組対や公安の仕事は、俺たちとは違うでしょう。事前の情報収集と監視……そして何とか対象の勢力を削ぐために、あれこれ工夫する。その工夫は――関係者を逮捕するだけが手じゃないはずだ」

「連中は連中、俺たちとは違う」

「今回、俺たちが相手にしているのはロシアン・マフィアです。海外の犯罪組織に対応するのは、捜査一課だけでは無理でしょう。それこそ、組対や公安と協力しないと」

「捜査一課至上主義のお前にしては、珍しく弱気な発言だな」両角が鼻を鳴らす。

「真面目に考えただけですよ。捜査一課だけでは無理だ――それが俺の結論です」

「俺たちがそう言ったところで、何も変わらんぞ。課や部の枠を超えた協力体制は、上の人間同士が話し合って決めることだ」

「あるいは都道府県の枠を超えて」

それこそ、永井が指示を出すべきではないだろうか。自分たちで直接捜査はできなくても、警視庁と道警に指示を飛ばし、二つの事件をまとめて捜査する――逆に言えば、永井は何故そうしないのだろう。明らかに何か隠している。それがどうにも分からないのが不気味だった。

話してみるか——日比谷公園で冷たく別れた嫌な記憶は残っていたが、こっちはそんなことを気にして腰が引けてしまうほど若くはない。

立ち上がり、スマートフォンを取り出した瞬間、呼び出し音が鳴った。

永井。

神谷はゆっくり息を吸って電話に出た。


永井と酒を呑むのは、横浜での特命班の打ち上げ以来だった。何となく酒には誘いにくい——たまに会う時はいつも昼飯を兼ねてで、しかもいつも永井の方からの誘いだった。これだけ近く——庁舎は隣同士だ——にいる割に会う頻度は低かったと思うが、彼には地方転勤もあったからこんなものだろう。

しかし、キャリアの人というのは、こういう場所で酒を呑むものかね……指定されたのは、予想もしていなかった場所——都心部から少し離れた江戸川橋駅近くだった。「地蔵通り商店街」という渋い商店街を少し歩き、指定された店を目指す。ここは地元の人向けの気さくな商店街で、八百屋やクリーニング屋、パン屋など、チェーンではない店が並んでいる。バーの場所は非常に分かりにくい……一度通り過ぎた後、気づいて引き返し、小さなビルの一階に小さな看板と狭い階段を見つけた。

薄暗い階段を上がり、分厚い木製のドアを開ける。途端に、低い音で鳴るベースの音が耳に入った。どうやらジャズをかける店らしい。これも永井の趣味なのだろうか。ビル自体が小さいせいか、店内も狭かった。カウンターとテーブル席が三つだけ。カウンターには客がいたが、テーブル席は空いている——いや、一番奥の席に永井が座っていた。

神谷は彼の前に滑りこむと、軽く一礼した。急に煙草が吸いたくなる……目の前には、綺麗に洗浄された黒い小さな灰皿が置いてあった。神谷は胸ポケットから煙草とライターを取り出してテーブルに置き、「いいですか？」と訊ねた。永井が無言で首を縦に振る。

永井の前には小さなグラス。大きく砕いた氷に茶色い液体……何かのオンザロックだ。持ったら手の中に隠れてしまいそうなコップが横に置いてある。チェイサーの水だろう。

「何を呑んでるんですか？」煙草に火を点け、神谷は訊ねた。

「ジェイムスンをオンザロックで」

神谷は手を上げて、カウンターの奥にいた店員を呼び、「同じ物を」と頼んだ。酒が入るまで本題は先送り……煙草をふかしながら待っていると、すぐにジェイムスンのオンザロックとチェイサーが出てきた。神谷はグラスを顔の高さまで持ち上げて一礼し、ウィスキーを啜った。濃厚な最初の一口の奥に、複雑な味わいが広がる——が、美味いとは思わない。いい酒をゆったり味わう気分ではなかった。

神谷は新しい煙草に火を点けて、深々と吸った。パッケージには半分ほど残っているはずだが、永井と話しているうちになくなるかもしれない。

「何でこんな場所で？」

「霞《かすみ》が関《せき》の近く——新橋や銀座では、知った顔に会う可能性もありますからね」

「しかし、どうして江戸川橋なんですか？　他の場所でもいいでしょう？」

「馴染みの店なんです。ここは、桜田門から地下鉄で一本じゃないですか。私は昔、このずっと先——和光《わこう》市に住んでいたことがありましてね。帰宅途中に時々ここに寄って、憂さ晴らしをしていたんですよ」

「永井さんにも憂さがあるんですか」

「憂さだらけですね……ところで、福岡でロシア人を取り逃がしたそうですね」

永井にいきなり指摘され、神谷はむっとした。今のは、あまりにも露骨ではないか……。

「永井さんに言うことじゃないですけど、港の入管はもう少しチェックを厳しくすべきじゃないですかね。せめて空港並みに……そうじゃないと、やばい連中がいくらでも出入りできますよ」

「機会があれば、法務省にも進言しておきましょう」永井がうなずく。

「今回の作戦は、警察庁が指揮を執るべきだったんじゃないですか」

「あなたたちがやっていることですから、私が口を出すべきじゃないでしょう」永井がさらりと言った。

「俺はただの、警視庁の一警官ですよ。県をまたぐ捜査なんですから、本来は永井さんのところ——広域捜査課の指揮が必要でしょう」

「今回は、必要ないと判断しました。というより、動けなかった」

永井の顔に、一瞬苦悶《くもん》の表情が浮かんだ。前にもこういう表情を見たことはある——そもそも横浜の特命捜査では、毎日こんな顔をしていた。神谷はまだ長い煙草を灰皿に押しつけた。店に入って五分で二本。本当に、箱が空になるのも時間の問題だろう。

「動けないって……警察庁でそんなことがあるんですか？」

「警察庁は、典型的な縦割り組織ですよ」

「……つまり、どこか別の部署が担当していたんですか？」

「あなたなら当然ご存じだとは思いますが、警察庁は各県警が担当する捜査——それも突発的に発生した事件の捜査に口を出すことはまずありません。よほどの大事件なら別ですが、各県警には積み重ねたノウハウがあり、優秀な人材がいますからね。我々が余計なことを言わない方が、捜査は上手くいくものです」

「今回の件は？」

「今回は……警察庁としては扱いに困っています」

「広域捜査課が、ではなく警察庁全体としての話ですね？」

「どこが担当するか、難しい……ブランの件は聞きましたね？」

「聞いたというか、聞き出しました」

「そのやり方は――褒められたものではないですね。何度も同じことを繰り返さないで下さい。しかも保井さんまで巻きこんで」永井が顔をしかめる。

津山に対する違法な事情聴取も、既に永井の耳には入っていたか……警察庁には、実に多くの細かい情報が上がってくる。

「私があれこれ言うことではありません。問題は、海外の広域暴力組織に関しては、どこが対処すべきか、方針がはっきりしていないことです。警察庁では組織犯罪対策部か外事情報部なんですが、個別の事件の性格によって、担当も変わらざるを得ない。特に新しい連中が出て来た時には、必ず混乱するものです」

「ブランがそうなんですか？」

「ロシアン・マフィアの歴史は古いんです。ただし、特に活発化したのはソ連が崩壊した後で、極東ではウラジオストクが一大拠点になりました」

「北海道に近い場所ですね。連中は、少し前には、道内でもかなり跋扈していたそうですが」

「ただしそれも、今は下火です」

「最近は何もないんですね」

「しかしロシアン・マフィアは、依然として日本を重要なビジネス拠点と考えています。今、北海道に再度触手を伸ばそうとしているんですよ」永井が指摘した。

「殺された平田という男は、マフィアのエージェントだったんじゃないですか？　何かヘマをして処刑されたとか」

「いえ」永井は即座に否定した。

神谷の推測はここで崩れた。平田という人間は相当いい加減な男だったようだから、マフィアの手先になっても失敗を繰り返し、雇い主を怒らせてしまったとか。

「マフィアじゃないんですか？」

「違いますね」

「じゃあ、何者なんですか？　そもそも永井さんは知っているんですか」

「正式には知らない……ことになってます」

「何ですか、それは」神谷は吐き捨て、乱暴にウィスキーを呷《あお》った。喉が焼けるような刺激で、怒りに火が点く。「永井さん、この件では一体何をやってたんですか？　黙って横で見ていただけですか」

「あなたは、捜査二課が大規模な詐欺事件でガサ入れをする時、手伝いに行きますか？

そんな勝手なことをしたら、警察の仕事は滅茶苦茶になる」

神谷は黙りこんだ。正論をぶつけられるとぐうの音も出ない……反論しようと思ったが、言葉が浮かばなかった。

「ブランは、覚せい剤ビジネスに手を出していたという情報があります」

永井が打ち明けたので、神谷は顔を上げた。現在日本で流通する覚せい剤は、ほとんどが海外で作られたものである。供給地は様々で、かつては台湾、中国、北朝鮮産が多かった。最近は「多様化」しており、ロシアも供給源の一つと見られている。しばらく前には、海上保安庁などが「ロシアルート」の存在を確認していた。このルートは、まだ完全には解明されていないはずだが、ブランもこれに絡んでいたのだろうか。

「こういう時は、水際で阻止するのが基本ですが、組織を一網打尽にするためには、ある程度泳がせて実態を解明するのも一つの方法です」

「それが、平田と何の関係があるんですか」前置きが長い、と神谷は焦《じ》れた。

「平田さんは、ブランの関係者ではありません。警察側のスパイです」

想像もしていなかった真相に、神谷は言葉を失った。三本目の煙草に火を点けたものの、吸うのも忘れて指先で灰が長くなるに任せるしかなかった。永井も何も言わない。ふと指先が熱くなったのに気づいて視線を向けると、フィルター近くまで燃えていた。

慌てて灰皿に押しつける。

「つまりこれは、永井さんが与《あずか》り知らないところで行われた作戦だったんですね」

「そういうことです」

　永井がグラスを持ち上げた。氷が溶けて、ウィスキーの水面が少し上昇している。そう言えば神谷がこの店に入ってから、彼は一滴も呑んでいないはずだ。

「外事情報部、犯罪対策課の特殊捜査係と道警外事課の極秘の共同作業でした。外には一切漏れていなかった——平田さんが殺されるまでは」

「そもそも、被害者の平田さんというのは何者なんですか？　警察官じゃないでしょうね？」

「いろいろなことをやっていた人です。たまたまロシア語が流暢《りゅうちょう》だったので、外事情報部が目をつけて、スパイとしてリクルートしたんですね……人間性には多少問題があったようですが」

　暴行事件を起こすぐらいだから、問題がないわけがない……もしかしたらあの事件は、このスパイ活動に絡んで起きたものなのか？　神谷は思わず身を乗り出した。

「平田さんは、札幌で暴行事件を起こしています。その被害者が東京で殺された——関連はありますね？」

「ありますが、順番に説明させて下さい。この話は複雑に入り組んでいるんです」

実際、そうだった。神谷も一度では理解できずに、何度も聞き返して確認せざるを得なかった。ようやく全容が把握できた時には、神谷は絶望の淵《ふち》の前で爪先立ちしているような気分になっていた。この件は、自分にはどうにもできない。いや、自分以外の人間も同じだ。

合同作戦は失敗したのだ。ブランはもう、日本から撤退しているだろう。一時的かもしれないが……ほとぼりが冷めた頃に、また日本を狙ってくる可能性がある。しかしその時に対処するのも、神谷ではないだろう。自分は真相を知ってしまったものの、何もできない。

警察にはそれぞれの担当があるから、勝手に捜査はできない。永井の言う通りだと理屈では分かっていても、歯痒《はがゆ》くてならなかった。

そして最後に残った謎——神谷は珠希の件を持ち出した。そもそも彼女は何者だったのか？　永井の答えは神谷を絶望させた。自分は最初から読み違えていた……。

「永井さん、この件をどうするつもりなんですか」

「私にはどうしようもないですね」永井が肩をすくめる。

「それでいいんですか？」神谷は迫った。「作戦は失敗した。スパイとして雇っていた人間は殺された。それで誰も責任を取らないというのは、あり得ないでしょう」

「だったら、警察庁がやっていた作戦を全て公表して失敗を認め、頭を下げるとか？

そんなことをしても、誰も得しませんよ」

「マスコミに嗅ぎつけられたらどうします？　書かれて発覚したらさらに面倒なことになりますよ。もしかしたら俺が、義憤に駆られてマスコミにタレこむかもしれない」

「あなたはそんなことはしないでしょう」永井が鼻を鳴らした。「あなたは、私よりもマスコミが嫌いなはずだ。連中の利益になるようなことをするわけがない」

「まあ……ないですね」神谷は認めた。「でも、本当にどうするんですか？　このまま全てを闇に沈めたままにするんですか？」

「私個人の話ですが……近々、大きな動きがあると思います」

「異動ですか？」

　永井は何も認めず、うなずきもしなかった。キャリア官僚に異動はつきもの——その点では、神谷たち現場の警察官よりも労働環境は厳しい。異動はほぼ二年ごと。中央と地方を行ったり来たりするので、落ち着いて仕事はできないだろう。しかも永井の場合、特殊な作戦や、できたばかりの部署・ポストを任されることが多い。イレギュラーな仕事が得意な人間だと評価されているのだろうか……。

「考えていることもあります」

「一連の事件を解決するために、ですか？」

「いえ、将来のためです」

「将来？」

「今日明日だけの話を見ているようでは、警察官僚失格なんですよ。我々は常に、その先を見ています」

「あー、もう少し分かりやすく話してくれませんかね」神谷は耳を引っ張った。「抽象的な話は苦手なもんで」

「それについては、また後で話す機会もあるでしょう。その時まで待って下さい」

「永井さん……」

永井が立ち上がった。背広の内ポケットから財布を取り出し、カウンターに向かう。神谷がもう一度「永井さん」と呼びかけると、踵を返して戻って来た。

「払っておきます。ゆっくりしていって下さい」

「ゆっくりしませんよ。今日の酒は不味い」

永井が顔を引き攣らせたが、それも一瞬のことで、すぐに真顔に戻った。

「保井さんにも話してあげて下さい。この件については、あなたよりも彼女の方が深く関与しているでしょう」

「真相を知ったら、激怒するかもしれませんよ。その怒りは、永井さんが受け止めてくれるんでしょうね？」

「お断りします」永井が肩をすくめた。「私は、彼女と正面から喧嘩して勝てるほど強くない。神谷さんなら大丈夫でしょう」

冗談じゃない……凛の怒りは青い炎のようで、一見冷たく見えるのだが、実はとんでもなく熱い。神谷も、正面衝突する勇気はなかった。

しかし……話すなら自分しかいないだろう、と分かっている。

4

古澤は、しばらく休暇を取るようにと凛に正式に申し渡した。ある程度怪我が回復するまでは、出勤の必要なし。「公傷」として処理する——いつもの凛だったら、反発していただろう。鎖骨——肩は依然として痛んだが、格闘以外の仕事なら問題なくこなせる。しかし今回は、古澤の命令に素直に従った。自分は変わってしまった。神谷から連絡はない。こちらから電話する気にもなれない。これもいつもの自分とは違う……認めたくはなかったが、自分はもう、この事件を投げてしまったのだ。どうにもならない。自分一人の力でやれることには限界がある。

眠れぬ日々が続く。痛みのせいで、ろくに寝返りも打てないのだ。どんな姿勢を取っても不快な痛みが残る——それだけではなく、気分もずっと悪いままだ。「諦めた」意識が凛を苦しめる。

いつものように眠れぬままに朝を迎え、どんよりした気分でカーテンを引く。こういう暗い気分の時に限って、外は完璧な晴天……本州は梅雨入りしているはずだが、北海道には関係がない。あまりにも爽やかな好天なので、家にいるのが馬鹿らしくなってくる。

とはいえ、自由に歩き回ることもできない。念のため車の運転は避けていたから、歩いて回れる範囲、それに市電が走っているところへしか行けない。それでも、今日は外へ出てみようと思った。手早く朝食を取り、鈍《なま》った体に鞭《むち》を入れるため、少しだけ自分に無理を強いることにした。山登りではなく坂登り……函館は、坂には事欠かない街である。

自宅を出て幸坂《さいわいざか》通に入ると、函館山に向かって真っ直ぐ坂が伸びていくのが見える。真冬に雪が積もると、車が難儀する斜度だ。ゆっくり歩いていくと、途中から坂がきつくなり、ふくらはぎに負担がかかってくる。暑い……一気に夏が来たような陽気だった。街路樹の陰に入るよう、歩道の端を選んで歩いて行く。

ずっと登り続けると、間もなく旧ロシア領事館の前に出る。そこでようやく一息つき、額に滲み始めた汗を手の甲で拭った。レンガ造り二階建ての建物には日本風の趣もあり、かつての函館の雰囲気を今に伝えてくれる。領事館としての役割は戦前に終わっていて、その後は市が研修施設に使っていたそうだが、今は完全な空き家である。歴史的な建物は、何かに利用しつつきちんと保存すべきではないかと思うが……そんなことは自分には関係ないか。

今登って来た坂を振り返ると、こんなに急だったんだ、と改めて驚く。真っ直ぐ続く道は、最後は函館港に断ち切られるように終わっている。もう少し歩くと神社があるはずだが、そこまで坂道を行く気力は失せていた。

道路を挟んで旧領事館の向かいには公園がある。そこで一休みしてから散歩を再開しよう。これもリハビリの一つ——幸い、歩いている時にはあまり肩の痛みを感じなかった。飲み物を用意してくればよかった、と悔いる。函館港を見下ろしながらぼんやりと時間を潰すには、何か飲み物が欲しいところだった。

公園に入り、端の方へ歩いて行く。今日は空気が澄んでいて、函館港、さらにその向こうに広がる市街地の様子もくっきりと見えた。この街に馴染んでいくことは……考え始めた時、スマートフォンが鳴った。神谷。

「あー、今大丈夫かな？」

「公傷で休暇中です」

「ちょうどよかった。午後二時前に函館空港に着く」

「はい？」

「そっちで用事があるんだ」

神谷は用件を言わずに電話を切ってしまった。凜は自分のスマートフォンを見詰めながら、事態の異様さに気づいた。神谷はどこか呑気というか肝が据わっているというか、どんなに大変な時でも焦った様子を見せない。内心は分からないが、少なくとも態度に関しては……しかし今の神谷は、肝心なことは何も言わずに慌てて電話を切ってしまった。

普段の彼ではなかった。

凜は空港への直通バスに乗って、神谷を迎えに行った。自分で車を運転して行けば楽だし早いのだが、鎖骨が折れた状態でそれは無理……神谷が乗る全日空機は予定通りに到着した。一階の到着フロアで待っていると、神谷が真っ先に姿を現す。手にしているのは、それほど大きくないボストンバッグ。それを見て、この出張は二泊の予定だろうと見当をつけた。凜を見た神谷が、驚いた表情を浮かべる。

「どうした」

「どうしたって……」凜は戸惑った。「電話してきたのは、迎えに来いっていう意味じゃなかったんですか？」

「冗談じゃない、怪我も治ってないじゃないか」

「だったらどうして電話してきたんですか？」

「あー……そうだな。そう言えば、どうして電話したんだろう」神谷が首を傾げる。これも奇妙——いつもの神谷らしくない。「別に、迎えに来て欲しかったわけじゃないんだ」

「出張なんですか？　それともプライベート？」

「どちらとも取れる」

「意味が分からないですね」今度は凛が首を傾げる番だった。

「一応、有給休暇を取って来たんだ。しかし函館での動き次第では、出張に変えようと思う」

「それはどういう——」

「取り敢えず、荷物を始末したい」神谷は歩き出した。

到着フロアから外に出たところが、すぐにタクシー乗り場になっている。後ろから付いて行った凛は、「煙草はいいんですか？」と声をかけた。振り向いた神谷が、困ったような表情を浮かべる。

「いや、いい」

「飛行機から降りた後は、取り敢えず空港で喫煙所を探すって言ってたじゃないですか。それとも、本当に禁煙したんですか？」

「そういうわけじゃないけど、北海道に来ると何故か煙草が吸いたくなくなるんだ。空気が美味いからかもな」

神谷は先にタクシーに乗りこんだ。凜が苦労して体を屈めてシートに座ると同時に、運転手にホテルの名前を告げる。

「ホテルなんですか？　有給なのに？」

「あー、シングルベッドで二人はきついからな」

神谷の言う通りで、自分の部屋に泊まってもらう時は寝る場所の確保に苦労する。札幌時代は、狭いシングルベッドに二人で寝て、朝になるとお互いに筋肉痛になっていた。いっそベッドを買い換えようかとも思ったが、普段の一人暮らしにはセミダブルでも大き過ぎる。結局函館に引っ越す時に、来客用の布団のセットを買ったのだが、神谷はこれを嫌い、一月に泊まりに来た時も、シングルベッドで並んで寝た。

神谷が、「どんなホテルかな」と訊ねた。

「函館では一番いいホテルのはずですよ。値段も……経費をはみ出すと思います」

「急に出張が決まったから、適当に予約したんだ。いや、出張じゃなくて有給だけど……ツインの部屋を取っておいた」

凜は顔が赤らむのを感じた。しかしすぐに、神谷は何を考えているのだろう、と首を傾げる。有給が出張に変わる？　遊びに来ているのが、途中で仕事になるのだろうか。

タクシーは漁火《いさりび》通を走り、市街地に入った。神谷が予約したホテルは函館湾に近く、凛の家からも遠くない――無理すれば歩けない距離でもなかった。

チェックインを済ませて部屋に入ると、神谷がすぐにカーテンを開けた。

「広々してるな」

目の前が赤レンガ倉庫、そして函館湾と函館山も視界に入る。函館の名所を一望できる一等地と言ってよかった。しかし凛は苛ついた。神谷はいったい、何をしに函館に来たのだろう？

「怪我の具合はどうだ？」

「公傷休暇を取らされてます」

「痛みは？」

「そんなには――神谷さん、いったいどういうことなんですか」凛は神谷に詰め寄った。

「足が必要なんだけど、君は運転できそうにないな」

「神谷さんが運転すればいいじゃないですか」

「そうだな……公傷休暇中だったら、一緒に来てくれよ。道案内が必要なんだ」

「休みなんですか、仕事なんですか？」普段は見せない回りくどい態度に、凛は苛立ちが募るのを感じた。

「状況によっては仕事に変わるかもしれない、ということなんだ。座ってくれ」

意味が分からない……凛は一人がけのソファに腰を下ろした。神谷は窓際のデスクにつき、椅子を回して凜と正面から向き合う。

「そっちの捜査はどうなってる？　平田殺しの方は？」

「実質打ち切りです」むっとして凜は答えた。嫌なことを思い出させる——自分が強制的に休暇を取らされたのもそのせいだ。

「どうして打ち切りになったんだ？」

「本部の捜査一課の指示です。でも、おかしくないですか？　仮にも殺人事件ですよ？　どんな事情があっても、捜査を打ち切るなんてあり得ません」

「捜査一課独自の指示だと思うか？」

「はい？」

「君の言う通りで、捜査一課が殺人事件の捜査を途中で打ち切るなんて、絶対にあり得ない。でも、どこかから横槍が入ったらどうだろう」

「誰がそんなことを？」凜は目を細めた。実際自分も、外事の介入を疑っていたのだが。

「確証はないけど、外事。敢えて想像を大胆にすれば、警察庁が道警の外事を通じてストップをかけた」

「それ、永井さん情報ですか？」

神谷が無言でうなずいた。それから急に膝を叩いて立ち上がる。

「まず、車を入手しようか。天気もいいし、君の家まで歩いて行こう」

「構いませんけど、とにかくちゃんと説明して下さい」

「時間がもったいない。歩きながら話すよ」

そう言って神谷は、さっさとドアの方へ向かった。そんなに時間がないのか？　仕方なく凜も立ち上がる。

凜は海岸沿いの道路を選んだ。こちらの方が市電の通りを歩くよりも近いし、景色もいい。歩道はタイル敷きになり、すぐに赤レンガ倉庫街に入る。右手には函館湾……人気の観光スポットだ。

「ここは何なんだ？　この前は来なかったよな」

「倉庫街です」凜は答えた。観光ガイドをやる気分じゃないのに……。「昔の倉庫を、三十年ぐらい前に商業施設に作り変えたみたいです。中は普通のお店ですよ」

「横浜の赤レンガ倉庫みたいなものか」

「そうですね」

肝心の話はどうしたのか……神谷は話し出す気配を見せない。苛ついたが、焦って促しても神谷は何も言わないだろう。観光客で賑わう赤レンガ倉庫街を足早に抜ける。正面にはずっと函館山が見えていた。ほどなくT字路に出ると、神谷が「そこの喫茶店に行ったよ」とつぶやく。すぐに一月のことだと分かり、凜は「あの時はごめんなさい」と言った。

「あんなタイミングで事件が起きなくてもな」神谷の表情に険しさはなかった。

「しかも未だに終わってないんですから」

自分の言葉が重い塊になって、腹の底に落ちていく。神谷は道路に詳しいような足取りで先に歩き、右折した。ここからまた、函館湾沿いの道が続く。観光客の姿はこの辺でも目立つ。ロシア人らしい一行が正面から歩いて来て、神谷が何故か鋭い視線を向けた。もちろん因縁をつけることはなく、黙ってすれ違うだけだったが……。

「六月の函館は最高だな」神谷が唐突に話題を変えた。

「東京の梅雨はきついですか」

「きつくはないけど、鬱陶しい——永井さんに会った」

また話題を変えて、急に本題に入る。凛は「はい」と短く返事をして、神谷の次の言葉を待った。

「今回の件では、彼は傍観者だった」

「だけど——事情は全部知ってたんですか？」

「たぶん」神谷がうなずく。「あの役所も難しいんだな。縦割りであることに変わりはないから、隣が何か怪しいことをやっていても、簡単には止められない」

「怪しいことがあったんですか？」

神谷の説明は、なかなか頭に入ってこなかった。普段仕事をしていて、警察庁の存在を意識することはない。組織の名前も、凜が聞き慣れたものとは違うから、その「怪しいこと」の構図がすんなりとは理解できなかった。

「——つまり、警察庁の外事情報部と犯罪対策課、それに道警の外事課が、違法な捜査をしていたということですか？」

「違法かどうかは判断が分かれると思うけどな。公安的にはよくある作戦だ」

「それで……平田がエージェントだったんですね？　どうしてあんないい加減な人をエージェントに選んだんですか？」

「ロシア語が話せるというのが大きかったようだ」

「そもそも、北海道にロシアン・マフィアが入りこんでいるという情報そのものが……少なくとも最近はなかったはずですよ」

「外事は密かに情報を摑んで、監視していたんだと思う。あくまで外事マターで、刑事部には秘密にしていたんだろう。理由は——分かるよな？」

「自分たちだけの手柄にしようとした」

「それと、あいつらは刑事部が嫌いだからな」

「そんな理由で？」

ちらりと横を向いて神谷の顔を見上げると、薄い笑みが浮かんでいた。意味が分からない……追いこまれているのか余裕があるのか、顔を見ただけでは判断できなかった。

凛の家まで、十五分の散歩。凛は息が上がっているのを意識した。神谷の歩くスピードに合わせたせいだが、怪我の影響もある。今の自分は、普段の半分程度の行動力しかない。

車はマンション一階の駐車場に入っている。凛はそこへ神谷を案内し、車のキーを取り出して自分のデミオのロックを解除した。それから神谷の手にキーを落とす。神谷は凛のために助手席のドアを開け閉めしてから、運転席に乗りこんだ。すぐにはエンジンをかけず、シートの位置を調整する。散々動かして、ようやくポジションが定まったようだが、それでもまだエンジンはかけない。

「ちょっとこのまま、ここで話していいか」

「構いませんけど……」

「車の中が一番安全じゃないかな。まさか、この車にまで盗聴器はつけられてないだろう」

「そんなこと、あるわけないじゃないですか」

「いや」神谷が顎を撫でる。「安心はできないな。実際君は、尾行されていた。動きを監視されて、拉致もされかけた」

「……そうでした」

「とはいえ、一番危険な人間は、もう日本にいないと思う」

「——ゴロヴァトフ？」

「ああ。ただし、ゴロヴァトフ以外のロシア人は、まだ国内に——北海道に潜伏している可能性があるな」

「ええ」

「話を整理しよう」神谷が煙草をくわえたが、火は点けなかった。「道警の外事課がロシアン・マフィアに関する情報を掴んで、警察庁の外事に上げた。その結果、警察庁主体でブランの動向を把握し、場合によっては排除するための極秘作戦が立てられた——俺たちが、例の特命捜査で横浜に集められたのと同じようなものだろう」

「ただし今回は、一般人が巻きこまれていたんですね」

「巻きこまれたというか、雇われたというか」神谷が正した。「平田にはかなりの額の金が渡っていたはずだ。平田も当然、危険だと分かってやっていたと思う。リスクも織りこみ済みだった……」

「それで結局、虎の尻尾を踏んだ、ということですか」

「たぶん」

「虎はブラン本体だったとして、尻尾は——」

「水野珠希」

神谷の言葉が、その場の空気を凍りつかせる。

「……本気で言ってるんですか」

「水野珠希は、ブランの日本側のエージェントだと疑われていた。平田は水野珠希と接触するために北海道に来た。ここで働きながら、彼女の動向を、さらにブランの全体像を探っていたんだろう」

「あの暴行事件は——」

「平田は適当な男だった。プロジェクトチームでも、『人選に問題あり』として外すことを考えていたようだが、その矢先に暴走したんだ」

「ということは、やっぱり暴行事件はあったんですね？」凜の理解では、あの事件から全てが始まっている。

「ああ。これはあくまで推測に過ぎないんだが……水野珠希は、自分がマークされていることに気づいたんだと思う。それをブランに相談すると、逆に平田を陥れようとする案が出た。そのために平田に接触して、情報を探ろうとしたんだろうが、平田は彼女が想像していたよりもクズ野郎だったんだな」

「つまり、彼女を眠らせて犯した——それは実際にあったことだったんですね」

「二人の間に肉体関係があったことは、当時の捜査ではっきりしているだろう？　これも、水野珠希の作戦だったのかもしれない。この一件を利用して平田を排除しようとしたんじゃないかな。訴え出て平田が逮捕されれば、警察のエージェントが一人消えることになる。しかしこれが、ブランの一部幹部にはお気に召さなかったらしい」

「そんなことをしたら、目立ち過ぎますよね」

「そういうことだ」神谷が指先でハンドルを叩いた。「これは津山の自供によるんだが……彼女はやり過ぎた。そもそも、警察に雇われた人間を、警察が逮捕するわけがない。海外なら偽装逮捕みたいなこともあるかもしれないが、ここは日本だからな。しかも、札幌の所轄や一課の君たちは、平田の正体を知らない。あいつを逮捕したらややこしいことになっていただろう。水野珠希の正体がばれる可能性もある。ブランの内部でも、彼女に指示した一派と、それに批判的な一派の間で揉めて、結局批判派が勝った。それでブランは——ゴロヴァトフは彼女に訴えを取り下げさせ、函館の実家に引っこむように指示した」

「平田も姿を消しましたよ」

「永井さんによると、それはプロジェクトチームの指示によるものだ。明らかにヘマをしたわけだから、一連の作戦から平田を外さざるを得なかった……しかし半年後、平田は函館に戻って来た」

「それは個人的な判断だったんですか？」

「いや、プロジェクトチームがもう一度平田に声をかけたんだ」

「何ですか、それ」凛は呆れて、両手を広げた。左肩に鈍い痛みが走る。「一度失敗した人間を使うなんて……」

「プロジェクトチームとしては、どうしても水野珠希の尻尾を捕まえたかった。実家に戻って来ているにしても、ブランと接触して何かやっているんじゃないか——そう考えて、平田にまた監視を要請したんだ。それで奴は函館に飛んできて、ご丁寧にダミーで会社まで作ろうとした。その予算は、当然警察庁と道警から出ている」

「二人の間に接触は……」

「なかった。君が知らせなければ、水野珠希は平田の存在を知らないままだっただろう」

凜は顔から血の気が引くのを感じた。自分が余計なことをしたから、平田は殺されたのか——。

「君の行動は関係ないと思う」凜の不安を読んだように神谷は言った。「全てはブランがやったことだ。連中はどこかの時点で、彼女を見限っていたんだと思う。平田にハニートラップをしかけた時点で、彼女は組織にとってはいらない人間、危険人物になったんじゃないかな。平田もそうだ。それでブランは、まず平田を始末することにした。ハニートラップにかけるより、もっと直接的な方法で」

「処刑ですね」凜は低い声で言った。

「ああ」神谷が拳を口に押し当てる。目つきは厳しく、どこかにある真実を射抜こうとでもしているようだった。「問題は水野珠希の方だ」

「彼女は――」

「君は、水野珠希についてどう考える？　やっぱり暴行事件の被害者だったと思うか？」

「罠にかけたというのは、そもそも津山の証言によるものですよね」

「そうだ」

「津山の証言がどこまで信用できると思います？　ゴロヴァトフも捕まえられなかった。本人が嘘をついたか、偽情報を摑まされたか――」

「平田が殺された時、津山は現場にいたと言っている」

「まさか」凜の声がかすれる。「そこまで証言しているんですか？」

「道案内と処刑の見届け役だ。ただし本人は、一切手は出していないと証言している。直接手を下した犯人の名前を白状した」

「ゴロヴァトフですか？」

「いや、別の人間だ。今、所在を確認している。ゴロヴァトフはあくまでリーダーで、自分では汚れ仕事には手を出さなかったようだ」

「実行犯、捕まりますかね」

「分からない」

「珠希さんは……」

「平田を殺すという情報は、ブランから伝わったんだろう。自分も危ないと思って函館を出て、どこかに潜伏していた。半年間は逃げ続けたけど、最後に見つかって処刑されたんじゃないかな」

「冗談じゃないです」凜は吐き捨てた。

「平田殺しに関する情報は、いずれ——たぶん今日にも道警に伝えられるはずだ。ただし、道警がちゃんと捜査するかどうか、俺は怪しいと思うな」

「まさか……殺人事件ですよ？」凜は声を張り上げた。「人が殺されて、犯人の名前が分かっていて、それで逮捕できないなんて……国外に脱出したならともかく、国内にいるなら逮捕できるはずです。ロシア人は、日本では目立ちますから」

「確かに日本には、特定の場所にロシア人コミュニティがあるわけじゃない。中国人や韓国人だったらコミュニティがあるから、そこへ逃げこめば、警察も簡単に手が出せなくなる。桜内が言ってたけど、最近ＪＲ西川口駅の周囲は中国人だらけで、県警でも治安悪化を問題にしているそうだ。ただし、打つ手はない」

「ロシア人の場合は、そうはいかないんですね」

「観光客が増えているから、特に都心部ではロシア人がいても誰も不思議に思わないかもしれないけどな」神谷が、ずっとくわえていた煙草を口から引き抜き、パッケージに戻した。「だからといって、日本のどこにいるのか分からないロシア人を、わざわざ手間暇かけて捜せるだろうか。仮に身元が確認できても、形式的に手配書を回して終わりだろう」

「そんなことはありません。私が捜します。これは私の事件ですから」

「君がむきになって動くと、妨害されるかもしれないぞ。あるいは人事的に、おかしなことになるかも……北海道は広いよな？　例えば網走《あばしり》の方に飛ばされたら、この事件にはもう関与できないだろう」

「どうしてそんなに立件したがらないんですか？　おかしいでしょう」

「君は……横浜の特命捜査で、何も学ばなかったのか」神谷が溜息をつく。

「何言ってるんですか」むっとして凜は言った。

「警察は、自分たちがミスした時には、絶対に素直に認めない。それどころか、失敗がバレないように隠蔽工作だってする。神奈川県警だけじゃなくて、全国どこの警察でも同じようなことが行われている。それは、元締めの警察庁でも同じなんだ」

「まさか」凜は言葉を失った。

「永井さん、日比谷公園で会った時に様子がおかしかっただろう？　あの時点で既に、この事件全体の真相を見抜いていたんだ。自分が騒げば、大事になる。身内を告発することにもなりかねない。だから黙っていた——残念ながら、あの人も結局は警察官なんだ。危ない橋は渡りたくないんだろう」

「情けない話です」凛は小さな声に怒りをこめた。

「ただ、俺は百パーセントそうだとは言い切れない。考えてみろよ。この事件は元々、警察庁の一部セクションと道警が極秘に始めた作戦がきっかけだ。民間人を協力者——スパイとして雇うことは時々行われているけど、そういう場合は十分に準備して、トラブルが起きた時の対策まで考えてから実行に移す。ところが今回は、それが不十分だった——プロジェクト自体が失敗して、死人が出てるんだからな。実態が明るみに出れば、仕かけた人間は間違いなく非難される」

「だからと言って——」

「いずれ、何とか別の方法で落とし前をつけるんだと思う。警察に非難が集まらない方法で、津山と、できればブランの人間を一人二人犠牲にして……それまでは、道警の中でも動きは抑えられるんじゃないかな。たぶん道警のトップ、それに警察庁の然るべき担当者の間で話は決まっているそうだ」

「私は諦めませんよ」凛は言ったが、自分の言葉は虚しく響くだけだった。

「そうか」

「そもそも神谷さん、どうして函館に来たんですか？　有給って言っても……何か調べに来たんでしょう？　本格的に怪しいと分かったら正式な捜査に切り替える。そういうことですよね？」

「そうだよ」

「何が問題なんですか？」

「函館の事件と東京の事件……根っこは同じだと思う。うちはまだ、水野珠希殺しの犯人を諦めていないんだ」

「警視庁は、上から圧力を受けないんですか」凜は少し皮肉をこめて言ってみた。

「警視庁は、プロジェクトチームの作戦にはかかわっていなかった。道警の上の方が何を言おうが関係ない」

「警察庁は……」

「正直言って、それは俺が心配してどうなる問題じゃない。やれるところまでやる。ストップをかけられたら、君の分まで一暴れしてやる。だからちょっと力を貸してくれないか？」

「何のためにですか？」

「水野珠希がどうしてブランのエージェントになったかを知りたい。全ての始まりはそこじゃないか」

5

凜は久しぶりに珠希の実家を訪れた。東京出張から戻って来て初めて——正直、避けていたのだ。あくまで「性犯罪の被害者」だと考えていた人物が殺されて、家族に顔向けできないというマイナスの気持ちもあった。自分は弱い……こういう時、きちんと頭を下げて「努力が足りませんでした」と謝罪するのが、警察官として正しい態度ではなかったか。

訪れたと言っても、すぐには家を訪ねなかった。神谷が「まず観察したい」と言い出したからである。

珠希は東京で火葬に付され、遺骨は妹が函館に運んで来た。まだ納骨はされていないはずだ。妹は函館で数日間を母親と過ごしたのだが、幼い子どもをいつまでも義理の両親に預けたままにしておくわけにはいかず、既に仙台に引き上げたという。つまり今は、この家に母親一人のはずだ。

「神谷さんも、ここに来たんですよね」

「ああ」

「お母さんと話しました？」

「もちろん」

「どんな感じでした？」

「標準的な被害者家族——いや、標準的な、なんて言っちゃいけないな。被害者家族の立場はそれぞれ違う」

神谷は「ちょっと煙草を吸ってくる」と言ってドアを押し開けた。結局今回も、禁煙は失敗ね……凜は助手席に座ったまま、珠希の実家を凝視した。マーチは一階の駐車場に入ったまま。何となくだが、長い間使われていない感じがした。全ての窓のカーテンは閉じており、中の様子は一切窺《うかが》えない。そもそも、母親の彩子がいるかどうかも分からなかった。つまり、こうやって張り込みをしている意味があるかどうか……神谷は何を期待しているのだろう。

五分ほどして、神谷が戻って来た。ドアを閉めるなり、「近くに学校があるんだな」と言った
「地元の名門女子校です」

「もしかしたら、水野珠希の母校か？」

「ええ。妹さんも同じ学校です」

「名門ね……」

「お嬢さん学校です」

「そうか」

「何か？」奥歯に物の挟まったような言い方が気になった。

「いや、そんな学校に通っていた人が、どうしてロシアン・マフィアのエージェントなんかになったんだろう？」

「それは……」凜は声を上げたが、説明するための言葉を持っていないことにすぐ気づいた。「本人以外に、誰か知っている人がいるんですかね」

「家族」

神谷がぽつりと、しかし力をこめて言った。凜は思わず唾を呑んだ。神谷はやはり、家族に突っこむつもりか……止めたかった。彩子は、凜にとって今でも被害者家族である。しかも彩子は短い期間に、珠希に関して三重のショックを受けた。最初は暴行事件。半年後に家出。それからさらに半年後に遺体で見つかった――。

「君が何を考えてるかは分かるけど、ここは非情に徹してくれ」

「私には無理です」凜は思わず弱音を吐いた。「彩子さん――母親の助けになれなかったんです。会わせる顔がありませんよ」

「だったら俺一人で行く。君はここで待っていてくれ」

凜は唇を引き結んだ。神谷は一人でもやるだろう。相手が誰でも、どんな状況であっても、必要と判断すれば突っこんで行く。それがいい状況を生むこともあるが、往々にして相手を怒らせ、傷つけてしまう。加減なしで突っ走らないように、誰かが横にいないと——今、それができるのは自分だけだ。それに、好奇心があるのも否定できない。珠希の人生——若くして数奇な運命に巻きこまれてしまった彼女の歩んできた道を知りたい。

「本当に行くんですか？　いるかいないか、分かりませんよ」

「いるよ」神谷が軽く反論した。「だからカーテンが引いてあるんだ。太陽の光を浴びるのさえ嫌な時もあるだろう」

凛は唾を吞んだ。神谷の言い分は理解できる。実際、光から距離を置いておきたい時は自分にもあった。カーテンを引き、照明を消し、膝を抱えてひたすら時間が経つのを待つ——無駄な行為だった。時間が経っても心と体の痛みが消えることはなく、逆に一時間に一ミリずつ傷が深くなっていくように感じただけだった。

神谷が外へ出た。凛はそのまま……神谷はドアに続く階段を軽快な足取りで駆け上がり、迷わずインターフォンを鳴らした。ズボンのポケットに手を突っこんだまま、しばらく待つ。ほどなく体を少しだけ屈め、インターフォンに顔を近づけた。

神谷の読み通り、彩子は在宅しているようだ。凛は慌てて車を飛び出した。インターフォン越しの会話は終わっていたが、神谷の一段後ろに立つ。

「やっぱりいたよ」神谷がドアの方を向いたまま声を出した。

「どんな感じでした？」

「君が想像しているより、十倍はひどい」

そんなに……凜は反射的に、両手をきつく握り締めた。左肩に小さく痛みが走る。

すぐにドアが開いた。彩子は――半年前に会った時に比べて、優に十歳は年齢を重ねてしまったようだった。髪には白髪が目立ち、頬はたるみ、目の下には隈《くま》ができている。

神谷が深く一礼しても何も言わず、ぼんやりと凜を見るだけだった。焦点が自分に合っている――凜は慌てて頭を下げた。頭を上げたくない、と思ったのは生まれて初めてだった。

しかしいつまでもそうしているわけにはいかない。顔を上げると、彩子と目が合ってしまった。慌ててもう一度一礼。こんなことをしていては、いつまで経っても話が進まない。

「大変な時に申し訳ありません。お線香を上げさせていただけないかと思いまして」神谷が切り出した。

「ああ……ご丁寧にすみません。でも……」

彩子は拒絶しようとしている。拒絶しても別におかしくはない。娘を亡くした母親は、「今は」という一言で、大抵のことは許してもらえる。面倒なこと、辛いことは全て先延ばし――しかし神谷は強く出た。半歩だけ前に進むと、「お時間は取らせません。お線香を上げたらすぐに引き上げます」と迫った。

「申し訳ないですから……」

「申し訳ないのはこっちです」神谷は引かなかった。「娘さんを殺した犯人をまだ逮捕できていません。そのお詫《わ》びの意味もありますので」

「警察の人は何度も来ました。何回も話をしました。もう……」彩子の視線が自分の足元を向く。

「事情聴取は事情聴取で——今回はとにかく、お線香だけ上げさせて下さい」神谷がまた頭を下げる。

結局彩子が譲った。一歩後ろに下がると、神谷を前に通す。神谷はドアを手で押さえたまま振り返り、凜に目で合図した。無言だったが、凜は神谷のメッセージを受け取った。君がやれ。

凜は激しい喉の渇きを感じた。今喋ったら、かすれた声しか出ないだろう。飲みかけのペットボトルのお茶を車に置いてきてしまったことを悔いる。

何度か訪問したリビングルームに通された。かすかに線香の臭いが漂っているが、仏壇は見当たらない……彩子が引き戸を引くと、向こうが和室になっていた。一段と線香の香りが強くなる。

「こちらへ……」

彩子が頭を下げる。促されるまま、神谷が先に立って和室に入った。凛は足が痺《しび》れたような感覚に襲われたが、それでも何とか神谷の後に続く。

仏壇には、中年の男性の写真が置いてあった。骨壺《こつつぼ》は写真の横。納骨の前の骨壺は、こんな形で置いておいていいものか……この仏壇を見るのは初めてだったが、写真は彩子の夫——珠希の父親だろう。珠希は十年ほど前に父親を亡くしている。

そう言えば——遺影を見ているうちにあることを思い出し、凛は頭の中でメモした。珠希の人生を知るためにも、この件は忘れず彩子に確認してみよう。

焼香を終え、仏壇を横にした位置で正座する。彩子は二人の前に座った。すぐに追い出すような気配はない……それを察した神谷が切り出した。

「仏壇のお写真は……ご主人ですか？」

神谷も自分と同じところに目をつけていたわけか。凛はちらりと写真を見た。だいぶ拡大したカラー写真なので粒子が粗いが、目元の感じなどは珠希と似ている。

「はい」

「いつ、お亡くなりになったんですか」

「もう十年になります」

「そうですか」神谷がちらりと凛を見た。助けを求めているわけではなく、「やってみろ」と挑戦を促す感じだった。

「同じ写真を、珠希さんも持っていましたね」

　彩子が顔を上げる。目が少し潤んでいた。この話なら乗ってくると確信して、凜は低い声で続けた。

「決まりですので、珠希さんの持ち物を調べさせてもらったんです。財布の中に、同じ写真――お父さんの小さな写真が入っていました。お父さんがお好きだったんですね」

「珠希が高校生の時に亡くなったんですけど……そうですね。普通は反抗期の年齢ですけど、そんなこともなかったです」

「珍しいですね。私なんか、大変でした」軽い調子で場の雰囲気を和ませようとしたが、彩子の表情は硬いままだ。凜は、自分の笑顔が強張った変なものになってしまったことを意識した。「でも、お父さんも娘さんに好かれて幸せだったでしょうね」

「幸せ――そうですね」

　彩子の目の端から涙が一筋流れ落ちる。まずいスウィッチを押してしまったと悔いて、凜は身を乗り出しかけたが、彩子は指先で涙を拭っただけだった。早くも目は乾いている。

「すみません、余計なことを言いました」

「ご主人は、お仕事は何を？」神谷が割って入る。

「いろいろと……落ち着きのない人でした」

「一番長くやっていた仕事は何ですか？」神谷は引かなかった。

「飲食業ですね」

「食堂とか？　それとも喫茶店ですか？」

「亡くなる前――十年ぐらいは、本町《ほんちょう》でバーをやっていました」

夜の街があまり賑やかでない函館にあって、本町は数少ない繁華街と言っていい街だ。凜はまだあまり馴染んでいないが、市電の五稜郭公園前と中央病院前の停留場の間である。市電の通りからは一本入った細い道路沿いにある繁華街で、ごくささやか……冬場は道路に積もった雪をろくに除雪もしないので、酔っ払って転倒する人が後を絶たない。もっとも、北海道の人は「転び慣れて」いるので、怪我人が出ることは滅多にないのだが。

「バーですか……夜の商売は大変だったでしょうね」神谷がうなずく。

「娘との仲がよかったのは、そのせいかもしれません。あまり顔を合わせなければ、仲が悪くなることもないでしょう」

彩子は皮肉で言っているのではなく、本気でそう思っているようだった。

「何というお店だったんですか？」凜は訊ねた。

「『北の風』です。主人が亡くなった後に知り合いの人が店を引き継いで、今は別の名前になっていますけど」

「引き継いでくれるなら、同じ名前にしてくれてもよかったですよね」

「それはまあ……どうでもいいことです」彩子が溜息をついた。

気詰まりな空気が流れる。何とか会話を続けようと手がかりを探して、凜は室内を見回した。ふと、二枚の写真に気づく、鴨居《かもい》のところに、相当古い白黒写真が飾ってあったのだ。田舎の家ではよくある光景だが、何となく場違いな感じ……ただ、この家の人間――おそらく彩子の夫の父親だろうと想像はついた。やはり目元が似ている。水野家の遺伝子は、目元に強く現れるのかもしれない。もう一枚、女性の写真はもう少しくっきりしたカラーだった。

「あの……余計な話ですけど、あの写真の方はどなたですか？」凜は訊ねた。

「主人の両親です」

「ずいぶん古い写真ですね」

「そうみたいですね」

他人事のような言い方……しかし必ずしも不自然ではないだろう、と凜は自分を納得させた。年齢の離れた夫婦は珍しくない。例えば彩子の夫が十歳年上ならば、写真の男性――彩子の義父は、彩子よりもはるかに年上だろう。ただし奇妙なのは、写真の男性が比較的若く見えることだ。壮年――四十代後半から五十代ぐらいだろうか。若い見た目に古い白黒写真……この写真が撮られたのは相当昔だったのではないか？

何かが気になった。

仏壇と鴨居の上の、三つの遺影。この家族には何か複雑な事情がある気がしてならない。

会話は途切れ、彩子は不機嫌そうな表情を浮かべた。この辺が限界か――神谷が凜に目配せし、彩子に向かって「大変失礼しました。ありがとうございます」と頭を下げる。凜もそれに倣《なら》った。しかし最後に、一つだけ質問を思い出す。

「珠希さんが行方不明になった時、妹さんに言われて行方不明届を出しましたよね？」

「ええ」

「その後、私に電話してきて、あまり無理に捜して欲しくない、という感じで話されました。どういうことですか？　本当は失踪の理由を知っていたんじゃないんですか？」

答えはなく、彩子は首をゆっくり横に振るだけだった。この状況では突っこみきれない――家を出て車に戻りながら、凜はゆっくりと深呼吸する。それまで白黒だった世界に、急に色がついたように感じた。

「やることができました」凜は小さい声で宣言した。

「今夜は、函館の繁華街探訪だな」神谷がすぐに応じた。

「はい――気になります」

「俺もだよ」

「バーのマスターは、そんなに儲《もう》かるんでしょうか？　前から——最初に珠希さんに会った時からちょっと気になっていたんですけど、生活費、姉妹二人の教育費、それにこの家……遺産をたくさん受け継いだのならともかく、そんなに金があったとは思えないんです」

「確かにな」神谷がうなずく。「とにかく今夜中に、会うべき人に会ってしまおう」

うなずき返しながら、凜はやる気が蘇《よみがえ》ってくるのを感じた。結局、刑事にとって一番大事なのはこれなのだ。好奇心と手がかり。特に手がかりは大事だ。どんなに些《さ》細《さい》な手がかりでも、前に進む材料になればやる気が出る。

自分はようやくそれを摑んだのではないだろうか、と凜は期待した。しかし神谷は浮かぬ顔をしている。

「どうかしたんですか？」

「いや……署から応援をもらえるかな」

「聞き込みに、ですか？」

「違う。この家の警戒だ」

「何か——」自分は何か見落としていただろうかと凜は心配になった。

「大したことじゃない。たまにパトカーで見回ってもらえれば……俺は、夜にまたここへ戻って来るし」

「神谷さん、何かあったんですか？」

神谷は何も答えず、運転席に乗りこんだ。無言の時間が、凜の不安をかきたてる。

6

函館の繁華街である本町は、小さなビルが集まっただけの街で、ネオンも控えめである。ススキノに比べれば、大人と子どものようなものだった。午後七時――この街にしては、まだ早朝のような時間に、凜と神谷は少し聞き込みをして、「北の風」が「ノース・ウィンド」と名前を変えたことを突き止めた。場所は、四階建てのビルの二階。神谷が先に立って、ドアを押し開ける。中は薄暗く、目が慣れるまでに少し時間がかかった。まだ時間が早いせいか、カウンターだけの細長い店内に客はいない。

カウンターの中では、店主らしき男が手持ち無沙汰に煙草をふかしている。二人が入ってもちらりと見ただけで煙草を消そうとはせず、ゆったりと吸い続けた。年の頃、七十歳ぐらいだろうか。薄くなった白髪をオールバックにしている。半袖のデニムのシャツにループタイという格好は、若々しいのか年寄り臭いのかよく分からなかった。偏見かもしれないが、凜はループタイと言えばお爺《じい》さんがするもの、というイメージを持っている。

神谷が男の正面に陣取った。凛はすぐ横に座る。

「こんな時間にお客さんが来るのは珍しいね」男——名前は浜本啓太郎《はまもとけいたろう》と分かっている——が皮肉に笑った。

「賑やかになるのは何時頃ですか？」凛は訊ねた。ここは自分の街だから、聞き込みでも主導権を握るつもりだった。

「十一時ぐらいだね。うちは三次会からの店だから」

「だったら、十時開店でもいいんじゃないですか」

「長年こうやってるから」

浜本が二人の前にコースターを置いた。紙製で、「ノース・ウィンド」の店名が凝った書体で書いてある。神谷がかすかに首を横に振り、バッジを示した。

「客じゃなくて警察です」

「ああ」浜本が惚けたような表情を浮かべてうなずいた。「そうだと思ったよ。そちらのお嬢さんもそうでしょう？」

「函館中央署の保井です」

「なるほど……ただならぬ雰囲気があったからね。素人さんじゃないと思ったよ」

「で、こっちは警視庁の神谷です」神谷が自分で名乗った。

「警視庁って、東京から？」浜本が目を見開く。「そりゃあ、えらいことじゃないの？」

「そんなことはないですよ」

神谷がワイシャツのポケットから煙草とライターを取り出し、すぐに火を点けた。結局禁煙は、数時間で破れたわけだ。ガラス製の灰皿を引き寄せると、火を点けたばかりの煙草を置く。無言……話を切り出すタイミングを狙っているのかと思ったが、どうもそうではないらしい。ここも自分にやらせようとしているのだろう。凛は背筋を伸ばして、浜本の顔をまじまじと見た。そうすると、最初の印象と違って、かなり老けているのが分かる。凛は一呼吸置いて切り出した。

「この店のことなんですけど……お知り合いの店を引き継いだと聞いています。以前の名前は『北の風』ですよね？」

「ああ……ずいぶん昔の話だね」

「前の店主――水野聡史《さとし》さんの時代の店名ですね」

「そう」

「どういうご関係だったんですか？」

「元々、俺は客だったんだ」浜本が自分の胸を親指で指した。「この店――『北の風』がオープンした時から通ってたから、初めて会ったのは二十年も前になるかね。十年も一生懸命通ったら、マスターと客じゃなくて友だちになるでしょう」

「分かります」凛はうなずいた。「水野聡史さんのことを知りたいんです。どんな方でしたか?」

「俺より何歳か年上で——いろいろな商売をやってきて、五十代も半ばになってようやく自分の城を持てたんですよ。つまり、この店ね」浜本が人差し指を下に向けた。

「ようやく、ということは……いろいろ苦労されたんでしょうか?」

「まあ、子どもの頃からあれこれと……あなた、元々北海道の人?」浜本が探りを入れるように訊ねた。

「生まれは東京ですけど、北海道の方が長くなりました」彼の質問の真意は分からなかったが、凜は正直に答えた。

「じゃあ、北海道の特殊な歴史についても分かってるよね」

「いろいろな特殊性がありますけど、どの部分ですか?」

「北方領土というか、ロシアとの問題」

肩が触れ合うほど近くに座っている神谷が、にわかに緊張するのが分かった。ここでロシアの話が出てくるとは……まさか、親子二代でロシアと関係していたのか?

「いつの時代の話ですか?」

「それこそ戦前からですよ。俺が生まれる前だから、本当に大昔だよね」

「水野さんは、戦前にロシアで生まれたんですか?」凜は少しだけ想像の翼を広げた。

「サハリン、当時は日本の領土だった樺太《からふと》でね。終戦の時、まだ一歳だったそうですよ」

「その後で北海道に来たわけですか……ご家族は？」

「それが、えらく大変な話でね」浜本の顔が暗くなる。「水野さんのお父さんは、一人でサハリンに残ったんですよ。生まれたばかりの水野さんを奥さんに託して、北海道に帰したんです」

「家族ばらばらですか」

満州やシベリアでは、そういう混乱は珍しくなかった——凜も、知識としては知っている。しかし、実際にそういう目に遭った人の話を聞く——間接的にだが——のは初めてだった。

「お父さんだけがサハリンに残ったそうです。結局家族離れ離れで、だいぶ苦労して育ったらしいね」

「そうでしょうね」凜はうなずいた。

「ただ、ペレストロイカとソ連の崩壊で、かなり状況が変わったみたいだけどね。それまでは簡単に向こうへ行けなかったけど……その後は何度かサハリンに渡って、お父さんとも面会したそうですよ」

「お父さんが帰国することはなかったんですね」

「それは難しかったんじゃないかな」浜本が腕を組んだ。「お父さんは北海道出身だったけど、向こうで暮らしている時間の方がはるかに長かったわけだから……日本語も少し不自由になっていた、と聞きましたよ」

「亡くなったんですよね？」

「水野さんが、店を開く前後だったかな？　向こうで埋葬されていたから、仕方なく写真だけ家から持って来たって言ってました」

それが、彩子の家に飾られていた写真だったのだろうか。あの写真を何とか撮影して浜本に見せたら、何か分かるだろうか……。

「あー、その辺のこと、どれぐらい詳しく聞いてます？」神谷が割って入った。

「いやあ、そんなに詳しくは……」浜本が薄い髪を掌で撫でつける。「この店が開店した時も、もうお父さんが亡くなってから結構経ってましたしね。酔った時に、たまに『親父《おやじ》は可哀想だった』って言ってましたけど」

「何が可哀想なんですかね」神谷が訊ねる。

「息子と妻だけを北海道に逃して、自分は二人のためにサハリンに残ったわけだから……命がけだった、ということでしょう」

「戦争のことは、我々にはよく分からないですね」神谷があっさり認めた。

「それは右に同じくだよ。俺だって戦後の生まれだからね。物心ついた時には、もう戦争なんか遠い昔の出来事でしたよ」

「水野さんには、娘さんが二人いましたよね」凜は話題を変えた。

「ああ」浜本の表情が少しだけ緩んだ。「水野さんは結婚が遅くてね。確か、四十も半ばを過ぎてからだった。歳取ってからできた子どもだから、まあ、溺愛してましたよ。カウンターの奥にずっと二人の写真を飾って、それを季節によって変えてたからね」

「ベタベタですね」

「そう、ベタベタ」浜本が笑みを浮かべる。「娘さんたちも、お父さん大好きだったね」

「どうしてご存じなんですか?」

「娘さんたちがここに遊びに来ることもあったんだよ。もちろん早い時間――今ぐらいの時間だけど、二人にジュースを飲ませて、親子で楽しそうにしてた」

「まだ小さい頃ですか?」

「十歳とか……いやいや、違うな。中学生になってからだ。部活で遅くなった時、家に帰る前にわざわざここに寄って、ちょっと何か食べたりとか飲んだりとか」

学校とこの店の位置関係を考えれば、家に真っ直ぐ帰った方が早いのだが……それだけ父親との時間を大事にしていたのだろう。

「中学生ぐらいになると、父親が鬱陶しいものですけどね」

「そうじゃない親子もいるでしょう。まあ、年齢が離れてたから、親子というよりお爺ちゃんと孫の感覚だったかもしれないけど」浜本が軽く声を上げて笑った。

「だったら、水野さんが亡くなった時には、娘さんたちは大変だったでしょうね」

「俺は葬式に出たんだけど、言葉もないっていうのはあのことだね」浜本の表情が暗くなる。「泣き叫ぶなら、まだ慰めようもある。でも娘さんは二人とも、魂を抜かれたみたいだった。表情がまったくなくてねえ……あれは見てるだけで辛かった」

「この店を引き継がれたのは、どうしてですか?」

「水野さんに頼まれたんですよ。入院中に何度か見舞いに行ったんですけど、その度に『俺が死んだらあの店を頼む』って言われてね。冗談だとばかり思ってたんだけど、実際に亡くなったら、あれは本音だったんだと思えてきてね……奥さんに許可をもらって、そのまま店を引き継いだんです。店名は変えたけど、内装も出す酒も昔のままでね」

「遺志を継いだわけですか」

「そんなに大袈裟なものじゃないよ」浜本が笑い飛ばした。「水野さんにすれば、ここは特別な場所――いろいろな仕事をやった後にたどり着いた、我が家みたいな場所だったんじゃないかな。自分が死んだ後で、それがなくなると考えたら辛かったんでしょう」

「え?」

「でも、いきなりですか?」

「いえ……」凜は言葉を選んだ。「浜本さんは、お仕事は何をされていたんですか?いくら常連だったと言っても、いきなり水商売を始めるのは大変だったんじゃないですか？」

「そこは一念発起してね……ちょうど私も、会社を定年で辞めるタイミングだったから、第二の人生を踏み出すのにちょうどよかったんですよ。それからもう何年かな……函館みたいな小さな街で潰れずにやってきたんだから、まあまあ及第点でしょう」

凜は言葉を切り、よく磨きあげられたカウンターを見詰めた。神谷も沈黙を貫く。浜本が新しい煙草に火を点けるライターの音が、やけに大きく響いた。

知りたいことはいくらでもある。時間は大丈夫だろう――客は入って来ないし、暇を持て余した浜本の話は止まらない。

「娘さんが亡くなられたんです」

「ああ」浜本の顔に影が射した。「ニュースで見ましたよ――それで、東京の人が来たわけだ」

納得したように浜本がうなずき、神谷の顔を見た。神谷がうなずき返す。二人の間で無言の会話が行き交ったようにも見えた。逆に、自分は何か見逃していないだろうか？気を取り直して質問を再開する。

「最後に娘さん――珠希さんと会われたのはいつですか？」

「何だい、俺を疑っているわけ？」浜本が豪快に笑ったが、凜が答えなかったので、急に真顔になって唇を引き結んだ。

「最後に会われたのはいつですか？」凜は質問を繰り返した。

「真面目な話で？」

「真面目にお聞きしています」

「だったら、水野さんの葬式の時だよ。珠希ちゃんはあの後、東京の大学へ行ったんじゃないかな」

「そうです」

「そこから先のことはよく知らないけど……ずっと東京にいたわけ？」

「いえ、卒業してから、札幌の旅行会社に就職しました。でも一年ほど前に辞めて、函館の実家に戻って来たんです」

「何だ、それだったらここへ顔を出してくれればよかったのに。もう呑める年齢だったんだしさ」

「いろいろあったようです」

「娘さんには絶対に苦労させないようにって頑張ってたのにねえ」

金の問題はなかったのかもしれない。しかし、やはり疑念は残る。どれだけ頑張っても、こういう小さな店ではそれほど儲かるはずがない。この店を開くまでは、いろいろな仕事に手を染めては離れていたのだし……。

「珠希さんは、ロシア語が専門でした」

「ああ、なるほどね」納得したように浜本が言った。「親父さんもロシア語が得意だったから。その影響じゃないかな」

「ロシア語って、そんなに簡単に勉強できるものなんですか？」

「水野さんは必死で勉強したって言ってたよ。ほら、親父さんの関係があるから……何度かサハリンにまで会いに行ったんだけど、その時にロシア語が喋れないといろいろ大変だろうからって……親のことだから、必死になったんでしょうねえ。そう言えばこの店にも、昔はよくロシア人が来てましたよ」

「今は？」

「今は来ないね」浜本が苦笑した。「水野さんがロシア語を話せたから、ロシア人も自然に集まって来たんじゃないかな。溜まり場みたいな感じで」

「函館には、そんなにロシア人はいませんよね？　最近、観光客は多いですけど」

「昔から、仕事で来る人は結構いたんですよ。もちろん、ソ連崩壊後だけど。正直言って、怪しい商売の人もいたね」

「密輸とか？」

「俺も、ロシア語を勉強してたら、連中が何を喋っていたか分かったかもしれないけど……余計な口出しをしたら、消されてたかもしれないね」

浜本が声を上げて笑ったが、凜はまったくつき合う気になれなかった。ロシアとのつながりは、珠希の父親——もしかしたら祖父にまで遡るのだろうか？

店を出ると、街は少しだけ賑やかになっていた。とはいえ、ススキノの賑やかさを知っている凜からすれば、やはりささやかなものだった。

「飯を食い忘れてたな」神谷が切り出す。「この辺で、どこか美味いものを食べさせる店はあるかな」

「本町付近は呑み屋ばかりなんですよ。五稜郭公園前まで出れば、早く食べられる店が何軒かあります」

「じゃあ、少し歩こうか」

二人は肩を並べて歩き出した。ほどなく、五稜郭公園前の停留場に出る。市電のレールがぐっと大きくカーブする交差点で、ここも函館の中心街の一つだ。ただし、どちらかというと昼間の街と言うべきだろう。ローカルなデパートを中心に、買い物客で賑わう。一応、函館中央署の最寄りの停留場でもあるので——歩くとかなり遠いが——凜には馴染みの場所だった。

結局、交差点から少しだけ北へ向かって歩き、カレー屋に入る。

「海鮮じゃないんですけど……」時間優先で選んでしまって申し訳なく思いながら、凜は言った。

「仕事中の食事はカレーに限るよ」

「もう仕事になったんですね」

「もちろん」

二人は手早くカレーの夕食を済ませた。この店には何度か入ったことがあり、可もなく不可もない味だと分かっている。しかし神谷は、「北海道はどこも飯が美味いよな」と満足そうだった。

「慣れたらそうでもないんですけどね」

「飯に関しては、北海道と福岡は間違いないよ。この前福岡で、皆川と会って来たけど……」神谷の表情が一瞬歪んだ。「奴には嫌な思いをさせた」

「取り逃がしましたからね」

「せっかく手伝ってもらったのに、空振りだからな。前の日に奢っておいてよかったよ」

「一食分ぐらいじゃ、穴埋めにならないと思いますよ」

「君はきついな」

「……すみません」凛はすっと頭を下げた。

「ここでやりあっていてもしょうがない」神谷は肩をすくめ、スマートフォンを取り出した。時刻、さらに電話やメールの着信を確認しているのだろう。何もなかったようで、すぐに背広のポケットに落としこむ。「所轄の方、警戒はちゃんとしてくれているんだろうか」

「大丈夫だと思います。ただ、説得するのは大変でしたけど……神谷さんがきちんと説明してくれないから」

「察してくれよって言ったら無理があるかな」

「私はまだ、神谷さんほど読みが深くありません」

「もう十分だと思うよ」

そんなことはない……彩子の家を警戒する具体的な理由は何もないのだ。神谷は妙に警戒している様子なのだが。

「気になることがいろいろあるんだ」神谷が珍しく溜息をついた。

「例えば？」

「今の話がまさにそうだ。親子三代、ロシアと関係があるというのは……昔も今も、あの国は難しい」

「それは私も思いました」凜はうなずいた。「特にお爺さん……戦後ずっとサハリンに残留していたなんて、すごい話ですよ」

「珍しいことなのかな」

「正確なところは知りませんけど、戦争が終わっても帰国できなかった日本人はかなりいたようです。難しい場所なんですよ」

「そうだな」

「難しいという意味では、今も同じかもしれません。サハリンに外国人が立ち入りできるようになったのは、ゴルバチョフ時代の一九八九年ですから、ほんの三十年前ですよ」

「よく知ってるな。北海道では常識なのか？」

「常識とは言いませんけど、ここで暮らしていたら自然に分かります」

「そうか……」神谷が一瞬目を閉じた。「何と言っていいか分からないけど、何かありそうなんだよな」

「そうですね」凜も同意した。「でも、サハリンで何があったかなんて、調べられないでしょう。現地に行くわけにもいかないですし」

「ハバロフスクとか？」

「それはロシア本土の方です。サハリンで一番大きな街は、ユジノサハリンスクですよ」

「勉強不足だな」神谷が頭を掻いた。「ここで調べられる限りのことを調べるしかないだろう。例えば、サハリンの在留邦人については、どこで調べられるかな」

「道庁である程度分かると思いますけど……お爺さんはもう亡くなっていますよね」

「何かデータでもあれば……いや、無駄か」

どうも今日の神谷ははっきりしない。普段から、強烈に我を押し通すタイプでもないのだが、今日は自分の台詞にすら自信が持てないようだった。

「神谷さん、煙草吸ったらどうですか？　ここ、吸っても大丈夫ですよ」

「何で」

「煙草を吸った方が頭が冴えるんじゃないですか？　今日はどうも……優柔不断ですよ」

言われるままに神谷が煙草を取り出したが、火は点けなかった。

「これで頭が冴えたら、ドーピングみたいなものだよな」

「それでもいいんじゃないですか？　違法じゃないし」

「遠慮しておく」神谷が寂しげな笑みを浮かべた。

寂しいのはこっちの方よ、と凜は思った。神谷は何か問題を――あるいは疑念を抱えている。それを自分に明かして欲しかった。二人で考えれば、何かいい解決法が浮かぶかもしれないのに。

7

凜と別れる時には一悶着あった。ホテルのすぐ近くを通り過ぎた瞬間、凜が「どこへ行くつもりですか」と敏感に気づいたのだ。

「家まで送るよ。俺はホテルまで歩いて帰るから」

「そうじゃなくて、わざわざツインルームを取ったんですよね？」

「あー、まあ、俺は仕事になってしまったから。ちょっとけじめというか」

「神谷さんに、けじめなんか必要なんですか？」

「真面目に言ってるんだぜ」

凛はまったく反応しなかった。そんなに俺と一緒にいたいのかと密かににやけてしまったが、神谷としては、この先まで凛を連れて行くわけにはいかない。何があるか分からない――トラブルになったら、怪我をしている凛は、さらにきつい目に遭うことになる。

彼女の機嫌を取るのは諦め、黙って別れた。ホテルまで歩いて帰る時にかすかな寒さを感じ、荷物に忍びこませたカーディガンの存在を思い出す。背広の下に着込むと、ちょうどいい具合になるはずだから、張り込みの時に使おう。

手早くシャワーを浴びて、必要な電話を何本かかけて交渉を終え、ほっとして少し休憩する。凛と別れた後で急に煙草が欲しくなり、シャワーの後で立て続けに二本吸った。どうも、自分と煙草の関係は微妙になっているようだ。

十時。何かあるとしたらもう少し先だろうが、それでも神谷は早めに出ることにした。

前倒しは仕事の基本である。フロントに電話をかけてタクシーを呼んでもらい、出発の準備を整える。不安ではある……自分は丸腰なのだ。一方、相手は銃を持っている可能性が高い。パトカーは巡回しているだろうが、上手く邂逅《かいこう》できるかどうかは分からない。いっそ凛に自分の推測を全て話して、大がかりな作戦を立てることも考えたが、それも危険だ。本部に連絡が入ると、またストップをかけられる恐れがある。取り敢えず所轄だけの手を借りて、最低限の人手で何とかするしかない。

とにかく、止まってはいけないのだ。止まったらその時点でまた犠牲者が出る。

暗かった。彩子の家は、函館市内でも高級な住宅地の一角にあるのだが、まるで全ての家が闇の中に消えてしまったようだった。家から少し離れた位置に立つと、カーテンの隙間からかすかに漏れる灯りが見える。まだ起きているのか……。

インターフォンを鳴らすわけにはいかない。ただひたすらここで待つだけだ。そのための準備として、神谷は家の周りを一周した。一軒家なので裏口があるかとも思ったが、幸い入り口は正面玄関だけである。ここを見張っていれば、見逃すことはないだろう。

最初の一時間はあっという間に過ぎた。まだ時折車も行き交っており、目立たないように場所を変えたりしているうちに、時間が経ってしまう。しかし十一時を過ぎると、街は本当に死んだようになった。まあ、住宅街というのはこういうものだが……しかしこの暗闇は、都内では滅多に見られないものだった。

時折スマートフォンを取り出して、着信を確かめる。電話もメールもなし。何かとうるさい両角が突っこんでくるのではないかと思ったが、今はまだ放置状態だ。彼の感覚では、神谷はまだ「休暇中」なのだろう。夕方連絡を取って報告を入れていたら、細かくチェックが入ったかもしれない……余計なことをしなくてよかった。

十一時過ぎに、パトカーがゆっくりと通りかかった。当然、パトランプも回していない。神谷は一瞬車道に飛び出して、両手を広げた。パトカーが急停止し、運転席の窓が開いて制服警官が顔を見せる。露骨に怒って「危ないぞ!」と声を荒らげた。

神谷は急いでパトカーに駆け寄り、バッジを示した。それで、制服警官の表情が一気に和らぐ。敬礼まではしてくれなかったが、いかにも頼りになりそうなベテランだったので、神谷の緊張も緩和された。

「警視庁の神谷です」

「ああ、中央署の田宮《たみや》です。話は聞いてますけど……どういうことなんですか?」

「昼間、明らかに様子がおかしいロシア人を見かけたんですよ」凜を車に残して煙草を吸いに行っている時のことだった。「車を停めて、中で煙草を吸ってましてね。しかも一人きり」

「観光客じゃないんですか?」

「そういう様子じゃなかった。だいたい観光客だったら、一人ってことはないでしょう」

「まあ、そうですね」制服警官が認めた。

「どれぐらいのペースで回ってくれてるんですか」

「二時間に一度」

それで、今まで見かけなかったわけだ……警戒としては緩いペースだが、神谷の立場では無理は言えない。凜に黙って——危険な目に遭わせるわけにはいかない——函館中央署の刑事一課長に頼みこみ、警戒を頼んだのだ。引き受けてくれただけでもよしとしないと。

「車はレヴォーグ——ナンバーも確認できてますね」神谷は念押しした。

「ええ」

昼間目撃した時に、神谷は反射的に車種とナンバーを控えていた。これは、警察官としての癖のようなものだ。

「盗難車でしたね」神谷は既にその情報を聞いていた。

「ええ。ですから、この車を発見したら職質して、窃盗容疑で逮捕できますよ……それで、どんな人間だったか覚えてますか？」

「外人さんの年齢は推測しにくいんですが……四十歳ぐらいですかね。背は高くないけど、がっしりした体格で、髪は黒。無精髭を生やしてました。服装は、黒いポロシャツ。下半身の方は確認できてないですね」当然、服は着替えている可能性もあるが。

「さすが、警視庁の刑事さんは観察眼がしっかりしてらっしゃる……それで、煙草の銘柄は？」

神谷は一瞬黙りこんだ。本気で考えてしまったのだが、制服警官はすぐに、「冗談ですよ」と言って笑った。

「今の人相で申し送りしておきますよ。次も私が来るとは限らないので」

「お願いします」神谷は頭を下げた。「ところで、ロシア語は大丈夫ですか？」

制服警官が怪訝な表情を浮かべたので、今度は神谷が「冗談ですよ」と言った。制服警官の顔が一瞬引き攣ったが――引き分けだと判断したのか、すぐに平静な顔つきに戻る。職質レベルでもロシア語が話せる警官はまずいないはずだが、英語で何とかなるだろう。

「保井部長は……」

「彼女は、怪我で休暇中でしょう」

「ちなみに、どういうご関係で？」

「昔、一緒に警察庁に呼ばれてえらい目に遭ったんですよ」

「ああ、あの時の……」制服警官が納得したようにうなずいた。神奈川県警の特命捜査については「余計なことは口外しないように」と永井から釘を刺されていたのだが、自分たち以外の人間が話してしまうこともあるだろう。実際、「あの事件で」と言うと奇妙な表情を浮かべる人が多い。

「腐れ縁みたいなものでしてね」神谷は肩をすくめた。「ま、今回はご迷惑をおかけしますが、よろしくお願いします」

「ご依頼とあれば、何なりと……では」今度は、制服警官は敬礼してくれた。

神谷も敬礼を返しながら、少しだけ後ろめたい気持ちになっていた。

警視庁と他の県警は、基本的に同等の関係である。規模の違いこそあれ、どちらが偉いということはない。しかし地方へ出張した時に地元の警察官に挨拶すると、だいたい異常に緊張されるのだ。大抵の地方よりも東京の方が事件が多いから、豊富な経験を積んでいるのは間違いないのだが。

ここでまた一人になる――いい気分転換にはなったが、たぶん二時間後まではまた一人きりだ。それが不安ではある。日付が変わった直後が一つのタイミングだろう。相手は闇の暗さをよく知っているはずである。

ふと、視界の片隅で何かが動いた。慌てて素早く周囲を見回すと、彩子の家――二階の窓のカーテンが少し大きく開いていて、彩子が顔を覗かせていた。しかしすぐに閉まってしまう――戸締りの確認だろう。

この作戦は実はまずいのだ、と神谷は認めた。本当に彩子を守るつもりなら、この家からどこか別の場所に移ってもらうのがいい。ホテルなら、セキュリティもずっとしっかりしている——いや、珠希もホテルで殺されたのだと思い出す。ホテルは必ずしも安全な場所ではない。

いずれにせよ、自分は彩子を囮《おとり》にしているようなものだ。

家を見たまま、少しずつ体を動かす。左右のアキレス腱《けん》を伸ばし、肩を上下させ、膝の屈伸も。そうやって体が固まらないように気をつけながら、時々場所を変えた。

午前零時を過ぎた。函館中央署の連中が正確にパトロールを続けてくれれば、この家の周囲を回るのは午前一時、三時、五時とあと三回である。七時には完全に明るくなって人通りもあるはずだが、五時ではどうか。そろそろ日の出の時刻だろうが……判断が難しい。もしも今夜何も起きなければ、今後はどう動くべきか。明日も昼間は別のことをしたいが、完全な徹夜のまま動き回るのは厳しいかもしれない。それに今夜空振りすれば、明日も同じ監視の繰り返しになる。先が見えない捜査だが、神谷には一つの予感があった。

何かあるとしたら、今夜だ。

相手は、既に何日かかけて下見をしていた可能性もある。彩子は基本的に外にも出ずに喪に服しているから、行動パターンも何もないのだが……。

午前一時、先ほどとは違う制服警官が回って来た。今度は若い男で、明らかに緊張している。神谷が近づいて行くと、ウィンドウが下がり、きちんとした敬礼で出迎えられた。


「現状、異常はありません」

「車も見当たらないね？」

「ええ」

「了解」と言って神谷はうなずいた。向こうが近くで待機しているとは思えない。それなりに離れた所にいて、決行時刻に合わせてこちらへ来るだろう。神谷が懸念しているのは、相手が複数いるケースだ。一人なら、自分一人でも何とか制圧できる。しかし相手が二人以上いたら相当厳しい状況だ。

「申し訳ない。空振りに終わる可能性もあるけど――」

「通常のパトロールの範囲内です。あの……今夜は平穏で特に何もないので、何だったらこちらでずっと待機しましょうか？　ここでずっと立ったままではきつくないですか？」

「それは問題ない。パトカーがずっといてくれれば抑止力にはなるけど、逆に相手が近づいて来ないだろう？　何とかここで相手を捕捉したいんでね」

「この家が囮ですか？」

「絶対に漏らすなよ。バレたら問題になる」

神谷は唇の前で人差し指を立てた。若い制服警官が真顔でうなずき、もう一度敬礼する。窓を下げたまま、走り去って行った。

また一人きり……時間の流れが遅くなったような感じがした。こういうのは慣れている、いつものことだと自分に言い聞かせても、どうにもならなかった。感覚を自在に変えることはできない。

二時……二時半……街は完全に眠りについていて、音さえしない。この辺には街灯さえないので、ほぼ完全な闇に包まれていた。もっとも、闇に目が慣れて、何となく周囲の様子は分かるようになっていたが。

二時四十五分、ふと気配が変わった。何かが来る——車だ。周囲を見回すと、一台の車が市電通りの方からヘッドライトを消したまま近づいてくる。スピードはあまり出ていない。まるで、周囲の様子を観察しながら運転しているようだ。明らかに怪しいが、闇に埋もれていて車種もナンバーも分からない。

電柱に背中を預けていた神谷は、ゆっくりと身構えた。正面には彩子の家。何かあったらすぐに飛び出せる。

何か——車が急にスピードを上げた。何のつもりだ？　彩子の家は、一階が駐車場になっていて、マーチが停まっている。しかしそこへ無理やり突っこみ、車を爆発させれば——車を使った自爆テロでよくあるやり口だ。もしもあの車が爆薬や多量の油を積んでいたら、家は一気に炎に包まれる。

神谷は反射的に走り出した。急に灯ったヘッドライトの光を正面からまともに浴びて、目が眩《くら》む。目の高さに手を上げて光を遮ろうとしたが、一度光にやられた視力は、簡単には回復しなかった。

その時、背後からエンジンの甲高い音が聞こえてくる。一気に加速してきて、自分を追い越した車が急ハンドルを切り、レヴォーグの進路を塞ぐ。そのまま激しい衝突音が響き、鼻先同士が衝突した。

凜。

クソ、何でここに？　神谷は慌てて走り出したが、二台の車はその場で停まったままだった。レヴォーグはバックして離脱しようとしていたが、思ったよりもダメージが大きかったようで、まともに動けない。ギシギシと嫌な音が聞こえてきた。凜の車の運転席ではエアバッグが開いている。

「凜！」叫ぶと、運転席のドアが開いて凜が転がり出て来た。どこかダメージを受けた様子——神谷は路上にへたりこんだ凜を一瞥《いちべつ》してレヴォーグのドアに手をかけ、運転席の男の襟首を摑んで引っ張り出した。奥襟を取ったまま、払腰《はらいごし》で投げ飛ばす。思ったよりも体重があり、体が一瞬揺らいだが、何とか相手を地面に転がすことができた。そのまま左腕を極《き》めにかかる。男が暴れたが、予想していたよりも抵抗は少ない。衝突の際に、どこかを傷めたようだ。

その時、定時よりも少し早く、パトカーが到着した。異変を察知したのか、サイレンを鳴らし、パトランプも回している。二台の車のすぐ近くで急停止すると、二人の制服警官が飛び出して来た。

「こいつだ！」神谷は左腕を極めたまま叫んだが、その時男が必死にもがいて、右腕を振った。拳の中で、小さく何かが光る。

轟音《ごうおん》とともに、レヴォーグが炎に包まれた。

「何だって？」神谷は聞き返した。凜が顔をしかめる。

「そんな大声出さなくても、聞こえてますよ」

「俺が聞こえないんだ」

深夜の病院――現場のすぐ近くに救急指定病院が何軒もあるのは幸いだった。大きな怪我はない――しかし神谷の耳は、何かで塞がれたように聞こえが悪くなっていた。相手が何を言っても、遠くでくぐもっているようにしか聞こえない。

凜が、神谷の頰に手を当てた。これで治療のつもりだろう……冷たい掌の感触は嬉しいが、聞こえにくさは改善されない。凜がスマートフォンを取り出し、何かを打ちこんだ。その動きだけでも痛みが走るようで、ずっと顔をしかめている。

凛が画面を示す。「新しい怪我なし」とあった。

「よかった」

「だから、聞こえてますから」

神谷は首を横に振り、ロビーのベンチに腰かけた。午前五時……爆発から二時間以上が経ったものの、病院は依然としてざわついていた。レヴォーグを運転していたロシア人、神谷と凛、それに制服警官二人が病院に担ぎこまれていたのだ。一番重傷そうに見えたのは、午前一時の定時巡回の時にも来てくれた若い制服警官で、爆発で吹き飛んできたガラスの破片に右胸を直撃され、緊急手術中だという。命にかかわることはないそうだが、心配だった。

　午後十一時の巡回の時に来てくれたベテランの制服警官・田宮が姿を見せた。もう一人、背広姿の男も。こちらは夜中に呼び出されたせいか、髭を剃《そ》る暇もなかったようだ。凛がきつそうな表情を浮かべて何とか立ち上がり、一礼する。しかしすぐにへたりこんでしまった。

「うちの古澤刑事一課長です」凛がかすれる声で紹介してくれた。

「ああ、どうも……」神谷はひょいと頭を下げた。電話では話していたが、会うのはこれが初めてである。

「困るな」古澤が眉間に皺を寄せた。「こういうことなら、もう少しきちんと作戦を立ててやらないと……無茶ですよ。あんたの話では、通常の警戒の範囲を出ないはずだった」

クソ、文句を言われている時は、どうしてこうはっきり聞こえるんだ。しかし神谷は愛想笑いを浮かべて、「ここまでの事態は想定していませんでした」と素直に言った。

「まるで自爆テロじゃないか。家に突っこまれたら、この程度の被害じゃ済まなかったんだぞ」

「この程度？　十分な被害ですよ」ようやく聴力は回復してきたようだった。自分の話す声は、依然として耳の中で鳴り響いている感じだったが。

「保井も何だ！　公傷で休暇を出したんだぞ。それを夜中にのこのこと……お前は函館中央署の刑事だろうが！　いったいどこを向いて仕事をしてるんだ！」

「彼女は怪我人ですよ」神谷は助け舟を出した。

「ああ？」

「お説教は後でいいんじゃないですか？　少し休憩も必要です」

古澤の眉間の皺がさらに深くなる。ちらりと腕時計を見ると、「朝九時に署に出頭しろ」と凜に命じた。

「分かりました」凜が青い顔でうなずく。

「それからあんたも――九時だぞ、九時」古澤が神谷に人差し指を突きつける。

「俺は、そちらの指揮下にありませんが」

「被害者としてだ！」

それならもう少し被害者扱いして欲しいと思ったが、神谷は言葉を呑みこんだ。さすがに、軽口を叩いている場合ではない。

「では、九時に伺います。ロシア人の方はどうですか？」

「あの現場にいた中では一番軽傷だ。これから逮捕する。容疑は爆発物取締罰則違反、車の窃盗」

「殺人未遂はつけられませんか？」

「そいつは再逮捕の時の材料に取っておく。いいな？　九時だぞ」古澤が念押しした。

「九時で」神谷はうなずいた。

古澤が肩を怒らせたまま去っていく。同行していたベテランの制服警官は一瞬振り返り、神谷に向けて小さな笑みを作ってみせた。やるな、とでも言いたげだった。

それで少しだけ緊張が解れて、神谷は凛の隣に移動した。

「少しここで休ませてもらった方がいいんじゃないか？　九時前に迎えに来るよ」

「冗談じゃないです」凛が首を横に振った。「この前まで入院していたんですよ？　病院は本当に、肌に合いません……できたら、神谷さんのホテルに泊めてもらえませんか？」

「分かった」

神谷は立ち上がった。凛も立ち上がろうとしたが、苦労している。しかし神谷が手を差し伸べると「大丈夫です」と硬い口調で断った。こんなところで意地を張らなくてもいいのに。

病院からタクシーを呼び、ホテルへ向かう。こうやって車で動き回っていると、函館は本当に小さな街なのだと実感する。いや、面積は広いのだが、そのほとんどが山なのだ。人は、南西部のごく狭い平野部、それに海沿いの街道にへばりつくように住んでいる。

五時半。今から横になっても眠れないだろう。しかし凛はそんなことは考えてもいない様子で、汚れた服のまま窓際のベッドに横になると、すぐに寝息を立て始めた。ひびが入った鎖骨が痛くて寝返りを打てず、夜はよく眠れないと言っていたのに。疲労感が痛みを上回ったのだろう。

神谷はテーブルにつき、煙草に火を点けた。苦いだけで、軽い吐き気がこみ上げてくる。すぐに煙草を灰皿に押しつけ、隣で眠る凛の顔を見遣った。穏やか……ではない。どこか苦しげで、金縛りにでもあったかのように緊張しきっている。それでもかすかな寝息が聞こえるので、眠っていると分かるのだが。

シャワーを浴びたいが、そうすると凛を起こしてしまうだろう。少し寝るしかないか……スマートフォンの目覚まし時計を八時に合わせ、窓から遠い方のベッドに横たわる。腹の上で手を組んで目を閉じたが、眠れそうになかった。

凛はどうしてあそこに現れたのか。まだろくに話していないので彼女の真意は分からないが、神谷にすれば嬉しいことではあった。助けに来てくれたことではなく、自分と同じ考えに至ったことが。「こういう理由で怪しい」「だからこうしてくれ」と指示するのは簡単なのだが、それではいつまで経っても刑事として成長しない。今回の件で、凛は刑事として一段階段を上がったと思う。

ただし神谷自身がそれを望んでいるかどうかが分からない。凛が刑事として成長し、道警の中で重いポジションを占めるようになればなるほど、神谷との距離は開いていく。しかし彼女がそれを希望しているか分からず、確認する勇気もない……この歳になって情けない限りだ。

こういう宙ぶらりんの状態が、自分たちに合っているのかどうか。遠距離恋愛にもほどがあるし、自分の方がだいぶ年上で、彼女に比べれば、刑事としても人間としても時間は残されていない。

まあ……今すぐ結論を出さなくてもいいだろう。焦るような話ではない。今までも、こうやって先送りにしてきたのだ。

コーヒーの香りで目覚めた。

手探りでスマートフォンを取り上げ、時刻を確認すると、七時五十分。目覚ましが鳴る前に起こされてしまった――と少しむっとしたが、わずか十分早いだけだ。

目の前に凛がいた。

「コーヒー、淹《い》れましたよ」

部屋にはエスプレッソマシンがあったが、使い方がよく分からなかったので、手はつけていなかった。

上体を起こし、小さなカップを受け取る。ダブルエスプレッソの量だ……一口飲むと、強烈な苦味であっという間に眠気が吹き飛ぶ。

「先にシャワーを浴びていいですか？」凛が遠慮がちに切り出した。

「手伝おうか？」神谷は純粋に厚意から言った。凛の左肩、まだ包帯でぐるぐる巻きのはずである。

「大丈夫です」凛が真面目な顔で言って、バスルームに消えた。神谷は、そのまま寝てしまったので皺くちゃになったワイシャツを着替え、コーヒーを飲みながら今朝初めての煙草に火を点けた。起き抜けなので喉にきついが、眠気覚ましにはちょうどいい。ふと思いついて、両角に電話をかけた。

「お前……無事なのか？」

「無事ですよ」もう函館の事件を知っているのか。だとしたら、どうして昨夜というか今朝、電話してこなかったのだろう。

「あんなとんでもない状況だったら、すぐに電話してくるのが筋だろうが」

「病院で治療を受けてましてね……耳をやられて、話がしにくかったんですよ」

「今は普通に話してるじゃないか」

「回復しました」実際、怒りに満ちた両角の声だけではなく、凛がシャワーを使う音も聞こえる。「仕事として、しばらくこっちにいますよ。逮捕した奴が、水野珠希殺しの実行犯である可能性もあります。できれば吐かせて、再逮捕の準備まで持っていきたい」

「道警の獲物だろうが」

「道警がどこまで本気で捜査するかは分かりませんよ」

「……例の件か」

「ええ。係長は、圧力に潰されないように気をつけて下さい」

「プレッシャーが俺のところへ降りてくるまでには、何重もの壁があるさ……とにかく、連絡を密にしろよ。こっちからの電話も無視するな」

「了解です」

電話を切ってコーヒーを飲み干す。苦みが喉を焼き、今日一日を乗り切る活力が湧いてくるのを感じる。凜が手早く身支度を終えてくれれば、ホテルで朝飯を食べていこう。経験から、北海道のホテルの朝飯が美味いのは知っている。人は結局、何を食べるかだ。そして誰と一緒にいるかだ。

8

凜と神谷は、函館中央署で事情聴取を受けた後、放免された――正確には追い出された。神谷はあくまで部外者。凜は怪我の治療のため。古澤の言葉遣いは丁寧だったが、「さっさと出て行ってこれ以上近づかないでくれ」が本音だと、凜にはすぐに分かった。古澤の怒りは本物だったが、今回は気楽に構えることにする。事件の背景は複雑で、まだどこかから横槍が入るかもしれないが、取り敢えず犯人はこちらの手中にあるのだ。現行犯で逮捕した犯人を、みすみす手放すわけにはいかない。そんなことをしたらあまりにも不自然だ。神谷が目の前で全てを見ているし、凜の車に取りつけられたドライブレコーダーの映像も、彼の証言を裏づけるだろう。

「まず、謝らせてくれ」署を出るなり、神谷がいきなり切り出した。「俺の行動は勝手だったな」

「ああ……」凜の心には、嫌な澱《おり》のようなものがある。神谷が自分の怪我を心配してくれたのは分かっているが、「外された」意識も消えない。「いいです。間に合いましたし」

「その件はお礼を言うよ。命を救ってもらった」

「いえ……」

「さて、これで許してもらえると思うけど、どうする？　静養か？」神谷が話題を切り替えた。

「私たち、行くべき場所があるんじゃないですか？」

「――そうだな。ただ、今は無理だぞ。署で事情を聴かれてるようだから」

「だったら夜ですね」

「焦る気持ちは分かるけど、夜までは無理なことはしない方がいい。昼間は休んで、必要なら病院に行って治療を受けて――体のことを第一に考えよう」

「そう言って、神谷さんはまた一人で勝手に動き回るつもりじゃないんですか？」

「こっちもガソリン切れだ。少し寝るよ」

「これで安心していいんですかね。もしかしたら他にも仲間がいて――」

「それは心配いらないと思う」神谷が自分に言い聞かせるようにうなずいた。「現行犯で逮捕されたことは、もう他の仲間も知っているだろう。つまり、警察がブランの存在を認識して、警戒しているということが分かったはずだから、簡単には手を出せないだろう。だいたい連中だって、そんなに暇じゃないはずだ。撤退で忙しいんじゃないか?」

「……楽観的ですね」

「悲観的になってもしょうがないさ。夕方、改めて落ち合おうか。ゆっくり夕飯でも食べて、それから彩子さんに会いに行こう」

「そうですね……でも、今後は勝手に動かないで下さいよ」凜は釘を刺した。

「ああ」

二人は何となく並んで歩き出した。署にいる人間からは見えてしまうかもしれないが、もうどうでもいい、という気分だった。からかわれでもしたら「つき合っている」と堂々と宣言してもいい。それで何が変わるわけでもあるまい。

いや、もしかしたら何かが変わる——新しい道が目の前に現れるかもしれない。

昼食も抜いてたっぷり寝て、凜は体の強張りが少しだけ薄れているのを感じた。二度目のダメージのせいで肩の痛みは激しくなっているが、我慢できないほどではない。神谷に電話を入れると、眠そうな声で「そっちへ迎えに行くよ」と言った。

神谷はレンタカーを調達してきて、三十分後に姿を見せた。午後五時——夕食には少し早いし、そもそも食欲もない。朝は神谷が泊まっているホテルで普通に食事をしたのだが。

「どうする？　少し早いけど、飯は？」

「先に彩子さんのところへ行ってみませんか？　もう署からは帰っていると思います。神谷さん、お昼は食べたんですか？」

「食べたよ」

「まさか、例のハンバーガー？」

「いや、あれはきつい」神谷が苦笑する。「函館ラーメンにしたよ。あれぐらいさっぱりしている方が、今の俺にはありがたい」

「じゃあ、行きましょう。夕飯を食べるにしても、すっきりしてからの方がいいです」

「分かった」

とはいえ、現場には近づけなかった。全焼したレヴォーグと凜のデミオは既に片づけられていたが、まだ鑑識活動が行われていたのだ。それは彩子の家にまで及び、規制線が幾重にも張られている。

「参ったな」車を降りて、少し離れたところで家を観察しながら神谷が言った。

「どうします？」

「彩子さんの携帯にかけられるかな？　こっちが行きにくいなら、向こうに来てもらうのも手だ」

「それはちょっと——申し訳ないですよ」

「もう少し遅くなってから出直すか」神谷が腕時計を見た。「夕飯を食べてからでもいい」

「そうですね……」相変わらず食欲はなかったが。

「おやおや、昨日の今日でまだ出張ってるんですか」

声をかけられて顔を上げると、地域課のベテラン警官、田宮がいた。

「そちらこそ、どうしたんですか？　当直明けじゃないんですか」

神谷が気さくな口調で応じた。どうも二人は、既に顔馴染みのようだ。自分を仲間外れにして——と少しむっとする。

「あの状況だと、途中で離脱はできないでしょう。うちの若いのも怪我してるし——ま、手当を稼ぎますよ」田宮の顔にはさすがに疲れが見えた。「で？　お二人揃って何ですか？」

「被害者——あの家に住む水野彩子さんに会いに来たんですよ」神谷が説明する。「しかし今は、二人とも部外者なんで……近づけない」

「会う必要があるんですか？」田宮が真顔で訊ねる。

「我々でないと説明できないことがあるんです。もう、戻ってるんでしょう？」

「そうね……じゃあ、行きましょうか」

「田宮さん、いいんですか？」凜は思わず訊ねた。

「今回の件、いろいろややこしいことがあるんだろう？　噂は聞いてるけど、何だか気に食わないんだ。あんたたちが、ややこしい状況をクリアにしてくれるといいんだが」

「刑事一課にばれたら厄介なことになりますよ」凜は警告した。

「ばれなきゃいいんだよ」田宮がニヤリと笑った。「今、ここには鑑識の連中しかいない。うるさい刑事一課の連中は、近所で聞き込みしているはずだ」

「お願いします」神谷が言った。「いやあ、持つべきものは、志を同じくする同志ですねえ」

「あなたと同志だと思うと、何だか嫌な予感がするんだが」

それ、当たってます――軽口を言おうとして、凜は言葉を呑んだ。

田宮の先導で、彩子の家に接近する。改めて見ると、今回の一件は非常に危険だったと思い知らされた。マーチのフロント部分、それに家の玄関にまで炎が及んだようで、少し焦げている。下手したら家に火が燃え移り、もっと大事になっていたかもしれない。凜はまったく覚えていないが、消火作業は迅速に行われたようだ。

玄関に続く階段の下まで来ると、田宮が「じゃあ、私はここまで」と言って引き下がった。神谷が丁寧に一礼してから、凜に「知り合いか？」と訊ねる。

「知り合いも何も、同じ署の人じゃないですか」

「函館中央署は、道内で三番目に大きい所轄って言ってなかったか？　よく名前と顔を覚えられるな」

「そういうのだけは得意なので」

「だけ、じゃないだろう」

肩をすくめ、神谷は先に立って階段を上がった。凜は、どうしてもスピードを出せない。夕方に起きて鎮痛剤を呑んだものの、全身に痛みが残っている。しかしこの痛みは、意識を鮮明に保ってくれるはずだ——自分を奮い立たせ、凜は必死に神谷の後に続いた。

神谷がインターフォンを鳴らす。すぐに反応があったが、彩子の声はひどく疲れていた。早朝から騒ぎに巻きこまれ、その後は警察で延々と事情聴取——これではたまったものではないだろう。

それでも彩子は、すぐにドアを開けてくれた。化粧っ気がない顔はいかにも疲れた感じで、長時間の会話は無理だろう。短期決戦だ。

「お疲れのところ、申し訳ありません」神谷はさっと一礼した。「少しだけ時間をいただけませんか？　確認したいことがあるんです」

「もう、警察には全部お話ししましたよ」彩子が不審気な表情を浮かべた。

「いえ、話していないはずです」

「どういうことですか？」

「水野さんの一家三代に渡る話です。全ては、あなたの義理のお父さん——サハリンに残ったご主人のお父さんから始まっているんじゃないんですか？」

彩子の顔が引き攣る。神谷の一言が、彼女の秘密の真ん中を射抜いたのだと凜は確信した。

「それと、お見舞いというほどのものじゃないですけど、飲み物を持って来ました」神谷がセイコーマートのビニール袋を顔の高さに持ち上げる。「お疲れでしょうから、取り敢えずの栄養補給に」

「……どうも」彩子が何か諦めたように言った。既に追いこまれている——隠し事はできないと諦めたのかもしれない。

今朝のトラブルは、家の中にまでは影響を与えていなかった。相変わらずよく整理整頓されたリビング。二人は勧められるまま、ソファに腰を下ろした。神谷はビニール袋からスポーツドリンクを取り出すと、身を乗り出して彩子の前に置いた。そのままだと手を出さないと思ったのか、自分の分のペットボトルを開けて一口飲む。凜もそれに倣った。急激に体全体に水分が染みこみ、力が蘇ってくるのを感じる。食事はともかく、水分はきちんと取っておかないと。

神谷がちらりと目配せする。ここは君がやってみろ——権利は譲る、とでも言いたげだった。凜は素早くうなずき、最初の質問を発した。

「今朝は大変でした。お怪我はなかったですか?」

「はい、何とか」

「びっくりしましたよね」

「ええ」

駄目だ。こんな生ぬるい前置きは必要ない。凜は一度首を左右に振って、いきなり本題に突っこんだ。

「亡くなったご主人——水野聡史さんの人生を、私に説明させてくれませんか?」

「説明って……」

「それと、ご主人のお父さん——水野正太郎《しようたろう》さんがどんな人生を送ってきたか。もちろん、私には分からないこともあります。それを、補っていただけますか」

「古い話です」彩子がさっと目を逸らす。

「そうです。全ては終戦直後に始まっています——正太郎さん一家は、戦前にサハリンに移住しました。そこで終戦間際に生まれたのが聡史さんです。終戦時のサハリンは、私が知っているよりもはるかに混乱していたはずです。急に日本領からソ連領に変わったわけですから……サハリンから逃げ出した日本人もたくさんいましたけど、それができなかった人もいた。正太郎さんもその一人でしょう。しかし生まれたばかりの長男、聡史さんと奥さんだけは、何とか生まれ故郷の北海道に帰すことに成功しました。ただし、サハリンはその後外国人の訪問が制限されましたから、親子はずっと離れ離れのままです。正太郎さんの奥さん――あなたにとっての義理のお母さんは、親戚に頼りながら、何とか聡史さんを育て上げました。聡史さんも苦労して、いろいろと仕事を変わって生きてきた。そのせいで結婚が遅れて、あなたと出会ったのは四十歳を過ぎてからでしたね」

「正確には、四十六歳の時でした。私は三十六歳で、すぐに結婚しました。お互い、歳も歳でしたから」彩子が打ち明ける。

「その二年後に珠希さんが、四年後に次女の瑞希さんが生まれたんですね……『北の風』を開店してからは、生活も安定していたでしょう」

「昼夜は逆転しましたけど」

「あの店は、聡史さんにとっては自分の本拠地――居心地のいい場所だったんでしょうね。その前の話ですが、ソ連のペレストロイカで、外国人のサハリン訪問が可能になりました。聡史さんはサハリンに渡って、正太郎さんを見つけ出したんじゃないですか？」

「……はい」低い声で言って彩子がうなずく。

「そうですか」凜はゆっくりと息を吐いた。一つ山を越えた――第三者経由の間接的な情報だが、妻が認めたので裏は取れたと言っていいだろう。もちろん、最終的には古い出入国の記録をチェックする必要があるだろうが。「聡史さんは何度かサハリンに渡り、正太郎さんと会っていた——しかし、幸せな結果にはならなかったようですね。正太郎さんは当時、もう七十歳……いや、もっと上でしたか？　帰国して北海道で聡史さんと暮らす選択肢もあったはずですけど、それは選ばなかった。どうしてでしょう？　ずっとサハリンで、ロシア人に混じって暮らしていて、今さら日本には帰れない——そう考えたんですか？」

「違います」消え入りそうな声で彩子が答える。

「違う？」凜は身を乗り出した。「何か、もっと別の事情があったんですか？」

「いえ……私は、主人から聞いただけですけど……ある意味当事者の話ですから、信じていいと思います」

「どういう事情だったんですか」

彩子が黙りこむ。ソファに背中を預け、組んだ両手を腹のところに置き……それから、初めてペットボトルの存在に気づいたように、手を伸ばして摑んだ。キャップをゆっくり捻り取ると、ほんの一口、スポーツドリンクを飲む。凜は少し飲んだだけで生き返ったと思ったのだが、彩子の顔色は変わらない。

「彩子さん、教えて下さい。今回の事件——珠希さんが殺された件にも、これが関係しているんじゃないですか？　私は警察官として、何があったか知りたいだけなんです」

「今朝のようなことがあったら……」

「あー、それはもう心配いりませんよ」神谷が気楽な調子で割って入った。「昨日の一件は、ブランというロシアン・マフィアの犯行だと思います。しかし犯人は逮捕しましたし、連中も自分たちが警察のターゲットになっていることは理解したはずだから、二度目の襲撃はありません。そんなことをしたら、自分から罠に入って行くようなものですから」

「そうですか……」彩子がペットボトルをきつく握り締めた。たわんだボトルをしばらくそのまま見詰めていたが、やがて顔を上げる。凜、そして神谷と順番に顔を見て、最終的には凜の目を見据える。「これはあくまで、主人から聞いた話です。本当かどうか、私には分かりません」

「はい」凜は背筋を伸ばした。

「主人の父——正太郎さんは、ソ連の情報機関のスパイだったんです」

　米ソ冷戦時代——崩壊前のソ連には、様々な情報機関があった。そんなことは凜も、基礎知識として知っている。一番有名なのは、ソ連国家保安委員会、通称ＫＧＢ。ただしＫＧＢはクーデターの失敗が原因で消滅し、現在はロシア連邦保安庁、対外情報庁、連邦警護庁などがその後継組織となっている。一方、連邦軍の参謀本部情報総局——略称GRUは昔からそのまま存続している。

「正太郎さんは、どこの所属だったんですか？」

「私ははっきりとは聞いていないんですが、KGBだったようです。普段はサハリンに住んでいたんですが、実際は偽造パスポートで何度も日本に入国して、国内で情報収集をしていた——と主人は聞いていました。実際、主人のことは、子どもの頃から密かに見守っていたそうです。直接会えなくても、親の気持ちは捨てられなかったんでしょう」

「そんなことが……」凛は唖然《あぜん》として言葉を失った。

「ソ連崩壊前のKGBの情報収集能力は、大したものだったようですね」神谷が指摘する。「やり方も徹底していた。正太郎さんはそれに利用された——脅されて無理やりやらされたのかもしれませんね。北海道に帰った妻子に危害を加えると脅されたら、逆らえないでしょう。あるいは正太郎さん自身の命が危なかったのかもしれない」

「はい……」彩子が力なくうなずいた。「主人は初めてサハリンに渡って正太郎さんと対面した時に、その事実を知らされたそうです。びっくりしたそうですけど、その時はどうしようもなくて」

それはそうだろう、と凛はうなずいた。仮に日本の警察に「父親がソ連のスパイだった」と訴えても、警察も真面目に捜査しなかった可能性が高いし、そもそもサハリンに住んでいる在留邦人に捜査の手を伸ばすこともできなかっただろう。何よりこんなことが表沙汰になったら、せっかく会えた父親の命が危なくなる——聡史がそう考え、事実を腹の底に呑みこんでしまっても不思議ではない。

自分でもそうするかもしれない、と凜は思った。

彩子が告げる情報は、さらに凜の想像の斜め上を行った。

「それだけならまだしも……私たちの生活には直接関係なかったと思うんですが……」

「まだ何かあるんですか？」凜は嫌な胸騒ぎを覚えた。実際、少し鼓動が速くなっている。

「主人が初めて正太郎さんに会った時には、私たちはまだ出会っていなかったんですが、その後……知り合ってからは状況も大きく変わりました。一番大きかったのは、ソ連が崩壊したことでした」

「そうですね……」一つの国が崩壊した時に、どれほど大きな変化が生じたかは、凜には想像もできない。

「情報機関の中でも、崩壊前のスパイ活動が問題になって、正太郎さんは逮捕されそうになったんです。でもそこで主人が——」

「助けたんですか？」凜は思わず訊ねた。ロシア当局を相手に、そんな駆け引きができるのだろうか？

「違います。正確には、向こうから話を持ちかけられたんです」

「取り引きですか？」

「主人は、はっきりとは言いませんでした。でも、言葉の端々から考えると、正太郎さんのこれまでの行動を見逃してやる代わりに、主人にスパイの役目を引き受けろ、ということだったようです」

凛は後頭部を殴られたような衝撃を覚えた。神谷と視線を合わせる――神谷自身、さすがにこの展開は予想もしていなかったようだ。目が虚ろで、どう反応していいか分からない様子である。

逆に彩子は、話しているうちに自信を持ち始めたようだった。あるいは、話さないと爆発しそうだと不安に感じているのかもしれない。夫がロシアのスパイ――そんな事実を一人で抱えこんでいることには、耐えられないだろう。たとえ夫が既に亡くなっていても。

「聡史さんは、北海道内でずっとロシアの情報機関のスパイをやっていた、そういうことで間違いないですね？」凛は念押しした。

「はい。もちろん、どんなことをしていたか、私は具体的には聞いていませんけど」彩子が慌ててつけ加えた。

「もしかしたら『北の風』は、スパイ活動の隠れ蓑だったんじゃないですか？　ご主人が経営していた頃、ロシア人がよく来ていた、と聞いています」

「それは分かりません」彩子は首を横に振った。「そういう生活が何年も続きました。正直、生活は楽でした。主人は自分の仕事もしていましたし、他にもかなりの額のお金をもらっていたようです」

「報酬、ですか」

「ええ。でも、具体的な額については分かりません。主人は、自分の口座の情報を私に教えてくれませんでしたから。毎月生活費をもらっていただけです。十分な額でしたけど」

「ご主人は、病気で亡くなったんですよね？　それでロシアとの関係は切れたんじゃないんですか？」凜は頭の中で短い年表を作った。聡史は十年近く前に亡くなっている。スパイとして活動した期間はどれぐらいだったのだろう……。

「はい」

「亡くなるまで、ずっとスパイとしての活動をしていたんですか？」

「いえ」

何故否定する？　凜は首を傾げた。彩子は、聡史が「どんなことをしていたか、私は具体的には聞いていません」と断言していた。それなのに、スパイ活動の「終焉《しゅうえん》」についてだけは確信を持って認めている。

「何かあったんですか？」

「ブランです」

「ブランについてはご存じだったんですね」

「ええ。十年以上前のことですけど」

そこで彩子は、次の爆弾を落とした。神谷から間接的に情報を聞いていたものの、当事者からの話に、凛は頭が——いや、全身が痺れるようなショックを味わっていた。

「水野珠希がブランのスパイだった？」古澤が立ち上がった。立ち上がったものの、何かができるわけではなく、テーブルに拳を叩きつけただけで腰を下ろしてしまう。凛と神谷が命令違反して動き回っていたことも忘れているようで、叱責もない。「どういうことだ」と先を促すだけだった。

凛は、長い物語を順を追って語った。親子三代に渡る、ロシアとの因縁。

聡史は様々な指示を与えられ、道内で情報収集活動をしていたのだが、十数年前、ターゲットはブランのみに絞られた。どうやらロシアの情報当局も、ブランの極東での活動を危険視し始めたようだった。実際、函館にもブランのメンバーが入りこみ、あれこれ画策——本格的な犯罪を始める前の地均《じなら》しのようなものだろう——していたらしい。

ところが、その情報収集活動が、ブランの知るところとなった。ブランのメンバーは聡史に接触し、ロシアの情報機関と手を切り、逆に自分たちに協力するようにと脅しをかけてきた。

しかし聡史は、その命令に従えなかった。その頃既に持病が悪化しており、諜報活動そのものから手を引こうと考えていたのである。ロシアの情報当局とも、その方向で話はついていた。しかしブランには関係ない。ブランのメンバーは自宅にまで押しかけ、脅迫を始めた。命令を聞かなければ、お前だけではなく家族も皆殺しにしてやる——。

そこで盾になったのが珠希だった。当時まだ十六歳——高校二年生だったが、父親の代わりに自分がエージェントになる、と申し出たのだ。この話を彩子から聞いた時、凜はにわかには信じられなかった——それはそうだろう。高校生の娘が、ロシアン・マフィアの手先になるなど……しかし珠希は、父親が何をしていたのか、薄っすらと気づいていたようである。小さい頃から「北の風」に遊びに行き、そこで父親がロシア人たちと会うのも見てきたはずだ。珠希は賢く鋭い女性だったから、子ども心に「何かおかしい」と疑念を抱いたのだろう。歳取ってから生まれた可愛い娘に聞かれて、聡史もつい事情を話してしまったのかもしれない。

珠希は責任感が強く、何でも自分で抱えこんでしまう女性だった——それは、周辺の人の証言から分かっているし、凜も初めて会った時からそういう印象を抱いていた。彼女にすれば、家を守るのは自分しかいない、という意識だったのだろう。長い間苦しみながら、自分たちのためにとKGBの手先になり、今は苦しい闘病生活を続ける父親。一家を陰で支える母親。そして自分に続いて地元の名門女子校に通う妹――全てを守るために、自分がこの事態を引き受けるしかない、と決心してしまったのだ。

凜には理解できない考えだった。しかし人は、時に無茶な決断をする。自分だってそうだったではないか。実際、最初に聞いた時には彩子のでっち上げではないかと思った。自分を乱暴した男を探し出して罰を与えるために、元々目標にしていた仕事ではなく、警察官としての仕事を選んだ。神谷はこの件を理解してくれているが、同じ警察官でも首を捻る人がいるのを凜は知っている。

人の思いは様々だ。

「それでブランのスパイになったわけか……」古澤が腕を組んだ。

「向こうにすれば、日本人の若い女性の方が使いやすかったのかもしれません。長い期間利用できるし、女性ならではの色仕かけも可能です。そのために外語大でロシア語を勉強したり、モスクワに留学したりという『事前学習』の援助もしていたそうです。在学中の留学、卒業してからの半年のヨーロッパ旅行、全てブランと接触して、様々な研修を受けるための目的だったと思われます。もちろん、研修期間中から十分な報酬が渡っていました。それが家族の生活費や、姉妹の学費になったようです。母親はその辺の事情を把握していましたが、妹さんはまったく知らなかったようです。おそらく、珠希さんにとって妹さんは何より大事な存在で、危険なことは教えたくもなかったんでしょう」

「親御さんにとってはきついな……」

「母親は――彩子さんは、自分たちはどうなってもいいからやめてくれ、と何度も泣きながら説得したそうです。でも珠希さんはのめりこんでしまった――最初は家族を守るために始めたけど、スパイの活動に興味や生きがいを見出《みいだ》していたのかもしれません」

「まさか」古澤が眉間に皺を寄せた。

「私たちが知らないだけで、スパイっていうのはいっぱいいるんじゃないですか？　女性も少なくないと思います。独特のスリルがあるはずですし、そこに惹かれる人がいてもおかしくはありません」

　古澤が無言で顎を撫でる。必ずしも納得している様子ではなかったが、結局は反論せず、「それで？」と先を促した。

「珠希さんはヨーロッパでの『研修』から帰った後、札幌の旅行会社に就職して、そこを舞台に道内での活動を本格的に始めました。確証はありませんが、おそらく覚せい剤ビジネスを展開するための地均しだったと思います」

「ところがそこに、平田という警察側のエージェントが現れた……」

「はい」凜はうなずいた。

「そこから先は、俺たちの敗北の歴史だな」

古澤が神谷の顔をじっと見た。神谷は知らんぷりをしている。意地が悪い……負けたのは函館中央署の捜査本部で、自分たちはまだ勝負の途中だ、と思っているのかもしれない。

「平田の登場で、ブランの計画は狂い始めた。平田が何か決定的な情報を摑んでいたかどうかは分からないが、連中は慎重なんだろう」

「いやあ、必ずしも慎重とは言えないんじゃないですかね」神谷が耳を搔きながら言った。「ある意味、平田を殺したのは警察に対する挑戦と警告ですよ。いくらスパイを送りこんでも、自分たちは簡単に割り出して処刑する——無駄だ、ということです。一方水野珠希も、ブランに見切りをつけられていた。おそらく、札幌の暴行事件で揉めたんでしょう。ハニートラップを支持した一派と、それをやり過ぎと判断した一派の争いに巻きこまれて、実質的にブランから切られた。函館に引っこんだものの、その後はブランに監視されていたことを、家族も証言しています。それで逃げた——平田が殺された日に家を出たのは、危険を察知してだったと思いますがね。結局半年に及んだ逃亡生活は、彼女が処刑されて終わりました」

「ふざけた話だ」古澤はいつの間にか、両手をきつく握り合わせていた。

「まあ、この件の背景に関しては、無理して突っこまないことですよ」神谷が軽い口調で言った。「警察庁と道警の外事が仕組んだことですから、道警の中で答えを出すのは難しいでしょう。ただし警視庁は、関与していない。単なる第三者ですから、こちらの捜査はきちんとまとめさせてもらいます」

「そっちで事件を持っていく気か」

「平田殺しに関しては、何とも言えません。取り敢えずうちは、水野珠希を殺した犯人を見つける――それだけです。で、どうなんですか？　今朝パクった奴は、何か認めたんですか」

「いや」古澤が悔しそうに否定した。「黙秘している」

「奴じゃないかもしれませんね。平田殺しの本当の実行犯は、既に逃げたブランのメンバーかもしれない。今朝パクった奴は、最後の尻拭いというか、水野珠希の家族に罰を与えるために残っただけじゃないですかね」

「冗談じゃない……」

「欲しいものが何でも手に入ると思ったら、大間違いですよ」神谷が、やけに物分かりのいい口調で言った。「手元にある材料だけで満足しなければいけない時もあると思います。今がまさにその時かもしれませんね」

「クソ……」古澤が吐き捨てたが、それ以上の文句は頭に浮かばないようだった。

「俺はもう少しこっちにいて、警視庁との連絡係を務めます。できるだけ、情報共有をお願いしますよ」

「共有できる情報があれば、だがな」

「またまた、何を仰いますか……道警の実力を信じてますよ」神谷がニヤリと笑う。

古澤が、これ以上ないというぐらい嫌そうな表情を浮かべた。

9

八月――平田、並びに珠希を殺した実行犯については、依然として不明のままだった。彩子の家への突入を企てて現行犯逮捕されたロシア人、ユーリ・エフレーモフは、自分がブランの一員であること、ガソリンと発火装置を積んだ車を使って彩子の家を燃やそうとしたことは認めたものの、「何故」の部分については一切語ろうとしなかった。ただ上に命じられてやっただけ。その「上」はロシアにいて連絡先は知らない。もちろん、平田と珠希の殺人事件については無関係――。
道警の捜査が手詰まりになることを、神谷は最初から予想していた。仮に何かの容疑で警視庁が再逮捕して調べても、同じことだろう。犯罪組織の人間は、警察に対処する方法をよく知っている。ひたすら否認。あるいはある程度罪を認めても、肝心なことに関してはのらりくらり――服役することになっても、出所後も組織の中で生き残っていくためには、余計なことを言わないのが一番と決めているのだろう。そういう意味では、エフレーモフは失敗した……自分がブランの一員であることは認めてしまったのだから。ブラン側からすれば、できるだけ自分たちの情報を警察に漏らさないのが肝心なのだ。ブランがこのことを知れば、出所した後、エフレーモフの命は危ない。

神谷は函館に数日いて帰京し、特捜本部に戻った。誰も何も言わないが、徒労感だけが漂う日々……珠希を殺した実行犯も、とうに出国してしまっただろう。正体を割り出す機会さえ、もうないかもしれない。

凜は七月になって本格的に仕事に復帰したが、あまり連絡を取ることはなかった。互いに、今回の事件では何の成果も得られなかったことを理解している。傷を舐め合うのも嫌だった。

凜から久しぶりに電話があったのは、八月の頭だった。少し早いお盆休みを取って実家へ戻る。できれば会いたい、と――実家へ行くと聞いただけで、神谷は彼女の気持ちが微妙に変わってしまったのではないかと懸念した。これまでの凜の帰省は、東京に出て来ると神谷の家に泊まり、そのついでに実家に行く感じだったのだ。今回は実家優先……こういうのは初めてだった。

凜を羽田空港に出迎えた神谷は、いきなり驚かされた。彼女が髪を思い切り短くしていたのだ。出会ってからずっと、肩にぎりぎり届くぐらいの長さ――ロングボブというそうだ――をキープしていたのに、今は毛の先端は顎の付近までしかない。十センチ……いや、もう少し短くなった感じだ。

凜もすぐ、神谷の驚きに気づいたようだった。一瞬薄い笑みを浮かべると、「特に意味はないですからね」と機先を制して言う。

「女性が髪を切る時――髪型を変える時は、重大な意味があるんだと思っていたけど」

「そんなこともないですよ。今年は北海道も暑いので……鬱陶しくなっただけです」

自分の車に凜を乗せて、都心に向かう。彼女のリクエストで、永井に会うことになっていたのだ。今回の件について、凜は「自分でも直接永井から聞きたい」と言い出した。ずっと続いている釈然としない状態を、何とか解消したいと思っているのだろう。こちらから誘うとまた機嫌が悪くなるかと思ったが、永井はまったく平然としていた。昼に凜が羽田に着くと告げると、少し遅い昼飯を一緒にしようと誘ってきたぐらいだった。場所は渋谷……土曜日なので、自宅から出て来るという。

土曜日の昼間に、渋谷で駐車場を見つけるのは至難の業だった。これなら無理せず、電車で迎えに行けばよかった……結局、待ち合わせ場所である明治通り沿いの新しいビルに向かい、立体駐車場に車を入れる。

今年の夏は確かに異常だ。毎年そう言っている気がするが、さすがに猛暑日が一週間も続くと、何もしなくてもバテてくる。今日の予想最高気温は三十四度……ビルの多い渋谷付近では、それより数度、温度が高いだろう。神谷は外へ出た途端にうんざりしてしまったが、凜は平然としている。北海道の人は暑さに弱いはずだが、髪を短くした効果が現れたのだろうか。

永井が待ち合わせ場所に指定してきたのは、ビルの一階に入っているレストランだった。このビルそのものが、若者向けのオフィスビルという感じで、平日はこのレストランも若い人たちで一杯になるだろう。しかし今日は土曜日、しかも午後一時を過ぎているのでガラガラだった。テーブルとテーブルの間隔は結構広く、客が多くても隣を気にせず喋れる。

ゆったりしたソファに腰かけ、メニューをざっと確認する。どういうジャンルの店なのかよく分からない……ランチは千円からで、場所を考えるとお得な感じがした。どうせなら、一番高い二千円のステーキにしよう。自分で払っても、財布のダメージはそれほど大きくない。

それぞれ注文を終えると、神谷はまず「この店、行きつけなんですか？」と永井に訊ねた。

「初めてですよ」

「じゃあ、どうしてここを……」

「集まりやすい場所、ということです。渋谷なら便利でしょう？　店の雰囲気も良さそうでしたから」永井の口調は、いつも通り丁寧だった。凛に視線を向け「怪我の具合はどうですか」と訊ねる。

「ほぼ大丈夫です」凛がうなずいた。

「さすが、若いと回復が早いですね」

「もうそんなに若いわけではないですが」

凛の切り返しに永井が黙りこむ。元々、そんなに軽快に会話を転がす男ではないのだが……今日は愛想がいい割に、どこか重たい空気を漂わせている。神谷は早くも、この会合が失敗に終わりそうな予感を抱いていた。

料理はすぐに用意され、しばらく食事に専念することで、取り敢えず暗い気分は味わわずに済んだ。実際、味は上々……百七十グラムで二千円のステーキでは、肉質や味には期待できないと諦めていたが、ここの肉は美味かった。

とはいえ、美味い肉を食べても心は晴れない。

この暑さなので、食後の飲み物は全員がアイスコーヒーを頼んだ。氷が多いのが玉に瑕《きず》だが、その分冷えているからいいだろう。

「永井さん、今回の件は本当に……このままでいいんですか？」凛が切り出した。

「このままとは？」永井の目つきが急に冷たくなる。

「人が一人――それも民間人が死んでいるんですよ？　警察として、何の責任も取らなくていいんですか？」

「例えば、どんな責任の取り方がありますか？」永井が逆に訊ねた。

「事実を公表して、遺族にもきちんと謝罪するとか……」

「できないでしょうね」永井が他人事のように言った。

「面子《メンツ》の問題ですか？」凜の目つきが鋭くなる。

「いいえ」

「じゃあ、どうして――」

「今後の仕事がやりにくくなるからですよ。死の危険があると思ったら、誰も警察に協力しなくなる」

「冗談じゃない」神谷は嚙みつくように言った。「マジでそんなこと、考えているんですか？　事は人命にかかわるんですよ」

「現場の人はそう考えるでしょうが、少し離れて見ると――」

「キャリアの人にとっては、人が一人死のうが生きようがどうでもいい、ということですか」

　神谷の皮肉も通じなかった。永井は無表情で黙りこみ、アイスコーヒーをストローでガラガラとかき回している。

「実際、どうするつもりなんですか？　平田さんにも遺族がいるんですよ。謝罪も補償もしないで、本当にこのまま口をつぐんでしまうつもりなんですか？」神谷はなおも追及した。

「金の問題は……ある程度は解決できるようですよ。然るべき保険をかけていましたから、もう家族には支払われています」

「そういう問題じゃないんですけどねえ」神谷は溜息をついた。「永井さん、どうしたんですか？　そんな人じゃなかったと思いますが」

「だったらあなたは、私がどういう人間だと思っているんですか？」

「それは……」神谷は口をつぐまざるを得なかった。今永井の人物評を披露すれば、どうしても悪口と取られざるを得ない。

「分かってますよ」永井がふいに表情を崩した。「弱気、優柔不断、上に弱い――全て事実です」

「だから今回の件にも目をつぶっているんですか？　自分とは関係ない部署がやったことだから、責任も発言権もないと？」凜が突っこんだ。

「警察というのはそういう組織でしょう」永井がさらりと言った。「それはあなたたちも、十分過ぎるほど知っているはずだ。神奈川県警の一件がいい見本ですよ。都合の悪いことは全て隠蔽する……」

「あの時、神奈川県警の隠蔽工作を問題にして特命捜査をやらせたのは、警察庁です。その警察庁が、一般人を極秘にスパイに仕立て上げ、しかもマフィアにむざむざ殺されてしまった――罪の深さは、あの時の神奈川県警以上じゃないですか」

「その件については、私には批判する権利はありません」凛の批判に、永井が淡々と反応した。

神谷は露骨に溜息をついた。永井は弱気だ。プレッシャーにも弱い。しかしそういう性格と今の態度の間には、決定的な差があると思う。横浜の特命捜査では、一時はプレッシャーに負けながらも、最後は正義を貫こうとした。しかし今は、同じ庁内の不祥事に対して、見て見ぬ振りを決めこんでいる。どこかで人間性がすっかり変わってしまったのだろうか。考えてみれば、永井は本庁で初めての「課長」職である。それなりの人数の部下を持ち、責任ある立場になると、どうしても官僚主義的な考えに侵されてしまうのか。

「今、世界は大きく揺れています」永井が突然話題を変えてきた。「各地でテロが起きて、犯罪組織も跳梁《ちょうりょう》跋扈《ばっこ》している。日本は島国という事情もあって、これまでこういう問題からは免れていました。しかし、今後も安閑としていられる保証はない。実際、ロシアン・マフィアは日本に狙いをつけてきたんですから。今後は、国内にいる反社会的勢力と手を結んで、新たな展開を狙ってくるかもしれない。そういう連中に好き勝手にさせないようにするためには、どうしたらいいと思います？」

「そんなこと、一つの決定的な作戦があるわけじゃないでしょう。複合的に……いろいろな作戦を展開していくしかない」神谷は言った。

「その通りです」永井がうなずく。「逆に言えば、あらゆる作戦が必要になります。もちろん我々は、法に則って仕事をしますが、時にはその枠をはみ出さざるを得なくなるかもしれない」

「だからと言って、民間人をスパイに使うのは――」

「よく考えて下さい」永井が神谷の台詞を遮った。「あの作戦は違法でしたか？『警察は民間人の助力を得てはいけない』という法律はないんですよ」

神谷は思わず口をつぐんだ。これは盲点だ……確かに、民間人が捜査活動に一切参加できないとなったら、一般人による常人逮捕も違法になってしまう。

「しかし、倫理的な問題はあるでしょう。危険に晒《さら》すことは分かっていたんですから。この作戦がなければ、ロシアン・マフィアのエージェントにならざるを得なかった女性が殺されることもなかったんです。彼女は余計なことをしたために、組織にとって危険人物になってしまったんでしょう」

「おそらくは……彼女に関しては、残念なことをしました」

「それだけ？」

「それ以上は、私には言えません」

「永井さん……」神谷は両手を広げた。「倫理的にも問題ないと言い切れるんですか？　上手く動けば、水野珠希さんを救い出すことができたかもしれない。彼女がどうしてブランのエージェントになったか、背景はご存じでしょう？」

永井は何も言わなかったが、否定しないことが肯定だ、と神谷は確信した。法的には何の問題もない……しかし倫理的な問題に苦しむこともないのだろうか？　そうだとしたら、この男は自分が知っている永井ではない。

「神谷さん、変な風に聞こえるかもしれませんが、私は上から事態を見なければいけないんです」

「そりゃそうでしょう。それがキャリア官僚の仕事だ」

「一方あなたたちは、現場で人の苦しみや悲しみを見る——私たちがそういうことを経験していちいち気持ちを動かされていては、何もできなくなります」

「そんなことは分かってますよ。役割分担でしょう？」神谷はつい乱暴に吐き捨てた。

「だから何なんですか？　現場のことは現場で処理してくれと？　自分たちの手は絶対に汚さないと？　横浜の事件で懲りたんですか？」

「あれは、私が自分の意思でやったことではない」

「今回は自分の意思で避けているんですか？　手を出さないんですか？」

「私には、他にやることがありますから」

「話にならないな」神谷が首を横に振った。「正直、見損ないましたよ。所詮は住む世界が違う、ということですか」

「いや、我々は——私もあなたも保井さんも、同じ世界に住んでいるんです。悪が拡大しつつある、汚い世界です」

「そんな詩的なことを言われても……」

「何を言われようと、私はこの社会を——日本を守らなければならない。そのためには、多少の犠牲は止《や》むを得ないと思っています。私は今回のプロジェクトには関係していませんが、一定の評価はします。結果的にブランを国外に追い出すことはできたわけですから」

「日本人二人を犠牲にしてね」神谷はどうしても皮肉を言うのを我慢できなかった。

「その通りです」

「俺だったら、誰も死なせなかった」

「それは結果論でしょう」

話は平行線をたどるだけだった。このままでは、単に互いに好き勝手に言い合って喧嘩別れになる——それもしょうがないことだと、神谷は諦めかけた。

横浜での特命捜査は、間違いなく神谷を変えた。決して世の中を変えてやろうなどと大それたことを考えたわけではないが、全国各地に仲間もできて、これまでは難しかった捜査もできるようになった。永井は直接指揮を執ることはなかったものの、神谷たちが動く時の「ハブ」になって、あれこれ世話を焼いてくれたものだ。もしかしたら、警察の新しい姿が見えてきたかもしれない――妄想だった。単なる夢だった。

永井がようやくアイスコーヒーに手をつけた。ほんの少し啜ると、顔を上げて凜、神谷と順番に顔を見る。

「私はようやく、自分がやるべき仕事を見つけたんです」

「仕事って……」神谷は半ば呆れていた。「キャリアの人の仕事なんて、入庁した時から決まってるじゃないですか。問題はどこまで偉くなるかだけ――違うんですか？　人の上に立つのが役目でしょう」

「もちろん、そういう一面もあります。しかし、自分の専門分野を持って、そこを掘り下げていくような仕事もあるんですよ」

「永井さんは、基本的に刑事畑じゃないですか」

「刑事畑といっても、仕事の範囲は広いですからね。さらにそこからはみ出して、誰が担当すべきか分からない事件もある。私は、そういう案件を拾っていくことにします。そのために、これからの数年間を使うつもりです」

「どういうことですか？」

「私は間もなく——明後日、日本を離れます」

「日本を離れる？」神谷は眉をひそめた。話が飛び過ぎる。「どちらへ？」

「フランスのリヨンです」

「ＩＣＰＯ（国際刑事警察機構）ですか？」一介の刑事である神谷も、ＩＣＰＯの本部がリヨンにあることぐらいは知っている。「出向で？」

「そうです。警察庁からＩＣＰＯへ常時人が行っていることはご存じでしょう？」

「ええ」

「その一環です。そして私は、そこで新しいチームを作ります」

「ＩＣＰＯなんて、手配書類を回しているだけじゃないんですか」多くの人が勘違いしているが、ＩＣＰＯは捜査機関ではなく、各国の警察同士の「連絡係」のようなものである。犯人の国際手配や犯罪情報のデータベース化などが主な仕事で、ＩＣＰＯ自体が捜査を行うことはない。

「実際には、ＩＲＴというチームがあります。これは一種の緊急出動チームで、大災害や大規模犯罪があった時に、専門家を現地へ派遣して、助言や助力を行います。こういう形のスペシャルチームが、他の分野でも必要になっているんです。国際的な犯罪組織の捜査に関して、各国の警察に任せるのではなく、もっと実務的に、国境を超えた捜査をしないといけません。そういうチームを作りに行きます」

「そんなこと、日本人にできるんですか？」

「これは政治ですから」自分に言い聞かせるように永井が言った。「交渉力と説得力の問題です。私の警察官人生の後半は、そのために捧《ささ》げてもいい」

「ブランもその捜査対象ということですか」

「ブランだけではないですよ。社会活動がある所には、必ず犯罪組織がある。世界が狭くなっている今、国境を超えて犯罪組織同士が手を結ぶのも普通のことになっているんです」

「抽象的な話ですね」

「神谷さん、警察官として、これぐらいの状況は把握しておいてもらわないと困りますよ」

永井の目が一瞬鋭く光り、神谷は口をつぐんだ。どうしてこんなに強気になる？　というより、どうして俺がこんなことを言われなければならない？

永井がアイスコーヒーのグラスを脇にどけた。席の間を他の客が通り抜けて行く……彼の視線は、その客を追っていたが、十分遠ざかったと判断したのか再び口を開く。

「とにかく私は、今回の出向を上手く利用することにしました」

「それは分かりましたが……永井さん、どうしたんですか？　そんな人じゃなかったでしょう」

「そんな人とは？」

「それは……とにかく、何かあったんですか？　そんな風に、国際的な事件に取り組む気になった動機は何なんですか？」

「福岡ですよ」永井が打ち明けた。

「皆川？」

「彼は関係ありません」永井が苦笑した。「福岡というのはアジアの玄関口で、たくさんの外国人が入って来ます。その結果、トラブルの火種が絶えない。そういうことを現場で見てきて、日本はもう、外からの影響を受けない安全な島国とは思えなくなってきたんですよ」

「要するに、この国を守るためですか？」

「もちろん現在の私は、日本という国の官僚組織に属する、一介の国家公務員に過ぎません。しかし海外の情勢に目を配り、必要があれば対策を取る必要もあるんですよ。今回が、そのための第一歩です」

「そのために――」

凛が力なく声を上げる。永井がゆっくりと彼女に視線を据えた。

「大義のためだったら、また誰かを犠牲にするんですか？　一人死ぬことで他の大勢が助かるなら、迷わないんですか？」

「そうかもしれません」

「それが自分でも？」

「自分である方が迷わないでしょうね……もちろん、そんなことがないように、全力を尽くしますけど」

嫌な沈黙が流れる。神谷は空白の時間を噛み締めながら、永井との距離がどんどん開いていくのを感じていた。


永井と別れた後、神谷と凜はビルの駐車場の出入り口へ向かった。わずか数十メートル歩く間にも、汗が噴き出てくる。エレベーターで地下まで降りて料金を精算し、車が出てくるのを待つ。

「家まで送ろうか？」大荷物を見ていると、この猛暑の中、電車に乗せるのが申し訳ない。

「まさか」凜が即座に反応した。「それでどうするんですか？　うちの親に挨拶でもします？」

「いや……面倒なことになるだろうな」自分の年齢は、凜の両親と凜自身の中間ぐらいになる。

しばらく待たされた後で車に乗りこみ、ビルの駐車場を出て行く。道路に出るために一時停止している間に「だったらどこまで送ろうか」と訊ねた。

「どこでもいいです」凛はどこか投げやりだった。

彼女の実家は調布にある。明治通りで新宿まで抜け、甲州街道で然るべき場所まで乗せて行こう——もう少し話もしたかった。

「京王線のどこかの駅前で下ろすよ」

「……お願いします」

八月の土曜日。学生たちは夏休みに入っているが、それで道路が空くわけではなく、のろのろ運転を強いられた。しかしその分、凛と話ができる。

「警察を辞める潮時かな、と思ってるんです」凛がいきなり打ち明けた。

「本気か？」神谷はハンドルをきつく握り締めた。

「限界というか……今回の失敗は大きかったです。私は誰も守れなかった」

「あの状況じゃ仕方がない。俺たちは何も知らなかった——裏の構図が分かっていないと、水野さんを守りようもなかったんだから」

「平田さんも、です。彼も結局組織に利用されて、殺されたわけじゃないですか。確かに法律的には問題ないと思いますけど、倫理的には……永井さんの考えは間違っていると思います」

「だからといって、君が辞める必要はない」

「そもそも私が警察官になったのは――」

「その件は話す必要はない」神谷は鋭く釘を刺した。

「――不純な理由です」凜が言い切った。「個人的な問題を解決するためですよ？　私のせいで、真面目に道警の警察官を目指していた志望者が試験に落ちたかもしれない」

「君の方が能力が高かったんだから、当然だろう」

「とにかく……あの問題は解決しました。だから本当は、私が警察にいる意味はもうないんです」

「仕事が面白くないのか？」

「面白いと感じることもありますけど、今回のようなことがあると……」凜が溜息をついた。「今回の件は、明らかに警察の失敗です。でも、誰も責任を取らない。永井さんも悪いと思っていない――警察は、大きな悪を排除するために、小さな悪に手を染めることも辞さないんですね」

「今さら気づいたか」神谷は自嘲気味に言った。「そんなの、昔からだよ」

「そうかもしれませんけど……」

「上の人間が誰も責任を取らないからって、君が代わりに責任を取る必要はないよ。仮に、それで君自身が満足できるとしても」

「親も煩いんですよ。いい歳になっても、まだ心配されてます」

それはそうだろう。北海道の大学へ行ったのはいい。しかしそこで暴行事件の被害に遭い、自分の手で犯人を捕まえるために警察官になった――両親にとって凜は、未だに心配のタネだろう。今からでも東京へ戻って来て欲しい、と考えるのも自然だ。

「帰省する度に、いつまで警察官をやってるんだって言われます。特に父親が……自分が定年になったんで、いろいろ心配なんだと思います」

「分かるよ」

「結婚します？」

凜が唐突に切り出したので、神谷は言葉を失った。この件は、二人の間で今までまったく話題に上がらなかった。互いに、意識的に避けていた感じなのだが。

「そうすれば私は警察を辞めて、東京へ戻って……専業主婦でもいいですよ」

「後ろ向きに辞めるのはどうかな」神谷は反射的に彼女を諌《いさ》めた。「何か前向きの理由があって、それで辞めるならいい。でも、警察に――君が長年身を置いてきた組織に嫌気がさして辞めたら、絶対に後悔するだろうな」

「ノー、ですか」

「そういう理由だったら、ノーだ」

「そうですか……」

凜が黙りこみ、頬杖《ほおづえ》をついて視線を外に向ける。沿道は、甲州街道沿いのビル街――

しかし彼女が何も見ていないのは明らかだった。

10

凜は戸惑った。神谷とは気まずい雰囲気で別れたのに、翌日にすぐ電話がかかってきたのだ。永井の出発を見送らないか？　神谷は永井とまだ話したいのかもしれない。返事しないでいると、「ＡＮＡのカウンターで九時半に」と指定してきた。そこで永井と落ち合うということか……。

どうしてその話に乗ってしまったのかは自分でも分からない。もしかしたら、単なる逃げだったのかも——今回の帰省では、父親の「帰って来い」攻撃がいつにも増して激しかったのだ。

久しぶりに東京の通勤ラッシュに揉まれ、羽田空港に着いた時には、凜はげっそりしていた。やはり東京は疲れる。自分はもう、完全に北海道の人間だと強く意識せざるを得なかった。

このところ、羽田空港へ来る機会は多かった。だが使うのはもっぱら国内線で、国際線は初めて……凜は戸惑いを覚えていた。国内線は各航空会社のカウンターが素っ気なく並ぶだけだが、国際線ターミナルは建物の構造からして違う。天井は高く、屋根は船底がいくつも並んだような、あるいは白く染めた布を吊《つ》るしたようなデザインで、ダイナミックかつ柔らかい雰囲気を醸し出している。国内線の出発ターミナルは、入って正面に各航空会社のカウンターが並んでいるのだが、国際線ターミナルでは縦の並びだ。どうして国内線と国際線でカウンターの並びが違うかは知らないが、広々とした空間は、いかにもこれから海外へ行くという気分を盛り上げる。日本人が少ないのも、いかにも国際線のターミナルらしい。ふと、ロシア人らしき人はいないかと探している自分に気づき、凜は静かに首を横に振った。今はあくまで夏休み中だ。

ＡＮＡのカウンターの近くで神谷が待っていた。凜を見つけるとうなずきかけ、近づいて来る。永井は、カウンターで手続き中だった。二人で何か話していたのだろうか。

「少し時間がある。展望デッキで話そうか」

「今さら永井さんと話すことなんかないでしょう」凜は突っ張った。

「だったらどうして来てくれたんだ？」

「それは――礼儀として」

「だったら礼儀として話もしようよ」

この件で言い合いをしても勝てない。凜は無言でうなずいた。

永井は散髪してきたようで、髪が短くなっていた。これからフランス暮らし……向こうで理髪店はどうするのだろう、と凜は考えた。

「どうも」永井は、一昨日のシビアなやり取りが嘘だったように、さっぱりした気配を発していた。「遠いところをわざわざ」

「いえ」凜は短く言って頭を下げた。前髪がふわりと目にかかる。ずいぶん短くしたのに、まだ鬱陶しい。

「少し時間があります。展望デッキにでも行きますか」

「お茶なしですか」神谷が言った。

「空港でお茶を飲むと、街場の三割増しですよ」

「お見送りですから、俺が奢りますけど」

永井が苦笑しながら首を横に振った。ノンキャリアの警官に奢ってもらうのはプライドに反するとでも思ったのか、お茶を飲んでいる時間もないのか……本音は分からない。

三人は五階の展望ロビーに移動した。巨大な望遠レンズつきのカメラを持った人が何人もいる。目当ての飛行機を撮影しにきたのだろうが、今日はとんでもない暑さだ。撮りたい飛行機が発着する時刻まで、中で待機するつもりだろう。

ソファに座るとすぐに、永井が切り出す。

「保井さん、警察を辞めないで下さいよ」

凜は思わず、神谷に鋭い視線を送った。先日の会話のことを、永井に話した？　ほとんど喧嘩別れしたと思っていたのに、あれからまだやり取りしていたのだろうか。この二人の関係は、自分にはよく分からない。

「先日話した時に、何となく、そんな感じがしたんです。警察に失望してるんでしょう？」

「はい」

凜が素直に認めると、永井が苦い表情を浮かべた。

「まあ……分かります。あなたにはあなたの理想があって、警察の現状はそこからずれているということでしょう」

「仰る通りです」

「理想は、生涯変わらないものですか？」

永井の問いかけに、凜は言葉を失った。実際自分の理想——というより、自分を暴行した犯人を捕まえるという「目標」を達成してしまった後、未だに新たな理想を見つけられずにいる。警察の仕事に慣れ、やりがいを感じることもあるが、それはあくまで日常である。明日、今日とは違う新しいことをしよう——そんな風に考えることも、いつの間にかなくなっていた。

「先日も申し上げましたが、私は国際的な犯罪組織に対処するために、ＩＣＰＯに新たなタスクフォースを立ち上げるつもりです。それが、私が見つけた理想であり目標です。保井さんも手を貸してくれませんか？」

「何を仰るんですか」凛は思わず、永井の顔をまじまじと見詰めた。

顔が違う――横浜の特命班で仕事をしていた時とは、表情がまったく違っていた。あの時の彼は、上から面倒な仕事を押しつけられ、それをこなすので精一杯だったはずだ。できれば避けたかった仕事を、指示なので仕方なくやっている――後ろ向きの心境が、表情にくっきりと表れていた。

今は違う。新たな目標を見つけた人間に特有の目の輝き――自分にはないものだと認めざるを得ない。

「環境を変えることも大事ですよ」永井が穏やかな口調で言った。

「道警を辞めて東京へ戻って来ることも、環境の変化だと思います」

「それも一つの選択肢ですが、海外へ行く手もあるでしょう」

「海外……」

「例えば私の新しいタスクフォースには、信頼できる仲間に入って欲しいと思います。もちろん、ＩＣＰＯには各国の警察から優秀なスタッフが集まってきますが、寄せ集めになることは間違いない。そういうチームには、核になる人間が絶対に必要です」

「私は、そういうタイプの人間ではないと思います」

「警察という組織は、下からの積み上げです」永井がうなずきながら言った。「特にあなたのように、地方の警察に勤める人にとっては……道警にいたままでは、あなたが管理職になるのはまだまだ先のことでしょう。しかし私は、あなたには参謀役としての素質があると思います」

「私は……そんなタイプじゃありません」

「自分で分かっていないだけです。そもそもあなたは、大学では英語が専門だったじゃないですか。今は、学んだことを十分に生かしきれているとは思えない。もったいないですよ。フランスで――ＩＣＰＯで、自分の能力を存分に発揮してみたらどうですか」

「私は道警の人間です。海外なんて……」

「警察庁に出向扱いにしてＩＣＰＯに転籍というやり方もありますし、直接ＩＣＰＯの職員になってしまうのも手です。上手くタスクフォースを組織できたら、私にはスタッフを集める権限もできると思いますから、何とでもなるでしょう」

「スカウトですか？」

「少し早いですが、予約ということで……神谷さんには申し訳ないですが」

「あー、何のことですか？」神谷がとぼける。

「警察庁の情報収集能力を舐めないでいただきたい」永井がニヤリと笑った。「あなたたちの関係を、私が知らないとでも思っているんですか？」

「そういう情報収集能力は、事件捜査にだけ生かして欲しいですね」

神谷の抗議に対して、永井は無言で肩をすくめるだけだった。凜は……戸惑っていた。

いきなり過ぎる。フランスへ来い、ＩＣＰＯで働けと言われても、まったくリアリティがない。永井が本気なのかどうか、凛には読めなかった。

「おっと……少しゆっくりし過ぎましたね」

永井が腕時計を見た。機内持ちこみのバッグをポンと叩くと、立ち上がる。釣られて凛も立ち上がった。

「ではまた——必ず連絡します。取り敢えず怪我を治して、英語の勉強をし直して、待っていて下さい。余力があれば、フランス語も勉強しておくといいですね」

凛は反射的にうなずいたが、すぐに首を横に振った。肯定なのか否定なのか、永井も困っているだろう。

「神谷さんも……よく考えて下さい」

「俺は、難しいことを考えないで生きるのがモットーなので」神谷も立ち上がる。

その言葉に納得したように、永井がうなずく。それから凛に視線を向け、やはりうなずきかけた。握手のために手を差し出しそうな雰囲気だったが、結局永井は手を出さず、もう一度うなずいただけで去って行った。

一度も振り返らず。

二人はしばらく、無言で展望ロビーに座っていた。凛は、永井の誘いを消化できないままだった。先ほどの話は本気なのだろうか……一瞬、自分の姿をパリの街中に置いてみたものの、どうにも馴染まない。ましてやリヨンとなると……まったく知らない街の話をされても困るだけだ。

「どうする？」神谷がポツリと訊ねた。

「どうするって言われても……そもそも永井さん、本気なんでしょうか」

「さあ——どうだろう。永井さんを過小評価しちゃいけないとは思うけど、あまりにも話が大き過ぎるな」

「ですよね……」凜は爪をいじった。何もしていない爪。マニキュアを塗らなくなって、もうずいぶん長くなる。普段は何とも思わないのだが、この時は急に気になった。

「でも、準備しておいても損することはないんじゃないかな。それこそ、フランス語の勉強でも始めればいい」

「神谷さんの英語みたいに」

「君の英語レベルには、永遠にたどり着けないと思うけど」神谷が肩をすくめる。

「そんなことないと思いますよ」

「脳が歳を取ってきてるから、単語がなかなか頭に入ってこないんだ」神谷が苦笑した。

「ま、いずれにせよ、いつかは新しく一歩を踏み出す時が来るんじゃないかな」

「道警では……確かに仕事の限界は感じています」凜は認めた。「でも、次に何をしたらいいか分かりません」

「だから結婚しようなんて言ったのか？」

「逃げでしたね」耳が赤くなるのを感じながら、凜は言った。「それこそ、仕事が嫌だから結婚して専業主婦になって……そんなことをしたら、全部が中途半端になるかもしれません」

「今警察の仕事を辞めたら、後で絶対に後悔する。もう一度戻りたいと思っても、警察は受け入れてくれない。それが日本の警察の決まりだからな」

「決められませんよ」凜は力なく首を横に振った。「こんな急な話……」

「でも、このまま一緒にフランスに来いとか、一ヶ月後にとか、そこまで急な話じゃないだろう。いつか来るかもしれないその日のために、心の準備をしておいてくれ、ということだよ。永井さんだって、無理はしないはずだ。本当に君を呼ぶにしても、ある程度時間の余裕を持って、正式に話をするよ」

「ええ……」

もしかしたら私は止めてもらいたいのだろうか、と凜は訝った。日本を出るな、北海道と東京に分かれていて自由に会えないにしても、同じ国にいてくれ——そんな神谷の台詞を期待しているのだろうか。

「もったいないよ」神谷が笑みを浮かべた。「ここまで警察官としてやってきたんだ。

その経験を捨ててしまうのは、今までの時間が無駄になる。身につけた捜査技術を、海外で生かしてみるのもいいんじゃないかな」

「神谷さんはどうするんですか？」

「俺？」神谷が自分の鼻を指差した。「俺が海外に行っても仕事はできないよ。英語もろくに喋れないんだから」

「英語なんて、勉強すれば何とでもなりますよ。一番いいのは、現地で暮らすことですし」

「俺は……横浜の特命捜査で一度変わったからね。人生をやり直して新しいスタートを切ったようなものだ。次のターンがあるにしても、もう少し先でいいと思っている」

「つまり、ここから私たちの人生は別れるわけですね。これから行く道は違う……そういうことですね？」

「一時的には」神谷が珍しく優しい声で言った。「でも、仮に別れても、いつかまた一緒になる。強く願っていれば……それに、もしも君がフランスに渡って、向こうで困ることがあったら、すぐに助けに行く」

「英語ができなくても？」

「そこは何とか」神谷が苦笑しながらうなずいた。「必死で勉強しておくよ」

凜はまた、マニキュアの施されていない爪を見下ろした。もしも……もしもパリで仕事をすることになったら、爪ぐらいは綺麗にしておこう。お洒落がしたいわけではなく、何かを変えるためだ。爪を塗るだけでも、気分はがらりと変わる。

「神谷さん、今日は仕事はいいんですか？」

「どうせ午前中が潰れるから、有給を取ってきた」

「特捜は……」

「嫌なことを思い出させるな」神谷が顔をしかめる。

そう、平田と珠希を殺した実行犯は未だに逮捕されていない。確保した唯一のブランのメンバー、ユーリ・エフレーモフは、彩子の家を襲撃した事件について、具体的に指示したのが誰かを未だ自供していない。ブランの組織についても供述はなし。そして平田、珠希殺しについては「まったく関係していない」という証言を最初から変えていなかった。それを覆すだけの物証、あるいは証言は一切なく、道警の捜査本部も完全に手詰まりになっている。東京で凜を拉致しようとした津山は「平田が殺された現場に立ち会った」と証言しているが、これも裏を取るのが難しい。しかも、実際に手を下した人間が誰かは知らない、と言い通していた。

逆に言えば、自分たちにはまだ日本でやるべき仕事がある。

でも、今日はサボろう。この休暇の残りは、自分の今後の人生を考えて過ごそう。

「お茶にしませんか」

「ああ」

　神谷が立ち上がった。凛も続く。怪我はほぼ癒えていたが、急に動くとまだ痛みが走ることがある。今も体の芯に、かすかな痛みが生じた——でも、我慢できない痛みではない。

「少し時間を潰してから、永井さんの便を見送りましょうよ」

「そういうのは、昭和の時代の話かと思ってたよ。今時、海外へ行くなんて珍しくもない――海外で仕事をする人もたくさんいるし。見送りなんて、絶滅した習慣じゃないか?」

「それでも、私たちの仲間が、遠い国へ行くんですから――永井さんは、私たちを仲間だとは思っていないかもしれませんけどね。単なる部下の感覚かもしれません」

「ま、俺たちが一方的に仲間だと思うのは自由だろう――そうだな。せっかくだから見送ろうか」

二人は並んで歩き出した。その距離感は……これまでより少しだけ開いているような気がする。でも、その距離はいつでも詰められるはず――環境に左右されることなく、二人の意思によって。

解説

山前譲

やっと、ようやく、いよいよ、ついに、遅すぎる……いや、ここはやはり「待ってました！」と言うべきだろう。堂場瞬一氏の『凍結捜査』は、『検証捜査』で活躍した面々のその後を描く長編のひとつで、事件はまず北海道で起こっている。北海道といえば当然あの女性刑事だ。満を持して彼女がメイン・キャラクターとして登場している。

真冬の道南、大沼公園の雪の下から発見された死体は、後頭部から拳銃で二発撃たれていた。そんな状態では身許《みもと》を確かめることが難しかったが、本人が持っていた免許証には平田和己とあった。現場に駆け付けた保井凜刑事はその名を聞いて驚く。ある事件で取り調べたことのある人物だったからだ。苦い結末を迎えたその捜査はまだ彼女の記憶に新しいのだった。

『検証捜査』をルーツとする作品は、最初から順に読まなければならないというわけではない。北海道、東京、そして福岡を結んでの捜査が展開されていく『凍結捜査』は、単独でももちろん堪能できる。しかし、じつにユニークな展開を見せてきただけに、順に読んでいたならば、ここで捜査に携わっている刑事たちの心情がいっそう胸に迫ってくるに違いない。そして、これまでの作品で伏流となっていた恋愛関係が、ここでは大きな核となっているのだ。

本書との関係を含めて、いちばん重要なのはやはり第一作の『検証捜査』（二〇一三）である。無罪判決が出そうな、そして実際に無罪判決が出てしまった事件の再捜査のために、全国各地から五人が神奈川県警に集結し、特別なチームが組まれた。伊豆大島に左遷されていた警視庁の神谷悟郎、大阪府警監察室の島村保《たもつ》、埼玉県警捜査一課の桜内省吾、福岡県警捜査一課の皆川慶一朗、道警刑事企画課の保井凜、そしてその五人をとりまとめる警察庁刑事局の理事官の永井高志……。

間違いなく寄せ集めである。誤認捜査をした、あるいはしたかもしれない神奈川県警の内部も探っていくのだから、じつに微妙な捜査となっている。それぞれの思惑が交錯し、けっしてチームは一枚岩ではなかった。だが、しだいに警察官としての使命が彼らをひとつの方向に導いていく。そして、そんな難しい捜査のなかで、最初は反発していた神谷悟郎と保井凜は、ひと回りも年は離れていたが、互いの心の傷を埋めるかのように惹《ひ》かれあっていくのだった。

その事件の解決後、神谷は警視庁の捜査一課に復帰し、凜は北海道警へと戻る。さらに『複合捜査』（二〇一四）、『共犯捜査』（二〇一六）、『時限捜査』（二〇一七）と書き継がれていくなかで、ふたりの遠距離恋愛が徐々に進展していることは窺《うかが》えたのだが、なんとこの『凍結捜査』の冒頭では、凛のマンションに休暇を取った神谷が泊まっている！　いつそこまで親密になった？

そんな驚きを楽しめるのも、この長編が大きな流れのなかのひとつとして書かれているからだ。凛は前年の十月、道警本部から函館中央署に異動した。非番のその日、朝九時に、大沼で殺しがあったと、函館中央署の後輩から情報提供がある。非番の時でも現場には出て行く。それが凛のモットーだ。せっかく休暇を取って函館に来た神谷とのデートがキャンセルとなっても、大沼へと出向く凛なのである。そこに彼女が警察官を志した強いモチベーションが表れているだろう。

北海道が四十七都道府県のなかで最も面積が広いのは言うまでもない。鉄道であれば、二〇一九年四月現在、札幌から北の稚内《わっかない》まで五時間以上、東の根室までは七時間近く、そして特急で直通できる南の函館へは最速でも三時間半もかかるのだ。モータリゼーションが北海道のローカル線の廃止を促した一方、高速道路は整備されてきた。だが、道内を網羅しているとはとても言えない。

民間機の定期便が発着している空港は、同じく二〇一九年四月現在、新千歳、函館、釧路《くしろ》、稚内、旭川、帯広、奥尻、中標津《なかしべつ》、女満別《めまんべつ》、紋別、利尻、そして札幌飛行場（丘珠《おかだま》）と、なんと十二もある。けれど、道内の空港同士を結ぶ便は少ない。だから、北海道民だからといって、道内各地を頻繁に行き来しているわけではないのである。事件が起こった函館に住んでいる道民は、稚内より本州（道民は内地と言うが）のほうを身近に感じているに違いない。

そんな広い北海道の警察組織は独特だ。札幌、函館、旭川、釧路、北見の五方面に分けられ、それぞれに方面本部がある。札幌市に全体を統括する北海道警察本部はあるが、直轄しているのは札幌方面だけだ。しかし、いかに五つに分割したとはいえ、それぞれの管轄地域はかなり広い。ちなみに凜が異動した函館方面本部の函館中央署は、幕末に当時蝦夷《えぞ》と呼ばれていた北海道を独立国としようとした、榎本武揚《えのもとたけあき》が入城した五稜郭《ごりょうかく》のそばに庁舎があるのだが、管轄している函館市（一部地域を除く）、北斗《ほくと》市、亀田郡七飯《ななえ》町《ちょう》の合計面積は神奈川県の約半分もあるという。

人口の減少も影響しているのだろう。北海道の刑法犯認知件数はこのところ右肩下がりである。だが、北海道の面積そのものが減るわけではない。そして事件は何も都市部だけで起こるわけではない。捜査のための移動距離は相当なものになるだろう。警察署の合理化や縮小化もこのところすすめられているようで、北海道の警察官の勤務はハードなものになっているに違いない。とりわけ厳しい気候の冬の捜査は大変である。

東京出身ながら、北海道生活の長い凜である。さすがに大沼の現場に駆け付けたときの防寒対策は万全だ。そして被害者の名前を聞いて寒さなど気にならなくなる。殺された平田は、かつて凜が担当した札幌での暴行事件の容疑者だったのである。ただ、被害届が取り下げられて立件されなかった。その被害者、水野珠希は事件後、札幌での仕事を辞めて函館の実家に戻って来ていた。そして平田もまた函館に来たから、凜は珠希に注意を促していたのである。

その珠希が事件後に失踪する。平田も謎の多い男で、捜査はまったく進展しないのだった。時は流れ、六月、梅雨時の東京のホテルで殺人事件が起こる。被害者を知って凜は驚き、すぐ東京へと向かうことになった。そして東京の捜査本部にいたのが神谷である。こうしてふたりは同じ根を持つと思われる事件を、微妙な恋愛感情のなかで、協力して捜査していくことになるのだ。

『検証捜査』でチームを組んだ面々は、それぞれもとの部署に戻って捜査に携わっている。さいたま市の夜間緊急警備班の捜査を描いた『複合捜査』、福岡で不可解な誘拐事件が起こる『共犯捜査』、大阪駅の立てこもり事件がじつにサスペンスフルな『時限捜査』……。主人公を変えての事件ではあるものの、その根底には『検証捜査』のチームがある。そしてチームの他のメンバーがその都度、少なからずサポートしてくれるのだ。

この『凍結捜査』では福岡県警の皆川のサポートが目立つのだが、子供が誕生したりと、時の経過による変化が窺えるのも楽しみだろう。桜内や島村の現況も語られている。そして警察庁の永井のちょっと謎めいた行動が、じつに興味をそそっている。

シリーズ物のサブキャラクターがメインになったりするような、いわゆるスピンオフとはちょっと違う。甲子園球場の外壁を覆うツタのように、個別の捜査活動にかつてのチームのメンバーが色々なパターンで絡み合ってきた。これは数多い堂場作品のなかでも、そして日本の警察小説でもかなりユニークな試みではないだろうか。

『複合捜査』の時にはこうした展開は意識していなかったという。だが、北海道から九州までメンバーの所属を分散させたことで、結果として作品の舞台が多彩なものになった。と同時に、事件そのものも現代日本の多様な姿を反映させた、じつにヴァラエティに富んだものになっている。『凍結捜査』もまた、日本の北端に位置する北海道という地域性があってこその事件だ。

『凍結捜査』の注目点はそれだけではない。〝小説でも意識的に食べるシーンを書き込むようにしています。登場人物の生活や性格が浮き上がり、箸休め的な効果もあるんです〟(「PRESIDENT」二〇一九・二・四)という堂場氏だけに、これまでもそこかしこに食事のシーンがあった。ただ、そのほとんどは刑事の食事である。捜査中にはのんびり味わっている時間はない。昭和の中頃のミステリーブームの時には、日本の刑事はラーメンばかり食べていると揶揄《やゆ》されたこともあった。まだファストフードのチェーン店も、ファミリーレストランもない時代である。コンビニエンスストアもなかった。てっとり早く食事をすまそうと思えば、昨今話題となっているいわゆる町中華か、立ち食いそばしかなかったのである。それが当たり前だったのだ。

だからこの長編で、〝神谷は若い頃、「昼飯にカレーうどんだけは頼むな」と先輩に教えこまれた。熱くて辛いものは食べるのに時間がかかるから、忙しい刑事には合わない、と。ただしカレーライスは、激辛を除いてOK。スプーン一本で食べられるし、急げば五分で完食できる〟とあるのには、妙に納得させられる。

茹《ゆ》であがるのに時間のちょっとかかる麺類よりは、カレーのほうがてっとり早い。かといって、いくら手軽だとはいえ、コンビニのおにぎりではちょっと味気ない……などと、これまでの作品では刑事たちに同情したりもしたのだが、『凍結捜査』は食の宝庫である北海道を舞台にしているだけに、凛と神谷の食生活はひと味違う。函館で神谷はなんと、ウニとイクラを買ってきて、凛にお手製の丼を振る舞うのだ。じつは北海道でもこのところ海産物の価格は高騰している。けっこうな値段がしたに違いない。

ちなみにその神谷がふらりと入った函館のハンバーガーショップは、道南地区だけで展開されている「ラ」で始まるチェーン店である。今や函館のソウルフードと言っても過言ではなく、朝市とともにマスコミによく取り上げられている。全国展開しているハンバーガーショップとはだいぶ違う。神谷が驚いているのも納得だ。その神谷が東京に出張してきた凛を、ちょっとリッチなレストランでもてなしているのも、『凍結捜査』での新しいテイストではないだろうか。

一方で、一連の作品に通底している刑事観もここでは吐露されている。凜や神谷は相棒となった刑事への不満を隠しはしない。昭和の刑事とゆとり教育世代の刑事のギャップとでも言えるだろうか。働き方改革とか言われ、不眠不休の捜査というわけにはいかなくなった、現代の警察の姿もここでは描かれている。

冬の北海道の厳しい気候はいまさら言うまでもない。吹雪になればまさに一寸先は闇である。自宅を目の前にして凍死してしまうこともある。そして凜と神谷の捜査もまた、吹雪の中で迷ってしまったかのように、停滞してしまう。凜が東京に出張する一方、神谷が札幌や函館に出張している。しかしなかなか成果は挙げられない。アクションたっぷりの捜査は凜を肉体的な危機にも陥れる。けれどなかなか犯罪の実像が見えてこないのである。

それはまさに凍結した捜査だ。どこから融《と》かしていけばいいのか。凜と神谷の執念の捜査に引き込まれていくだろう。そして、ふたりのこれからを示唆するかのようなエンディング……。このエンディングのために今までの作品は書かれてきたと言っても過言ではない。

（やままえ・ゆずる　推理小説研究家）

本書は、集英社文庫のために書き下ろされた作品です。

この作品はフィクションであり、実在の個人・団体・事件などとは、一切関係ありません。

集英社文庫

凍結捜査《とうけつそうさ》

2019年7月25日　第1刷　　定価はカバーに表示してあります。

著　者　堂場瞬一《どうばしゅんいち》

発行者　徳永　真

発行所　株式会社　集英社
東京都千代田区一ツ橋2-5-10　〒101-8050
電話　【編集部】03-3230-6095
【読者係】03-3230-6080
【販売部】03-3230-6393（書店専用）

印　刷　凸版印刷株式会社

製　本　凸版印刷株式会社

フォーマットデザイン　アリヤマデザインストア　　マークデザイン　居山浩二

ISBN978-4-08-745898-5 C0193